KB150588

하루하라 미나와 순정

하루하라 미나와 순정

2

이유월 장편 소설

목

차

6.

경
계
주
간

1927년 2월

햇볕이 제법 따사로웠다. 가린 데 없이 쏟아진 오후의 빛이 박석 위로 하얗게 부서졌다. 경복궁은 격리된 세상처럼 고요했다. 그 궁에서 가장 높은 전각 앞마당을 미나는 독차지했다.

총독부 경내에 있는 이 궁은 관람객을 받지 않는단다. 박람회 같은 중요한 행사가 있을 때만 한시적으로 개방한다고 했다. 점심 식사 후 신이치는 사위에게 딸을 맡기면서 경복궁이나 구경시키고 보내면 어떻겠냐고 물었다. 궐문을 열어 줄 관리인이 이미 대기 중이었다.

미나는 현판에 새겨진 글자를 눈으로 읽으며 다시 한번 조그맣게 불러 본다.

"근정전."

그리고 웃지도 찡그리지도 않는 오묘한 표정을 지었다.

고모부가 가장 큰 혐오감을 드러내는 게 바로 이 총독부 신청사다. 오야케는 귀중한 유적을 파괴한 것 자체가 수치스러운 일이라고 했는데, 옛 왕조의 정전 앞에다 과시하듯 청사를 지은 것은 '일곱 살짜리도 하지 않을 유치한 발상'이라고 욕을 퍼다 부었다. 두고두고 낯부끄러운 일이 될 테니 어디 두고 보거라. 건축사학자인 그는 총독부가 조선 궁궐들에 한 짓에 특히나 치를 떨었다.

'지난여름엔 근정전에서 초혼제를 열었다. 조선인과 싸우다 순직한 경찰들 위패를 갖다 놓고 말이야. 그게 대체 무슨, 치졸하기 짝이 없는 짓이란 말이냐?'

미나는 거대한 목조건물의 화려한 단청을 올려다보았다. 이 층짜리 전각은 이 층짜리 기단 위에 올라앉았는데 화강석으로 쌓은 월대의 높이만 그녀의 키를 훌쩍 넘었다. 돌층계를 오르면 더 가까이 볼 수 있을 테지만 그러지 않았다. 미나는 월대 아래 서서 건물을 올려다보기만 했다. 전각을 함부로 범하면 안 될 것 같았다. 왠지 그러면 안 될 것 같았다.

경복궁은 몹시도 아담했다. 이 근정전을 비롯한 전각 서너 개와 연못가의 경회루 정도가 전부라서 왕궁이라기보다 총독부에 딸린 고풍스러운 후원 같았다. 근정전을 본 순간 미나는 조선호텔의 황궁우를 떠올렸다. 거대한 신식 건물 뒤뜰에 갇힌 것이 닮아 있었다. 한때는 군주의 위엄이 넘쳤을 공간들. 이제는 침울한 장식품이 되어 버린 건물들.

그러나 그녀는 또한 생각한다. 만일 조선의 왕이 조선인들의 손에 의해 끌어내려졌다면, 프랑스처럼 민중에 의해 쫓겨났다면 텅 빈 궁이 이토록 침울하게 느껴졌을까.

적막 속에 유폐된 전각은 말이 없다. 물끄러미 바라보던 미나는 그만 몸을 돌렸다.

"들어가 봐야 하지 않아?"

목소리를 돋워 묻자 저만치 선 준세가 손목시계를 들여다보았다. 오후 회의까지 아직 삼십 분 넘게 남아 있었다. 그는 여자가 충분히 가까이 오길 기다렸다가,

"십 분쯤 더 있어도 돼."

"나 때문에 곤란해지는 거 아니지?"

"다음 일정에 늦지만 않으면."

"일하는 것 방해해서 미안하긴 한데,"

미나가 자연스레 그와 팔짱을 끼면서,

"이렇게 같이 나오니까 좋다."

조그맣게 웃어 보였다.

준세는 내도록 불편한 기색이 전혀 없었다. 점심 식사로는 조금 과한 듯한 요릿집 별실에서도 마치 점심은 으레 이런 데서 먹는 사람처럼 편안해 보였다. 곁에 앉은 아내와 마주 앉은 장인 사이에서 위화감 없이 대화하고 식사했다. 이동할 때는 조수석에 앉아서 운전기사에게 농담을 건네기도 했다.

장인의 명으로 아내를 데리고 옛 궁궐을 산책하면서도 그는 다름이 없었다. 연못가를 걸을 때는 섬 위에 떠 있는 경회루를 가리키면서 조선에서 가장 큰 누각이라고 설명도 해 주었다. 왔던 길을 돌아 다시 근정전에 닿았을 때는 홀린 듯 전각을 바라보는 여자를 참을성 있게 기다려 주었다. 안내원 노릇이 귀찮다는 기색도 서둘러 돌아가야 한다는 눈치도 없었다. 그러나 그 여유롭고 사려 깊은 태도에는 시종 서늘한 무언가가 있었다.

그게 무엇인지 정확히 알 수 없지만, 미나는 느낄 수 있었다.

미나는 요즘 마음이 부쩍 예민해졌다. 마치 유리 덮개가 제거된 등잔불 같았다. 무방비로 노출된 불이 아주 작은 바람에도 흔들렸다. 잔뜩 연약해진 마음은 이제 남자의 숨결 한 줌에, 표정 한 자락에, 미소 한 점에 사정없이 요동쳤다.

그럴 때면 까닭도 모르고 불안해져서 침묵을 견딜 수 없었다.

"아까 본 사람 있잖아. 당신이랑 학교 같이 다녔다던."

갑작스러운 화제라는 건 꺼내 놓고서야 깨달았다. 두 사람은 이제 전각을 뒤로하고 근정문을 향해 나란히 걷고 있다.

"모리타?"

"응."

"그 친구 왜."

"친해?"

질문이 의외였는지 준세는 잠깐 틈을 두었다가,

"글쎄."

조금 성의 없는 대답을 돌려주었다. 그러므로 대화는 다시 중단. 미나는 얼른 다른 화젯거리를 찾아냈다.

"당신도 문관시험 준비할 거야?"

"문관시험?"

"지금 신분은 임시잖아. 여기서 계속 일할 거면 정식으로 임용돼야 하지 않아?"

대답이 없다. 혹 시험 같은 것 보지 않고도 임용될 방법이 있는 걸까. 미나는 총독부의 인사체계와 규정에 대해 정확히 알지 못하지만, 특정한 사람들만 공유하는 뒷문이 어디나 있다는 건 알았다.

"내가 고문 준비하면 좋겠어?"

천천히 걸으며 준세가 되물었다.

"모리타처럼?"

미나는 정면을 보는 남자의 옆얼굴을 바라보았다. 고등문관시험이라고 한 적은 없는데. 정정해 주는 대신 그를 조금 놀려 주기로 한다.

"준비한다고 다 합격하나, 뭐. 그게 얼마나 어려운 시험인데."

"나도 학생 때 공부는 꽤 했는데."

누가 뭐랬나. 미나가 허공을 향해 푹 웃었다.

그러는 동안 어느새 근정문이 코앞이었다. 기둥 곁에 서서 기다리던 관리인이 문을 열어 주었다. 붉게 주칠 한 커다란 문. 중층 지붕과 단청으로 장식된 화려한 궐문. 여자가 잠깐 거기 정신이 팔렸을 때,

"여기 오래 안 있을 거야."

준세가 낮은 소리로 말했다. 흘려듣길 바라는 것처럼 나지막하게. 하지만 미나는 귀가 번쩍 뜨이는 기분이었다. 듣던 중 반가운 소리였다.

"정말? 그럼 가을까지만 할 거야?"

반색했지만 대답은 돌아오지 않았다. 준세는 발아래 높은 문턱을 상기시키며 에스코트에 집중할 뿐이다. 응? 잡은 팔을 당기며 되묻자 돌아보는 남자. 미나는 그 검은 눈동자를 똑바로 올려다보았다. 남자의 시선은 잠깐 머물다 곧 달아나듯 떠나 버렸다.

언뜻, 쓰게 웃은 것 같기도 했다.

"고마워요. 수고했습니다."

"별말씀을요."

준세가 관리인과 짧은 인사를 주고받을 동안에도 미나는 물끄러미 그를 바라보았다. 그리고 근정문 앞을 바짝 막아선 총독부 건물을 올려다보았다. 관리인이 잠깐 열었던 궐문을 다시 단속했다. 철겅철겅, 쇠사슬이 부대꼈다.

"나오셨습니까."

두 사람을 기다리던 스즈키 다이치가 꾸벅 고개를 숙였다. 그의 곁에는 하루하라의 자동차가 대기 중이다. 검은색 차체 위로 오후의 빛이 반짝거렸다.

"이만 들어가. 나도 이제 가 봐야 해."

준세가 그러자 백작의 운전기사가 재깍 자동차 뒷문을 열었다. 미나는 빈 차를 힐끗 본 다음 남편을 향해 선선히 고개를 끄덕였다.

"응. 먼저 들어갈게."

그러고는 차를 향해 또각또각 걸어가서는 탑승하기 직전에 다시 고개를 돌렸다.

"서방님."

예쁘게 웃는 얼굴.

"오늘도 늦으십니까?"

곁에 서 있던 스즈키가 슬쩍 미소 지었다. 그의 조선어 실력은 형편없지만 방금 여자가 한 말이 무슨 뜻인지 정도는 알았다. 남편에게 어지간히 빠진 모양이라고 그는 속으로 생각했다. 스즈키가 기억하는, 무감동한 표정과 시큰둥한 말투의 백작 영애가 아주 딴사람이 돼 버렸으니까.

"아니. 일찍 들어갈게."

준세가 대답했다. 완벽한 일본어로.

미나는 주춤하는 대신 외려 더 밝게 웃으면서 가볍게 고개를 끄덕였다. 차에 올라타자 기사가 공손히 문을 닫아 주었다. 잘 부탁합니다. 차창 밖에 선 남자가 나직이 당부하는 음성. 미나는 거기서 위안을 찾으려 애쓰면서 바깥쪽으로 고개를 돌렸다.

그는 한쪽 손을 호주머니에 찌르고 서 있다. 잘 손질된 정장에 티끌 하나 묻지 않았다. 백지를 접어 놓은 것처럼 반듯한 셔츠 깃. 오늘 아침 아내가 골라 매어 준 줄무늬 타이. 세심히 그려 채색한 듯한 남자는 허공 어딘가를 응시하고 있다. 표백한 것처럼 표정 없는 얼굴에서 미나는 시선을 떼지 않았다.

가슴속의 등잔불이 화르륵, 크게 흔들렸다.

김기철은 습관처럼 도리우찌의 챙을 끌어 내렸다. 눈까지 가릴 듯 바짝 내리면서 유리창 너머를 응시했다. 총독부 담장 아래 있는 구두닦이는 총 여섯 명. 청사 꼭대기의 푸른 돔이 채 보이지 않을 정도로 가까운 위치였다.

임준세를 미행한 지 오늘로 열흘째다.

'확실하게 따라붙어. 어딜 가고 누굴 만나는지 빠짐없이 보고해. 베 보자기로 훑듯이 쥐어짜 내란 말이야.'

검사국에 불려 가 지시를 받았을 때 기철은 진심으로 이 검사가 미쳤다고 생각했다. 임준세 같은 사람까지 조선인이라 덮어놓고 의심하나 싶어서 배알마저 뒤틀렸다. 베 보자기 좋아하시네. 뒷간까지 샅샅이 따라가 보라고 하지 왜. 그러나 속으로 구시렁대면서도 대놓고 이의를 제기할 수 없던 것은, 무섭게 번들대던 검사의 눈빛 때문이었다.

'무슨 근거로 그자를 의심하십니까?'

수사는 육감에 기인할 때가 많다. 동물적인 감각이 이성을 능가해 광견처럼 날칠 때가 있다. 그걸 알기 때문에 기철은 젊은 검사를 더 말릴 수 없었다. 천황한테 시계까지 받았다는 총아가 난데없이 지랄병 도진 것처럼 구는 데는 필경 이유가 있을 터였다.

'최근에 상해에서 밀정이 죽었다더군. 임이 경무국 들어간 지 한 달 만에.'

그건 기철도 들어 아는 이야기였다. 그러나 밀정이란 게 원체 목숨 내놓고 하는 짓이다. 혼자서 적진을 기웃거리는 게 일이니 시간이 쌓일수록 노출될 수밖에 없고, 그러다 들통나 처단당하는 것도 이를테면 병가지상사였다. 그러니 죽은 밀정과 신임 서기를 연관시키는 것보다 그저 시기가 공교로웠다고 보는 게 합리적이다. 상해에선 드물지 몰라도 만주에서는 밥 먹듯 일어나는 일이니까.

그러니까 가뜩이나 공사다망한 김 경부가 임준세의 뒤를 밟는 것은 시간 낭비요, 혹 본인한테 들키기라도 하는 날에는 그 뒷감당마저 심히 우려되는, 한마디로 미친 짓이었다.

임준세의 동선은 지극히 단조로웠다. 매일 오전 열 시 직전에 차를 몰고 총독부 정문을 통과한 뒤, 쭉 청사에 머무르다가 남들 다 퇴청한 후에야 남산정 제집으로 돌아갔다. 후배 하나를 시켜 밤새 그 집 앞을 지켰지만 역시 소득은 없었다. 임준세는 날이 완전히 밝은 후에야 말쑥한 차림으로 나와서 역시 같은 길을 자동차로 출근했다. 매일 똑같은 시간에 똑같은 경로로 한눈 한번 팔지 않았다. 원래 이런 인간이 아닐 텐데 장가들고 사람 됐네. 헛웃음이 날 정도로 건실한 일과였다.

딱 한 가지 특이한 점이 있다면,

'아, 수동이요?'

점심시간에 종종 청사 밖으로 나와 구두닦이를 찾는다는 것.

'마산서 올라온 놈인데 여기 낀 지는 아직 달포도 안 됐지요. 오자마자 단골 잡아 팔자 폈어요. 여기 구역장이 뒤 봐준단 소리도 있고요.'

성은 모르고 이름은 수동이. 나이는 열아홉 살.

'저도 왜인인 줄 알았는데 조선 사람이더라고요. 사나흘에 한 번쯤 오시나? 이틀 연달아 온 적도 있는 거 같고, 대중없어요. 수동이 놈은 저 손님 받고 나면 바로 접고 들어가요. 일 원짜리 지전을 주시는데 하루 벌이 끝났지요, 뭐.'

임준세는 지난 아흐레 동안 구두닦이를 두 번 찾았다.

'워낙 부자라 동전 같은 건 지니고 다니질 않는대요. 일 원 한 장 주고는 거스름돈도 안 받아 가는걸요. 딱 봐도 구들장에 돈 쌓아 놓고 살게 생겼잖아요.'

기철은 담배 한 개비를 꺼내 입에 물고 성냥을 그었다. 줄담배를 피워도 머리가 영 무지근했다. 며칠째 집에도 못 들어가고 이게 무슨 짓이람. 그는 눈을 찌르는 햇빛에 화풀이하듯 얼굴을 찌푸렸다. 눈치 빠른 급사가 다가와 커튼에 손을 대자,

"닫지 마. 놔둬."

저리 비켜, 안 보이잖아. 연이어 쏘아붙이며 인상을 쓰자 급사는 얼른 창가에서 물러났다. 그러거나 말거나 기철은 길 건너편 일렬횡대로 늘어선 구두닦이 중 맨 끝의 한 쌍에게서 눈을 떼지 않았다.

손님은 신문을 펼쳐 든 채 한쪽 발을 구두 통 위에 올리고 서 있다. 그 발밑에 무릎 꿇은 수동이가 열심히 제 일을 하고 있다. 입을 딱 다물고 있는 걸로 보아 둘 사이 대화는 오가지 않았다. 단골로 찾는 것치고는 분위기가 딱딱한 편. 구두닦이랑 다정히 수다 떨 위인은 아니니까. 기철은 담배 한 모금을 깊이 빤 뒤 천천히 뱉어 내며 생각했다.

오늘까지 합치면 세 번. 열흘간 세 번이라. 의심하려면 끝이 없지.

오 분이 채 되지 않아 수동이는 일을 끝냈다. 신문이 반으로 접히면서 손님의 얼굴이 드러났다. 기철은 반쯤 남은 담배를 재떨이에 비비면서 준세를 응시했다. 읽던 신문을 버리듯 건넨 뒤 지갑 꺼내는 모습. 돈을 받자마자 이마가 땅에 닿도록 인사하는 청년. 준세는 아무렇지 않게 돌아서서 청사 정문 쪽으로 걷기 시작했다. 심지라도 댄 것처럼 똑바른 자세로. 전혀 서둘지 않고 여유롭게.

손님을 배웅하자마자 수동이는 자리를 걷기 시작했다. 기철은 완전히 식은 커피를 훌쩍 마신 뒤 자리에서 일어섰다. 빈 잔 옆에 오 전짜리 동전 두 개를 던져 놓고 카페를 나섰다. 저만치 청사 정문으로 들어가는 남자를 확인하며 다시 모자챙을 만지작거렸다.

수동이는 다른 구두닦이들에게 꾸벅꾸벅 인사한 뒤 나무통을 어깨에 메고

걷기 시작했다. 널찍하게 닦인 총독부 앞 대로는 한낮이라 행인이 성겼다. 기철은 전찻길을 가로질러 청년의 뒤로 슬쩍 따라붙었다.

가볍게 걷던 걸음이 점점 빨라진다. 기철은 놓칠세라 보조를 맞췄다. 길을 따라 똑바로 걷던 청년이 오른쪽으로 휙 꺾어 골목길로 들어섰다. 길이 확 좁아졌으나 걸음은 늦춰지지 않았다. 닭처럼 뼛속이 비기라도 했나 무슨 몸이 저리 가벼워. 적당한 거리를 유지하려 기철이 신경을 바짝 세웠을 때, 앞서가던 수동이가 바지 주머니에서 무언가를 끄집어냈다. 여전히 앞을 향해 걷고 있으나 속도는 한결 느슨해졌다. 뒤에서 관찰하던 기철의 눈매가 가늘어졌다.

요것 봐라.

상대는 등을 보인 채 걷고 있어 앞모습을 볼 수 없다. 그러나 가슴 앞으로 양손이 모이고 고개가 아래로 기울어지는 것은 틀림없었다. 무언가를 펼쳐 보는 거다. 판단과 동시에 기철은 등골이 찌릿해졌다.

순식간의 일이었다. 청년의 동작은 빠르고도 천연스러웠다. 아무렇지 않게 두 팔을 늘어뜨리더니 다시 걸음에 속도가 붙었다. 주변을 살피듯 얼굴이 틀어지면서 언뜻 턱관절의 움직임이 보였다. 무언가를 입에 넣고 씹어 삼킨 거다.

요것 봐라.

기철은 더 이상 피곤하지 않았다. 정수리가 짜릿하게 각성되면서 눈앞이 확 밝아졌다.

구두 통을 어깨에 멘 청년은 태연하게 걷고 있지만 이제 김 경부의 눈에는 보였다. 놈은 긴장하고 있다. 초조했던 거다. 쪽지에 다급한 내용이라도 적혀 있으면 목적지를 바꿔야 하니까. 누군가 지켜보고 있을 가능성 같은 건 낮잡아 본 거다. 아니면 이런 일이 너무 몸에 익어서 방심했거나.

지하단체 소속의, 대담하고 부주의한 젊은 놈들에게 흔히 보이는 모습이었다.

기철이 다년간 쌓은 경험에 따르면 사상범 패거리는 항시 굶주려 있다. 숨어 다니는 게 일이고 형편이 늘 급하기 때문에 차분히 심사숙고할 여유가 없다. 놈들이 밀정에게 쉽게 속는 까닭도 기댈 곳이 없기 때문이다. 한 줌의 정보, 한 명의 동지가 아쉽기 때문이다.

기철은 낙원동까지 청년을 뒤따라갔다. 허름한 집 대문을 열고 들어가는 것까지 확인한 후에야 걸음을 멈출 수 있었다. 날이 제법 쌀쌀한데도 이마빼기에 땀이 다 흘렀다. 어찌나 지치지도 않고 날듯이 걷는지 몇 번이나 놓칠 뻔했다. 시팔, 젊은 게 좋긴 좋네.

그는 숨을 고르면서 부근의 골목을 잠깐 배회했다. 수동이가 들어간 집의 번지수를 기록하고 외관을 기억했다. 호흡과 흥분이 가라앉자 다시 의구심이 살아난다. 의심 가는 정황은 맞지만 그자가 도대체 왜. 기철은 골목을 빠져나오며 잘근잘근 입술을 씹었다.

내가 뭘 잘못 봤나? 혹 보안과에서 비밀작전이라도 수행 중인 건 아닐까? 사상범이라니 말이 되는 소리여야지. 황금 더미에서 태어난 귀공자가 사회주의 운동을 하겠어? 부친은 친일하고 모친은 그래서 죽었는데 독립운동을 하겠어?

기철은 부디 검사와 자신이 과민한 것이기를 바랐다. 임준세 같은 자들까지 독립운동한단 사실이 밝혀지면 왜인들은 경악할 테고, 앞으로 조선인의 출셋길은 더 좁아질 것이다. 도대체가 동포한테 도움 안 되는 놈. 거기까지 생각이 닿자 벌써부터 화가 나서 기철은 성질껏 카악, 가래침을 모아 뱉었다.

"나 원 별 미친 새끼가……."

그러니 나 같은 조선인도 있다는 걸 보여 줘야지. 모리타는 보고 들은 모든 것을 빠짐없이 보고하라고 했다. 어차피 책임은 검사가 진다. 김 경부는 곧바로 경성지법으로 향했다.

준세는 유리문 너머 고요한 석정을 바라보았다. 밤하늘 아래 하얀 석정이 그림 같았다. 마른 정원은 사시사철 풍경이 변치 않는다. 돌과 모래는 썩지 않으니 당연한 일이었다.

그러나 신혼집의 석정 풍경은 변해 있었다.

준세는 백사 위 흩어진 발자국들을 바라보았다. 십여 개의 발자국이 정원을 사선으로 가로질렀다. 겨울비가 내리던 밤, 새끼 고양이를 구하겠다며 여자가 맨발로 찍어 놓은 자국들이다.

이러다 감기 걸리면 어떡해요? 자그마한 고양이를 품에 안고 어쩔 줄 몰라 하던 얼굴. 제 몸 젖은 줄 모르고 짐승의 안위만 걱정하던 그 얼굴을 준세는 생생하게 떠올릴 수 있었다.

"멋지지?"

등 뒤에서 여자가 말을 걸었다.

"다다이즘을 표방했다고나 할까."

석정을 향해 선 남자가 보일 듯 말 듯 웃었다. 다다이즘. 완벽한 정원에 함부로 찍힌 발자국은 과연 질서와 규율을 보기 좋게 망쳐 놓았다.

"봄 올 때까진 그냥 두려고. 날씨 풀리면 앞뜰도 손질해야 하니까, 한꺼번에 손보는 게 나을 것 같아."

화장대 앞에 앉은 미나가 화장수 뚜껑을 열며 말했다. 갈퀴로 백사를 다듬어 무늬를 그려 넣는 것은 기술과 요령이 필요한 작업이었다. 이 집에는 정원사가 상주하지 않았고, 주인 부부와 두 명의 하녀는 예술적인 갈퀴질에 대해 아는 바가 없었다.

"우리 매화나무에 꽃 핀 거 봤어?"

"그래?"

"응. 낮에 보니까 대여섯 송이쯤 피었더라고. 그래서 내가 드디어 봄이라고 막 호들갑을 떠니까, 동래댁이 경성은 삼월까지도 눈이 온다는 거야. 아, 어서 날이 따뜻해지면 좋겠는데."

재잘대는 음성 사이로 꽃향기가 물큰 짙어졌다. 여자가 쓰는 화장수 냄새. 그 냄새에 반응하듯 준세가 고개를 돌렸다.

화장대 앞에 앉은 여자는 목욕 후에 늘 입는 줄무늬 유카타 차림이다. 머리카락은 하나로 틀어 올려 굵은 핀으로 고정시켰다. 드러난 이마와 목덜미에 물기가 배어 있었다. 화장수에 이어 하얀 크림을 얼굴에 펴 바르는 모습. 일상과 관능이 묘하게 뒤섞인 그 모습을 보면서, 준세는 안도감과 불안감을 동시에 느꼈다.

매화가 피었다. 계절이 바뀐다. 이틀 뒤면 어느새 삼월이었다.

"내일모레 나 먼저 본가에 가 있을게."

미나가 말하며 이쪽으로 고개를 돌렸다. 촉촉하게 반짝이는 얼굴.

"당신은 퇴근하고 천천히 와. 어차피 제사는 자정 지나 지낸다며. 으음, 그럼 느긋하게 와도 시간이 많이 남겠는데? 보통은 뭘 해? 준태 씨랑 이야기하면서 시간 보내?"

재잘재잘 묻는 얼굴을 준세는 바라보기만 했다. 묵묵히 입을 다문 채 생각했다. 뭘 하면서 시간을 보내느냐고. 매년 집 밖으로 나갔지. 최대한 멀리 떨어진 곳을 한참 배회하다 돌아갔지. 별채와 안채는 지나치게 가까워서 숨이 막힐 것 같으니까. 매번, 매년, 그 지긋지긋한 날마다 그랬지.

삼월 일 일.

그날이 되면 그는 차라리 잠에서 깨지 않기를 빌었다. 일력을 연달아 찢어버리고 곧장 다음 날로 넘어갔으면 싶었다. 기억은 매년 생생히 되살아났고, 그는 피투성이가 된 여자의 몸을 종일토록 등에 지고 돌아다녔다. 숨이 끊어진 어머니는 얼음덩이처럼 차갑고 무거웠다.

경성에 돌아온 뒤로는 더했다. 수년이 지났음에도 그날이 되면 온 도회에 묘한 긴장이 감돌았다. 순사들의 눈초리가 사나워지고 행인들은 시선을 바닥에 붙였다. 준세의 등에 업힌 여자의 몸은 녹지도 썩지도 않았다. 해가 갈수록 오히려 더 차갑고 무거워졌다.

삼월 일 일. 할 수만 있다면 그날을 달력에서 빼 버리고 싶었다.

'당신 어머니 기일은 언제예요?'

'음력 일월 이십구 일입니다.'

그러니 기제사를 음력으로 헤아리는 전통은 준세에게 다행스러운 일이었다. 매해 엉뚱한 날이 기일로 정해지니까. 여자의 시신을 등에 업고 그 영전에 섰다가는 정녕 죽고 싶어질지도 모르니까. 그런데 올해의 그날은 공교롭게도 삼월 초이틀이다. 제사는 당일 자시에 지내니 제수 준비는 전날 해야 하고.

삼월 일 일. 내일모레.

"일찍 갈 필요 없어."

말하며 그는 발끝에서 올라오는 냉기를 모른 척했다.

"집에서 기다려. 퇴근하고 데리러 올 테니까."

다소 매정한 어투로 말한 뒤 덧붙였다.

"찬모들이 알아서 준비할 거야. 매년 그래 왔고."

"알아. 그래도 내가 가 있어야지. 도울 수 있는 건 없더라도."

미나는 조심스레 그의 얼굴을 살피는가 싶더니,

"그게 도리잖아."

위로하듯 부드럽게 대답했다.

도리. 도리라.

준세는 할 말이 없었다. 여자의 얼굴만 바라보다 고개를 돌렸다. 갈 곳 없는 시선을 석정에 묶어 두었다. 종아리를 타고 오른 냉기가 허벅지를 지나 몸통으로 스며들었다.

화장대 앞에 앉아 있던 미나가 일어서더니, 가만히 다가와 뒤에서 그를 끌어안았다.

"준세."

그는 제 허리에 감긴 여자의 팔을 내려다본다. 등을 감싼 여자의 체온을 감지한다. 하얗고 부드러운 목소리.

"너무 오래 슬퍼하지는 마."

"……."

"어머니도 원치 않으실 거야."

"……."

"괜찮아."

"……."

"다 괜찮아질 거야."

준세는 천천히, 두 눈을 내리감았다.

그는 이제 정말로 모르겠다. 머릿속이 쓰레기통처럼 뒤죽박죽 갈피를 잡을 수 없었다. 더없이 확신했던 것들을 더는 확신할 수 없었다. 혼돈만 남은 세계에서 그는 아무것도 알 수 없었다.

화가 난 건지 슬픈 건지.

살고 싶은지 죽길 바라는지.

내가 진정 원하는 게 무엇인지.

나는, 대체 누구인지.

준세는 눈을 떴다. 유리문에 비친 상을 바라보았다. 앞뒤로 포개진 남녀가 석정 풍경 위로 반투명하게 겹쳐졌다.

갓 목욕한 여자의 몸이 따스했다.

그래서 준세는 그 열기가 제게 옮아온 거라고 생각했다. 미나 특유의 향내라든지 허리를 감은 팔의 힘, 등허리에서 뭉클거리는 젖가슴의 감촉 때문이 아니라고 우겼다. 훈김이 오르는 목욕물에 흠뻑 담갔던 몸. 꽃즙과 사향을 섞은 듯한 냄새. 몸으로 느껴지는 감각들은 머릿속 상념을 쉽게 장악했다. 그는 이제 냉기가 아닌 열기와 싸워야 했다.

이슥한 밤이었다. 화장대 위 조그만 스탠드를 제외하면 침실은 어두웠다. 유리문을 통과한 실외의 빛이 그의 발치에 흐리게 닿았다. 등 뒤에 붙어 있던 미나가 팔을 풀고 몸을 떼어 냈다. 늘어진 남자의 손목을 당겨 천천히 돌려 세웠다. 어둠과 빛 사이에서 여자의 눈동자는 또렷했다. 그 눈과 마주친 순간 준세는 패배를 직감했다.

"준세."

미나의 목소리는 마치 명령 같았다. 이름을 불린 순간 그는 참기 어려운 지경이 되었다. 기회를 틈타 간사한 욕정이 재빠르게 그를 설득했다. 한 번인데 뭐 어때. 여자가 원하잖아. 귀찮은 의심을 사면 어쩔 거야.

"안아 줘."

속삭이듯 말하는 여자의 눈에 약간의 긴장이 일렁였다. 거부당할까 두려워하고 있다는 걸 알아채기는 어렵지 않았다. 미나는 늘 그런 식이다. 먼저 다가와 손을 잡아 놓고도 혹 뿌리쳐질까 촉수를 세운다. 속이 여리면 대범한 척 용기라도 내지 말든지. 용감하게 굴 거면 무른 속이라도 온전히 감추든지. 이도 저도 아닌 채로 매번 정체를 들켜 버리는 여자. 그 여자에게 준세는 또다시 무릎을 꿇고 말았다.

한쪽 손을 얼굴로 가져갔다. 손아귀에 삼켜질 것처럼 조그만 얼굴을 더듬다가 입술 위에 엄지를 갖다 댔다. 가볍게 누르면서 천천히 두어 번 쓰다듬었다. 밀어 넣을까 말까, 짧게 고민하며 준세는 마른침을 삼켰다. 조각처럼 불거진 목울대가 잠겼다 다시 솟았다.

망설임은 오래가지 않았다. 손가락이 윗입술과 아랫입술 사이 균열을 쉽게 파고들었다.

"벌려 봐."

미나는 아주 잠깐 망설였으나, 곧 순순히 따랐다.

엄지가 앞니를 긁으며 천천히 안으로 들어갔다. 손가락 끝에 말캉한 혀가 닿았다. 채 한마디도 다 넣지 않았는데 여자는 이미 버거운 기색이었다. 그걸 본 순간 뱃속에서 불씨가 우글거렸다. 가학적인 쾌감은 순식간에 불길처럼 밖으로 터져 나왔다.

준세는 엄지를 더 깊이 밀어 넣었다.

낯선 행위에 당황한 미나는 곧 빠르게 적응했다. 남자의 손가락이 제 입 안을 천천히 헤집을 동안 그 무표정한 시선과 가만히 눈을 맞췄다. 제 손가락을 문 채 저를 올려다보는, 약간의 흥분이 섞인 눈길에서 준세는 신뢰를 읽었다. 완전한 신뢰. 결코 저를 해하지 않을 거라는 믿음. 그를 흡족하게도, 끔찍하게도 만드는 그 견고한 믿음.

"……하."

너를 어쩌면 좋을까.

얕은 한숨과 함께 그가 엄지를 빼냈다. 그리고 젖은 입술을 집어삼켰다. 허리를 바짝 안으며 더운 숨을 섞었다. 입을 맞추는 동안 준세는 미나의 몸을 필사적으로 끌어안고 있었다. 폭풍 한복판에 떨어진 것처럼. 누군가 한 사람은 거기에 휩쓸려 곧 날아가기라도 할 것처럼.

번민이 가뭇없이 사라졌다. 이제 그의 세계는 더없이 명징하다. 욕망은 너무나도 명확해 고뇌할 틈조차 없다.

원한다. 너를. 지금.

그로부터 준세는 생각을 멈췄다. 여자의 팔을 갈마쥐어 침대 위에 쓰러뜨렸다. 조금 난폭하게 얼굴을 붙들고 입을 맞췄다. 가느다란 손목을 움켰다가 쓸어 올리듯 손바닥을 맞댔다. 여자의 왼손에 낀 결혼반지가 남자의 오른손에 걸렸다. 서로를 옭아맨 손가락들은 점점 더 꽉 얽혀 들었다.

귓속에 돌풍이 갇힌 것 같았다. 혀끝에 감기는 타액이 달아서 정신이 아찔했다. 손아귀에 잡히는 여자의 모든 곳은 작고 가늘어 애가 탈 지경이다. 턱과 목을 지나 어깨로 이어지는 선. 손가락과 손목의 섬세한 뼈마디. 유카타를 헤치고 움켜쥔 허리와 골반의 선명한 윤곽. 그 모든 부위는 너무나 쉽게 장악되었고 그것이 준세 안의 무언가를 몹시 부추겼다.

어쩌면 이것은 사내의 저급한 우월감인지도 모른다. 정복욕이라 해도 좋고 소유욕이라 해도 좋다. 단순하기 짝이 없는 동물의 욕정이라도 상관없었다. 수식이나 동기 같은 건 어차피 불필요했다.

나신의 여자 앞에 그는 그저 남자에 불과했다. 부드러운 목덜미에 입을 맞추고 탐스러운 가슴에 얼굴을 묻고 벌어진 다리 사이를 혀로 핥았다. 교성이 높아질수록 점점 더 고무되어 이성을 잃었다. 자기 자신에게조차 보인 적 없는 모습을 거리낌 없이 드러냈다. 뜨거워진 몸과 몸이 교합한 순간 준세는 스스로를 놓아 버렸다.

폭풍은 더욱 거세어졌다. 그는 멈추지 않는 빗줄기처럼 쉼 없이, 쉼 없이, 쉼 없이 여자의 몸 위에 쏟아져 내렸다.

여자를 부수고픈 마음과 그 품에 안기고픈 심정이 미친 듯 교차했다. 제 몸 아래 깔리다시피 한 여자를 일으켜 앉혔다. 정신없이 숨을 몰던 미나가 눈을 떴다. 마주친 눈동자 안에서 준세는 제 것과 똑같은 욕정을 보았다.

몸으로 하는 행위의 이치란 지극히 단순한지라 터득하기에 그리 어렵지 않다. 주도권을 넘겨받은 미나는 빠르게 요령을 깨쳤고, 그로써 두 남녀는 서로를 미치게 할 또 하나의 방법을 찾아냈다. 절정에 달한 폭풍은 마지막 폭발을 향해 빠르게 몰아쳤다.

거친 숨을 토하며 그는 마치 활주로 위를 달리는 기분이다. 직선으로 뻗은 이 길 끝에 다다르면 날아오를 것 같은.

새처럼 훠얼, 창공으로 날아오를 수 있을 것 같은.

"아아."

마주 안은 남녀가 몸을 떨었다. 준세는 여자를 꽉 끌어안은 채 그녀의 등 뒤로 밭은 숨을 뱉었다. 완전히 맞닿은 가슴을 통해 두 몫의 박동이 선명했다. 어느 틈에 풀어진 여자의 긴 머리가 벗은 어깨를 덮고 있었다. 그는 그 머리칼에 입과 코를 박았다. 부드러운 어둠 속에서 씩씩대는 숨소리가 차츰 잦아들었다.

미나가 몸을 젖혀 시선을 맞춰 온 것은 그때였다.

준세는 여자를 아주 가까이 마주 보았다. 제 두 눈을 번갈아 바라보는 눈길을 속절없이 받아 냈다. 그 안에 담긴 것을 직감했지만 피할 곳이 없었다. 그의 몸은 아직 여자의 안에 꼼짝 없이 묶여 있다.

미나가 천천히 다가와 입을 맞췄다. 입술과 입술이 닿는 순간 준세는 눈을 감았다. 감싸 안듯 부드럽고 조심스러운 입맞춤이었다. 입술을 떼어 낸 뒤에도 그는 눈을 뜨지 않았다. 준세. 다정하게 불렀을 때에는 차마 눈을 뜨지 못했다.

"좋아해."

너를 어쩌면 좋을까.

"아주 많이."

나는 또 어쩌면 좋을까.

"많이 좋아해."

막다른 골목에 몰린 채 그가 천천히 눈을 떴다. 속삭이듯 고백한 여자가 눈앞에서 웃고 있었다. 어둠 속에서 하얀 얼굴이 미소 짓고 있었다. 꿈처럼 황홀하게. 지우고 싶은 과거와 존재하지 않는 미래 사이에서.

유리문 너머 검은 하늘에 드문드문 별이 돋았다. 질서가 흐트러진 석정은 변함없이 고요하다. 여자의 하얀 나신 위로 밤빛이 푸른 무늬를 그렸다. 그 모든 것이 압도적으로 아름다워 가슴이 터질 것 같다.

준세는 차라리 울고 싶었다.

모든 직장이 그렇듯, 월요일 아침의 총독부에도 색다른 생기가 돌았다.

광나는 구두에 넥타이를 맨 남자들이 서류 가방을 하나씩 손에 들고서 타닥타닥 청사로 들어섰다. 오늘은 더욱이 이월의 마지막 날이라 약간의 긴장감이 더해졌다. 정문에는 제복 차림에 장총을 든 사병들이 평소보다 늘어났다.

조선총독부에 있어 삼월의 첫날은 경계를 강화하는 날이다. 올해로 8년째지만 경계령은 매년 이어지고 있었다. 내일이 바로 그날이니, 경성은 물론 반도 전역의 관공서가 오늘부터 경비력을 늘렸을 것이다. 팔도의 경찰이 요주의 인물들을 바짝 노려보는 것도 오늘부터였다.

연례행사와도 같은 경계주간을 맞아 아사리 사부로 경무국장은 일찌감치 출근해 있었다. 월요일에는 총독이 주재하는 조례가 있고 국장급 회의가 있으며 부서별 주간회의까지 마친 후에야 점심을 먹을 수 있다. 그는 주말 사이 올라온 보고서를 읽으며 비서관이 내온 엽차를 홀짝였다. 조선은 겨울이 길고 봄이 더뎌서 삼월이 코앞인데도 날씨가 한겨울 같았다.

똑똑.

누군가 국장실 문을 두드린 것은 차를 절반쯤 마셨을 때였다. 문을 열고 나타난 비서관이 송구한 얼굴로 접견 요청을 알렸을 때 아사리 국장은 반사적으로 괘종시계에 시선을 주었다. 오전 아홉 시를 막 넘은 걸 확인하자 더욱 의아했다. 월요일 아침부터, 그것도 출근 시간 전에 사전 약속도 없는 방문객이라. 더군다나.

"모리타 검사."

새파랗게 젊은 평검사가.

경성지법 검사라고 소속을 밝힌 청년을 아사리 국장은 오늘 처음 보았다. 경무국 소속 경찰관도 다 알지 못하는데 법무국의 말단 검사 따위를 알 리 만무했다. 당돌하게도 저를 찾아온 이 풋내기가 뭔가 그럴듯한 용건을 가져왔을 거라는 건 직감으로 알아챘다. 그러나 막상 검사의 입에서 튀어나온 '용건'이란 것에는 눈살을 찌푸릴 수밖에 없었다.

"자네, 설마 그 친구가 누군지 모르진 않겠지."

아사리는 자기 휘하에 특채로 넣었던 임시 서기를 기억하고 있다. 금년부터 보안과에 들였으니 이제 딱 두 달 된 신입. 그러니까 이 새파란 검사의 발칙한 용건을 요약하자면,

법무국장의 사위가 경무국에서 밀정 짓을 하고 있다는 소리.

"그래서 이렇게 실례를 무릅쓰고 국장님을 찾아뵌 겁니다."

아사리 국장은 가느다란 눈매를 더욱 가늘게 떴다. 접대용 소파에 허리를 세우고 앉은 검사를 찬찬히 뜯어보았다. 젊디젊은 얼굴에 확신이 있었다. 국장이 보기에 청년은, 제가 지금 무슨 소리를 하고 있는지 아주 정확히 알고 있는 게 분명했다.

"모리타 검사."

"예, 국장님."

"지금 꽤 위험한 도박을 걸고 있다는 건 알고 있나?"

그래서 툭 건드려 본다. 아니나 다를까 청년이 내리깐 눈을 들어 올렸다. 오십 대 후반의 국장은 아무렇지 않은 얼굴로 시선을 맞추었다. 계산은 진즉 끝났으나 주의 사항을 한 번 더 상기시켜 나쁠 건 없었다.

"섣불리 나섰다가 대단히 곤란해질 수가 있어."

"호랑이 굴에 들어가지 않고 어떻게 그 새끼를 잡겠습니까."

당돌한 대꾸에 국장이 코웃음 쳤다. 호랑이와 그 새끼. 마음에 드는 비유다.

"설령 제가 잘못 짚었다 해도 국장님께 손해될 것은 없지요. 그러나 제가 제대로 짚었다면,"

하루하라 거들먹대는 꼴은 영원히 안 보게 되겠지. 그는 속으로 대답하며 신이치의 오만한 입매를 떠올렸다. 그 작자는 제가 호랑이 새끼를 키웠다는 걸 알까. 치명상을 입고 몰락하는 백작을 상상하자 아사리는 짜릿해졌다.

식민지 총독부에서 가장 힘 있는 곳은 단연 경무국이고, 정무총감 아래 서열 삼위는 마땅히 경무국장이어야 한다. 해군 출신의 현 총독은 육군이 장악한 조선의 군통수권을 마음껏 휘두를 수 없으니 그에게 온전히 속한 경찰력이 더더욱 총애를 받아야 한다. 그럼에도 총독이 경무국장보다 법무국장을 더 가까이 하는 까닭은 아사리가 생각하기에 순전히 하루하라가 화족이기 때문이었다. 선대로부터 세습된 그 잘난 작위 때문에.

그러고 보니 우리 백작님께선 집안 단속이 영 젬병이로군. 사위와 부하가 한꺼번에 그 목을 조르는 격이 아닌가.

"알았으니 두고 가게."

"승낙하시는 겁니까?"

"안 할 이유가 없지 않나. 자네 말대로 나는 밑질 게 없는데."

"행동은 빠를수록 좋습니다."

"그건 우리 쪽 전문이니 염려 말아. 조례 준비를 해야 하니 이만 나가 보게."

자르듯 말하며 국장이 탁자 위 서류를 집어 들었다. 간도 총영사관 특별 경비 송부에 관한 건. 표제를 지나 첫 장을 넘길 때까지도 검사는 물러가지 않았다. 그에 아사리 국장은 조금 기막힌 얼굴로, 그러나 좋게 달래듯이 모리타를 바라보며 말했다.

"자네가 나가자마자 보안과장 호출하겠네. 됐나?"

"감사합니다."

"그런데 모리타."

막 자리에서 일어선 검사가 경무국장을 내려다본다.

"어째서 나한테 온 건가? 자네 국장한테 보고하지 않고."

물음에 그는 또한 지체 없이 대답한다.

"저는 제국과 폐하를 위해 일하는 사람이니까요."

구김 없이 하얀 셔츠 깃.

"사냥감에 동정심을 품은 자가 사냥을 제대로 하겠습니까."

중년의 국장이 물끄러미 그를 올려다보았다. 검은 양복에 검은 넥타이를 단정히 갖춘 검사는 이목구비마저 준수했다. 흰 낯빛과 매서운 눈매, 얄팍한 입술에서 아사리는 그 성격을 짐작했다. 동정심 없이 제대로 사냥해야 할 사냥감이라. 놓치지 않겠단 집념은 확실하네.

"우리 폐하께서는 참으로 충성스러운 검사를 두셨군."

"신민으로서 마땅히 해야 할 일이지요."

"훌륭해. 대단히 훌륭한 태도야."

아사리가 입가에 미미한 웃음을 띠었다. 격찬을 받고도 모리타 겐지는 비굴하게 따라 웃지 않는다. 여러모로 마음에 드는 친구였다.

"그럼, 소식 기다리고 있겠습니다."

깍듯이 인사한 검사가 뚜벅뚜벅 문밖으로 사라졌다. 집무실에 홀로 남은 국장은 여전히 접대용 소파 상석에 앉아 있다. 그리고 그가 채 일어서기 전에 닫혔던 문이 다시 열렸다.

"찾으셨다고요, 국장님."

부른 일 없는 비서관의 등장에 아사리는 껄껄 웃기 시작했다. 거 일 처리 한 번 발칙하게 꼼꼼한 친구 아닌가. 한참을 웃던 국장이 어리둥절한 비서관에게 지시했다.

"보안과장 호출해. 아직 출근 안 했으면 집으로 전화해서 당장 뛰어오라고 해."

"예, 국장님."

힘차게 대답한 비서관이 집무실을 나갔다. 경무국장 아사리 사부로는 자리에 앉은 채, 검사가 주고 간 서류를 한 자 한 자 읽어 내려갔다.

간도 총영사관 특별 경비 송부에 관한 건

요시다 곤스케 과장은 자신의 좁은 방에 앉아서 서류 겉장을 응시하고 있다. 출근하자마자 전화벨이 귀청을 때려 받아 보니 국장의 호출이었다. 허겁지겁 국장실로 향할 때까지만 해도 요시다는 경계주간에 관련된 지시겠거니 했다.

'자네 재무국에 친분 있는 사람 있나? 입이 무겁고 믿을 만한 사람 말이야.'

국장이 은근하게 물었을 때야 요시다는 비로소 보통 사안이 아니라는 것을 알아차렸다.

'이 일은 자네와 나 둘만 알아야 해. 무슨 뜻인지 알겠지?'

그렇게 국장이 건넨 서류를 받아 사무실로 돌아와서, 내용물을 찬찬히 읽은 뒤 이렇게 생각에 잠겨 있는 것이다.

간도 총영사관 특별 경비 송부에 관한 건.

서류에 적힌 일정은 나흘 뒤였다. 여정은 경성에서 출발해 국경 너머 간도까지. 운반할 물건은 현금 오만 원. 거액의 경비를 긴급히 송부해야 하니 관계 부처가 빨리 조율하자는 내용의 이 문서는 물론 가짜다.

내부의 첩자를 잡기 위한 덫.

"흠……."

요시다는 콧바람을 길게 뿜으며 서류철을 덮었다. 그리고 궁금해했다. 누굴까. 이토록 기함할 소식을 경무국장에 전달한 사람. 보안과장인 자신조차 제치고 단독 조사를 벌였으며 그럴듯한 덫까지 꼼꼼하게 준비한 사람. 조선 최고위층과 겹으로 이어진 혈족을 대범하게도 의심한 사람.

그러나 그게 누구든지 간에 부디 보안과 소속이 아니기를 요시다는 바랐다. 이 발칙한 추측이 맞든 틀리든, 과장을 배신하고 국장실로 직행한 부하가 자기 휘하에 있다면 요시다는 이중으로 베이는 것과 같으니까.

턱밑에서 돌아다닌 첩자를 눈치채지 못한 것만으로도 이미 치명적인데.

"임 군."

요시다는 좁고 갑갑한 자신의 집무실로 임시 서기를 불러들였다. 훌쩍 큰 키와 긴 다리로 우아하게 걸어온 그가 뚜벅뚜벅 들어와 방문을 닫았다. 요시다는 청년이 끌고 들어온, 여느 때처럼 세련된 냄새를 들이마시며 서류철을 내밀었다.

"재무국 철도부 노구치 사무관한테 전달해. 긴급공조 건이니까 즉시 확인하고 나한테 연락 달라고."

말하며 그는 두꺼운 안경알 너머로 임준세를 올려다보았다. 마주 서 있는데도 턱을 들어야 시선이 맞는 신장과 광택이 흐르는 양장 속 우람한 어깨를 눈으로 훑었다. 타고난 데 더해 꾸준히 단련하지 않고서는 얻을 수 없는 체형. 그마저도 요시다는 새삼 의심스러워진다.

"노구치도 이미 출근했을 테니 당장 가 봐."

"예, 과장님."

"그리고 임 군."

서류철을 받아 든 준세가 아무렇지 않게 상관을 마주 보았다. 대부호의 젊은 상속자. 이 미끈한 친구가 정말 첩자일까. 요시다는 본인의 모든 의심이 다시금 의심스러워진다.

"경계주간인 거 알지?"

"알고 있습니다."

"금일 밤부터 조심하라고. 우리 쪽 사람들은 특히나 타깃이 되기 쉬워."

'우리 쪽 사람들'을 강조하자 준세가 보일 듯 말 듯 웃었다. 그러고는 알겠습니다, 대답한 뒤 묵례와 함께 몸을 돌려 퇴장했다. 균형 잡힌 뒷모습. 옆구리에 낀 누런색 서류철에 요시다는 길게 시선을 두었다.

'시험해 봐. 어차피 우리한테 손해될 건 없으니까. 걸려들면 첩자를 잡아내는 거고, 아무 일도 없으면 없던 일로 하면 되는 거고.'

경무국장의 말은 옳았다. 누구든 혐의가 있다면 한 번쯤 짚고 넘어가는 게 옳았다. 결백한 사람이라면 집채만 한 덫을 놓은들 걸려들 리 없었다.

굶주린 쥐새끼라면 아주 작은 덫에도 걸리겠지만.

그래서 그는 그쯤 하여 잡념을 멈추기로 한다. 절반의 확률은 곧 정체를 드러낼 것이고 요시다에게는 그보다 더 중한 업무가 많았다. 새로운 주가 시작되는 월요일 아침. 그는 당장 총독의 조례에 참석할 채비부터 해야 했다.

미나는 천천히 눈을 떴다. 눈꺼풀을 몇 번 깜빡이자 반듯한 격자무늬가 보였다. 짙은 색 목재를 댄 천장은 응접실의 것이다. 그렇다면 지금 누운 이곳은 응접실 소파. 미나는 흐음, 긴 숨을 내쉬면서 한쪽 팔로 눈을 가렸다.

끈적이는 잠기운이 떨어져 나가자 기억이 되살아난다. 점심 후 소파에 다리를 뻗고 앉았었다. 책을 가져다준 동래댁을 붙들어 가까이 있게 했고, 상전의 응석에 못 이긴 찬모가 곁에 앉아 바느질을 하기 시작했고, 조선어를 빨리 익혀야 하니 아무 이야기나 해 보라고 미나가 또 졸라 댔었다.

미나는 동래댁의 사투리를 듣는 게 좋았다. 그녀가 기억하는 조선말의 억양이니까. 있지, 나 정말 이렇게 놀아도 되는 거야? 미나가 묻자 동래댁은 하모예, 힘차게 고개를 끄덕인 뒤 차근차근 설명했다. 시댁은 원체 큰 양반 댁이라 연중 제사가 많고, 제수 준비는 본가 식솔들이 일주일 전부터 시작하며, 안주인 없이도 수년간 치러 온 일이니 마님께선 전혀 염려치 않아도 된다고.

그 이야기를 들으면서 미나는 졸기 시작했다. 펼친 책을 배 위에 얹어 놓고 느릿느릿 눈을 슴벅였다. 이러다 또 잠들겠네, 자각한 순간 감쪽같이 잠에 빠져들었다. 온몸이 설탕과자처럼 녹아내리는 것 같았다.

미나는 낮잠을 즐기는 편이 아니다. 그런데 얼마 전부터 늦은 오후 혹은 이른 저녁마다 졸음이 쏟아지기 시작했다. 시도 때도 없이 꾸벅거리는 그녀를 두고 말희는 조금 이른 춘곤증이 아니겠냐고 진단했지만, 나이 든 찬모의 눈은 예리했다.

'마님, 혹시…….'

기색을 살피던 동래댁의 얼굴에는 이미 기쁨이 뚜렷했다. 자식을 둔 적은 없으나 아이를 밴 여자를 수없이 보아 왔고 산후 수발까지 들었던 그녀는 거의 장담하는 눈치였다. 미나도 월경과 임신에 대한 상식쯤 알고 있으므로, 제 몸에 변화가 생기고 있다는 것을 이미 짐작하던 차였다.

막연하던 징후가 점점 확신에 가까워졌다.

미나는 다시 눈을 떴다. 가슴까지 덮은 모포를 들추며 몸을 일으켰다. 모포를 덮어 주었을 동래댁은 곁에 없었고 주위에 인기척도 느껴지지 않았다. 그녀는 부스스 소파에서 일어나 침실로 향했다. 드르륵 문을 열자 침대를 독차지한 고양이가 졸던 눈을 떴다.

"팔자 좋은 녀석 같으니라고."

놀리듯 중얼대며 침대 위로 올라가 새털이불을 파고들었다. 자리를 빼앗긴 고양이는 불청객이 싫지 않은지 여자의 옆구리에 찰싹 몸을 붙였다. 미나는 두 손으로 고양이를 들어 배 위에 올린 뒤, 그르릉대는 짐승의 목덜미를 부드럽게 쓰다듬었다.

"라쿠."

부부 침실의 천장은 하얀색. 하얗게 회칠한 천장을 향해 그녀가 속삭였다.

"아이가 생겼나 봐."

비밀을 털어놓은 여자가 배시시 웃었다. 입 무거운 고양이는 못 들은 척 눈을 감고 있다.

"아직 아무한테도 말하면 안 돼."

장난처럼 당부를 덧붙이면서 가슴 벅찬 장면들을 떠올렸다. 어떤 아이일까. 아들일까 딸일까. 당신과 나 둘 중 누구를 더 닮았을까. 스물둘의 여자는 궁금한 것이 너무나 많지만 그중 가장 알고 싶은 것은,

소식을 알리면 당신이 어떤 표정을 지을까.

"후우……."

길게 숨을 뱉으며 미나는 계속해 천장을 바라보았다.

반쯤 열린 미닫이를 통해 햇빛이 들고 있었다. 실내로 들어와 굴절된 빛은 밝았다가, 흐려졌다가, 다시 밝아졌다. 구름이 해를 가리면 세상은 잠깐 어두워지고, 구름이 흘러 지나가면 다시 밝아졌다.

화창하고 나른한 오후에 미나는 이렇게 누워서 천장을 바라보곤 했다. 태양과 구름의 자취를, 빛과 어둠의 교차를 지켜보길 좋아했다. 그걸 보고 있노라면 마치 세상의 가장 신비한 조화 혹은 비밀을 엿보는 기분이 들었다.

"준세도 기뻐하겠지?"

과묵한 고양이에게 중얼중얼 말을 걸며 미나는 생각했다. 오늘 밤. 그래, 오늘 밤이 좋겠다. 내일은 어머니 제사가 있는 날이니까. 그 전에 이 소식을 들으면 당신이 조금 덜 슬퍼할지도 모르니까.

결심한 여자가 스르르 눈을 감았다. 배 위의 고양이는 묵직하고 따뜻했다. 그르릉 그르릉 하는 소리를 들으며 미나가 미소 지었다.

태양은 빛난다. 구름은 흘러간다. 빛은 밝았다가, 흐려졌다가, 다시 밝아진다.

준세는 의자에서 일어나 옷걸이로 손을 뻗었다. 코트를 떼어 팔을 꿰면서 창밖에 시선을 주었다. 하늘은 진즉부터 어두웠다. 오늘도 퇴근 시간을 넘겼지만 삼십 분 초과니 양호한 편이었다.

"저희도 이만 들어가 보겠습니다."

나카오가 대표로 말했다. '저희'란 본인과 부사수인 준세를 가리키는 것이다. 현재 보안과 사무실에 남은 사람은 네 명뿐이다. 칠급 사무관 스기와라 료스케가 이끄는 백산무역 건 업무조.

"그래, 수고했어. 차 불렀나?"

"아뇨. 임 군이 집까지 태워 주기로 했습니다."

"아, 그거 좋은 생각이군. 조심히 들어가도록."

갓 사십 대에 들어선 스기와라 사무관은 전형적인 관료형 외양이었다. 단정히 앉아 펜을 쥔 손가락이 그랬고 단출하면서 깔끔한 양복이 그랬다. 경무원보다 은행원에 가까울 법한 그를 보며 준세는 나카오의 촌평을 떠올렸다. 안전제일주의자죠. 학무국에 가셨어야 하는데.

"이런 날 전차나 인력거는 역시 위험하지. 명일까지는 무기를 가까이 두는 게 좋을 거야. 만일은 알 수 없으니 말이야."

반짝이는 안경알 너머로 막내들을 바라보며 스기와라가 강조했다. 그는 어젯밤 미뤄 둔 권총 소제를 하고 탄환도 확인했다. 총독을 죽인답시고 맨몸에 칼 한 자루 들고 덤비는 게 조선 놈들이다. 오늘 같은 날은 특히나 무슨 짓을 벌일지 알 수 없었다.

"예예, 걱정 마십쇼."

나카오가 넉살좋게 대답하면서 부사수를 향해 슬쩍 웃었다. 거봐요, 학무국에 가셨어야 한다니까. 눈짓에 담긴 조롱을 준세는 알아보았다.

닫혀 있던 사무실 문이 더럭 열린 것은 그때였다.

"사무관님, 급보입니다."

전보용지를 펄럭이며 들어온 남자가 긴박하게 말했다. 사무실에 남아 있던 네 명의 시선이 그에게 집중됐다. 그가 빠른 걸음으로 스기와라의 책상에 다가가는 모습을 준세는 선 채로 주시한다.

"안희제가 움직일 것 같습니다."

싸늘한 기운을 삼키며 그는 계속해서 주시한다.

"뭐야?"

"만주로 간다는 첩보입니다."

"언제."

"사흘 뒤에 배 탄답니다. 요인과 직접 접선하려는 것 같다는데요."

"그래?"

전보용지를 받아 읽은 사무관이 안경을 벗었다. 손끝으로 눈가를 누르면서 텅 비다시피 한 사무실을 죽 훑었다. 과장의 부재를 확인하듯 잠깐 침묵했다가, 퇴근 준비 중이던 부하 둘을 지목했다.

"미야기. 부산에 연락해. 지금 당장 안한테 사복형사 더 붙이고 부산항에 정탐 깔라고. 나가마츠. 자넨 주재소에 연락하고 영사관 협조 요청해. 예상 날짜 알리고 대비하도록. 우리는 이틀 뒤에 도착하는 걸로 하고."

지시를 받은 두 남자가 수첩과 펜을 챙겨 사무실 밖으로 나갔다. 부산 경찰서는 경무 전용 시외전화, 만주 영사관과 주재소는 전보로 연락해야 한다. 전화 교환실과 구내우편국 모두 일층에 있었다.

두 사람이 사라지자 사무실은 휑해졌다. 급변한 분위기 속에서 모두가 제자리에 멈춘 채였다. 준세가 하고 싶은 질문을 고맙게도 나카오가 대신 해 주었다.

"안희제가 움직이는 겁니까? 만주로 간다고요?"

"그런 모양이야. 쥐새끼 같은 놈."

이번엔 어림없지. 중얼대면서 헝겊으로 안경알을 닦은 사무관이 반짝이는 안경을 다시 썼다. 그러고는 코트까지 입고 엉거주춤 선 막내들을 향해 턱짓한다.

"자네들은 어서 들어가."

"저희도 도울 일이 있으면,"

"도울 일이 없으니까 퇴근하라는 거야. 명일부터 바빠질 테니 미리 쉬어 두라고."

스기와라가 귀찮다는 듯 손을 휘휘 내저었다. 눈치를 살피던 나카오는 그럼 먼저 들어가겠습니다, 공손히 인사한 뒤 준세에게 눈짓했다. 준세는 자리를 뜨고 싶지 않았으나 따르지 않을 수도 없었다.

이월의 마지막 밤은 차가웠다. 주차해 둔 자동차로 걸어가는 동안 준세는 생각했다. 선생이 만주에 간다는 소식을 어떻게 알았을까. 회사 내부에도 총독부에 포섭된 자가 있나. 그렇다면 어서 알려야 한다. 가까이에 지켜보는 눈이 있다는 것을, 적들이 몸을 숨인 채 결정적인 순간을 노리고 있다는 것을 알려야 한다.

만주행 계획을 바꾸도록 해야 한다.

"나도 요새 운전을 배우고 있어요. 면허가 있으면 승진 심사에 가산점을 받거든요."

조수석에 앉은 나카오가 운전대를 바라보며 말했다. 준세는 차를 급히 몰지 않으려 애쓰는 중이었다. 나카오의 집은 명치정 이정목이라고 했다. 리버티가 위치한 본정에서 지척인 곳.

"임 서기는 참 특이한 사람이야."

"뭐가 말입니까."

"운전을 하잖아요. 그것도 자기 차를. 그런 사람 처음 봤거든요."

"아."

준세는 멋쩍은 체 웃으면서 속력을 약간 높였다. 그에게는 익숙한 화제였다.

경성 거리에서 승용차를 구경하기란 어렵지 않다. 공무용 차량과 택시, 자가용까지 수백 대의 사륜차가 시내에 굴러다닌다. 그러나 번쩍거리는 자동차를 소유할 만한 사람은 손꼽히는 부자들뿐이고, 그 정도로 부유한 사람이 손수 운전하는 수고를 할 리 없었다. 자기 차를 직접 모는 이는 아마 조선 팔도를 통틀어 임준세가 유일할지도 모른다.

"말 나온 김에 좀 물어도 되나? 왜 운전수를 안 둬요?"

"별다른 이유는 없습니다. 그냥 운전하는 걸 좋아해서."

"운전하는 게 좋다고요?"

과장되게 되물은 나카오가 헛웃음을 지었다. 역시 특이하다니까.

"하긴, 미국 영화 보니까 주인공들이 운전을 하더라고요. 여자가 차 모는 것도 봤어요. 미국 여자들은 몸집이 크니까 그런 것도 쉽게 하나?"

전혀 이치에 맞지 않는 말을 흘려들으며 준세는 조수석의 안내에 따라 골목을 찾아 들었다. 도착지는 본정서 근처, 천주교회에서 멀지 않은 곳이었다. 나카오는 이곳에서 3년째 하숙 중이고, 일본에 약혼한 여자가 있으며, 올봄에 결혼식을 올리고 경성에 신접살림을 차릴 계획이라는 사적인 정보까지 굳이 제공한 뒤 차에서 내렸다.

"신세 졌습니다. 조심히 들어가요."

준세는 상대가 집 안으로 완전히 사라질 때까지 전조등을 켠 채 자리를 뜨지 않았다. 운전석에 잠시 앉은 채로 생각을 정리했다. 나카오는 그것이 제 안전을 걱정한 부사수의 듬직한 배려라 생각했겠지만.

'지금 당장 안한테 사복형사 더 붙이고 부산항에 정탐 깔라고.'

평소라면 준세는 기다렸을 것이다. 내일 점심시간을 이용해 윤식을 만나 소식을 전달했을 것이다. 하지만 이것은 다급한 사안이었고, 오늘 낮에 윤식을 만났으니 이틀 연속 접촉하는 건 삼가는 편이 안전했다. 그에게는 또한 찬에게 직접 전달할 용건도 있었다.

그러므로 결정은 쉬웠다. 준세는 리버티로 향했다.

근 두 달 만에 찾은 가게는 변함없었다. 어둑한 실내에 퇴폐적인 재즈와 담배 연기가 흘렀다. 낭만과 유흥을 좇아 월요일부터 홀을 메운 사람들. 그 안으로 준세가 막 들어섰을 때, 카운터 앞에 서 있던 찬은 잠깐 굳었으나 곧 능숙한 미소로 옛 단골을 맞이했다.

"이거 오랜만에 오셨습니다. 안으로 드시죠."

칠 호실로 안내받으며 준세는 홀 쪽으로 힐끗 시선을 주었다. 잘 차려입은 남녀들이 즐거운 얼굴로 재미난 말들을 주고받고 있었다. 구석 자리 어딘가에서 까르륵, 여자의 높은 웃음소리가 들렸다.

"급한가?"

내실에 들어서자마자 등 뒤로 문을 닫고 찬이 물었다. 준세가 손목시계를 확인하고는,

"십오 분 내에 가 봐야 합니다."

"잠시 기다리게."

다시 문을 열고 나가는 남자의 뒷모습을 바라보았다.

홀로 남은 준세는 낯익은 실내를 눈으로 훑었다. 호두나무 판으로 벽을 두른 방. 네모난 탁자를 중심으로 놓은 디근자 소파. 스테인드글라스로 화려하게 장식된 전등갓까지. 직접 고른 그 집기들을 바라보며 시간을 되짚어 본다. 이 가게를 연 것이 어느덧 3년 하고도 석 달 전이었다.

쓸모없는 감상 속에서 그는 소파로 가 앉았다. 방금 보았던 손목시계를 굳이 다시 들여다보았다. 일곱 시 반. 여덟 시쯤 집에 도착하면 크게 늦는 것은 아니었다. 올 들어 하루걸러 하루씩은 그때쯤 귀가하고 있으니.

'난 총독부가 싫어.'

집에서 기다리는 사람은 그래서 불평을 하고.

'거기 들어간 후부터 퇴근이 늦어졌잖아. 게다가 시간까지 들쭉날쭉.'

겉옷을 받아 옷걸이에 걸며 귀엽게 툴툴거리고.

'당신만 무사하면 돼.'

품을 파고들어 가망성 없는 바람을 속삭인다.

'좋아해.'

돌려줄 수 없는 것들을 아낌없이 쏟으면서.

거기까지 생각한 준세가 눈을 감아 버렸다.

그리고 때맞춰 문이 열렸다. 솜씨 좋게 한 손으로 쟁반을 받쳐 든 찬이 들어오더니 문부터 덜컥 닫았다. 뚜껑 딴 맥주병 하나와 유리잔 두 개, 볶은 땅콩과 찐 완두콩이 담긴 사기그릇 두 개. 그것들을 테이블 위에 차례차례 늘어놓으며 찬은 용건부터 물었다.

"어쩐 일인가."

"부산에 사람을 보내야겠습니다."

"무슨 일로."

"회사 내부에 첩자가 있는 것 같습니다."

유리잔에 맥주를 따르던 찬이 눈을 들었다. 준세는 조금 전 보고 들은 것을 빠짐없이 옮겼다. 잠자코 들으며 두 번째 잔까지 채운 남자가 맥주병을 내려놓고 상체를 세웠다. 앉자마자 담배부터 꺼내 물던 사람이 팔짱만 끼고 있었다.

"선생께서 지금 움직이시면 안 됩니다. 경무국이나 검사나 바짝 약이 올라 있어요. 만주행 취소하고 당분간 거동을 절대 조심하시라고 전해 주십시오."

당 내부의 첩보를 전하기 위해서는 반드시 사람이 오가야 했다. 전보나 편지는 물론 시외전화를 쓰는 것도 엄금돼 있었다. 시외전화는 거는 사람과 받는 사람의 신원은 물론 통화 목적까지 교환원에게 알려야 한다. 총독부가 대놓고 감시와 추적을 하겠단 소리였다.

그러므로 준세가 빼내는 정보도 오직 윤식을 통해서만 전달됐다. 그와 접선한 윤식이 전화로 암호화된 용건을 전하면 그 당원이 기차를 타고 부산으로 가 전달하는 식이었다. 새로 연락책을 맡은 당원이 누구인지 준세는 알지 못했다.

"내일 첫차로 보내겠네."

여전히 팔짱 낀 채 테이블 위를 내려다보며 찬이 대답했다. 탐스러운 맥주 거품 아래 기포가 올라오고 있었다. 그러나 둘 중 누구도 손을 뻗지 않았다.

"그리고 부탁드릴 것이 있습니다."

맥주잔만 내려다보던 찬이 고개를 든다. 말없이 눈으로 묻는 얼굴에서 준세는 희미한 긴장을 읽어 냈다.

"폭발탄을 구해 주셨으면 합니다."

"어디다 쓰려고."

찬은 말이 끝나기 무섭게 되물어 왔다. 마치 그 말이 나올 줄 알고 있던 것처럼. 그는 예민하고 눈치가 빠른 사람이다. 이미 짐작하고 있었을 줄 준세 또한 짐작하던 바였다.

"제가 쓸 겁니다."

그래서 더욱 아무렇지 않게 대답하며, 그는 상대의 시선을 피하지 않았다.

준세는 앞으로 벌어질 일들을 예상할 수 있다. 데드라인이 순식간에 코앞으로 닥쳐 있었다. 목요일 부산항에 백산 선생이 나타나지 않고 금요일 간도에서 현금을 실은 수송차가 털리면 경무국은 내부의 정보원을 확신할 것이다. 그때부터는 임준세도 더는 의심을 피할 수 없게 된다.

"꼭 해야겠나?"

물음에 준세는 침묵으로 답했다.

"그것 말고 다른 방법, 좀 더 나은 방식을 생각할 수도 있잖나."

"이미 늦었습니다."

"……."

"저는 곧 노출됩니다."

윤식에게 넘긴 정보는 이미 북쪽으로 떠났다. 오만 원이면 백산무역이 반년간 벌어들이는 이상의 거액이었다. 민족학교 교원에게 봉급을 주고 독립군의 무기를 바꿀 수 있는 돈이다. 굶주린 아이들에게 더운밥을 먹일 수도 있다. 오만 원. 이동경로가 확실하고 경비가 허술한 돈. 놓칠 수 없는 기회였다.

"이제 얼마 버티지 못해요."

"무슨 일이 생긴 건가?"

"조만간 생길 겁니다."

"준세,"

"첩자가 성공하면 노출되는 게 당연한 일 아닙니까."

"……."

"그쪽에서도 당장 저를 어떻게 하지는 못할 겁니다. 확실한 증거를 찾아야 하니 며칠 더 시일을 끌 수는 있겠지요. 그러나 일단 의심을 받게 되면 운신에 제약이 생깁니다. 어차피 할 일이니 그 전에 시행하는 게 맞습니다."

그래서 그는 결심했다. 다음 주 월요일. 청사가 어수선하고 총독의 출입이 잦은 날. 오전 내내 조례와 회의가 이어지며 그 시간과 장소를 모두 파악하고 있는 날.

돌아오는 월요일에 모든 것을 끝내기로.

잠시 대화가 멎었다. 아니, 처음부터 대화는 아니었다. 목숨을 버리기로 결심한 사람이 일방적인 작별을 고했다고 해야 옳았다. 준세는 제 시선조차 외면한, 소파 위에 팔짱을 끼고 앉아 술잔만 내려다보는 남자를 바라보았다. 맥주잔의 거품은 어느새 거의 무너져 있었다.

"주말까지, 가능하겠지요."

상대는 여전히 무대답. 그러나 침묵은 소극적인 긍정이라는 걸 준세는 안다.

"하면 승낙하신 걸로 알고 이만 가 보겠습니다."

말과 동시에 자리에서 일어섰다. 용건 전달을 마쳤으니 더 머물 이유가 없었다. 그러나 찬은 변함없이 우두커니 석상처럼 앉았을 뿐이다. 그 뒷모습을 내려다보며 준세는 생각했다. 어쩌면 이 모든 것은 필연인지 모른다고. 망설이며 시일만 보내는 꼴을 보다 못해 누군가 떠밀어 준 기회인지도.

부질없는 번민에 묶여 한심하게 굴지 말라는 뜻인지도.

"오랫동안, 준비해 온 일입니다."

오래전부터 그의 생은 황무지였다. 불타고 갈라져 아무도 살 수 없는 땅이었다. 꽃은커녕 잡초 한 포기 돋아나지 않는 땅. 어쩌다 만난 소나기에 잠시 젖었다 한들, 시간이 흐르면 다시 마르고 갈라져 고통만 남게 될 것이다.

그러니 다 부질없는 일이다. 예기치 못한 즐거움을 잠시 누렸다 한들.

"보내 주세요."

말을 맺은 뒤에도 준세는 선 채로 기다렸다. 소파에 앉은 남자의 정수리와 등을 내려다보면서 기다렸다. 그러다 문득 생각했다. 내가 사라져도 이 가게는 남겠구나. 자금원이자 연락 거점으로 계속 이들을 돕겠구나. 그것이라도 남길 수 있어 얼마나 다행인가.

"일요일 오후."

침묵하던 찬이 입을 열었다. 여전히 시선을 피한 채. 낮고 무거운 목소리.

"세 시 반에 들르게. ……뒷문으로."

준세는 묵묵히 곱씹었다. 일요일 오후 세 시 반.

"그날 뵙지요."

대답한 뒤 뚜벅뚜벅 걸어 문을 열었다. 짙은 음악 소리와 웃음소리가 내실로 훅 끼쳐 들었다. 준세는 어깨를 펴고 턱을 든 채 등 뒤로 문을 닫았다. 그리고 성큼성큼 복도를 걸어 카페를 빠져나갔다. 손도 대지 않은 두 개의 맥주잔과 두 개의 안주 접시, 석상처럼 우두커니 앉은 남자 하나를 남겨 두고서.

이제 물러설 곳은 없다. 망설일 시간도 없다. 정해진 길로 나아가는 것 외에 다른 방도는 없었다.

종로서 지하 취조실에서는 늘 비슷한 소리가 난다. 잔뜩 겁주며 으르는 소리. 조곤조곤 달래는 소리. 비명 소리, 고함 소리, 다시 비명 소리.

여기는 총독부 지하 취조실처럼 톱밥과 합판으로 꼼꼼히 방음하지 않았다. 그래서 소리는 좀 요란할지언정, 고문받다 숨이 끊겨져 사라지는 사람이 총독부처럼 많지는 않았다.

갑갑하도록 좁은 지하방은 창문이 없다. 천장에 매달린 전등갓 아래 백열전구 하나가 유일한 광원이다. 부채꼴로 떨어지는 빛 아래 단순한 형태의 나무 탁자가 놓여 있고 두 사람이 마주 앉았다. 스무 살이 채 못 된 청년이 딱딱한 의자 위에 똑바로 앉아 있었다. 이마와 콧등 위로 전등 빛이 창백했다.

"보십시오. 이렇게 사람을 막 잡아다 가두는 법도 있습니까?"

제법 당돌한 항의였다. 그러나 기철은 들은 척도 않고 주머니를 뒤져 담배부터 한 개비 꺼내 물었다. 성냥을 칙 긋자 불꽃과 함께 유황 냄새가 팍 퍼졌다. 첫 모금을 깊이 빨고 길게 내뱉고. 의식적으로 느긋이 행동하면서 그는 마주 앉은 청년에게 시선을 주었다. 깜찍하게 시침부터 떼는 걸 보니 경찰서는 처음인 게 분명했다.

"다짜고짜 끌고 와서는 대뜸 여기다 넣어 놓고, 변소도 못 가게 가둬 놓기만

한 게 벌써 몇 시간째냐?"

정확히 다섯 시간째지만 기철은 알려 주지 않는다. 이번에도 못 들은 척 담배만 깊이 한 모금 빨아들였다. 그는 요 며칠 상당히 피곤한 나날을 보냈고, 오늘은 이 녀석을 잡아들이느라고 남은 힘마저 박박 긁어다 썼다. 기철은 더 이상 시간을 끌 생각이 없었다.

"장윤식."

길게 연기를 뿜어낸 김 경부가 처음으로 입을 뗐다. 수동이가 아니라 장윤식. 윤식은 저도 모르게 얼굴을 굳혔다.

"너 부산 살지."

"……."

"부산 사는 놈이 경성엔 왜 왔어."

"……돈 벌러 왔습니다."

"부산엔 구두 닦을 데가 없나?"

"저도 곧 스무 살이니, 대처 구경도 할 겸 올라왔지요."

"본적이 부산인 놈이 대처 타령은."

"말은 나면 제주로 보내고 사람은 서울로 보내라 안 했습니까?"

"낙원동 집은 하숙인가?"

"……아버지 친우분 댁입니다."

"뭐 하는 누군데."

"……한성택 씨라고, 종로에서 조그만 싸전을 하십니다. 원래 일본으로 가려다가 그 아저씨가 살펴 주신다 하셔서 이리로 온 겁니다."

긴장한 주제에 제법 또박또박 답했다. 기철은 그런 청년을 쳐다도 보지 않았다. 그저 마음껏 지껄여 보라는 식으로 비스듬히 앉아서 입에 문 궐련만 태웠다. 형사가 끽연에 집중하느라 취조실이 잠깐 조용해졌다. 손에 들린 담배는 어느새 반 토막이다.

"수동이."

"……."

"이름은 왜 속였어?"

"그야 서울은, 눈 뜨고 있어도 코 베어 간다 안 합니까? 낯선 사람들 무얼 믿고 고향이며 이름이며 떠벌리고 다닙니까?"

"왜 총독부 앞에 있었지? 종로나 혼마치 같은 데가 번잡하니 장사하긴 더 나을 텐데."

"총독부 나리들은 죄 구두를 신으니까요. 뜨내기만 많은 번화가보다 그런 데가 노다지지요."

대답을 듣던 기철이 픽 소리를 냈다.

"아니, 그게 아니지."

이제 그는 정말로 피곤해서, 얼른 이 짓을 끝내고 집에 들어가기로 한다.

"너 총독부에 아는 사람 있잖아."

"……예?"

"젊은 친구가 벌써부터 가는귀를 먹었나. 조선말 못 알아들어?"

"알아듣지 못할 말씀을 하시니 그렇지요. 총독부라뇨? 저 같은 놈이 어찌 그런 데 아는 사람이……."

기철은 드디어 담배에서 시선을 떼고 어리둥절한 표정의 청년을 바라보았다. 적당히 지껄이게 해 줬으니 이제 입이 다 풀렸을 것이다. 꼴같잖은 거짓말도 이만하면 충분히 들었고.

"윤식이."

인간은 누구나 거짓말을 잘한다. 유독 고집이 세서 끝까지 거짓말로 일관하는 인간도 많다. 고등계 형사인 김기철은 직업상 그런 독종을 많이 상대해 왔고, 그래서 그들을 어떻게 다뤄야 할지 나름의 요령도 지니고 있었다. 일단 취조의 기본 한 가지. 누구의 이름을 대야 할지, 어떤 실토를 해야 할지 먼저 알려 주고 시작할 것.

"너 임준세 알잖아. 경무국에 있는 친구."

취조의 목적은 원하는 자백을 끌어내는 것이다. 검사가 듣고 싶은 말은 정해져 있으니 그걸 그대로 자백하게 만드는 게 중요했다. 진실인지 아닌지는 부차적인 문제고.

"임준세. 장윤식. 니들 한패잖아."

윤식은 어떤 표정을 지어야 할지 몰라 순간 굳어졌다. 가장 마지막으로 의심받아야 할 사람의 이름이 여기서 나왔다는 게 놀라웠다. 어떻게 된 거지. 어디서 정보가 샌 거지. 이제 우리는 어떻게 되는 거지. 무서운 질문들이 한꺼번에 몸에 꽂히면서 일시에 피가 빠져나가는 기분이었다.

"아까 낮에도 만났잖아. 보니까 곧장 전화하러 가던데. 파고다공원 앞에 있는 공중전화 썼고. 소식은 잘 전했나? 수송차 털어서 돈 가져갈 준비 하라고?"

함정이구나. 걸려들었다. 윤식은 그만 눈앞이 하얘진다.

"왜 말을 못 할까. 기억이 잘 안 나는가 보아?"

형사가 비스듬히 웃었다. 손에 쥔 담배에서 회색 연기가 한 줄로 피어올랐다. 그는 탁자 끝에 양손을 짚으며 천천히 상체를 앞으로 기울였다.

"내가 기억나게 해 줘야 되나?"

손가락 사이에서 담뱃불이 빨갛게 탄다. 윤식은 그가 저 불을 제 뺨에 누르는 상상을 한다. 더불어 여기서 얼마나 버틸 수 있을까 생각했다. 내가 붙잡힌 걸 당원들이 언제쯤 알 수 있을까 계산했다. 준세가 당장 내일 그를 찾는다면 변고가 생겼음을 알겠지만 그 반대라면. 사흘이나 닷새 후에야 알아채게 되면 어쩌나.

"다 알고 데려온 거니까 고집부리지 말자고. 순순히 얘기하면 몸 성히 보내 줄 테니. 내 조카 같아서 하는 말이니 허투루 듣지 말아."

기철이 달래듯 그러며 마지막 한 모금을 길게 빨았다. 쓴맛이 나는지 미간을 찌푸린 채 입술 새로 연기를 뿜었다. 꽁초가 된 담배는 윤식의 얼굴이 아닌 재떨이에 비벼 껐다. 불씨가 사라지자 윤식은 저도 모르게 조금 안도했고, 스스로 안도했다는 사실에 자괴감을 느꼈다. 뒤이어 본격적인 긴장과 공포가 올라왔다. 다리 위에서 조금씩 떨리는 손을 말아 쥐었다.

"윤식이."

그때 벽 너머 어딘가에서 고함 소리가 들렸다. 뒤이어 욕설 섞인 비명 소리. 악을 쓰며 다그치는 소리는 일본어. 고통에 차 욕을 퍼붓는 소리는 조선어.

"자, 우리는 동포끼리 쉽게 가자고."

기철이 말하며 앞으로 몸을 기울였다.

"말해. 니들 어디 독립단이야?"

윤식은 입 안이 바싹 마르기 시작한다.

달 없는 밤의 어둠이 짙었다. 경성 시가는 평소보다 이른 고요함에 잠겨 있었다. 번화가를 벗어나자 무거운 침묵이 시커멓게 거리를 메웠다. 이월의 마지막 날이었다.

자동차 엔진 소리가 꺼지자 귓가가 텅 비었다. 여느 때처럼 대문 앞에 차를 세운 준세는 조수석에 둔 서류 가방을 집었다. 그리고 잠깐 틈을 두었다가, 운전석 문 안쪽에 달린 맵 포켓으로 팔을 뻗었다.

단추로 여며진 덮개를 열고 권총을 꺼냈다. 조선에서 육혈포라 불리는 미국

제 리볼버다. 탄창을 열어 여섯 개의 탄환을 확인한 뒤 등허리에 총을 꽂았다. 얇은 셔츠 위로 총신의 경도와 냉기가 느껴졌다.

'명일까지는 무기를 가까이 두는 게 좋을 거야. 만일은 알 수 없으니 말이야.'

준세는 평소 총을 지니지 않는다. 경성의 부호와 귀족들, 정확히는 친일파와 지주처럼 원한 살 일이 많은 이들은 으레 침실마다 총들을 두고 살지만, 하나뿐인 그의 권총은 언제나 이 자동차 포켓 안에 있었다. 그런 그가 오늘따라 안 하던 짓을 하는 이유는 명백하다. 담장 안에 있는 여자. 고양이를 품에 안고 그를 기다리고 있을 여자 때문이다.

만일은 알 수 없으니.

길게 생각하지 않기 위해 그는 문을 열고 차에서 내렸다. 차가운 밤공기가 얼굴로 느껴졌다. 우리 매화나무에 꽃 핀 거 봤어? 여자의 목소리를 상기하며 그는 궁금해졌다. 앞마당에 있는 나무가 홍매화인지 청매화인지. 준세는 꽃잎이 희고 꽃술이 파르스름한 청매화를 좋아한다.

거기까지 생각했을 때 무언가 다가오는 기척이 났다. 흙바닥에 쓸리는 낯선 발소리. 죽은 듯 고요한 이 시간의 집 앞에선 날 수 없는 소리였다. 준세는 집 쪽을 향해 선 채로 신경을 벼렸다.

하얗게 밝혀진 대문의 상야등이 지척이었다.

순간 그가 재빨리 뒤돌아 오른쪽으로 피했다. 코앞까지 다가온 칼날이 푸르게 번뜩였다. 반사적으로 팔을 들어 공격을 막았다. 팔과 팔이 세게 맞부딪히면서 왼쪽 가슴에 차가운 기운이 스쳤다. 섬뜩한 감각과 막아 냈단 직감이 거의 동시에 들었다.

모든 것은 순식간에 이루어졌다.

간발의 차로 가로막힌 칼날이 다시 공격을 시도했다. 준세는 열십자로 맞붙은 팔을 바깥으로 밀면서 구둣발로 상대의 복부를 세게 걷어찼다. 그리고 등허리에 꽂아 둔 총을 뽑아 저만치 나동그라진 상대를 겨눴다.

반쯤 몸을 굴려 재빨리 일어선 남자가 총을 보고 멈칫한다. 오른손에 들린 칼날의 길이는 손바닥에 조금 못 미치는 정도. 제대로 찔렸다면 심장을 관통당했을 것이다. 거기까지 생각이 미친 뒤에야, 비로소 찢긴 살갗에 뜨거운 기운이 퍼졌다.

준세는 자동차에 등을 기댄 채 상대를 주시했다. 초면의 사내는 삼십 대 중반쯤 되어 보였고 몸피가 호리호리했다. 이쪽과는 체격 차가 상당했지만 체구가 작아서 더 빠르게 움직였을 것이다. 그는 암살에 실패해 분하다는 기색이었으나 도망갈 생각은 없어 보였다. 아니, 도주하길 이미 포기한 것 같았다.

"죽여라."

설명도 예고도 없이 달려들었던 사내는 정체를 물을 기회조차 주지 않았다. 그저 몸을 똑바로 세우고 당당히 턱을 치켜들었다. 살기를 체념한 자 특유의 비장한 낯으로. 그러나 담장 안쪽을 의식한 듯 충분히 낮은 목소리로.

"왜놈의 주구. 민중을 혹사하고 왜경의 앞잡이 노릇까지 하는 놈. 제국주의 득세가 영원할 것 같으냐? 두고 보아라. 조선인민은 반드시 해방될 것이다."

사전에 연습이라도 한 것처럼 또박또박 운이 났다. 사회주의 냄새가 다분한 저주의 말을 들으며 준세는 이달 초에 가졌던 포상 회식을 떠올렸다. 그때 붙잡힌 공산주의 단체의 일원인가. 아니면 소식을 듣고 격분한 비슷한 단체의 일원이거나. 한 일도 없이 공짜 밥 얻어먹은 대가를 이렇게 치르나. 준세는 애써 자조하면서 무기를 겨눈 채 물었다.

"나를 죽이면 인민이 해방됩니까?"

외국산 이데올로기가 범람하는 시대. 경성에는 이른바 불령단체가 많았다. 친일배 암살에 쓸 총 한 자루 못 구하는, 빈주먹에 쥔 것이라곤 이념과 의지뿐인 투사들은 더 많았다. 패기와 혈기만으로 제국주의자를 상대할 수 있을 거라 믿는 낭만주의자들.

"기왕에 목숨을 걸려거든,"

준세는 권총을 고쳐 쥐며 계속해 상대를 주시했다.

"좀 더 나은 방식을 찾는 게 좋을 겁니다."

왼쪽 가슴의 열기가 조금씩 뜨거워지고 있었다.

"어서 가시오."

그래서 그는 재촉한다.

"움직이지 않으면 쏘겠소."

목숨을 체념했던 사내가 두 눈을 가늘게 떴다. 저의를 탐색하려는 듯 잠시간 꽤나 수상쩍게 노려본다. 준세는 그가 빨리 달아나 주길 바라면서 슬쩍 아래로 시선을 내렸다. 하얀 셔츠가 온통 시뻘겋게 젖어 있었다.

심장 위에 퍼진 뜨거운 기운이 점점 안쪽으로 파고들었다. 벌어진 상처부터 틀어막아야 할 텐데 이렇게 총을 겨눈 자세로는 불가능했다. 실패한 암살자가 미심쩍은 얼굴로 천천히 멀어진 뒤에야, 준세는 차에 몸을 기댄 채 숨을 몰아쉴 수 있었다.

"하아……."

권총을 허리춤에 꽂아 넣고 오른손으로 상처께를 짚었다. 셔츠를 적신 피가 손바닥에 흥건히 묻어났다. 죽거나 정신을 잃지 않았으니 치명상은 아니겠으나 혼자서 처치할 수준도 아니었다. 그렇다면 이제 어찌해야 하나.

"후우,"

준세는 차에 기댄 몸을 바로 세웠다. 바닥에 떨어진 가방도 조금 비틀대며 주워 들었다. 코트 위로 상처를 최대한 누르며 집 쪽으로 몸을 돌렸다. 굳게 닫힌 대문 위의 둥근 등이 보름달 같았다. 이대로 저 안에 들어가면 무슨 일이 벌어질까. 빠져나갈 방법을 궁리하려 잠시 애쓰다 그는 곧 포기해 버렸다.

차라리 잘된 일인지 몰라.

생각한 순간 눈앞이 어찔했다. 준세는 구부정한 자세로 대문을 향해 걸음을 뗐다. 어차피 지금 그에게 주어진 더 나은 선택지는 없었다. 예비해 뒀던 길들이 눈앞에서 하나하나 막히고 있다. 피하려 기를 썼던 것들과 이제는 대면할 수밖에 없게 되었다. 그러니 어쩌면 이 또한 필연인지도. 준세는 이를 악물었다.

그는 비틀거리며 대문으로 다가간다. 그의 귀가를 기다리며 상야등이 환하게 웃고 있다. 기나긴 하루는 아직도 끝나지 않았다.

초인종이 울린 것은 여덟 시 직전이었다. 말희가 종종걸음으로 현관을 나서고, 주방에서는 동래댁이 식어 버린 국을 다시 불에 올렸다. 응접실 소파에 앉아 있던 미나도 반색하며 책을 덮었다. 그렇지 않아도 슬슬 조바심이 나던 차였다. 중대한 소식을 전할 기대로 긴장한 탓인지 평소보다 허기가 졌다.

"아주머니!"

다급한 말희의 외침이 들린 것은 현관문이 막 열렸을 때였다.

미나는 소파에 앉은 채로 그 광경을 보았다. 눈으로 본 것을 몸이 거부하는 것처럼 사지가 굳었다. 아이고, 서방님요! 찬모의 비명을 듣고 난 후에야 발작처럼 벌떡 일어섰다. 두 하녀가 양쪽에서 부축한 남자는 가슴이 뚫린 것처럼 피투성이였다.

"말희, 총독부의원에 전화해! 경찰서에 연락하고! 어서!"

머릿속에 떠오른 순서대로 마구 외치며 미나는 닥치는 대로 생각했다. 이럴 줄 알았어. 이렇게 될 줄 알았어. 그래서 내가 하지 말랬잖아. 다 그만두고 같이 떠나자고 했잖아. 시뻘겋게 젖은 남자 앞에서 이성적 판단은 가능하지 않았다. 그저 모든 것이 원망스러워 숨이 막혔다.

"안 돼."

준세가 말하며 고개를 들었다. 신음 섞인 목소리와 창백한 얼굴. 그 광경을 미나는 황망히 바라본다.

"경찰 부르지 마."

전화기로 달려가던 말희가 우뚝 멈췄다. 다급하던 응접실이 일순 고요해졌다. 준세는 왼팔을 부축한 동래댁을 부드럽게 뿌리치고 똑바로 섰다. 그리고 손 내밀면 닿을 곳에 선 여자를 본다. 읽어 낼 수 없는 표정이었다.

"두 사람 건너가요."

빨리. 연이어 재촉하고 난 뒤에야 하녀들은 주춤주춤 물러섰다. 세 여자 가운데 가장 빨리 행동을 결정한 건 동래댁이었다. 울 것 같은 얼굴로 어쩔 줄 모르는 말희의 팔을 끌어 현관 밖으로 나갔다.

문이 닫히고 걸쇠가 걸렸다. 응접실에는 이제 두 사람뿐이다. 마주 선 남녀 사이로 피 냄새와 침묵이 고였다.

"혼마치, 리버티에 전화해 줘."

미나는 불식간에 미간을 좁힌다. 도무지 알아들을 수 없는 말을 듣는다. 피 묻은 손으로 심장 위를 틀어쥔, 지극히 건조한 얼굴의 남자를 본다.

"뭐……?"

"황 사장 좀 불러 줘. 지금, 빨리 와 달라고."

미친 듯 뛰던 가슴이 뚝 멎었다. 꽁꽁 언 호수에 내던져진 기분이었다. 수면이 와장창 깨지면서 온몸이 얼음물에 풍덩 잠겼다. 가슴을 꿰뚫는 직감에 미나는 손가락 하나 까딱할 수 없었다.

댕댕댕. 괘종시계가 타종하기 시작했다. 여덟 시 정각이었다.

침실에서는 거의 아무런 소리도 나지 않았다. 부스럭부스럭 뒤지는 소리, 서걱서걱 가위 소리, 무언가를 탁자 위에 달그락 내려 두는 소리만 간간이 흘러나올 뿐이었다. 미나는 문밖을 맴돌며 신경을 세웠지만 고통을 누르는 숨소리 한번 들을 수 없었다.

두 남자는 대화를 나누지 않았다. 질문도 대답도 전혀 없었다. 마치 서로의 사정과 생각을 다 알고 있는 것 같았다. 정말로 가까운 사람들끼리는 눈빛과 표정, 손길만으로도 마음을 읽어 낼 수 있으니까. 그 정도로 서로를 잘 아는 관계. 그것을 깨달은 순간 미나는 방 앞에서 물러나 응접실로 나왔다. 밤새 지키고 있어 봤자 아무런 단서도 얻어 낼 수 없을 게 분명했다.

"다행히 상처가 아주 깊지는 않네요. 봉합하고 지혈했습니다."

한참 만에 나온 남자는 단정한 얼굴이었다. 눈이 마주쳤을 때는 보일 듯 말 듯 웃은 것도 같았다. 미나는 큼직한 가방을 들고 선 남자를 경계하는 눈으로 바라보았다. 크고 검은 가죽 가방. 백작저를 드나들던 주치의가 이런 왕진가방을 들고 다니던 것을 그녀는 기억한다.

"근육이 좀 상한 것 같은데 시일이 지나면 회복될 겁니다. 당분간은 통증이 있을 테니 되도록 움직이지 않는 편이 좋습니다."

미나는 대꾸 없이 남자를 바라보았다. 황찬입니다. 수화기를 넘어오던 목소리가 지극히 차분하던 것을 떠올렸다. 준세가 칼에 찔렸다고, 피를 많이 흘린다고, 빨리 의사를 불러야 할 것 같다고 두서없이 쏟아 낸 말을 들은 후에도 그는 허둥대지 않았다.

환자를 눕히지 말고, 깨끗한 수건으로 상처를 덮고, 피가 멎도록 최대한 누르고 있으라는 지시를 간명하게 전달한 뒤에는 잘 알아들었는지까지 확인하고 전화를 끊었다. 그 침착함 덕분에 미나는 안심해 버렸다. 준세는 무사할 거라고, 이 남자가 꼭 그를 살려 줄 거라고 철석같이 믿어 버렸다.

그러나 이제는 조금 다른 위기감이 든다.

"당신 뭐야."

예의 따위 집어치웠다. 말투만큼이나 여자의 표정은 무례를 넘어 공격적이다. 찬은 잠깐 입을 다문 채 마주 보다가,

"아. 제가 의전 출신입니다."

천연덕스럽게 대답했다.

"의사자격시험은 치르지 않았지만 졸업은 했으니 이 정도 처치할 실력은 되지요."

"당신들, ……뭐 하는 사람들이냐고."

찬은 다시 입을 다물었다. 큼직한 양모 숄로 몸을 감싼, 혼란스러운 얼굴의 여자를 가만히 바라보았다. 그리고 부드럽게 웃으며 속으로 자문한다. 이 여자가 정말 위험하지 않을까.

"글쎄요. 무슨 말씀이신지."

준세에게는 이 일을 숨기는 것이 급선무였을 것이다. 병원이나 경찰에 알리면 조사를 받게 되고, 퇴근 후 집으로 오기까지 시간과 동선을 밝혀야 하고, 정식으로 치료를 받으면 한동안 마음대로 움직일 수도 없게 된다. 거사를 앞두고 있는 그로서는 경찰과 아내 중 덜 위험한 쪽을 택하는 게 최선이었을 것이다.

"아시다시피 저는 혼마치에서 카페를 운영하고 있습니다."

"……."

"아시겠지만 남편분께서 저희 가게 오랜 단골이시거든요."

"……."

"제게 도움을 청하신 이유야 알 수 없으나, 높은 분들께서는 본래 꺼리는 일이 많은 법이니까요."

그러나 이 여자가 정말 위험하지 않을까. 찬은 주변의 무언가가 조금씩 삐그덕대고 있음을 느꼈다. 하지만 지금으로서는, 적어도 이 여자에 대해서는 준세의 판단을 믿는 수밖에 없다.

"혹 환자에게 일이 생기면 언제든 연락 주십시오. 저는 항상 가게에 있습니다."

미나는 제게 정중히 묵례하는 남자를 바라보았다. 준세만큼이나 키가 큰 그에게선 가벼운 향내와 아울러 옅은 담배 냄새가 났다. 표정과 말투, 행동거지가 예사롭기 그지없는 남자. 그가 현관에 벗어 둔 구두를 신고 사라질 때까지 미나는 응접실에 서 있었다. 달칵, 걸쇠 걸리는 소리가 난 뒤에도 한동안 그 자리에 서 있었다.

집 안은 다시 고요해졌다. 마치 아무 일도 벌어지지 않은 것처럼.

그 적막의 한가운데 여자는 우두커니 서 있었다. 머릿속이 깨진 유리 조각으로 꽉 찬 것 같았다. 뒤적이려 손을 댔다간 피를 볼 것이 분명했다. 두려움을 다루는 가장 본능적인 방식은 외면이다. 미나는 정리되지 않는 생각을 억지로 눌러 넣으며 침실로 향했다.

미닫이문을 드르륵 열자 침대 위의 남자가 보였다. 눈을 감은 채 이불을 덮고 비스듬히 앉은 그를 본 순간 가슴이 내려앉았다. 그로써 미나는 인정한다. 치료를 마친 준세가 몰래 달아났을지 모른다는 생각을 했다는 걸. 비참하게도 안심하면서 그녀는 침실로 걸어 들어갔다. 마룻바닥 한쪽에 피범벅 된 셔츠와 수건 따위가 걸레처럼 뭉쳐 있었다.

"아무것도 안 물을 거야."

미나는 침착하게 말하려 사력을 다했다. 아무렇지 않은 얼굴로 예사로이. 아까 그 황찬이라는 남자처럼.

"궁금하지도 않아."

그러나 목소리가 맥없이 떨려 나왔다. 눈을 감은 남자는 말이 없었다. 생명 없는 거죽처럼 창백하게 앉아서 반응도 미동도 하지 않았다.

"그만둬."

"……."

"지금 하는 일이 뭐든."

"……."

"위험한 건 다 그만둬."

그로부터 두 남녀 사이로 아주 무거운 고요가 흐르기 시작했다. 침묵을 지키던 준세가 천천히 눈을 떴다. 밀랍 같은 무표정으로 의식을 모으듯 느리게 눈을 슴벅였다. 정말로 무사하구나. 미나는 다시 한번 가슴이 내려앉았다.

"당장…… 그만둬."

무어라 대답이 돌아오기 전에 피하듯 침실을 나왔다. 다친 남자가 뒤따라와 붙들기라도 할 것처럼 빠른 걸음으로 현관문을 나섰다. 앞마당을 서성이던 하녀들을 안으로 들여 뒷정리와 준세의 식사 시중을 부탁했다. 마님은요? 걱정스레 묻는 말에 미나는 고개를 가로저었다. 지금은 아무것도 삼킬 수 있을 것 같지 않았다.

하녀들이 잰걸음으로 움직일 동안 그녀는 서재로 올라갔다. 문을 열고 불을 켜는 순간부터 미나는 그곳을 뒤지고 있었다. 한 번도 손댄 적 없던 책상 서랍을 함부로 당겨 열었다. 잠겨 있는 서랍을 발견했을 때는 눈에서 불꽃이 튀는 것 같았다.

네 개의 서랍 중 잠겨 있는 것은 하나뿐이다. 미나는 이제 그것의 열쇠를 찾아 나머지 서랍들을 뒤지기 시작했다. 조급해질수록 손길이 빨라지고 생각은 거칠어졌다. 열쇠가 없으면 도끼를 가져다 부숴 버려야지. 과격한 장면까지 상상했을 때 차가운 압정 통이 손에 닿았다. 그리고 그 양철통을 집어 짤강 흔들어 본 순간 직감했다. 자그마한 구릿빛 열쇠는 과연 압정들 틈에 섞여 있었다.

열쇠는 보기 좋게 들어맞았다. 잠금을 풀고 연 서랍 속에 검은색 서류철 한 벌이 들어 있었다. 미나는 그것을 꺼내어 책상 위에 놓았다. 예감에 떠밀리듯 덮개를 열며 저도 모르게 숨을 멈췄다. 그리고 손등부터 어깨까지 소름이 쪽 돋았다. 이건 너무나 허술한 은닉이어서. 그 흔한 비밀금고조차 없이. 이토록 엉성하게.

마치 내가 이걸 찾아내길 바랐던 것처럼.

미나는 휘청거리며 의자 끝에 걸터앉는다. 깨끗이 정리된 수기장부와 영수증, 송금과 출납 증서들. 각종 전표들을 확인하는 동안 쉼 없이 입술 안쪽을 씹었다. 리버티, 리버티, 리버티. 입 안에 도는 비린 맛이 점점 짙어졌다.

무엇을 탓해야 할까. 철저하게 나를 속인 당신을? 아니면 보이는 대로 믿어 버린 나의 순진함을?

"하……."

목이 졸리는 것 같았다. 미나는 떨리는 숨을 억지로 내쉬며 질끈 눈을 감았다. 명백한 결론을 부정하려 머릿속이 바빴다. 동기가 없잖아, 동기가. 그가 이렇게까지 할 이유가 없잖아. 제법 논리적인 척 억지로 결론을 유예하면서 미나는 다시 눈을 떴다.

네 개의 서랍을 뒤지고 또 뒤졌다. 반쯤 빈 잉크병까지 흔들어 본 뒤에야 책장으로 갔다. 삼백 권은 족히 될 책들의 타이틀을 눈으로 훑었다. 그 모든 것이 이제 그녀의 눈에는 의심스러웠다. 밤을 새서라도 낱낱이 뒤지리라 다짐하며 가장 먼저 눈에 띈 책부터 집어 들었다.

성경전서.

가죽 표지 모서리가 좀 닳은 것을 제외하면 깨끗하게 간수된 책이었다. 표지를 열자마자 하단에 펜으로 쓴 글씨가 보였다. 미나는 약간의 집중력과 시간을 들여 세 개의 한글을 읽어 냈다.

신유경.

국한문 혼용 성서는 절반 이상이 한자였다. 군데군데 밑줄 쳐진 문장들. 한자 단어를 통해 내용을 유추해 가면서 미나는 두꺼운 성서를 한 장씩, 그러다 서너 장씩, 나중에는 한 뭉텅이씩 휘리릭 넘겼다. 그래서 하마터면 맨 뒷장과 표지 사이에 끼인 이물을 발견하지 못할 뻔했다.

결이 거칠고 누렇게 황변된 종이. 미나는 눈살을 살짝 찌푸린 채 그것을 집어 펼쳤다. 네 번 접혀 크기를 감춘 종이가 단숨에 커다랗게 펼쳐졌다. 마치 웅크리고 있던 거대한 짐승이 아가리를 쩍 벌리는 것 같았다. 까닭 모를 공포감에 손이 떨렸다.

지면 위 빽빽이 등사된 글자의 숫자에 그녀는 가장 먼저 압도당한다. 오른쪽 상단의 '선언서'라는 커다란 글자가 눈을 찌른다. 한자로 적힌 단어들을 빠르게 눈으로 읽는다.

조선. 독립국. 자주민. 선언.

천 개가 넘는 글자들이 해일처럼 몸을 덮쳤다. 거친 종이 위를 눈으로 헤매는 동안 미나는 거의 숨을 쉬지 않았다. 오른쪽에서 왼쪽으로, 위에서 아래로 닥치는 대로 훑을 뿐이었다. 그리고 왼쪽 상단에 눈이 닿았을 때 머릿속이 텅 비어 버렸다.

조선건국 사천이백오십이 년 삼월 일 일.

그녀는 더 이상 희망을 고집할 수 없음을 알게 되었다.

"……삼월 일 일."

댕댕댕. 아래층 응접실에서 다시 괘종시계가 울렸다. 미나는 아홉 번의 느린 종소리를 들으며 손에 든 선언서를 멍하니 내려다보았다. 타종이 끝난 신혼집은 다시 적막 속에 잠겨 들었다.

삼월 일 일.

올해의 그날이 세 시간 앞으로 다가왔다.

7.

패
착

1927년 3월

공포와 마주친 인간은 눈부터 질끈 감는다. 감각을 닫으면 안전해질 것처럼 일단 외면해 버린다. 지난밤 미나가 가장 먼저 한 일도 그것이었다.

그녀는 스스로 들추어 본 모든 것을 원래대로 돌려놓았다. 오래된 종이를 차곡차곡 접어 성서 안에 단단히 끼웠다. 흐트러진 서랍을 정리하고 열쇠는 제자리에 넣어 두었다. 숨겨져 있던 것을 다시 숨기고 잠겨 있던 것을 다시 잠그면서 미나는 생각했다. 보이지 않는 것들, 만질 수 없는 것들도 이렇게 되돌릴 수 있다면 얼마나 좋을까.

시간, 기억, 마음 같은 것들.

정리를 마친 뒤엔 탈진한 것처럼 소파에 주저앉았다. 매끄럽고 팽팽한 체스터필드 소파에 앉아서 멍하니 마룻바닥만 쳐다보았다. 모든 것이 괴상하게 뒤

틀려 있었다. 명확한 단서들이 그려 낸 그림은 그러나 여전히 모순투성이였고, 그 불균형 안에서 미나는 지독한 현기를 느껴야 했다. 확신할 수 있는 것은 단 하나. 그녀가 알던 세계가 완전히 뒤집혔다는 사실뿐이었다.

그 상태로 얼마나 있었는지 모르겠다. 조심스러운 기척과 함께 말희가 나타 났고, 따뜻한 물에 꿀과 함께 섞은 미숫가루를 내밀며 거의 강권했고, 그 걸쭉 한 음료를 마지못해 삼키는 동안 말희가 머피 베드에 꽂힌 책들을 빼내기 시 작했다. 빈 책장이 침대로 바뀌는 모습을 보며 미나는 아래층의 남자를 생각했 다.

'당장 그만둬.'

그가 있는 침실에 커다란 자물쇠를 달고 싶었다. 굵은 쇠창살을 두르고 감시 할 사람을 열 명쯤 세우고 싶었다. 아무 데도 갈 수 없도록. 모르는 사이에 훌 쩍 사라지지 않도록. 할 수만 있다면 사슬로 꽁꽁 묶어 내 곁에 매어 둘 텐데.

밤새도록 그런 생각을 되풀이하다 어느 순간 번쩍 눈을 떴다. 버터와 커피, 고소한 기름내가 희미하게 맡아졌다. 아침의 냄새. 그 일상의 냄새를 맡은 순간 미나는 화들짝 몸을 일으켰다. 창밖은 이미 밝아 있었고 책상 위 탁상시계는 아홉 시를 가리켰다.

허겁지겁 아래층으로 내려가는 동안 미나는 의아해졌다. 집 안에는 여느 때 와 똑같은 기류가 흐르고 있었다. 동래댁이 오믈렛 만드는 냄새. 말희가 달그락 대며 식탁 꾸미는 소리. 미나는 급기야 현실감이 몽롱해지면서 지난밤의 일이 혹 꿈이던가 싶었다.

그리고 복도를 지나 침실 문을 드르륵 열었을 때, 눈앞에 너무도 익숙한 광 경이 나타났다.

이쪽을 등진 남자는 옷장 앞에 서 있다. 곧게 선 자세는 물론이고 넓은 어깨 와 긴 다리의 균형도 평소처럼 완벽하다. 구김 없는 셔츠의 새하얀 빛이 눈을 찔렀다. 그리고 향수 냄새. 아침에 유독 짙게 번지는 향기. 그 모든 일상적 풍경이 마치 싸늘한 농담 같았다.

"……뭐 하는 거야?"

선 채로 타이를 매만지던 준세가 이쪽으로 고개를 돌렸다. 미나는 등 뒤로 문을 밀어 닫으며 그를 빠르게 훑어본다. 사선으로 줄무늬가 들어간 타이. 완벽한 매듭. 다소 창백한 얼굴.

창백한 얼굴.

"출근 준비."

하나 마나 한 대답을 굳이 돌려준 남자가 아무렇지 않게 다시 고개를 돌렸다. 거울을 보며 타이 매듭을 바로잡은 뒤 소리 나지 않게 옷장 문을 닫았다. 미나는 기가 막혀서 재빨리 걸어가 그의 앞을 가로막았다.

"안 돼."

저도 모르게 소리를 낮췄다. 밖으로 새 나가지 않도록 목소리를 눌렀다. 하녀들을 믿는 것과 별개로 미나는 그들을 배제시켜야 한다고 생각했다. 어젯밤 준세가 그랬던 것처럼.

'두 사람 건너가요.'

발설할 수 없는 이야기. 어쩌면 아는 것만으로 위험해질 수 있는 사정. 동래댁과 말희는 아무것도 몰라야 한다. 그들은 취약한 이들이니까. 힘없는 조선인이니까.

거기까지 흐르듯 생각한 미나는 재빨리 자문했다. 그럼 나는 괜찮아? 힘 있는 일본인이니까? 누구도 나는 함부로 할 수 없으니까? 사나운 질문들에 새삼아연해진 채로, 그녀는 저를 보는 남자의 고요한 얼굴을 멍하니 응시했다.

어젯밤 일은 꿈이 아니었다. 이것은 꿈이 아니다.

"출근이라니, 제정신이야?"

입술과 혀가 뻣뻣해졌다. 말을 조금 더듬었나.

"당신 안색도 안 좋다고."

그렇게 심하게 다쳐 놓고, 라는 말은 차마 나오지 않았다. 누가 그랬는지, 왜 그랬는지, 어째서 경찰을 부르지 않았는지, 질문들이 혀끝까지 올랐지만 차마 묻지 않았다. 그가 순순히 인정할까 봐. 두려운 진실들이 터져 나올까 봐. 미나 는 아직 그것들을 다 감당할 준비가 되지 않았다.

"쉬어야 해. 아직…… 아프잖아."

가까스로 말을 맺은 뒤 남자의 기색을 살폈다. 왼쪽 가슴 위 상처가 있음직 한 곳에 다시 한번 눈길을 주었다. 팽팽하고 새하얀 셔츠 위로 어젯밤의 광경 이 겹쳐졌다. 피범벅이 되어 저를 보던 얼굴. 그 지경에서도 침착하던 얼굴. 지 금 이 순간 이토록 차분한, 온기도 냉기도 없는 얼굴.

그 얼굴을 마주한 채 미나는 깨달았다. 이 남자에게서 줄곧 느껴지던 괴리 감. 그 기이한 의문의 정체가 바로 이것이었구나.

뒤늦게 엄습한 깨달음에 전율하며 생각했다. 어쩌면 모든 것은 착각이 아니 었을까. 당신을 안다고 믿었던 나의 오만함과 당신을 사랑한다 여겼던 나의 순 진함은 어쩌면 모두 환상이 아니었을까. 나는 지금껏 당신을 진실로 안 적이 없었는데.

알지도 못하는 대상을 사랑할 수 있을까.

순간 두려움이 세차게 몰려왔다. 미나는 휩쓸리지 않으려 몸에 힘을 주었다. 그리고 남자의 얼굴을 똑바로 바라본다. 한밤처럼 까만 눈동자. 헤프게 웃고 있 을 때조차 푸르게 빛나던 눈동자. 건조하고 차가워 깨질 것 같던 얼굴.

깨질 것 같은 얼굴.

"걱정할 필요 없어. 괜찮으니까."

남자의 음성이 귀를 스쳤다. 그 단호한 색채에서 무엇이라도 읽어 내려 미나는 신경을 세웠다. 그리고 미처 대답하기도 전 그가 걸음을 떼었을 때, 짙은 향수 냄새가 어깨를 스치고 드르륵 문 여는 소리가 들렸을 때, 마룻바닥을 디디는 발소리가 등 뒤로 서서히 멀어질 때, 침실에 홀로 우뚝 선 채로 미나는 절망하고 말았다.

모든 것은 꿈이 아니다. 이것은 현실이었다.

온종일 하늘이 맑았다. 마치 저 위의 누군가 삼월의 첫날을 축복이라도 하는 것 같았다.

준세는 조간신문을 읽으며 아침 식사를 했다. 제 몫의 음식을 먹고 커피까지 다 마신 뒤 자리에서 일어났다. 정 출근해야겠다면 택시를 부르라고 권했지만 그마저도 그는 듣지 않았다. 상체에 딱 맞는 재킷과 코트를 걸치고 서류 가방을 든, 여느 때와 똑같은 차림새로 기어이 직접 운전까지 하겠단 남자에게 미나는 더 이상 할 말이 없었다. 그 지독함은 그녀의 눈에 마치 과시처럼 보였다. 저더러 잘 보아 두라고 부러 그러는 것 같아서 선득하기마저 했다.

'그럼 퇴근 후에 본가로 와. 난 먼저 가 있을 테니까.'

미나가 할 수 있는 말이라곤 그것뿐이었다.

남자가 출근한 후, 식탁에 멍하니 앉은 그녀를 하녀들은 위로하려 애썼다. 조선인들끼리 찌르고 찔리는 광경을 자꾸 보이는 걸 부끄럽게 여기는 것 같기도 했다. 오늘이 무슨 날인지 뻔히 알면서, 무정한 사람들 같으니라고. 동래댁의 넋두리에 말희는 침통한 표정을 지었다. 그들은 적절한 단어와 어조를 고르는 데 애를 먹는 것 같았다. 무슨 말을 해야 할지 모르겠는 건 미나 또한 마찬가지였다.

마치 지난가을로 되돌아간 기분이었다. 세 여자는 어색한 기류 속에서 서로의 눈치를 살피고 말을 삼갔다. 같은 밥을 먹으며 쌓아 온 친밀감이 아무 소용 없는 것처럼 느껴졌다. 너는 결코 환영받을 수 없는 사람. 절대로 섞일 수 없는 존재. 미나는 그때보다도 지금이 더욱 사무치게 외로웠다.

육지에서 멀찍이 떨어진 섬에 혼자 남겨진 기분이었다. 위아래가 뒤집힌 유리병 속에 홀로 갇힌 것 같기도 했다. 미나는 빼앗긴 균형감을 되찾으려 분투했다가, 다시 용기를 잃고 망연자실하길 반복했다. 그를 원망했다가, 걱정했다가, 미워했다가, 다시 그리워했다. 제 마음조차 갈피를 잡을 수 없는데 세상의 균형이 잡힐 리 만무했다.

미칠 노릇이었다.

"피로해 보이는구나."

남자의 말에 미나는 눈을 든다. 넓고 쾌적한 사랑방에 포근한 온기와 아울러 은은한 향내가 흐르고 있다. 양손으로 감싸 쥔 찻잔이 따스했다. 향기로운 녹차는 보성에서 올라온 최상급 작설. 올봄에 햇차를 수확하면 좀 보내 줄 테니 마셔 보렴. 며느리를 대하는 시부의 태도는 언제나 봄처럼 따스했다.

"어디가 불편하냐? 얼굴이 좀 상한 것 같은데."

"아니에요, 아버님. 상하긴요."

미나는 서둘러 미소를 지어 보인 뒤 차를 한 모금 더 마셨다.

화요일 늦은 오후 가회동 본가는 조용했다. 주인이 머무는 사랑채 영진헌은 더욱 고요해서, 하녀 하나가 다과를 들여온 이후로 인기척이 없었다. 이 커다란 한옥의 주인 가족은 시부와 시동생 단둘뿐이지만 청지기와 행랑 식구까지 합치면 족히 스무 명이 살고 있다. 사용인들이 가족 단위로 주인집에 함께 살며 대를 이어 봉사하는 풍습은 미나의 눈에 낯설었다. 노비제가 폐지된 지 30년이 넘었는데도 뿌리 깊은 관습은 쉬이 사라지지 않았다.

"다음부턴 느지막이 와도 된다. 일 년에 기제사만 아홉 번인데 어찌 매번 신경을 써."

살뜰히 당부하는 소리를 들으며 미나는 눈을 내리깔았다. 녹차를 다 마시고 나면 찬간으로 가서 제수 준비를 둘러볼 것이다. 둘러본들 아는 게 없으니 그저 보는 시늉으로 그치겠으나.

기제사는 차례와 달라 자정 이후 지낸다고 했다. 그 전까지 저녁 식사를 하지 않으니 든든히 먹어 둬야 한다는 찬모의 성화에 밥 한 그릇을 꾸역꾸역 밀어 넣고 나서야 미나는 집을 나설 수 있었다. 동래댁은 임신한 마님이 몸이라도 상할까 초조한 눈치였다. 간밤에 말희에게 미숫가루를 들려 보낸 것도 그네의 신신당부였다는 걸 미나는 알고 있었다.

"아직은 내가 팔팔하니 걱정 말아라. 공부 마치고 돌아오면 그때나 너희가 이 집에 들어와 다스리면 되니."

대화가 그 대목에 이르자 미나는 차마 억지웃음이 나오지 않았다. 가까스로 네, 하고 대답한 다음 찻잔으로 입을 가렸다. 임영환은 예민한 눈초리로 며느리의 기색을 살피더니,

"설마 준세가 소홀히 대하는 건 아니겠지?"

답하기 꽤나 어려운 질문을 넌지시 던져 왔다.

난처한 표정조차 짓지 못한 채 미나는 눈꺼풀만 깜빡였다. 아니라고 대답해야 하는데 입술이 떨어지지 않는다. 쯧쯧. 혀 차는 소리와 함께 영환이 말을 이었다.

"그놈이 쌀쌀맞게 굴 때가 있지. 내 자식이지만 나도 한 번씩 선득해질 때가 있단다. 어릴 때는 아주 착한 놈이었는데 나이 들수록 그래. 하기야 다 큰 자식이 어디 부모 마음대로 되겠냐마는."

"……."

"바깥일을 하다 보면 안식구한테 마음처럼 신경을 쓰지 못할 때가 있다. 이 제 나랏일을 거들게 됐으니 저도 오죽 부담이 되겠느냐. 부디 서운하게 생각 말거라."

그의 일본어는 대단히 유창하다. 조선인 특유의 억양을 제외하면 거의 나무 랄 데가 없다. 미나는 등 뒤에 병풍을 두르고 보료 위에 앉은 사내를 바라보았 다. 이 사랑방에 있을 때의 그는 늘 조선 옷 차림이었다. 운문이 은은한 암적색 마고자에 붉은 산호 단추. 반짝이는 금테 안경과 가느다란 금줄. 시부는 멋쟁이 에 미남자다. 당당한 풍채며 우뚝한 콧대, 날카롭게 각진 하관이 그 장남과 영 락없이 닮았다.

"네, 아버님. 저도 알고 있으니 염려 마세요."

"그래. 그리 말해 주니 고맙다만,"

고개를 끄덕이며 웃는 얼굴도.

"그놈이 사돈께 폐나 끼치지 않을는지. 내 그것이 항상 걱정이야."

그리고 미나는 이제야말로 화제를 돌려야 했다.

"아버님."

"말해 보거라."

"어머님께서, 이 집에서 돌아가셨다고 했지요?"

평소라면 감히 묻지 못했을 것이다. 그러나 지금 미나의 머릿속을 꽉 채운 화제는 그것뿐이었다. 신유경. 죽은 자작 부인. 동족에게 미움받아 죽임당한 여 인.

'당한 대로 갚아 주는 게 왜 나쁘지.'

그 어머니로 인해 목숨을 건 아들.

'죄를 지었으면 대가를 치러야지. 안 그래?'

미나는 가지런히 무릎 꿇은 다리 위로 찻잔 든 손을 내렸다. 군청색 스커트

표면에 광택이 은은했다. 참혹한 기억을 들추어 면목 없다는 듯이 그녀는 잠시 시부의 시선을 피했다.

"그랬지."

두 눈을 가라뜬 채로 미나는 잠자코 듣는다. 세월이 흘러서인지 제법 담담한 어조.

"안방에 있었지."

세월이 흘렀음에도 여전히 침울한 어조.

"처참하게도."

거기서 말이 멎었다. 미나는 천천히 눈을 들어 허공을 응시하는 사내를 바라보았다. 얼굴 옆으로 휘 늘어진 금줄 위에 오후의 빛이 맺혀 있었다. 이윽고 그와 눈이 마주쳤을 때 그녀는 죄지은 사람처럼 다시 시선을 내렸다. 정강이 아래 깔린 푹신한 방석에 눈을 두었다.

비단 방석에는 커다랗고 새하얀 학 한 마리가 수놓아져 있었다. 학은 고결함과 장수를 상징하지. 고모부의 설명을 떠올리며 마지막 남은 차 한 모금을 삼킨 뒤, 미나는 무릎 앞에 놓인 다반에 찻잔을 내려 두었다.

사랑채에서 찬간까지는 거리가 상당했다. 야트막한 담장에 뚫린 중문을 두 개 지나서야 고소한 기름내를 맡을 수 있었다. 부엌 앞마당에 벽돌을 쌓아 불을 피우고 전을 부치던 여자들이 미나를 보고는 일제히 일어나 허리를 숙였다. 뒤집혀 걸린 솥뚜껑 세 개에서 지글지글 음식이 익고 있었다.

미나는 청지기의 안내로 널찍한 부엌과 거대한 광, 수십 개의 항아리가 도열한 장독대를 둘러보았다. 먹을 것이 넉넉하다 못해 뜨악하도록 헤픈 집이었다.

광마다 쌀섬이 키를 넘겨 쌓여 있어 곡물상을 방불케 했고 찬간에는 제수 음식이 더미더미 쌓여 있었다. 실한 과일이며 통통한 생선이 언뜻 보아도 극상품이었다.

식구도 얼마 되지 않는 집에서 무슨 음식을 이렇게 많이 장만했냐고 묻자, 청지기는 제사를 마치고 음복을 널리 나누는 것이 반가의 풍습이라고 설명했다. 정성껏 제를 올리면 받으시는 분께서 복을 내리니까요. 그러나 살해당해 죽은 여자가 대체 어떤 복을 내려 준다는 걸까. 미나는 이해할 수 없었지만 아무 말도 하지 않았다.

느긋이 한 바퀴 돌고 나자 해거름이었다. 갈 곳 없는 미나는 찬간에 딸린 온돌방에 덩그러니 앉아 있었다. 불안한 생각에 잠겨 있다가 견딜 수 없어지면 낡은 서책에 손을 뻗어 뒤적거렸다. 기름 먹인 표지가 누렇게 바랜 책은 집안의 사용인들 중 가장 나이가 많은, 새하얀 머리를 쪽 찐 늙은 찬모가 굽은 허리를 더 깊이 굽히면서 건네준 책이다. 백 년 넘게 내려오는 음식비방으로 대대로 맏며느리가 물려받는다는 설명은 청지기가 대신 해 주었다. 늙은 찬모는 일본어를 전혀 하지 못해 새아씨와 대화를 나눌 수 없었다.

미나는 한글로 적혀 있어 거의 읽어 낼 수 없는 책을 망연히 들여다보았다. 그리고 이것이 얼마나 잔인하고 우스운 짓인가 속으로 한탄했다. 이 모든 것이 기만이며 속임수라는 자각이 들 때마다 그를 원망했다.

준세는 해가 완전히 진 뒤, 여덟 시를 조금 넘겨 도착했다. 사랑방에 한참을 붙들려 있다가 아우가 있는 별채로 건너갔다고 했다. 제사까지 아직 몇 시간 남았으니 눈이라도 붙이면 좋을 텐데. 몸은 좀 괜찮을까. 아침에 본 것보다 얼굴이 더 상했을까. 그를 보러 갈까 말까 고민하는 사이에도 시간은 흘렀고, 속절없는 상념 속에 밤이 깊어 갔다.

자정이 되어 날짜가 바뀌자마자 제례가 시작되었다. 저택 가장 깊은 곳에 있는 제실은 여자의 출입이 금지돼 있어 며느리는 참석할 수 없었다. 그러나 미나의 신경을 건드리는 것은 그 불공평한 전통이 아니었다. 준세는 곧 제사상 앞에 절을 올릴 것이다. 조선의 절이 어떻다는 것을 그녀도 잘 알고 있었다.

'당분간은 통증이 있을 테니 되도록 움직이지 않는 편이 좋습니다.'

정말이지, 미련한 남자 같으니.

"후우……."

또다시 급작스레 화가 치밀었다. 이어 불안감이 팽배했다. 긴장으로 뱃속이 타는 것 같았다. 입 밖으로 낼 수 없는 번민들이 가슴속을 마구 찔러 댔다. 나는 고작 이 하루조차도, 단 하루조차도 불을 삼킨 것처럼 견딜 수 없는데. 당신은 얼마나 많은 날들을 이렇게 살아온 걸까.

대체 왜.

"조 서방."

"예, 마님."

"나 안채에 가 보고 싶어."

"안채요? 지금 말씀입니까?"

음식을 나르는 하인들이 모두 제실로 간 뒤, 찬간 앞마당에 서 있던 미나가 대뜸 그러자 청지기가 놀란 얼굴을 했다. 그는 사용인들 가운데 일본어가 가장 유창한 이라 오늘 새아씨의 시중을 도맡고 있었다. 안채. 제사상을 받기 위해 혼백이 내려오는 날 하필이면 거길. 등골이 으스스했지만 그는 직분대로 머리를 조아렸다.

"모시겠습니다, 마님."

대답하며 마루에 놓인 제등 하나를 집어 들었다. 기름 먹인 종이를 씌운 등은 양초를 넣어 사용하는 구식 물건이다. 등불을 앞세운 청지기를 따라 미나는 안채로 향했다. 자정을 넘긴 저택은 어둠 속에 완전히 잠겨 있었다.

72

끼이익, 경첩이 찢기는 소리와 함께 중문이 열렸다. 청지기의 등불이 앞마당 풍경을 비췄다. 잡초가 우거진 을씨년스러운 광경을 예상했던 미나는 뜻밖에 단정한 마당으로 걸어 들어갔다. 하긴 주인이 죽었다 한들, 엄연히 사람이 사는 부잣집에서 안채를 폐가처럼 방치할 리 만무했다.

"······깨끗하네."

"때마다 소제를 하고 손을 봅니다만 주인이 안 계시니 아무래도 쓸쓸하지요. 안방마님께서 살아 계실 적에는 봄이면 물망초가 만개해 장관이었습니다. 마님께서 그 꽃을 참 좋아하셨거든요."

청지기는 등골에 들러붙는 서늘함을 떨쳐 내려 이런저런 말을 늘어놓았다. 물망초. 미나는 꽃의 흔적을 찾아볼 수 없는 마당에서 눈길을 거두었다. 그리고 조심스럽게 발을 디뎌 댓돌 위에 올라섰다. 구두를 벗고 툇마루에 서자 아담한 앞마당이 한눈에 들어왔다.

"제사는 언제 끝나지?"

"이제 한 십오 분쯤 후면 끝날 겁니다. 그 후에 동별당으로 자리를 옮겨 음복하실 거고요."

"알았어. 자네는 먼저 가 봐."

"예? 마님은요?"

"난 여기 잠시 더 있다 갈게. 동별당이 어디인지는 아니까 걱정 말고."

청지기가 조금 난처한 표정을 지었다. 마루 위에 선 여자에게 제등을 넘겨주면서도 혼자 두고 가도 되나 영 불안한 기색이었다. 그러나 미나는 조금도 겁나지 않았다. 망자의 혼령이 산 사람의 목을 조르겠는가. 만일 시모의 혼이 나타난다면 오히려 미나 쪽에서 그 치맛자락을 붙들 것이다. 당신 아들이 무슨 짓을 하는지 아느냐고, 막아 낼 방법을 알려 달라고 조르기라도 할 것이다.

미나는 유리창을 끼운 미닫이를 옆으로 열었다. 실크 스타킹 신은 발이 가볍게 문지방을 넘어 마룻바닥을 디뎠다. 가로로 긴 안채는 숨 막히도록 고요했다. 여자의 걸음이 두툼한 마루 위에 탁, 탁, 부딪히는 소리만 울렸다.

안채는 담장으로 완전히 둘러싸여 있다. 아들들이 기거하던 별채와 가까웠고, 출입구인 중문은 제법 튼실해 어지간해선 부서질 것 같지 않았다. 문이 열려 있었겠지. 담장이 높지 않으니 타고 넘었을 수도 있고. 미나는 당시의 상황을 그려 보면서 복도를 따라 안으로 걸어 들어갔다.

가장 깊숙한 곳에 창호지 바른 커다란 문이 보였다. 천천히 밀어 열고 제등을 넣어 안쪽을 비췄다. 조선식 목가구와 비단 보료. 화조가 수놓인 여섯 폭짜리 병풍. 누군가 늘 쓰는 것처럼 반들반들한 세간들. 미나는 비로소 목덜미가 조금 서늘해졌다.

안주인의 공간이라고 확신하면서 성큼 안으로 발을 들였다. 귀신에게 위세하듯 허리와 어깨를 곧게 펴고 한 바퀴 둘러본 다음, 머릿장으로 다가가 서랍도 몇 개 드륵드륵 열어 보았다. 잘 접힌 선언문이라도 들어 있길 바랐지만 하나같이 텅 비어 있었다. 미나는 조금 실망한 채 눈앞의 장지문을 열었다. 벽장인 줄 알았는데, 생각지 못하게도 작은 방이 나타났다.

'한옥은 공간들이 은밀하게 연결돼 있지. 겉으로 보기엔 완전히 별개 같아도 늘 뜻밖의 연결이 숨어 있다.'

오야케의 사랑방에서 들었던 것을 떠올리며 안쪽을 눈으로 훑었다. 가구 한 점 없이 빈 방이라 볼 것은 없었다. 그녀는 문을 다시 밀어 닫고 병풍을 향해 돌아섰다.

핏자국은커녕 먼지 한 톨 없이 말끔한 방. 그 어두운 방에서 무언가를 기다리듯 미나는 잠시간 서 있었다. 부디 무엇이라도 나타나 주길 바라면서. 영감이든 직감이든, 죽은 여자의 창백한 혼백이라도. 그러나 고요한 안채에는 아무것도 나타나지 않았고, 미나는 빈손으로 방을 나와야 했다.

안방은 안채 건물의 맨 끝에 있었다. 반대편으로 길게 뻗은 복도를 향해 미나는 우뚝 섰다. 저승으로 가는 통로처럼 캄캄하고 막막한 공간이었다. 오른손에 든 등불만이 그녀의 발치를 노랗게 비췄다.

미나는 그 복도를 따라 걷기 시작했다.

무언가에 이끌리듯 조심스럽게 탁, 탁, 걷기 시작했다. 오래된 대저택의 두껍고 단단한 나무는 몹시 견고해 삐걱대지 않았다. 여자는 그 위를 탁탁탁, 조금씩 빠르게 걷기 시작했다. 싸늘한 복도는 짐승의 뱃속처럼 길고도 어둡다.

'그랬지.'

이민족의 나라에 충성하는 아버지.

'안방에 있었지.'

그 제국에 반역한 어머니.

'처참하게도.'

목숨을 던져 복수하려는 아들.

마침내 긴 복도의 끝에 도달한 순간 미나는 걸음을 멈췄다. 낯익은 앞마당의 석등에 익숙한 전깃불이 들어와 있었다. 누마루 끝에 선 여자가 등 뒤로 고개를 돌렸다. 처마 아래 걸린 편액 위에 날아갈 듯 새겨진 글씨.

영진헌.

'복수가, 나쁜 건가.'

미나는 숨을 멈춘 채 사랑채 편액을 바라보았다. 눈을 의심하고 직감을 의심하고 생각은 더욱 의심했다. 그러나 벽력처럼 머리를 내리친 영감은 너무나 강렬해 피할 수 없었다.

"말도 안 돼……."

그녀는 원하던 것을 얻고 말았다.

동별당은 사랑채의 동쪽에 있는 건물로 커다란 서양식 만찬 식탁이 놓인 곳이다. 미나는 지난 정월에 여기서 떡국 먹던 것을 떠올렸다. 그때와 똑같은 구도로 둘러앉은 지금, 아버지와 아들 사이에 흐르는 공기가 완전히 다르게 보였다.

'내 자식이지만 나도 한 번씩 선득해질 때가 있단다.'

식탁 위에는 죽은 자에게 올렸던 음식이 풍성하게 차려져 있었다. 자정을 넘긴 시간에 입맛이 있을 리 없건만 세 부자는 아무렇지 않은 얼굴로 음식을 씹어 삼켰다. 노릇하게 부친 전과 고기산적, 따끈하게 데운 탕국. 미나는 헛구역질이 치밀어 몇 번이나 숨을 참아야 했다.

세 남자는 맑은 곡주도 나누어 마셨다. 제례에 쓴 술은 약이란다. 시부가 다정스럽게 권했지만 미나는 웃으며 사양했다. 무례하게 보이지 않기 위해 음식 몇 가지를 억지로 입에 넣으면서 곁에 앉은 준세를 의식했다.

동별당에 들어섰을 때 그녀는 가장 먼저 그의 가슴께에 시선을 주었다. 상처가 벌어져 피라도 배지 않았을까 걱정했지만 새하얀 셔츠는 깨끗했다. 문제는 그 셔츠만큼이나 창백한 남자의 얼굴이었다.

너는 안색이 왜 그러냐. 임영환이 퉁명스레 걱정의 말을 건넸다. 맞은편에 앉은 준태도 간간이 형을 살피는 눈치였다. 괜찮습니다. 준세는 누구도 믿지 않을 소리를 아무렇지 않게 했고, 미나는 그 어떤 표정도 비치지 않으려 애쓰면서 내내 입을 꾹 다물었다.

도저히 끝나지 않을 것 같던 식사가 끝난 뒤, 남편을 따라 별당을 빠져나왔을 때는 이미 새벽 한 시에 임박해 있었다.

청지기와 하인들이 차고에서 준세의 차를 옮겨 놓고 대기 중이었다. 그새 깨끗이 닦아 놓아 차체가 온통 번쩍거린다. 금속제 범퍼에서 칼날처럼 차가운 윤기가 흘렀다.

"이리 줘요."

미나는 남편을 앞질러 하인에게 손을 내밀었다. 그리고 어리둥절한 얼굴의 하인으로부터 빼앗듯 자동차 열쇠를 낚아채며 덧붙였다.

"이 사람이 술을 많이 해서."

말과 함께 운전석 문을 열고 올라타자 남자들은 거의 경악하는 표정을 지었다. 세상에 여자가, 그것도 지체 높은 마님이 운전을 한다고? 그들은 귀신이라도 본 얼굴로 준세를 쳐다봤다. 여차하면 자동차 앞을 몸으로 막아서기라도 할 것처럼 진지한 얼굴들이었다.

그리고 잠시 서 있던 준세가 말없이 조수석 쪽으로 걸어가자, 청지기는 얼떨떨한 얼굴로 얼른 왼쪽 문을 열어 주었다.

조선은 일본과 마찬가지로 미국과 운전석이 반대다. 핸들이 오른쪽에 있는 차를 운전하는 것은 처음이지만 좌측통행은 미나가 평생에 걸쳐 몸에 익힌 감각이기도 했다. 왼손으로 기어를 옮긴 뒤 가속페달을 밟자 차체가 앞으로 나아가기 시작했다. 천천히 대문을 빠져나오는 동안 그녀는 기계 다루는 감을 되찾았다. 과감히 가속하면서 골목을 벗어나 큰길로 나왔다.

새벽 한 시의 경성 시가는 죽은 듯 고요했다.

자동차는 침묵을 안고 어둠 속을 질주했다. 남쪽으로 거침없이 내려가 종로에 도달했다. 미나는 행인이 드문드문한 대로에서 우회전해 방향을 틀었다. 남산정 집으로 가는 길과 정반대. 조수석에 앉은 준세는 아무 말도 하지 않았다.

자동차는 해체 작업이 한창인 광화문 쪽으로 다가갔다. 총독부 앞을 가린 옛 궁궐의 정문은 금년 안에 동쪽 구석으로 옮겨질 예정이다. 이 층짜리 문루는 이미 철거되었고 육축(陸築)의 돌도 반이 채 남지 않았다. 그 너머 총독부 청사는 한밤중에도 조명을 비추어 으리으리했다.

거대한 궁성 같은 그 건물 맞은편에 미나는 차를 세웠다. 차창을 열고 소리만 질러도 정문의 경비병이 달려올 거리였다. 정복 차림에 장총을 멘 남자들을 힐끗 본 뒤 엔진을 껐다. 차 안이 무섭도록 고요해졌다.

한참 만에 미나가 입을 열었다.

"대답 안 해도 돼. ……거짓말만 하지 마."

그녀는 정면을 바라보며 말을 이었다.

"허튼소리 하기만 해 봐. 당장 저 안으로 차 몰고 들어갈 테니까."

역시 정면을 향해 앉은 남자는 묵묵히 듣고만 있었다.

"몰래 자금 대고 있는 거지."

"……."

"독립운동 조직에."

"……."

"리버티, 거기 당신 가게지."

"……."

미나는 거기서 잠시 멈췄다. 준세는 아무 소리도 내지 않았다. 모든 질문에 침묵으로 긍정하고 있었다. 미나는 가슴에 송곳이 박히는 기분이었다.

"어머님 돌아가시게 한 사람…… 아버님이야?"

"……."

"그래서 당신도…… 죽을 생각이야……?"

기어이 목소리가 떨려 나왔다. 남자는 끝끝내 침묵을 지켰다. 아니라고, 오해라고, 끝까지 거짓말 한 번 해 주지 않았다. 미나는 다시 한번 말을 멈춘다. 가슴이 너덜너덜해 숨이 쉬어지지 않는다. 필사적으로 침착하려 애쓰며 그녀는 준비해 둔 말을 쏟아 냈다.

"그만둬. 다 그만두고 없던 일로 해. 죽을 때까지 모르는 일로 할 테니까 여기서 그만두겠다고 말해."

제발. 여기서 멈춰야 해.

"아니면 내가…… 당신 고발할 수도 있어."

협박은 본인의 귀에도 어설프게 들렸다. 지레 겁먹고 온몸을 덜덜 떠는 주제에 가당찮은 겁박이었다. 미나는 제가 힘껏 휘두른 무기가 고작 허세라는 것을, 그마저도 상대에게 간파당했다는 것을 모를 수 없었다.

"고발이라."

그래서 남자가 긴 침묵 끝에 입을 뗐을 때, 느긋이 흘러나온 저음에 뺨이라도 베인 것 같았다.

"그야 당신 자유지만 하루하라, 당신 집안도 꽤 곤란해질 텐데."

침착한 말투였다. 여유를 부리며 거꾸로 협박하는 것 같기도 했고, 필요 이상으로 자극하지 않으려 주의하는 것 같기도 했다. 어느 쪽이든 아주 차가운 계산이 서려 있어서 미나는 몸이 얼어붙었다.

"더 좋은 방법을 알려 줄까."

"……"

"거기 포켓 안에 총이 있어."

"……"

"그걸 꺼내서 날 죽여. 지금. 그럼 당신 집안 체면은 살릴 수 있을 거야."

준세는 줄곧 정면을 향해 말했다. 미나도 오직 정면만을 향해 멍하니 시선을 놓았다. 지독한 남자. 나쁜 사람. 나는 당신을 해칠 수 없다는 걸, 어떤 식으로든 결코 다치게 할 수 없다는 걸 잘 알고 있으면서.

"지금 죽일 수 없다면 조금만 기다려."

내가 절대 그럴 수 없다는 걸 알고 있으면서.

"곧, 미국으로 보내 줄 테니까."

내 마음을 너무나 잘 알고 있으면서.

미나는 대답하지 않았다. 세상이 완전히 뒤집혔다는 것을 더는 부정할 수 없었다. 그러나 모든 것을 순순히 받아들일 수도 없었다. 이제 어떻게 해야 할지, 어디로 가야 할지, 무슨 생각을 해야 할지조차 그녀는 전혀 알 수 없었다.

"하아……."

떨리는 숨을 길게 뱉으며 왼쪽으로 고개를 돌렸다. 정면을 향해 앉은 남자를 바라보았다. 가스등 불빛이 닿아 희미하게 빛나는 옆얼굴의 선을. 그리고 굳게 다문 입술. 담담하게 미소 짓던 입술. 제 몸에 수없이 입 맞추던 그 달고 부드러운 입술.

이제는 차갑게 침묵하는 입술.

조금만 손을 뻗어도 닿을 아주 가까운 곳에 그는 있었다. 그러나 미나에게 이제 그는 아득히도 멀어 감히 닿을 수 없는 존재 같았다. 순간 뜨거운 무언가가 목구멍에 치밀었고, 이어 어떻게 막을 새도 없이 뺨 위로 눈물이 넘쳤다.

외면하듯 정면만을 바라보던 준세가 천천히 고개를 돌렸다. 눈물로 젖은 여자의 얼굴을 느슨히 바라보았다. 그는 동정을 꾸며 내지 않았다. 손수건을 꺼내 건네는 매너조차 없었다. 우는 여자에게 그가 주는 것은 오직 흔들림 없는 시선. 경멸도 연민도 없는 담담한 시선.

"경고했잖아."

그리고 정확한 발음. 감정 없이 침착한 목소리.

"후회할 거라고."

그 시선 속에서 미나는 입술을 깨문다. 섬광 같은 적의가 팍 튀었다 사라진다. 포켓의 총을 꺼내 겨누는 상상을 했지만 가공된 살의는 그저 상상일 뿐이다. 현실 속의 미나는 다만 울 수밖에 없었다.

누구에게 들킬까 큰 소리조차 내지 못한 채, 해치지 못할 남자를 노려보며 숨죽여 울 수밖에 없었다.

여자는 침대 위에 웅크린 채 고양이를 끌어안았다. 작은 짐승의 체온에 매달리듯 동그랗게 몸을 말았다. 고양이는 고맙게도 얌전히 머물러 주었다. 변함없이 보드라운 털의 감촉. 그 한 점의 온기마저 미나는 절박했다.

준세는 당연하다는 듯 침실을 양보하고 서재로 올라갔다. 지난 두 달여의 시간이 그에게는 존재한 적 없다는 투였다. 마치 그렇게 하면 모든 것을 원점으로 돌릴 수 있을 것처럼. 너무나도 쉽게. 아무렇지도 않게.

미나는 죽은 사람처럼 꼼짝 않고 누워서 귀를 기울였다. 마룻바닥의 이음새가 삐걱대는 소리. 발뒤꿈치가 닿으며 쿵쿵 울리는 소리. 미닫이문이 드르륵 열리고 다시 드르륵 닫히는 진동과 마찰음. 그렇게 온 신경을 기울여 남자의 움직임을 좇다가 베개에 얼굴을 묻었다. 이대로 입과 코를 세게 누르면 혹 죽을 수 있을까 하는 생각을 했다.

오래지 않아 소리는 완전히 멈추었다. 고양이도 어느새 품을 사뿐히 빠져나갔다. 미나는 완벽한 암흑 속에 홀로 방치되었고, 그녀의 세계는 이제 적막과 어둠뿐이다. 소리도 빛도 온기도 없었다. 거기 갇힌 여자는 막막하고 두려워서 차마 울 수조차 없었다.

절망에 맞닥뜨리면 사람은 무력해진다. 도저히 어찌해 볼 수 없는 상황 속에서 이성은 무의미해진다. 앞으로 더 나쁜 일들이 일어날 거란 확신은 의지를 마비시킨다.

저만치, 사신의 발소리가 뚜벅뚜벅 다가오고 있었다.

그럴수록 미나는 더욱 필사적으로 희망을 움켜쥐었다. 포기하지 않으려 계속해서 생각을 이었다. 스스로 할 수 있는 일을 궁리하고 도움 청할 사람들을 물색했다. 해답 없는 질문을 수백 수천 번 자문하면서 긴 밤을 흘려보냈다. 어둠 속에 갇힌 채 생각하고 또 생각했으나 아무리 생각해도 방법은 하나뿐이었다.

그의 마음을 돌리는 것. 그 외에 다른 방법은 없다.

"두 사람 잠깐 자리 좀 비켜 줘."

간신히 품위를 갖춰 말한 뒤 미나는 다시 숨을 참았다. 토스트에서 풍기는 버터 냄새. 늘 좋아하던 그 고소한 냄새가 역해서 견딜 수 없었다. 가까스로 토기를 참아 낸 뒤 심호흡하며 속을 가라앉히는 동안 하녀들이 물러갔다. 밤을 꼬박 지새운 탓에 두 눈이 따끔거렸다.

눈꺼풀을 한 번 길게 감았다 뜨면서, 현관문이 완전히 닫히는 소리가 들릴 때까지 미나는 참을성 있게 기다렸다.

"나 아버지한테 말씀드릴 거야."

말하며 맞은편에 앉은 남자를 바라본다. 반으로 접은 신문을 내려다보던 그가 시선을 들어 올렸다. 테이블 위에는 여느 때처럼 정성 어린 서양식 조찬이 차려져 있었다. 채 손도 대지 않은 접시 위에 음식이 고스란했다.

"미국으로 돌아가겠다고. 최대한 빨리. ……당신이랑 같이."

단정적인 어조와 달리 여자의 표정은 애원에 가까웠다.

"총독부에 사직서 내. 당장 짐 정리 시작할 거야. 준비되는 대로 같이 떠나."

애써 또박또박 말하면서 남자의 기색을 살폈다. 새하얀 드레스셔츠에 단색 타이를 매고 재킷까지 갖춰 입은 그에게서는 오늘도 짙은 향수 냄새가 풍겼다. 그리고 표정이 완벽하게 지워진 얼굴. 일자로 굳게 다문 그 입술이 미나를 초조하게 만들었다.

“내 말대로 해. 나랑 같이 가. 지금 그만두지 않으면 정말로,”

“당신이야말로 그만하지.”

말허리를 끊으며 준세가 살짝 미간을 찌푸렸다. 노골적인 불쾌감과 짜증. 각오했음에도 미나는 더럭 가슴이 내려앉았다.

“잊었나 본데 먼저 거래를 제안했던 건 당신이야.”

타이르듯 말하며 그가 신문을 접어 테이블 끝에 내려놓았다. 얇은 종이가 부스럭대는 소리.

“거래. 그래, 거래였지. 처음부터 그럴 생각으로 한 결혼이잖아. 덕분에 나는 내가 원하는 걸 얻었고. 당신도 당신이 원하는 걸 얻을 거고. 그럼 된 거 아닌가?”

느긋이 말을 이어 갈수록 그는 점점 더 명료해졌다. 태도가 더욱 단호해지고 눈빛은 한층 차가워졌다. 그 절망적인 과정을 지켜보면서도 미나는 희망을 놓지 않으려 했다. 딴사람처럼 낯설어진 남자를 파악하려 기를 썼다.

“설마, 정말로 나랑 해로할 생각을 했던 건 아니겠지.”

준세는 그쯤 말을 멈추고 마주 앉은 여자를 바라보았다. 상대의 상태를 파악하려 신경을 세우는 건 그 또한 마찬가지 같았다. 그로부터 미나는 필사적으로 희망의 조짐을 찾았다.

서로를 탐색하는 눈길 사이로 무거운 침묵이 흘렀다. 둘 중 먼저 입을 뗀 것은 남자였다.

“전에 나한테 물었지. 서로 다른 두 민족이 합쳐질 수 있을 거라 생각하냐고.”

“……”

“그걸 몰라서 물은 건가? 그럴 수 없다는 거 본인도 잘 알지 않아?”

“……”

"강제로 다리를 잘라 놓고 이제 업어 줄 테니 한 몸이 되자. 그게 말이 된다고 생각하는 인간이 있다면 둘 중 하나지. 바보거나, 바보 시늉을 하고 싶거나."

당신은 어느 쪽인지 모르겠지만. 싸늘하게 덧붙이는 입가에 언뜻 비웃음이 스쳤다.

"아. 하긴 당신들은 늘 그런 식이니까. 뻔히 알면서 모르는 척. 순진한 얼굴로 온화한 척. 속으론 비웃어도 겉으로는 극진히 예의 차리는 게 당신들 특기잖아."

"……"

"일본인들은 참, 가증스러워."

순간 뜨거운 무언가가 정수리로 쏟아졌다. 냄새나고 끈적거리는 그것은 모멸감 같기도 했고 좌절감 같기도 했다. 당신들, 당신들은, 일본인들은 참 가증스러워. '너'라고 특정하지 않아서 모욕은 오히려 더 노골적이었다. 미나는 그만 온몸에 오물을 뒤집어쓴 기분이었다.

"조선이…… 독립할 수 있을 것 같아?"

당혹감과 분노가 턱을 타고 뚝뚝 떨어진다. 그녀는 일순 눈앞이 가려 아무것도 보이지 않는다.

"이런다고 독립이 될 것 같냐고."

"……."

"눈이 있으면 현실을 봐. 미련한 짓 그쯤 했으면 이제 알 거 아냐. 당신들은 절대 제국을 이길 수 없어."

"……."

"빼앗기기 전에 잘 지켰어야지. 이제 와서 뭘 어쩌자는 건데. 없어진 나라에 집착하는 거 지긋지긋하지도 않아?"

마치 누가 더 지독한지 겨뤄 보자는 것 같았다. 그들은 각자의 가장 밑바닥에 고인 가장 더러운 것들을 서로에게 마구 집어 던졌다. 몸부림치듯 말들을 뱉어 낸 미나는 곧 심한 탈력감을 느꼈고 이내 속이 뒤집히도록 끔찍해졌다. 눈앞의 남자도. 그녀 자신도. 그들을 둘러싼 이 상황 모두가.

그리고 절망감에 숨이 막혔다. 이것이 우리의 진짜 모습인가. 가증스러운 일본인과 지긋지긋한 조선인. 가면 아래 숨겨 온 우리의 진실은 이따위 저열한 것들인가.

이것이 우리의 한계인가.

"끝났으면 이만 실례해도 될까."

"아직 안 끝났어!"

미나가 발악하듯 소리쳤다. 울음을 터뜨리지 않으려 가슴이 뻐근하도록 힘을 주었다. 끝까지 지독하게 침착한 남자가 원망스러웠다. 이 추한 꼴 앞에서도 전혀 흥분하지 않는, 안색 하나 변치 않고 차분한 남자가 미웠다. 이 남자에게 실망조차 줄 수 없다는 사실에 그녀는 완전히 절망했다.

너는 왜 아무렇지도 않아. 나는 온몸이 찢기는 것 같은데. 팔다리가 덜덜 떨려서 멀쩡히 앉아 있을 수도 없는데. 너는, 너는 마치,

나 따위 전혀 모르는 사람처럼.

"용서하지 않을 거야……."

이렇게 될 줄 미리 다 알고 있던 것처럼.

"당신……"

소용 다한 물건을 내버리는 것처럼.

"절대 용서하지 않을 거야……."

어깨를 바들바들 떨면서 미나는 남자를 노려본다. 지그시 마주 보던 검은 눈동자에 언뜻 이채가 스친 것 같았다. 그러나 그 빛은 빠르게 사라졌고, 웃지도

찡그리지도 않은 채 그가 가볍게 고개를 끄덕였다.

"그렇게 해."

흔쾌한 대답과 함께 준세가 자리에서 일어섰다. 몸을 돌려 현관으로 멀어지는 뒷모습을 미나는 속절없이 바라보았다. 곧은 자세와 우아한 걸음걸이. 오른손에 든 서류 가방. 표정 없는 그 뒷모습은 그녀가 알던 그대로였고, 그래서 그만 어리석게도 그리움에 가슴이 미어졌다.

구두를 신은 남자가 현관문을 통과해 밖으로 사라졌다. 천천히 밀린 문이 닫히고 걸쇠가 달칵 걸렸다. 정원 포석에 부딪히는 구두 굽 소리가 뚜벅, 뚜벅, 멀어져 간다.

외부의 소리는 그로써 완전히 멎었다. 덩그러니 남겨진 여자의 숨소리만 허공에 흩어졌다. 그녀의 앞에는 여전히 근사하게 차려진 서양식 조찬. 채 식지 않은 토스트의 버터 냄새가 순간 참을 수 없이 코를 찔렀다. 미나는 냅킨으로 입을 틀어막은 채 안쪽으로 달려갔다.

허위허위 복도를 지나 욕실 문을 벌컥 열고 변기를 붙들었다. 억센 손아귀가 위장 속을 마구 휘젓는 것 같았다. 빈속으로 헛구역질을 너덧 번 하고 나자 눈가에 눈물이 고였다. 고무 인형처럼 온몸의 힘이 쭉 빠져나갔다.

"하아……."

눈앞이 어지러웠다. 날카로운 유리 조각을 한 움큼 삼킨 것 같다. 내장이 찢어지는 이 고통이 무엇인지 그녀는 혼란스럽다. 분노인지, 슬픔인지, 혹은 그저 증오인지.

무엇에 대한 증오인지.

미나는 가슴 위를 짚었던 손을 천천히 아랫배로 가져갔다. 절대 다칠 수 없는 급소라도 되는 것처럼 평평한 배 위를 손바닥으로 감쌌다. 그리고 다시 치솟는 토기를 누르려 숨을 참았다.

'용서하지 않을 거야.'

알고 있으면서. 차마 애원할 수 없어서, 매달릴 수 없어서, 아무래도 좋으니 제발 버리지만 말아 달라고 사정할 수 없어서 해 버린 소리라는 걸 알고 있으면서.

'그렇게 해.'

내가 그렇게 할 수 없다는 것까지 다 알고 있으면서.

미나는 입술을 씹으며 울음을 참았다. 욕실 바닥에 주저앉아 숨을 골랐다. 주위에는 아무도 없었고 머릿속에는 한 사람만 있었다. 텅 빈 귓가에 이명처럼 반복되는 말.

나쁜 사람. 나쁜 사람.

나쁜 사람.

하루가 이렇게 길다는 걸 왜 미처 몰랐을까. 미나는 비틀비틀 흐르는 시간 속에서 그 생각을 거듭했다.

불안에 잠긴 시간은 고무줄처럼 길게 늘어났다. 생각이 많아지고 마음이 졸아들수록 시계는 더디 갔다. 온종일 미나가 한 일이라고는 침대에 누워 눈을 감았다 떴다 하는 것뿐이었다. 그것 외에 다른 일은 할 수 없었다. 다른 일을 할 엄두조차 낼 수 없었다.

이불 속에 누운 채 생각하고 또 생각했다. 오늘 아침과 지난밤의 대화를 곱 씹고 또 곱씹었다. 남자의 음성과 말투, 눈빛과 표정을 하나하나 떠올리고 다시 상처받았다. 혹 거기에 어떤 가능성이라도 숨어 있을까, 가시덤불 같은 기억을 맨손으로 헤치고 또 헤쳤다.

그러다 문득 눈을 떴을 때, 남자를 보았다.

준세는 유리문 너머 툇마루에 서 있었다. 새하얀 셔츠에 검정 바지. 한쪽 손을 호주머니에 찌르고 선 뒷모습을 미나는 의아하게 바라보았다. 언제 들어왔지. 저기서 뭐 하는 거지. 겉옷도 없이 저러고 있으면 추울 텐데. 한숨처럼 생각하면서 부스스 몸을 일으켰을 때,

탕!

총성이 귀청을 때렸다.

툇마루에 서 있던 남자가 석정 위로 쓰러졌다. 손쓸 겨를도 없이 셔츠 위로 붉은 피가 번지기 시작했다. 남자의 몸에서는 끝도 없이 피가 솟았고, 그 광경을 지켜보는 여자는 목이 잘린 듯 아무 소리도 내지 못했다.

눈앞에는 온통 피. 붉은 피. 숫눈 같은 백사 위로 빠르게 차오르는 피. 새하얀 석정이 순식간에 시뻘건 핏물로 질척해졌다.

미나는 번쩍 눈을 떴다.

"하아."

사위는 시커먼 암흑이다. 심장이 머릿속에서 미친 듯 뛴다. 숨을 몇 번 몰아쉬고야 꿈이었다는 걸 알았다. 안도감에 질끈 눈을 감았다 뜬 뒤 주위를 두리번거렸다.

세상은 이미 완전히 저문 밤이었다. 낮에 해 놓은 대로 커튼은 열려 있었고 유리문 너머 석정은 고요했다. 푸르스름한 전깃불이 들어온 석등. 텅 빈 툇마루에는 고양이 그림자조차 보이지 않았다.

"하아……"

미나는 흐트러진 머리를 쓸어 넘기며 침대에서 내려왔다. 아무도 없는 툇마루와 평온한 석정을 다시 한번 살핀 뒤 탁상시계를 보았다. 아홉 시. 아홉 시? 미나는 아직도 꿈을 꾸는가 싶었다.

준세는 늦어도 여덟 시면 퇴근해 돌아온다. 서재에서 자더라도 옷장은 여기 있으니 침실 문을 열고 들어왔어야 했다. 그럼 아직 집에 오지 않았다는 건가. 아홉 시가 넘었는데? 거기까지 생각이 닿자 다시 공포가 엄습했다.

미닫이문을 열어젖히고 이층으로 향했다. 발소리를 쿵쿵대며 거의 뛰다시피 계단을 올랐다. 불 꺼진 서재의 문을 노크도 없이 확 밀어젖혔다. 비어 있다는 걸 알면서 굳이 스위치를 올려 전등을 켰다.

아무도 없었다.

두려움이 와르르 쏟아졌다. 텅 빈 서재 입구에 선 채로 미나는 숨을 멈췄다. 침착하려 애를 쓰면서 눈을 굴려 내부를 훑었다. 왜 아직 안 들어왔지. 지금 어디 있지. 설마 무슨 일이 생긴 건 아니겠지. 초조하게 자문하는 사이 눈앞이 붉어졌다. 시뻘겋게 젖은 채 쓰러진 남자. 끔찍한 환영을 떨쳐 내려 눈을 감았다 뜬 그녀가 문득 미간을 좁혔다.

저만치 책장 위, 늘 같은 자리에 있던 책 한 권이 보이지 않았다.

성경전서.

여자의 맨발이 문턱을 넘었다. 책상으로 빠르게 다가가 서랍을 당겼다. 저항 없이 쉽게 열리는 순간 미나는 알았다. 잠겨 있지 않은 서랍 안이 역시나 텅 비어 있었다.

여자는 나머지 서랍들을 미친 듯이 열어 본다. 잘 정리된 잡동사니들이 하나같이 그대로였지만 장부와 성서는 어디에도 없다. 네 개의 서랍을 모두 확인한 뒤에야 몸을 돌렸다. 서재의 불을 끄는 것도 잊은 채 그녀는 계단을 마구 뛰어 내려갔다.

"말희! 말희!"

안 돼, 안 돼, 안 돼. 미나는 간절히 되뇌며 복도를 빠르게 지났다. 몸이 얼어붙은 것처럼 감각이 없었다. 발바닥에 닿는 마룻바닥조차 느껴지지 않았다. 눈을 동그랗게 뜬 하녀를 발견한 뒤에야 콩콩 언 목구멍이 트였다. 채 걸러지지 않은 말들이 마구 튀어나왔다.

"준세 아직 안 들어왔어? 연락 온 거 없었어? 전화 안 왔어? 아버지는?"

하얗게 질린 채 미친 듯이 묻는 여자 앞에서 말희는 당황한 기색이었다. 주방에 있던 동래댁도 앞치마에 손을 비비며 고개를 내밀었다.

"오늘 주인님 숙직일이잖아요. 아까 아침에도 말씀하셨는데……."

저흰 아시는 줄 알고. 변명하듯 덧붙이는 소리를 들으며 미나는 황급히 날짜를 더듬었다. 첫째 주 수요일. 그는 매월 첫 수요일마다 청사에서 당직을 선다. 지난달인 이월에도. 삼월인 오늘도.

"하아……."

순간 맥이 풀려 바닥에 주저앉고 싶었다.

"언제 일어나셨어요? 안 그래도 지금 가 볼 참이었어요."

모처럼 곤히 주무시기에. 요새 통 못 주무신 것 같아서요. 죽 좀 드시고 다시 쉬세요, 마님. 말희가 조곤조곤 말하면서 미나의 얼굴을 들여다봤다. 유령처럼 창백한 얼굴.

"안색이 안 좋으신데. 괜찮으세요?"

걱정스레 그러며 말희가 가만히 그녀의 손을 잡았다. 얼음장처럼 싸늘한 두 손을 살살 주물렀다. 손이 차요, 마님. 미나는 하녀의 따스한 손을 더듬더듬 맞잡았다. 얼어붙은 손가락을 바지런히 문질러 주는 손길. 그 사소한 친절에 그만 눈물이 날 것 같았다.

"……나쁜 꿈을 꿨어."

"불안하셔서 그럴 거예요. 왜 안 그렇겠어요. 그렇게 놀라신 게 겨우 이틀 전인데."

마치 본인은 전혀 놀라지 않았다는 것처럼 어른스러운 말투. 손위 언니인 양

저를 다독이는 하녀로부터 미나는 약간의 위로를 받았다. 그때 주방에서 쟁반을 받쳐 든 동래댁이 나왔다. 김이 모락모락 오르는 죽 한 사발.

"여기서 드시겠어요? 방으로 가져갈까요?"

말희의 물음에 미나는 아무것도 먹고 싶지 않다고 말하고 싶었다. 그러나 걱정스레 저를 보는 찬모와 눈이 마주친 순간 입을 다물었다. 뭐라도 먹어 둬야 한다는 자각은 차라리 서글펐다. 방에서 먹을게. 힘없이 대답하면서 미나는 하녀의 손을 놓았다.

그 사람이 준비를 시작했어.

내 앞에서 사라질 준비를.

그가 곧 나를 버릴 거야.

우리를 버릴 거야.

뚜벅뚜벅, 사신의 발소리가 점점 가까워지고 있다.

참담하게도, 미나는 그가 그리워 미칠 것 같다.

요시다 곤스케 과장이 팔짱을 낀 채 지그시 눈을 감았다. 책상 앞에 차렷 자세로 선 나카오가 초조하게 눈치를 살폈다. 과장은 평소 둥글둥글한 척하길 좋아하지만 사실 둥근 건 그의 얼굴과 안경알뿐이다. 나카오는 조만간 제게 날아올 것이 부디 재떨이가 아니라 서류 다발이길 바랐다.

"나타나지 않았다?"

과장이 물으며 눈을 떴다. 나카오는 상관의 두꺼운 안경알 대신 책상 위의 커다란 육각형 재떨이를 보면서 대답했다.

"예. 마지막 배가 일곱 시에 떠났는데…… 타지 않았답니다."

"지금 어디 있어. 소재지는 파악됐나?"

"예, 철도호텔에 있답니다."

"철도호텔?"

"예월회 만찬 모임 중이라고……."

"만찬 모임? 만주가 아니라 만찬 모임?"

요시다가 어처구니없다는 듯 코웃음 쳤다. 덕분에 나카오는 어깨가 좀 더 굳어졌다. 좆됐네. 오십 번은 족히 씹었을 말을 다시 한번 입 속으로 되씹었다.

안희제가 부산항에 나타나지 않았다.

사흘째 잠복하며 눈을 부릅뜨고 있던 경찰은 당혹했다. 변장에 능한 그가 이번에도 미꾸라지처럼 감시망을 빠져나간 게 아닌가 싶었는데 웬걸, 최고급 양복을 빼입고 호텔에 있다는 보고가 들어와 경찰은 더 당혹했다. 부산항에 있어야 할 자가 부산역에서 하하호호 놀고 있단 소리에 나카오는 이 사태를 어찌 감당하나 눈앞이 잠깐 노래졌다.

담당관인 스기와라 사무관은 이미 부하 둘을 데리고 만주로 떠났다. 지금쯤 타깃이 도착하길 기다리면서 영사관과 포위망을 짜고 있을 것이다. 경성에 남은 건 막내인 나카오와 임시 서기뿐이니 과장의 욕받이는 오롯이 나카오 미노루의 몫. 아, 진짜 좆됐네. 나카오는 입술을 안으로 말았다.

"어떻게 된 거야. 정확한 첩보라고 하지 않았나? 목요일에 배 탄다며."

"아, 그게…… 저희는 정보원한테 분명 그렇게 보고를 받았는데……."

"나카오."

"예, 과장님."

"정보 관리 제대로 안 하나?"

요시다가 스산하게 목소리를 깔았다. 스물여섯 먹은 막내는 억울하고 난감하단 표정이었다.

"과장님, 저는,"

"중간에 새서 틀어진 거 아니냐고."

"그럴 리 없습니다. 정보 통제 철저히 했고, 부산 경찰이랑 저희 업무조 외에는 공유도 안 했는데……."

"우리 쪽 업무조가 몇 명이지?"

"다섯입니다."

"다섯 명 전원이 알고 있었다?"

"예. 맹세코 저희 다섯뿐입니다. 부산 현지는 사와베 경부 담당인데 혹 그쪽에서 문제가 있었는지도……."

중언부언하던 나카오가 말을 멈췄다. 그리고 과장이 변명을 몹시 싫어한다는 걸 떠올리고는,

"죄송합니다. 신속히 파악하겠습니다."

이제 곧 육각형 재떨이가 날아오겠거니 각오했다.

그러나 요시다는 뜻밖에 아무것도 날리지 않았다. 종이 한 장 집어 던지지 않고 침착하게 앉아서 침묵했다. 조용하니까 더 불안하네. 나카오가 차렷 자세를 똑바로 가다듬었을 때,

"됐어. 놈한테 물먹은 게 어디 한두 번이야?"

과장이 몹시 관대하게 그러며 턱짓을 했다.

"스기와라한테나 빨리 연락해. 작전 불발됐으니 복귀하라고."

"……예, 예."

요시다는 얼떨떨한 기색의 막내를 재촉해 쫓아내듯 내보냈다. 그리고 집무실 문이 열렸다 닫히는 동안 밖으로 보이는 사무실 풍경을 눈으로 훑었다. 정확히는 저 끄트머리 책상에 앉아 있는 청년을 살폈다. 좁아지는 문틈으로 그는 끝까지 임준세를 응시했다. 백작의 사위는 여느 때처럼 성실한 태도로 종이 위

에 무언가를 정성껏 쓰고 있다.

탁. 문이 닫히자 요시다는 팔짱을 풀고 긴 숨을 코로 내쉬었다.

"흠……."

그는 나무 의자의 팔걸이를 손끝으로 두드린다. 의미 없이 손가락을 까딱이면서 상황을 정리한다. 작전 불발. 업무조 다섯 명. 유유히 그물을 빠져나간 타깃.

한 달 전 상해에서 살해된 밀정.

"이거야 원……."

난감하게 중얼거리며 요시다는 생각했다. 앞으로 일어날 최악의 사태를 예상하고 자신이 취해야 할 최선의 태도를 궁리했다. 이 일이 밖으로 터지면 후폭풍의 범위는 엄청날 것이다. 코앞에 첩자를 두고 장님 노릇을 한 보안과장 본인은 물론 총책임자인 경무국장도 질책을 피할 수 없다. 총독과 정무총감까지 망신을 당할 테고, 중추원 조선귀족들과 총독부의 관계도 껄끄러워질 것이다.

임 자작은 사죄를 위해 작위를 내놓아야 할 수도 있다. 하루하라 백작은 당연히 법무국장 자리를 지키지 못할 테고.

이 일을 계기로 총독부가 조선인의 고급 경무 접근을 봉쇄하는 사태도 가능하다. 제령으로 공식 발표 하면 식민지 백성들의 반발을 살 테고, 비공식적으로 시행해도 그 후유증은 오래갈 것이다. 총독부의 문화통치 정책은 올해로 8년째. 현 총독은 회유책을 선호하는 사람이지만 이번에도 신사적인 포즈를 취하기는 어려울 테다. 임준세의 특채는 총독 본인이 직접 재가했으니까.

한마디로, 이 일이 터지면 조선 내 거의 모든 실력자들이 난처해질 거란 뜻.

"하, 이거야 원……."

요시다는 얼굴을 찌푸리며 안경을 추어올렸다. 책상 위에 놓인 서류철을 집어 겉표지를 넘겼다. 내일 아침 국장에게 올릴 보고서. 그는 임시 서기가 정성껏 취합해 정리한 보고서를, 활자로 찍어 낸 듯 수려한 필체를 뚫어지게 응시했다.

'이 일은 자네와 나 둘만 알아야 해. 무슨 뜻인지 알겠지?'

요시다는 벽에 걸린 일력으로 고개를 돌렸다. 목요일. 간도에 친 덫이 작동하는 건 금요일. 이제 하루만 지나면, 내일이면 확실히 알게 될 것이다. 보안과의 잇따른 불운이 그저 기막힌 우연의 일치였는지. 아니면 그 발칙한 조센징이 내도록 그의 발밑을 갉아 대고 있었기 때문인지.

그러니 아직은 모르는 거다. 종기를 밖으로 터뜨리지 않고 조용히 가라앉힐 길이 있을지도 모른다. 아무도 문책당하거나 책임지지 않고 넘어갈 수 있을지 모른다. 요시다는 진심으로 그렇게 희망을 품고 싶었다.

"그랬죠? 내가 그랬죠? 잘해야 본전이라니까, 빌어먹을."

나카오가 투덜대며 단숨에 술잔을 비웠다. 마주 앉은 준세는 제 몫의 잔을 한번 내려다볼 뿐 손대지 않았다. 사람들로 바글대는 이런 대중적인 주점에 그는 몇 번 와 본 적이 있었다. 최근에는 총독부 동료들과 함께. 그 전에는 동척의 동료들과 함께.

"사무관님 돌아오시면 또 며칠간 가시방석일 거예요. 부산에 내려가 봐야 할지도 모르고요. 아아, 차라리 출장 보내 줬으면 좋겠다. 코앞에서 쪼이느니 그게 훨씬 편할 텐데."

나카오로부터는 아무런 낌새도 느껴지지 않았다. 그는 그저 제 넋두리에만 신명이 나 있었다. 부산에서 날아온 비보를 보고하러 과장실에 들어갔을 때 얼마나 난감했고, 그의 직장에서 이런 일이 얼마나 자주 벌어지며, 불확실한 첩보와 멍청한 정보원이 얼마나 저를 피곤하게 하는지 따위의 수다만 늘어놓았다. 준세를 의심하거나 살피는 눈치는 전혀 없었다.

"이거, 이러다 내가 다 마시겠네."

준세는 얼마든 마셔도 좋다는 얼굴을 해 보였다. 이왕 여기까지 왔으니 술을 좀 먹여 보는 것도 나쁘지 않다. 취중에 주절대는 말 속에 쓸 만한 것들이 많다는 것을 그는 경험을 통해 알고 있었다.

오늘로 사흘째 윤식을 만나지 않았다. 그에게 건네줄 정보가 없었으니까. 그러나 내일은 나가 보아야지. 인사는 못 하겠지만 얼굴이라도 한번 보도록. 주말이 지나면 월요일이니, 금요일인 내일이 그를 볼 마지막 기회가 될 것이다.

마지막 기회. 아무렇지 않게 생각한 준세는 문득 가슴이 싸늘해졌다.

'없어진 나라에 집착하는 거 지긋지긋하지도 않아?'

어제 아침, 차를 몰고 청사 정문을 통과하면서 그는 평소보다 좀 더 신경을 세웠다. 본능에 가까운 경계였으나 아무 일도 일어나지 않을 거라는 걸 또한 알고 있었다. 그리고 정말로 아무 일도 일어나지 않자 가슴이 욱신거리기 시작했다. 칼로 그은 상처 위를 누군가 꾹꾹 누르는 것 같았다.

'용서하지 않을 거야…….'

충분히 그렇게 할 수 있으면서.

'절대 용서하지 않을 거야…….'

전화 한 통만으로도 그를 지옥에 처박을 수 있는 여자가.

준세는 실패할 것이 두렵지는 않았다. 여기까지 온 이상 이미 실패는 가능하지 않았다. 만에 하나 발각돼 거사 전에 체포된대도 그 자체로 거대한 파장이 일 것이다. 그의 아버지가 받는 타격도 그에 못지않을 것이다. 오히려 아들이 치욕스러워질수록 그 아버지의 치욕 또한 더욱 커질 것이다.

그러니 이것은 최소한의 승리가 무조건 보장된 싸움이었다. 성공이든 실패든, 모두가 그에게는 이미 승리였다.

　"내가 임이었으면 이 짓 안 해."

　나카오가 대뜸 화제를 돌리며 젓가락 끝으로 후배를 가리켰다. 친근해진 태도와 말투로 미루어 슬슬 취기가 올라오는 모양이었다. 그의 주량이 대단치 않다는 것을 준세는 알고 있다.

　"솔직히 임은 평생 돈 벌 필요도 없잖아요. 그럼 그냥 하고 싶은 거 하면서 편하게 살면 되지, 왜 이 고생을 사서 하는지 난 도무지 이해가 안 되네."

　준세는 여느 때처럼 웃음으로 응하려 했으나 쉽지 않았다. 온 얼굴의 근육이 돌처럼 딱딱하게 굳어진 것 같았다. 노력 끝에 간신히 입꼬리를 조금 끌어당겼다. 누가 봐도 기괴한 억지웃음이었지만 얼큰한 나카오는 신경 쓰지 않았다.

　"하긴 명년에 미국 간댔죠? 아, 부럽다 진짜."

　이제 준세는 억지웃음조차 완전히 포기해 버린다.

　작전 불발의 뒤처리를 마친 나카오가 지친 기색으로 저녁 식사를 제안했을 때, 고민 없이 응했던 까닭은 다른 게 아니었다. 그가 과장과 어떤 대화를 나눴는지 떠보려는 것도, 그의 입에서 나올 쓸 만한 정보를 기대한 것도 아니었다. 이유는 그저 하나.

　아직 여자의 얼굴을 마주할 자신이 없어서.

　'일본인들은 참, 가증스러워.'

　놀랍게도 준세는 아직도 자신이 없었다. 여자 앞에서 다시 아무렇지 않은 얼굴을 꾸며 낼 수 있을 거란 확신이 서지 않았다. 그래서 조금이라도 시간을 벌고 싶었다. 그 고요한 아수라장에 여자를 버려두고 나온 지 만 이틀이 되어 가는데도.

　"부인이 그렇게 미인이라면서요? 청사에 소문이 자자해."

준세는 이제 그만 자리를 박차고 싶어진다.

"……과찬입니다."

"에이, 겸손하긴. 학무국에 가기자와라고 나랑 동향이 있거든요, 오사카 출신. 그 친구가 임 부인 봤다던데? 그런 미인은 꿈에서도 본 적 없다고 어쩌나 호들갑을 떨던지."

억지웃음을 다시 시도하는 대신 준세는 술잔을 들어 입을 가렸다. 청주를 한 모금 삼키면서 눈꺼풀을 길게 감았다 떴다. 며칠째 잠을 설친 탓에 두 눈이 뻑뻑했다.

"임은 사는 게 참 재밌겠어요. 인생이 즐거울 거야."

"……."

"그것도 다 자기 복이죠. 전생에 덕을 많이 쌓았나 봐."

그래서 나도 이번 생엔 정말 착하게 살려고요. 열심히 준법하고 나쁜 짓은 진짜 하나도 안 할 거야. 그럼 또 알아요? 내세엔 황태자로 태어날지? 나카오의 가벼운 농담조는 꽤나 진지하게 들렸다. 준세는 익숙한 괴리감 속에서 아무 말도 하지 않았다.

저녁 식사를 겸해 나카오는 청주 한 병을 혼자 다 마셨다. 기분 좋게 취한 그를 명치정 하숙집에 데려다준 뒤에야 준세는 집으로 향했다. 시간은 이미 밤 아홉 시를 넘어 있었다. 퇴근하면서 집에는 미리 전화를 해 두었다. 회식이 있어 늦어질 거라고 일본어로 말하자 수화기 건너편의 말희가 조선어로 대답했다. 예, 나리, 마님께 그리 전하겠습니다. 그 소리만 들었는데도 가슴의 상처 부위가 욱신거렸다.

그러니 과연 아무렇지 않게 굴 수 있을까. 대문 앞에 자동차를 세우면서도, 초인종 소리에 달려 나온 동래댁의 환대를 받으면서도, 텅 빈 응접실과 어둑한 복도를 지날 때까지도 준세는 끝내 자신할 수 없었다.

침실 문은 닫혀 있었다. 연한 목재 살에 창호지를 바른 격자무늬 미닫이. 종이에 스민 빛의 빛깔과 범위로 보아 안쪽에 켜진 전등은 스탠드 하나였다. 화장대 위에 놓인 빅토리아풍 주물 램프.

실크와 레이스로 전등갓을 장식한 그 박래품은 샌프란시스코에 사는 미나의 당이모가 결혼 선물로 보내온 것으로, 그 주인과 썩 잘 어울리는 물건이다. 그런 쓸데없는 것까지 기억해 내면서 준세는 입을 굳게 다물었다. 그리고 손을 뻗어 드르륵 문을 열었다.

방 안은 어둑했다. 저만치 놓인 화장대만 등대처럼 환했다. 그 노르스름한 빛의 한가운데, 타원형의 커다란 거울 앞에 여자는 앉아 있었다. 눈에 익은 줄무늬 유카타. 어깨 아래까지 가지런한 머리카락. 그 뒷모습을 본 순간 가슴이 쿵 내려앉았고, 이어 어찌해 볼 겨를도 없이 심장이 조여들기 시작했다. 방해해서 미안해. 적당히 정떨어지는 말을 준비했던 준세는 한 음절도 발음할 수 없었다.

타원형 거울의 반사면 위에서 시선이 맞닿았다.

그러나 준세는 눈길을 돌려 버린다. 미닫이문을 열어 둔 채 침실 안으로 들어선다. 자연스럽게 걸어가 옷장 문을 연다. 웃옷을 벗어 옷걸이에 거는데 손가락이 뻣뻣해진다. 그러지 않으려 해도 화장대 앞의 여자에게 온 신경이 이끌려가고, 급기야 목구멍이 부풀어 오르는 것처럼 숨 쉬기마저 거북해지기 시작한다. 재킷을 옷장 안에 거는 동안 그는 잠시 숨을 멈췄다.

미나가 입을 뗀 것은 그때였다.

"내가 뭘 잘못했어."

겨울비처럼 차갑고 차분한 목소리였다. 질문이 아니라 명백히 따지는 말투. 준세는 잠깐 멈칫했다가, 대꾸 없이 손을 움직여 타이의 매듭을 끄르기 시작했다.

"나한테 왜 이러는 거야."

여전히 차가운 목소리. 그러나 더 이상 차분하지 않은 숨소리.

"내가 일본인이라서?"

"……."

"내 동족이 죄를 지어서?"

"……."

"그래서, 나도 벌받아 마땅한 거야?"

목소리는 삽시간에 완전히 흔들렸다. 준세는 여전히 못 들은 척 대꾸하지 않았다. 저만치 뒷모습을 보이고 앉은 여자가 거울을 통해 저를 보고 있다는 사실만 상기하려 했다. 동요하는 기색을 들키지 않으려 했다. 호흡을 더듬지 않으려, 턱에 힘을 주지 않으려 했다.

"당신한테 이렇게, 버림받아도…… 어쩔 수 없는 거야……?"

풀어낸 타이를 손에 쥔 채 그는 잠깐 숨이 멎었다.

"준세."

화장대 앞의 여자가 일어나 이쪽으로 돌아섰다. 납처럼 굳어진 남자를 포착한 것 같았다. 준세는 그쪽을 보지 않으려고 턱을 약간 치켜들었다. 타이를 옷장 안에 걸어 넣는 손길이 조금 빨라졌다.

"이러지 마."

그들의 간격은 멀지 않다. 네댓 걸음이면 충분히 닿을 거리였다. 미나가 가까이 다가올수록 준세는 몸이 굳는 것 같았다. 꽃향기와 크림 냄새, 부드러운 몸 내음에 이어 그 체온마저 살갗에 닿는 것 같았다. 단단히 쌓은 벽 한 귀퉁이가 일순 허물어졌다.

"나한테 이러지 마, 제발……."

머릿속이 백지처럼 하얘진다. 지금 그가 할 수 있는 최선의 대응은 귀머거리

시늉뿐이다. 어떤 표정을 짓고 어떤 말을 해야 할지 하나도 모르겠다. 그리고 셔츠 단추를 끄르려던 오른팔이 기어이 여자에게 붙들렸을 때, 준세는 정말로 숨이 멎는 것 같았다.

"막지 않을게. 당신 뜻대로 해. 방해하지 않을게."

"……."

"떠나지만 마."

"……."

"죽지 마, 제발……."

이 순간, 준세는 마치 꿈을 꾸는 것 같다. 이 모두가 현실이 아닌 것 같다. 그를 둘러싼 이 모든 세상이. 눈앞의 거대한 어둠과 흐릿한 빛이.

소매를 붙든 여자의 떨리는 손이.

"나 이제 당신 없이 살 수 없어……."

울음에 잠긴 목소리가.

"그러니까 죽지 마……."

매달려 사정하는 얼굴이.

"약속해, 죽지 않겠다고,"

간절한 목소리와 애달픈 눈물이.

"제발…… 그것만 약속해 줘……."

미나는 더 이상 말을 이어 가지 못했다. 고개를 숙인 채 어깨를 떨며 통곡을 눌렀다. 그러는 동안에도 남자의 소매를 양손으로 꽉 붙들고 있었다. 그걸 놓치면 죽기라도 할 것처럼. 그것이 제 목숨 줄이라도 되는 것처럼.

그 절박한 손을 준세는 뿌리쳐야만 했다.

오른쪽 소매의 커프스버튼이 휩쓸려 떨어졌다. 은제 버튼이 바닥을 구르는 동안 그는 몸을 돌렸다. 빠른 걸음으로 열린 문을 통과한 뒤 미닫이를 닫았다.

홀로 남겨진 여자는 침실에 갇혔고, 남자는 도망치듯 이층으로 향했다.

탁.

서재의 문을 닫고 기대어 섰다. 가로막듯 등을 댄 채 문틀을 쥐었다. 심장이 미친 듯 뛰면서 무릎이 후들거렸다. 불 꺼진 서재는 고요하고 밖에서는 아무런 기척도 느껴지지 않았지만 준세의 눈과 귀에는 온통 선명했다.

바닥에 주저앉은 여자. 두 손으로 입을 막고 소리 죽여 통곡하는 소리.

"하아……."

그는 두 눈을 감았다. 왼손으로 문틀을 붙든 채 오른손으로 입을 막았다. 버튼이 빠져 벌어진 셔츠 소매가 손목 아래로 흘러내렸다. 거기에는 아직 여자의 냄새와 체온이 묻어 있다. 그가 느끼기에는 분명히 그렇다.

이제는 진정 미칠 것 같다.

입을 막은 손 위로 거친 숨이 흘렀다. 사지를 떨며 그는 필사적으로 귀를 기울였다. 오지 마, 제발 오지 말아. 간절히 되뇌며 귀를 기울였다.

집 안은 무덤처럼 고요했다.

울음소리도 발소리도 들리지 않았다. 들리는 것은 그 자신의 거친 호흡 소리뿐이었다. 그 소리가 밖으로 새어 나갈까 준세는 숨을 참아 보았다. 이렇게 계속 참으면 숨이 끊어질 수도 있을까, 부질없는 기대도 해 보았다.

거꾸로 꽂힌 칼의 바다에 내던져진 기분이었다. 온몸이 갈가리 찢겨 나가는 기분. 정확히 어디가 고통스러운지조차 분간할 수 없는 고통. 이 끔찍한 곳에서 그가 할 수 있는 일은 그저 참는 것뿐이다. 필사적으로 입을 막고 숨을 참는 것. 이를 악물어 버티고 또 버티는 것. 부들부들 떨리는 몸을 남몰래 감당하는 것.

덜덜 떨리는 어깨 위로 공포가 활활 탔다.

죽는 것은 두렵지 않았다. 그는 단 한 번도 죽음을 두려워한 적이 없었다. 준세는 오히려 그날을 고대해 왔다. 끈질긴 고통에서 벗어날 순간을, 지겨운 악몽을 끊어 낼 순간을 간절히 기다려 왔다.

그러나 지금 이 순간, 그는 어린애처럼 너무나 두려워 견딜 수 없었다.

상처 주는 것이 두렵다. 미움받을 것이 무섭다. 상처 주고 미움받기 위해 갖은 애를 쓰고 있는데도 막상 상처투성이가 된 여자를 보자 미칠 것 같다. 제발 오지 말라고 되뇌면서도 한 번만 다시 와 주길 바라는 자신이 혐오스러워 돌아버릴 것 같다.

멋대로 마음을 부숴 놓고.

"후우⋯⋯."

그는 입을 막았던 손으로 두 눈을 덮었다. 힘껏 눈을 가려도 눈앞에는 여자의 얼굴이 선하다. 귓가에 그 목소리가 웅웅거린다. 내가 뭘 잘못했어. 이러지 마. 나한테 이러지 마 제발.

견딜 수 없어서 준세는 차라리 눈을 떴다. 허공을 노려보며 눈물을 참았다. 죄지은 자는 감히 울어선 안 되었다. 어머니의 죽음을 방관한 이후로 그는 한 번도 자신에게 눈물을 허락하지 않았다.

'나 이제 당신 없이 살 수 없어⋯⋯.'

그러나 너는 계속해 살아가야 한다. 그러니 되도록 멀찍이 떨어져 있어야 한다. 폭발을 앞둔 폭탄으로부터 가능한 멀찍이.

더 크게 다치지 않으려면 너는 지금 아파야 한다.

날뛰던 호흡이 점차 진정되기 시작했다. 주위는 여전히 죽은 듯 조용했다. 아래층의 여자는 아무런 소리도 내지 않았다. 울음소리도 발소리도 나지 않았다. 단념한 건가. 준세는 불안한 가운데 안도하려 노력했다.

그때, 어둠 속에서 무언가 반짝거렸다.

준세는 순간 경계하며 상대를 주시했다. 날카롭게 곤두선 신경이 곧 빛의 정체를 파악했다. 한 쌍의 동그란 눈. 어둠 속에서 유리처럼 반짝이는 고양이의 눈이었다.

라쿠.

고양이는 소리 없이 걸어와 그의 앞에 섰다. 불과 일 미터 앞에 멈춰 선 채 물끄러미 그를 바라보았다. 더 가까이 다가와 몸을 비비지도, 등을 돌려 가 버리지도 않았다. 고양이는 그저 남자를 바라보기만 했다. 긴 꼬리를 우아하게 세우고 서서. 손만 내밀면 다가와 머리를 부빌 것처럼.

준세는 그것과 눈을 맞춘 채 움직이지 않았다. 이쪽을 응시하는 짐승에게 끝까지 손을 뻗지 않았다. 등 뒤로 문을 붙들고 선 채 바라보기만 했다. 닿을 듯 가까운 곳에, 너무나 쉽게 차지할 수 있을, 부드럽고 온순한 노란 털의 고양이.

준세는 끝끝내 손을 뻗지 않았다.

볕이 잘 드는 총독부 이층 법무국장실은 여느 때처럼 빛으로 꽉 차 있다. 흔한 담배 냄새조차 나지 않는 곳. 지문 한 조각 없이 깨끗한 창문들로 늦은 오전의 태양광이 쏟아져 들어왔다.

그 안에서 하루하라 신이치는 한참 동안 침묵했다. 침묵하는 것 외에 달리 할 수 있는 게 없었다. 이걸 왜 이제야 알려 주느냐고 역정을 낼 수도 없고 이제 와 알려 주는 의도가 뭐냐고 따질 수도 없다. 개소리 집어치우라고 보고서를 집어 던질 수는 더더욱 없었다.

그러기엔 너무나 완벽한 보고서였다.

"금일 오후 간도에서 연락이 올 겁니다."

검사는 자신만만했다. 모든 것이 제 손바닥 위에 있다는 투였다. 신이치는 대꾸 없이 책상 위의 보고서 표지만 응시했다. 푹신한 가죽 의자에 닿은 등허리가 싸늘했다.

"총영사관 쪽에서 확인하는 대로 즉각 체포할 계획입니다."

"……확실한 건이겠지."

"제 명예를 걸고 맹세할 수 있습니다."

그제야 눈을 들어 검사를 바라본다. 책상 앞에 공손히 선 청년은 예의 바르게 눈을 내리떠 시선을 피하고 있었다. 경무국과 재무국, 간도 총영사관까지 끼어 비밀리에 공조를 벌였다. 새파란 새끼 검사가 법무국장의 혈족을 상대로. 감히 제 휘하에서 저만 까맣게 모르도록.

신이치는 제 앞에 단정하게 선, 흰 얼굴의 젊은 검사를 목 졸라 죽이고 싶었다. 그를 죽여 입을 막을 수 있었다면 그리했을 것이다. 거기까지 생각한 신이치는 맥없이 자조했다. 저 몰래 이 일을 추진한 검사의 판단은 과연 옳았다.

그가 미리 알았더라면 둘 다 이미 망령이 되었을 것이다. 임준세도. 모리타 겐지도.

"영장 발부해. 곧장 기소 시작하도록 조처할 테니."

신이치는 분노와 굴욕감을 억누르며 말을 이었다.

"잡는 즉시 서대문으로 보내라고. 독방에 넣고 아무도 못 보게 해. 관계자들 입단속 철저히 시키고. 이건 총독부의 명예가 달린 일이야."

온갖 잡범이 우글대는 경찰서 유치장에 사위를 둘 수는 없었다. 당황해서 어영부영하다 더한 웃음거리가 되느니 서둘러 절차에 밀어 넣는 게 나았다. 자비 없이 원칙대로 처리함으로써 백작가의 품위와 결백이라도 과시해야 했다. 애지중지하는 고명딸을 독립단 밀정에게 시집보낸 것만으로도 이미 치명타였다. 자타가 공인하는 독심술사 하루하라 백작이.

그는 더 이상 조선 땅에 머물 수 있으리라 기대하지 않았다.

"내 말, 무슨 뜻인지 알겠지."

"예, 국장님."

충직히 대답한 모리타가 가라뜬 눈을 들었다. 저를 응시하는 백작의 눈길에 푸르스름한 살기가 배어 있었다. 목 언저리가 선득해짐과 동시에 모리타는 짜릿한 승리감을 느꼈다. 벼랑 끝에 몰린 국장이 어떤 심정일지 상상하자 뜨거운 쾌감이 넘쳐흘렀다.

손발이 묶인 상대가 선사하는 우월감은 언제나 그를 흥분케 한다. 상대의 덩치가 클수록, 힘이 강할수록, 지위가 높을수록 쾌감은 비례한다. 하루하라 신이치가 지닌 고귀한 혈통과 영예로운 지위, 풍족한 재산마저 모두 제 발아래 둔 것 같은 기분. 이 거물 호랑이가 손가락 하나 까딱하지 못하는 풍경을 모리타는 할 수만 있다면 활동사진으로 찍어서 고이고이 간직하고 싶었다. 그러나 이것은 화려한 연회의 시작일 뿐.

이제 곧 진짜 호랑이를 잡게 될 것이다. 놈의 발목과 목에 사슬을 채워 마음껏 끌고 다닐 것이다. 그 가죽을 벗겨 내 어깨에 두르고 승리감에 도취할 테다.

"모리타."

모리타는 아찔한 상상을 멈추고 국장을 바라보았다. 잘 다듬은 반백의 머리칼 아래 날카로운 안광.

"유죄판결 나오는 꼴까지 보게 하진 말도록."

신이치가 나직한 목소리로 말했다. 제 눈을 뚫을 듯 바라보는 시선을 모리타는 마주 보았다. 그리고 얼른 대답하는 대신 잠깐 틈을 두었다. 유죄판결은 나오게 하지 마라. 유죄가 확실한 피의자가 판결을 받지 않는 방법은 하나뿐이다.

선고받을 피의자가 사라지는 것.

"명심하겠습니다, 국장님."

모리타가 허리를 직각으로 굽혀 최대한의 존경을 표했다. 허울뿐인 예절을 받으며 신이치는 차갑게 그를 노려보았다. 반백의 머리칼 위로 부드러운 햇살이 흘러내렸다. 총독부 이층 법무국장실은 언제나 볕이 잘 들어 환하다.

금요일 늦은 오전. 곧 정오 사이렌이 울릴 것이다.

정오가 지날 때까지도 미나는 침대에 머물렀다. 굳어 가는 시체처럼 똑바로 누워서 눈을 감고 있었다. 약간의 두통과 메스꺼움, 지독한 피로감보다 견디기 어려운 것은 감정의 소모였다. 가뭄 속 화초처럼 누렇게 말라 가는 기분이었다.

간밤에 얼마나 울었는지 미나는 기억하지 못한다. 하늘이 무너졌어도 그렇게 절망적이진 않았을 거라는 것만 기억한다. 차라리 날이 밝지 않았으면, 여기서 시간이 멈춰 버렸으면, 바라고 또 바랐으나 시간은 비웃듯 더 빠르게 흘러 버렸다. 울다 지쳐 탈진하다시피 잠에 빠졌다가 눈을 떠 보니 아침이었다.

남편이 이미 출근했다는 건 하녀들이 알려 주었다.

"마님, 편지 왔어요."

말희가 문밖에서 조심스레 기척을 냈다. 자는 척할까 잠깐 고민한 미나가 들어와, 대답하며 몸을 일으켰다. 문 여는 소리가 드르륵 나더니 하녀가 빼꼼 고개를 들이민다. 미나는 미소 비슷한 것을 지어 보였다.

"무슨 편지야?"

"중학동에서 왔어요."

대답하며 말희가 누런 봉투 하나를 내밀었다. 오야케 히타로. 낯익은 필체였다.

"오빠한테 온 거네."

부러 소리 내 중얼거리며 주위를 두리번거렸다. 눈치 빠른 말희가 이미 쥐고 있던 페이퍼 나이프를 내밀었다. 고마워. 미나는 다시 한번 조금 웃어 보인 뒤 나이프를 받아 봉투를 열었다. 두툼한 종이봉투 안에서는 세 번 접힌 편지지 한 장과 사진 한 뭉치가 나왔다.

"사진이네요?"

오야케의 한옥에서 노는 모습들. 저고리와 치마를 입은 미나. 지난 정월에 찍은 사진이었다.

"와, 예뻐요."

"같이 볼래?"

반색하는 말희에게 안락의자를 끌어와 곁에 앉게 했다. 그동안 미나는 사진들을 이불 위에 내려놓고 편지부터 펼쳤다. 세로로 가지런히 늘어선 글자들이 편지지를 절반쯤 채우고 있었다. 검은색 만년필로 쓴 글자들을 눈으로 읽었다.

오래 걸려서 미안하다. 남은 필름을 다 쓰는 데 두 달이나 걸렸구나. 이럴 줄 알았다면 그날 더 많이 찍어 줄 걸 그랬지.

남은 필름을 어디다 쓰셨기에. 미나는 생각하며 흐리게 웃었다. 오야케 부자는 검약이 몸에 배어 있어 뭐든 낭비하는 법이 없다. 불필요한 곳에 물자를 허투루 쓰지 않았다. 그러니 마지막 셔터 몇 번을 아무렇게나 눌러 빨리 인화를 맡기기보다, 사진 찍을 일이 다시 생길 때까지 한 달이고 두 달이고 기다리는 게 오야케다운 일이었다.

미나는 길지 않은 편지를 빠르게 읽어 냈다. 히타로는 금요일부터 주말까지 경주에 간다고 했다. 향가 연구를 위해 경상도 방언 자료를 수집한다는, 미나로서는 이해할 수 없는 설명이 달려 있었다. 경성제대 공무 차량 중 한 대는 숫제 그의 자가용이라는 우스갯소리도 적혀 있었다. 미나는 조선인 통역을 조수석에 태우고 울퉁불퉁한 시골길로 차를 모는 히타로를 상상했다. 그가 지금 경성에 있었다면 좋았을 텐데 생각했다가, 그가 여기 있었다면 또 어쩔 수 있었겠냐고 자조했다.

누구에게도 말할 수 없는 일인데.

그녀는 편지지를 내려놓고 사진 뭉치를 집어 들었다. 십여 장의 사진 중 절반을 떼어 말희에게 건네주고 남은 것을 한 장씩 넘겨 보았다. 히타로가 찍은 것은 하나같이 제 사촌과 그 남편의 모습이다. 사랑방에 나란히 앉아 차를 마시는 모습. 오야케 앞에서 다완을 들여다보는 준세. 그 광경을 바라보며 웃는 미나. 구식 한옥 앞마당을 함께 구경하는 모습. 흑백의 화면에서도 고스란히 느껴지는 그날의 화창한 햇살.

치렁치렁한 치마를 추스르며 가죽신에 버선발을 넣는 여자. 그 여자가 댓돌 위에서 넘어지기라도 할까 봐 뚫어져라 지켜보는 남자.

사진을 넘기는 손길이 조금씩 느려지다가, 어느 순간 조용히 멎고 말았다.

"이것 좀 보세요, 마님."

말희가 눈을 반짝이며 미나에게 사진 한 장을 내밀었다.

사진 속 여자는 처마 아래 매달린 풍경을 바라보고 있다. 턱을 들어 저 높이 달린 종을 보는 여자를 남자가 바라보고 있다. 완전히 누그러진 눈길로. 입가에는 희미한 미소로. 내 뒤에서 당신은 이런 얼굴을 하고 있었구나. 이런 눈으로 나를 보아 주고 있었구나.

"이런 사진, 너무 낭만적이에요."

뜨거운 무언가가 울컥, 목구멍으로 치밀었다.

"우리 차 한 잔씩 마시면서 볼까?"

대뜸 활발하게 그러며 미나는 눈물을 수습했다. 아무렇지 않은 척 사진을 넘기다가 말희가 차를 가지러 나간 뒤에야 깊은 숨을 내쉬었다. 푹신한 쿠션에 등을 기대며 눈을 감았다. 여러 개의 칼날이 다시 가슴을 그었다.

'나한테 이러지 마, 제발……'

지난밤, 미나는 끝내 입을 뗄 수 없었다. 당신이 버리는 건 나 하나가 아니라고 말할 수가 없었다. 그 말까지 했는데도 돌아서지 않는다면, 그래도 매몰차게 뿌리친다면 그땐 정말로 견딜 수 없을 것 같았다.

그것만큼은 겪고 싶지 않았다. 미나는 아직 그것까지 겪어 낼 만큼 강하지 못했다.

눈을 감자 남자의 얼굴과 목소리가 더 선명해진다. 그래서 그녀는 차라리 눈을 뜬다. 인화지에 기록된 남자의 눈길을 손끝으로 애무한다. 몇 번이고 쓰다듬으며 주술적인 소망을 싣는다.

부디, 악운을 물리쳐 달라고 빈다.

'낭만적이잖아요.'

'뭐가 낭만적인데. 같이 재판받는 게? 아니면 이렇게 신문에 나오는 게?'

'이뤄질 수 없는 사랑이니까요.'

미나는 간절히 빌었다. 누구에게 비는 줄도 모르고서 그저 빌고 또 빌었다. 어떠한 상처도 다 견뎌 내겠으니, 나는 어떠한 대가라도 치를 테니 이 사람만, 이 사람 하나만 내 곁에 머물게 해 달라고.

그러나 불길함은 계속해서 악령처럼 들러붙었다. 평온하고 쾌적한 이 침실에도 불운의 냄새가 짙게 떠돌고 있다. 과민이야, 과민일 뿐이야. 미나는 사위스러운 예감을 물리치려 사력을 다했다.

경성지법에서 종로서까지는 자동차로 십 분 거리다. 법원에 속한 검사국은 서소문정 청사를 같이 쓰는데 지방법원과 복심법원, 고등법원까지 한데 모여 불편이 이만저만 아니었다. 지금 짓는 신청사가 명년에 준공되면 근무 환경도 한결 나아질 것이다. 모리타는 쾌적한 새 사무실을 상상하며 공무용 차량에서 내렸다.

운전수가 적당한 곳으로 차를 몰아 대기할 동안 검사는 경찰서로 향했다. 출입문 앞에서 잠깐 걸음을 멈추고 하늘을 보았다. 저물녘의 주황색 구름. 곧 어스름이 내릴 것이다.

"오셨습니까, 검사님."

"아직인가?"

"에, 그게……."

서 안으로 들어서자마자 김 경부가 달려왔다. 모리타는 면목 없다는 낯의 조선인을 한심한 눈으로 흘겨 주고는,

"동족끼리 통하는 데가 있을 줄 알았더니."

매몰차게 중얼거리며 지하로 통하는 계단을 향해 앞장서 걸었다.

유치장과 취조실이 들어찬 지하층은 드나들기 결코 유쾌한 공간이 아니다. 계단을 절반쯤 내려갈 때부터 곰팡내와 물비린내, 비릿한 쇠 냄새가 코를 찔렀다. 아직 쌀쌀한 삼월에도 이 정도인데 한여름에는 악취가 말도 못 할 것이다. 여기에 비하면 검사국 근무 환경은 훌륭하지. 모리타는 희고 반듯한 미간을 살

짝 찌푸렸다.

김 경부가 재바르게 앞으로 나서 취조실의 철문을 열었다. 끼이익 소름 돋는 소리와 함께 모리타는 안으로 성큼성큼 걸어 들어갔다. 경찰서, 형무소, 총독부 할 것 없이 취조실의 구조는 공통적이다. 낡은 책상 한 개. 더 낡은 의자 두 개. 다문 입을 열게 만들 여러 가지 도구들.

모리타는 흐릿한 전등 아래 뒷모습을 보이고 앉은 남자를 보았다. 남자는 고개를 푹 숙인 채 의자에 묶여 있었다. 그 앞에 놓여 있어야 할 책상은 저 구석에 쓰레기처럼 처박혀 있고 수사관의 몫이어야 할 의자도 멀찍이 밀려나 있었다. 대화 같은 건 일찌감치 때려치운 풍경이었다.

철문을 닫은 김 경부가 적당한 위치에 의자를 놓았다. 모리타는 오물이 묻지 않았는지 눈으로 확인한 뒤 그 위에 앉았다. 세 걸음쯤 떨어진 곳인데도 남자로부터 피 냄새가 물큰 전해졌다.

"국어는 할 줄 알겠지."

차분한 목소리로 물었으나 고개 숙인 상대는 대답이 없다. 죽지는 않았을 텐데. 모리타는 약간의 인내심을 발휘해 청년의 몰골을 살폈다. 넝마 같은 셔츠가 물에 흠뻑 젖었다가 꾸덕꾸덕 말라 있었다. 옷감의 색이 짙어 핏자국은 티 나지 않았지만 군데군데 찢어진 사이로 붉은 상처들이 보였다.

"장윤식."

조선어로 부르자 그가 푹 숙인 고개를 천천히 들었다. 얼굴이 온통 터지고 깨져서 본래 생김새를 유추하기 어려울 지경이었다. 지독하군. 모리타는 입 속으로 중얼거리며 지그시 그를 바라보았다. 낯선 사람을 인지한 청년이 공포로 어깨를 떨기 시작했다. 모리타는 그제야 상대의 나이를 상기한다. 열아홉. 아직 어리다.

"듣자 하니 고집이 꽤 세다지."

"……."

"여기서 지낸 지 닷새째인가."

"……."

"정말 한마디도 안 할 건가?"

끝까지 묵묵부답. 모리타는 작게 코웃음 쳤다.

"자네 가족 사항이 흥미롭더군. 아버지 장길명. 큰형 장윤혁. 둘 다 독립군."

"……."

"둘 다 죽었고."

처음으로 시선이 마주쳤다. 시퍼렇게 부은 눈두덩 아래로 눈빛이 제법 형형했다. 이 열아홉 살짜리가 어깨를 떠는 까닭은 공포가 아니라 분노인지도 모르겠다고 모리타는 생각을 바꿨다. 그렇다면 여기 더 잡아 둬 봐야 나올 게 없다는 판단이 더욱 확실해진다.

"아마 그래서, 착오가 좀 있었던 것 같은데."

검사의 차분한 말투가 이어졌다. 대답은 없어도 일본어를 제법 알아듣는다는 걸 모리타는 알고 있었다.

"검사국에서는 자넬 기소하지 않기로 했네. 무혐의. 무슨 뜻인지 알지?"

"……."

"집에 가도 좋다는 소리야."

"……."

"불편을 겪은 건 유감스럽지만 이해해 주길 바라네. 반역자의 혈육을 의심하는 건 대단히 자연스러운 일이거든. 불량한 피는 어디 가는 게 아니니까."

느긋이 말을 마친 뒤 약간의 미소를 지어 보였다. 청년은 끝내 입을 꾹 다문 채 한마디도 하지 않았다. 용건을 끝낸 검사가 자리에서 일어서자 곁에 선 경부가 한 걸음 물러섰다. 모리타는 굳게 닫힌 철문 쪽을 한번 봤다가, 윤식에게 다가가 격려하듯 어깨를 툭툭 다독였다.

"착실하게 살아, 착실하게."

갑작스러운 접촉에 청년이 움찔한다. 손바닥에 느껴지는 눅진한 물기와 체온.

"오래 살고 싶으면."

진지한 조언을 마지막으로 뚜벅뚜벅 취조실을 나섰다. 모리타는 좁고 어두운 통로를 앞장서 지났다. 전등이 밝게 켜진 층계참에 다다라서야 걸음을 멈추고 김 경부를 돌아보았다.

"풀어 줘."

"검사님,"

"닷새간 헛짓만 했군."

"아직 이릅니다. 좀 더 잡아 뒀다가 주범과 대질하면,"

"대질? 닷새간 족쳐 놔도 저 꼴인데, 대질해서 앉혀 놓으면 입을 열 것 같나?"

모리타는 숙부뻘 되는 경찰관을 매섭게 몰아세웠다. 과히 틀린 말은 아니어서, 닷새간 헛짓만 한 장본인은 입을 꾹 다물었다.

"다친 쥐새끼가 어디로 가겠어."

"……"

"제 소굴로 기어들지 않겠어?"

뭔가가 더 있다. 모리타는 확신했다. 총독부에 침입해 밀정 짓 하는 것 이상의 무언가가 임준세에게 있는 게 분명했다. 감히 그런 미친 짓을 하는 동기 따위는 궁금하지 않았다. 대부호든 귀족이든 그 또한 조선인. 불량한 피는 어디가는 게 아니니까.

모리타가 알고 싶은 것은 임준세의 배후였다. 장윤식 같은 말단이 아니라 대가리가 궁금했다. 임준세가 제 목숨까지 걸었다면 예사 패거리일 리 없었다. 그처럼 순응하는 척 제국을 농락하는 놈들이 촘촘히 연결돼 있을 수도 있다. 어쩌면 지금껏 알려지지 않은, 아무도 알지 못하는 단체 같은 것.

뿌리가 깊고 비밀스러운 지하조직 같은 것.

"풀어 주고 뒤 밟아 봐. 어디로 가는지 따라가 보자고. 뭐라도 나오는 게 있을 거야."

예, 알겠습니다. 대답을 들으며 모리타는 품에서 회중시계를 꺼내 열었다. 천황에게 하사받은 은시계가 전등 아래 반짝거렸다. 그는 아주 특별한 날에만 이 시계를 지닌다.

오후 여섯 시. 사냥 나갈 시간이 얼마 남지 않았다.

"뭐 하고 있어. 어서 들어들 가라니까."

"과장님께서는……."

"신경 쓰지 말고 먼저 들어가. 업무 끝났잖아."

하루치 일을 모두 끝낸 건 사실이다. 하지만 과장이 버티고 앉았는데 먼저 사무실을 나서는 건 보안과의 평소 분위기가 아니었다. 머뭇대는 남자들을 향해 요시다는 바람 빠지는 소리를 내며 웃었다.

"나는 개인적인 일이 있어서 그러니 어서들 들어가. 금요일 밤이잖나. 일만 하다 세월 죽일 거야? 한창나이에 좀 즐기고 그래야지."

호탕하게 그러자 비로소 과원들이 어색하게 웃었다. 그럼 먼저 들어가 보겠습니다, 하나둘씩 자리에서 일어나 코트를 걸쳤다. 오늘은 삼월 첫째 주 금요일. 경계주간이 끝나는 날이다. 토요일인 내일은 반공일이니 모처럼 즐겨도 좋은 밤이었다.

"그럼 명일에 뵙겠습니다."

과원들은 저마다 과장을 향해, 또 서로를 향해 꾸벅꾸벅 인사한 뒤 사무실을 빠져나갔다. 요시다는 창밖을 내다보는 척 팔짱을 끼고 서서 유리창에 반사된 사람들을 지켜보았다. 임준세는 늘 그렇듯 선배들이 다 나가길 기다렸다가 나카오 미노루와 보조를 맞춰 사무실을 나섰다. 늘 그렇듯 바르고 느긋한 자세로. 최고급 양장을 걸치고서. 그 뒷모습이 사라지는 광경을 요시다는 끝까지 지켜보았다.

막내들을 마지막으로 사무실은 텅 비었다. 홀로 남은 과장은 여전히 팔짱을 낀 채 창가에 서 있다. 유리창에 비친 벽시계가 일곱 시 반을 가리키고 있었다.

연락이 오고도 남았을 시간이었다. 여태껏 잠잠하다는 것은 간도에서 아무 일도 벌어지지 않았다는 뜻. 그렇다면 비밀작전은 그저 비밀스러운 소동으로 끝나게 된다. 요시다는 부푸는 기대감 속에서 천천히 입술을 씹었다. 삼십 분만 더 기다려 보자. 여덟 시까지 연락이 없으면 나도 퇴근해야지.

그때 똑똑, 누군가 밖에서 문을 두드렸다. 빌어먹을. 요시다는 불운을 직감한다.

"실례합니다."

출입문을 열고 고개를 들이민 건 제복 차림의 사내였다. 구내우편국 직원.

"보안과 앞으로 급보입니다."

말이 채 끝나기 전에 요시다는 전보용지를 낚아챘다. 고맙다는 인사도 없이 종이부터 펼쳤다. 간도 총영사관. 발신지를 확인함과 동시에 무슨 내용인지 알았다.

수송차 강탈 시도. 세 명 사살. 두 명 생포.

엉거주춤 서 있던 우편국 직원이 수고하십시오, 소심하게 중얼대고 사라졌다.

독립군 잔당으로 추정. 관내로 옮겨 신문 중. 이상.

간명한 내용을 빠르게 읽어 낸 요시다가 질끈 눈을 감았다.

"이 개새끼가……."

비틀린 입술 사이로 욕설이 샜다. 미간을 찌푸린 채 잠시 허공을 바라보다가 가까이 놓인 전화기로 손을 뻗었다. 종로서 김 경부 연결해. 교환수에게 소리 지르지 않으려 그는 애써야 했다.

"보안과입니다."

전화가 연결되자 요시다는 사무적인 말투로 입을 뗐다. 자기소개 따위는 필요하지 않았다. 수화기 건너편의 남자도 오후 내내 이 전화를 기다리고 있었을 테니.

"움직입시다."

경계주간의 마지막 밤. 진짜 업무가 개시되었다.

준세는 늘 지나는 길을 따라 차를 몰며 계기판을 힐끗 봤다. 연료 계기판의 바늘이 밑바닥 눈금에 가까워져 있었다. 월요일까지 쓰기에 충분할까. 혹시 모르니 연료를 채워 두는 게 좋겠지. 일상적인 생각을 해 보았으나 불안은 극복

되지 않았다.

무언가 잘못되고 있다.

오늘 청사 밖 담장 아래 윤식이 없었다. 마지막으로 보려 했던 얼굴이 보이지 않았을 때 그는 뭔가 잘못됐음을 알았다. 낯익은 구두닦이 하나가 알은 척하며 반색하기에 준세는 그 청년의 구두 통에 발을 올렸다. 수동이는 안 보이는군. 슬쩍 묻자 거무레한 얼굴의 청년이 하얀 이를 드러내 웃으며 대답했다.

'아, 수동이요. 그놈 어디 갔는지 며칠째 감감합니다. 한 사나흘 못 본 거 같은데요.'

남산정 골목길로 접어들어 준세는 주행속도를 줄였다. 넉넉한 간격을 두고 늘어선 서양식 가옥들. 커튼을 내린 창문들 틈으로 빛이 새고 있었다.

목요일인 어제 백산 선생은 무사히 덫을 피해 갔다. 금요일인 오늘은 간도에서 일이 벌어졌을 것이다. 이틀 연속으로 당한 타격에 경무국이 주목하지 않을 리 없다. 보안과의 누군가는 이미 그를 의심하기 시작했을 것이다.

모든 것이 예상대로 흘러가고 있으나, 무언가가 분명히 잘못되었다.

그래서 준세는 오후 내내 촉각을 세웠다. 어떠한 징후라도 감지해 내려 신경을 세웠으나 장님이 더듬대는 꼴이었다. 무언가 잘못됐다는 건 정황만으로 알아챌 수 있지만 무엇이 잘못됐는지 알아내려면 정보가 필요하다. 적진에 고립된 첩자에겐 어려운 일이었다.

차를 몰며 준세는 최선의 경우와 최악의 사태를 추렸다. 월요일이 오기 전 체포될 가능성을 계산에 넣었다. 지금 당장 차를 돌려 은신처로 가는 것을 진지하게 고려했다.

'떠나지만 마.'

그리고 어김없이 가슴이 욱신댔을 때, 전방에서 돌연 누군가 튀어나와 차를 가로막았다.

준세는 윤식을 얼른 알아보지 못했다.

황급히 정지 페달을 밟았다. 급정거한 차에서 서둘러 내리며 그는 비로소 깨달았다. 무엇이 어떻게 잘못됐는지.

"도망치십시오,"

윤식이 구부정한 자세로 선 채 쫓기듯 말을 쏟아 냈다. 거칠게 쉰 목소리.

"함정입니다. 걸려들었어요. 피하셔야 합니다."

준세는 고개를 돌려 주변을 살폈다. 저만치 그가 지나온 골목 끝에서 불빛이 다가오는 게 보였다. 이쪽으로 다가오는 자동차들. 한 대, 두 대, 세 대.

선택의 여지가 없었다.

"어서 타."

조수석 문이 닫히자마자 힘껏 가속페달을 밟았다. 재빨리 좌회전해 방향을 틀면서 연료 계기판을 확인했다. 전속력으로 달리면 삼십 분도 채 버티지 못할 것이다. 지척까지 따라온 세 대의 차를 모두 따돌리는 건 불가능하다. 빠르게 결론 내린 준세가 전방을 주시한 채 말했다.

"여기 오기 전에 다른 곳도 갔었느냐?"

"아뇨, 풀려나 곧장 오는 길입니다."

"잘했다. 분명 미행을 붙였을 거야."

종로서 소속 사복경찰이 지금도 뒤따라오고 있을지 모른다. 준세는 후사경을 눈으로 확인하며 속력을 올렸다. 뜨거워진 엔진이 위잉 울었다.

"목멱동으로 가라. 거기서 몸 추스르고 부산으로 내려가. 당분간 경성에 오지 말고 가게엔 절대 가지 마라. 알아들었느냐?"

"형님,"

"차를 세우면 내려서 숲 쪽으로 달려. 돌아보지 말고."

"형님은요? 지금 피하셔야 합니다!"

준세는 대답하지 않았다. 머릿속에 주변 지리를 떠올리며 차를 세울 최적의 위치만 따졌다. 은신처로부터 너무 멀지 않으면서 재빨리 숲으로 몸을 숨길 수 있는 위치. 주위가 어두워 길을 식별하기 어려웠으나 어둠이 윤식을 가려 줄 테니 또한 다행이었다.

"준비됐느냐?"

"같이 가세요!"

"세우면 곧장 달리는 거다."

"형님도 피하셔야 합니다! 놈들이 이미,"

"지금 붙잡히면 너까지 죽어!"

버럭 소리 지르며 준세가 조수석으로 고개를 돌렸다. 윤식의 처참한 표정보다 엉망으로 다친 얼굴이 더 마음을 베었다. 모두가 그의 탓이다. 죄책감이 가슴을 쑤셨다.

"지금!"

자동차가 반쯤 회전하며 급정거했다. 주택가의 끝, 나무가 우거진 남산 초입에 정확히 조수석이 닿았다. 튕기듯 문이 열리고 윤식이 달려 나갔다. 절뚝대며 사라지는 뒷모습을 보며 준세는 빌었다. 무사히 빠져나가라. 들키지 마라. 다치지 마라.

너는 죽지 마라.

추격은 빨랐다. 쏘는 듯한 광선들이 금세 그의 얼굴을 비췄다. 요란한 엔진 소리가 지근거리에 닿아 있었다. 사나운 전조등 불빛 쪽으로 준세는 시선을 돌렸다. 지나친 빛에 눈이 시려 미간이 구겨졌다.

그 빛 속에서 번뜩이는 총구를 보았다.

자동차는 삽시간에 완전히 포위됐다. 총을 겨눈 채 포위망을 좁혀 오는 남자들은 모두 여덟 명. 그 포위망을 뚫고 가장 먼저 닿은 것은 목소리였다.

"임."

귀에 익은 음성에 준세는 짧게 웃었다. 허탈한 듯이. 혹은 재미있다는 듯이.

"어디까지 도망칠 작정이었나?"

느긋이 걸어온 모리타가 놀리듯 물었다. 운전석에 앉아 정면을 보던 준세가 고개를 돌렸다. 차창 밖에 선 남자가 이쪽을 내려다보고 있었다. 부드럽게 웃는 얼굴. 승리에 도취한 그 얼굴을 준세는 건조한 눈으로 올려다보았다.

"글쎄. 난 도망친 적이 없는데."

아무렇지 않게 대꾸하며 문을 열었다. 차에서 내려 똑바로 서자 눈높이는 역전되었다. 준세는 검사를 깔아뭉개듯 거만하게 눈을 내리깔았다.

"자네가 날 따라온 거지."

모리타의 입매가 언뜻 굳는다. 그리고 다시 피식 웃는다. 두 남자는 서로를 마주 보며 대치했다. 체격으로는 도저히 상대가 되지 않는 상대. 그러나 그것은 어디까지나 맨몸으로 부딪혔을 때 얘기다.

"체포해."

검사의 명령이 떨어지자 수족들이 움직였다.

양쪽 팔이 뒤로 꺾였다. 누군가 정강이를 걷어차 다리를 꺾었다. 어깨와 등위로 불필요한 타격이 쏟아졌다. 생전 처음 겪는 굴욕 속에서 준세는 여자를 보았다.

여자만 보였다.

'죽지 마, 제발······.'

날 용서하지 마.

절대 용서하지 마.

부디 그렇게 해 줘.

민아.

초인종이 울리기 전부터 미나는 알고 있었다. 대문 밖에 선 자동차가 한 대가 아니라는 걸. 그리고 말희가 현관을 나선 직후, 불청객이 성마르게 문을 쾅쾅 두들긴 순간 몸이 얼어붙었다. 목 아래로 아무런 감각도 느껴지지 않았다.

대문이 쾅 열리면서 거친 소리들이 밀려들었다. 고함 소리. 우르르 밀쳐드는 남자들의 구두 소리. 누구시냐고 당차게 따져 물은 말희의 목소리는 딱 한 번뿐이었다. 미나는 어깨에 걸친 숄을 잡아당기며 소파에서 일어섰다. 무릎 위에 앉아 있던 고양이가 바닥으로 사뿐히 뛰어내렸다.

"아이고. 또 뭔 일이고."

주방에서 나온 동래댁이 중얼거렸다. 불안한 눈길을 나눌 틈도 없이 현관문이 벌컥 열렸다. 낯선 사내들이 구둣발로 마룻바닥에 오르는 모습이 악몽처럼 펼쳐졌다. 미나는 떨리는 손가락으로 힘껏 숄을 쥐면서 최대한 어깨를 폈다.

"무슨 일이죠? 감히 뭐 하는 짓이에요?"

앙칼진 말투에 남자들이 멈칫했다. 미나는 짐짓 화난 듯 눈을 가늘게 떴으나 그들에게 다가가지는 않았다. 너희 같은 불한당과는 접근조차 불쾌하다는 듯 멀찍이 떨어져 움직이지 않았다. 다섯 명. 불청객의 머릿수를 눈으로 파악했을 때, 그들을 헤치고 검은 정장의 남자가 앞으로 나섰다.

"늦은 시간에 실례합니다."

미나는 그 얼굴을 즉시 알아보았다.

"경성지법 검사국 모리타 겐지입니다. 일전에 뵌 적이 있지요."

"기억하고 있어요, 모리타 검사. 대체 이게 무슨 짓이죠? 허락도 구하지 않고 내 집에 함부로 들어오다니.”

“놀라게 해서 죄송합니다. 무례에 사과드립니다.”

모리타가 깍듯한 자세로 여자에게 묵례했다. 뒤에 선 불한당들은 덕분에 한층 더 기가 꺾인다. 남자들에 가로막혀 현관에 서 있던 말희가 그 틈을 타 이쪽으로 왔다. 두 명의 하녀는 본능적으로 주인 곁에 붙었고, 주인 또한 그들을 보호하듯 한 걸음 앞으로 나섰다.

“불편을 끼쳐 매우 유감스럽습니다만, 긴급 상황이라 양해해 주셔야겠습니다.”

모리타는 여자만을 응시하며 말을 이었다. 올바른 절차에 따라 집행하는 사법관답게.

“정확히 설명해요. 지금 이게 무슨 상황인지.”

이 집 대문을 밀고 들어올 때부터 모리타는 짜릿했다. 담장 안에 감춰진 가옥이 드러났을 때는 보물섬이라도 찾아낸 기분이었다. 아울러 새삼스레 화가 났다. 이 호화로운 일본식 집에서 아름다운 일본 여자와 사는 남자가 조선인이라니. 마치 제 것을 남에게 빼앗긴 듯 선명한 박탈감이었다.

그래서 그는 또박또박 말해 준다. 꼴 보기 싫은 것을 깨부수듯이.

“임준세가 반역죄 혐의로 체포됐습니다.”

그리고 창백해진 백작 영애의 얼굴을 느긋이 바라본다.

“수사 관계로 가택수색이 긴급히 필요합니다. 협조 부탁드립니다.”

모리타는 승낙까지 기다리진 않았다. 수색해. 형사들에게 짧게 지시한 뒤 다시 여자를 바라보았다. 치장하지 않은 모습도 예쁘다고 생각하면서. 낯선 남자들이 발을 쿵쿵대며 흩어지자 여자가 언뜻 몸을 떨었다. 그러니까 더 예쁘다고 모리타는 생각했다.

그는 입을 다문 채 경찰의 업무가 끝나길 기다렸다. 응접실 한가운데 여자와 마주 선 채로, 손에 쥔 회중시계를 간간이 들여다보며 기다렸다. 여자는 완전히 질린 얼굴로 서 있었다. 소파에 앉거나 하녀들의 부축을 받지 않고 어깨에 걸친 숄만 양손으로 붙들고 서 있었다. 하얗게 도드라진 손마디. 그게 어찌나 애처로운지 모리타는 아무 말이라도 걸어 주고 싶었다.

"자동차는 집 앞에 가져다 뒀습니다."

"……."

"차 안에 무기가 있더군요. 그건 저희가 수거했습니다."

"남편은,"

여자가 눈을 들어 시선을 맞춰 왔다. 구슬처럼 색이 옅은 눈동자. 절박함이 맺힌 그 눈동자가 모리타는 못마땅했다.

"남편은…… 이제 어떻게 되는 거죠?"

그 남편은 이제 두 번 다시 만날 수 없어. 그 말을 간접적으로 전해 줄 방식을 검사는 충동적으로 떠올려 냈다.

"서대문형무소로 이송됐습니다. 거기서 재판절차를 거치게 될 겁니다."

하지만 서대문형무소가 어떤 곳인지 이 여자가 알까. 그는 자문한 뒤 속으로 고개를 젓는다. 알 리가 없지. 곱게 자란 귀공녀에겐 저세상보다 먼 세상이 바로 그곳일 텐데.

"그리고 곧 알게 되시겠지만, 국장께서 혼인무효 처리를 지시하셨습니다."

"……뭐라고요?"

"진실하지 않은 결혼에 대해 제국 민법은 무효 소송을 허합니다. 이르면 내달쯤 절차가 완료될 겁니다."

"……."

"피해를 입으신 데 대해, 깊이 위로 드립니다."

모리타는 굳은 얼굴의 여자에게 가볍게 고개를 숙여 보였다. 그리고 말을 전하듯 조선어로 속닥이는 두 하녀에게 힐끗 눈길을 주었다. 그때 일층과 이층으로 흩어졌던 사복경찰들이 구둣발을 쿵쿵대며 돌아왔다. 막내 순사의 품에 내용물을 알 수 없는 서류철 서너 개가 들려 있었다. 뭐라도 찾아냈으니 면은 세운 셈이다. 임준세가 증거물 같은 걸 집에 두진 않았을 것 같지만.

"완료했습니다, 검사님."

"그럼 철수하지. 이 조선인들 데려가."

모리타가 턱짓을 하자 하녀들이 대번에 사색이 됐다. 형사 두 명이 그들에게 다가섰을 때 여자가 앞을 가로막았다.

"손대지 마!"

여자는 형사의 얼굴을 그어 버리기라도 할 것처럼 사납게 경계했다. 그 바람에 어깨에 걸쳤던 숄이 바닥에 떨어졌다. 레이스 네글리제와 하얗게 드러난 쇄골에 남자들이 일제히 시선을 주었다. 무릎까지 덮는 옷이지만 부드러운 옷감은 낭창한 몸의 선을 드러냈다.

"못 데려가! 이 사람들은 내 사람들이에요!"

"반역죄는 매우 중대한 혐의입니다. 주변인들에 대한 조사를 생략할 순 없습니다."

"그럼 나도 데려가! 같이 데려가요!"

우아한 차림새의 여자는 거의 울 것 같은 얼굴로 악을 썼다. 이런. 모리타는 떼쓰는 어린애를 보듯 지그시 내려보다가,

"뭐 하고 있나. 어서 데려가."

형사들이 귀공녀를 최대한 피해 가며 두 하녀를 끌어내는 광경을 지켜보았다.

철수와 압송은 신속히 이뤄졌다. 응접실에 홀로 남은 여자만 빈 껍데기처럼 서 있었다. 떨리는 호흡과 창백한 얼굴. 모리타는 바닥에 떨어진 양모 숄을 주

워다 어깨에 둘러 주고 싶었으나, 적절하지 않은 행동 대신 검사다운 방식으로 위로를 베풀었다.

"절차상 필요한 과정이니 이해 바랍니다."

"다치게 하지 말아요."

"……."

"무사히 돌려보내 줘요. ……부탁이에요."

그는 여자와 시선을 맞췄다. 간절한 표정과 사정조의 말투가 썩 마음에 들었다. 그러다 문득 그런 생각이 든다. 이런 상황이 벌어질 것을 이 여자는 미리 알고 있던 것 같다고. 임준세가 무슨 짓을 했는지 어쩌면 더 자세히 알고 있을지 모른다고. 충분히 가능한 가설이지만 모리타는 이 여자를 취조할 계획이 전혀 없었다.

아름다운 일본인. 고귀한 화족 영애. 그런 여자는 반역죄인과 털끝만큼의 관계도 있어선 안 되니까.

"하녀들의 안전은 보장하지요."

"……."

"실례가 많았습니다. 협조해 주셔서 감사합니다."

모리타는 격식을 차리며 희미하게 미소했다.

"하루하라 양."

정중한 묵례를 끝으로 검사가 몸을 돌렸다. 그가 나가고 현관문이 닫힌 뒤에도 미나는 우두커니 서 있었다. 텅 비어 버린 응접실이 몹시 추웠다. 온몸에 지독한 한기가 돌아 움직일 수 없었다. 내도록 문이 활짝 열려 있던 탓인지.

미나가 문득 주위를 두리번거리기 시작했다.

"라쿠……?"

꽁꽁 언 다리를 몇 발짝 움직였다. 바닥에 널브러진 양모 숄이 발목에 감겼다. 응접실, 침실, 아수라장이 된 서재. 이곳저곳 헤매며 살폈지만 고양이는 어디에도 없었다. 연거푸 이름을 불러 봐도 고양이는 나타나지 않았다. 미나는 다시 텅 빈 응접실로, 바닥에 나뒹구는 회색 숄 곁으로 돌아와야 했다.

"라쿠……."

바깥은 온통 어둠이다. 죽은 듯 고요한 집에 여자는 홀로 서 있었다. 누구의 체온도 없는 이곳엔 아무도 없다.

이제 여기는 아무도 없다.

백작저는 신혼집과 같은 남산정에 있었다. 그러나 비탈이 심한 지형이라 걸어서 이동하기는 수월치 않았다. 지금 같은 한밤중이라면 더더욱 그렇다. 자동차를 타면 십 분도 채 걸리지 않는 거리지만.

미나는 택시 운전수에게 기다리라 일러둔 뒤 차에서 내려 대문으로 향했다. 초인종을 누르자 낯익은 하녀가 득달같이 달려 나왔다. 어쩐 일이세요, 아가씨. 깜짝 놀라며 맞아들이는 기색으로 보아 아직 사정을 모르는 모양이었다.

아직 모를 만도 했다.

"아버지 안에 계시지?"

"예, 계십니다. 지금 외출 채비 중이세요."

미나는 대꾸하지 않고 걸음을 재게 했다. 상록수와 관목으로 잘 가꿔진 정원을 가로질렀다. 낮은 구두 굽이 포석에 부딪히며 탁탁탁, 급한 소리를 냈다.

경성의 백작저는 완벽한 좌우대칭의 서양식 석조건물이다. 동경의 본가가 전통미를 강조한 것과 대조적이었다. 덩굴 문양이 양각된 커다란 문을 미나는 제 손으로 당겨 열었다. 두 발짝쯤 뒤처져 있던 하녀가 어쩔 줄 모르겠단 표정으로 종종대며 따라왔다. 현관 위에 매달린 샹들리에에서 노랗게 빛이 부서지고 있었다.

"미나."

막 구두를 신은 신이치가 놀란 눈을 했다. 검은색 정장을 차려입은 그의 뒤로 기모노 차림의 유미코와 에이프런을 두른 하녀들이 도열해 있었다. 외출하는 주인을 배웅하는, 매우 익숙한 풍경이었다.

"그렇지 않아도 자동차를 보낼 참이었다."

신이치는 짐짓 아무렇지 않은 어투로 말했다. 그러나 창백하게 상한 딸을 보자 별수 없이 가슴이 미어졌다.

"……많이 놀랐느냐."

"결혼 무효라니요?"

딸의 입에서 나온 첫마디는 의외였다.

"그럴 수 없어요, 아버지."

두 번째는 가히 놀라웠다.

그래서 신이치는 말을 잃었다. 따지듯 저를 보는 딸의 눈만 마주 보았다. 못 본 새 왜 이리 얼굴이 상했나. 다시금 치솟는 살의를 누르며 그가 엄숙하게 명령했다.

"모두 물러가라."

백작저에서 주인의 명은 절대적이다. 유미코의 뒤에 서 있던 하녀들이 재깍 중문 안쪽으로 퇴장했다. 문이 닫히고 간유리에 맺힌 인영마저 완전히 사라진 뒤에야 신이치는 입술을 뗐다. 먼 귀를 의식하듯 낮은 목소리.

"지금 무슨 소릴 하는 거냐. 그놈은 널 이용했어."

스스로 발음하는 단어들이 하나하나 가슴에 박혔다. 이토록 지독한 자책과 자괴를 그는 육십 평생 단 한 번도 겪어 본 적 없었다. 그것도 가장 아끼는 딸,

사지를 모두 잘라 주어도 아프지 않을 딸의 가슴에 이런 상처를 남기다니.

"감히…… 우리를 이용했단 말이다."

신이치는 이를 악물었다. 마치 눈앞에 임준세의 미끈한 낯짝이 있기라도 한 것처럼. 내 반드시 이 새끼를 죽이고 말리라. 다시 한번 다짐했을 때 미나가 핏기 없는 입술을 열었다.

"아직 모르잖아요."

"……뭐?"

"아직 재판도 받지 않았잖아요. 유죄가 아닐 수도 있잖아요. 어떻게 벌써부터……."

신이치는 기가 막혀서 무어라 할 말이 없었다. 그의 딸은 귀하게만 자라 순진하지만 결코 아둔하진 않다. 지금 처한 상황이 무엇을 뜻하는지, 상황이 이 지경까지 왔다는 게 무엇을 의미하는지 모를 리 없었다.

"변호사를 구할 거예요."

"……"

"유죄가 확정되기 전까지 싸울 거예요. 패소하면 복심도 받을 거고 고등법원에 상고도 할 거예요."

"……"

"전 포기할 수 없어요, 아버지. 이렇게 쉽게 포기할 순 없어요."

"……나중에 다시 얘기하자. 지금은 나가 봐야 하니."

"아버지,"

"유미코!"

"예."

조용히 선 아내의 대답을 들으며 그는 딸의 얼굴만 응시했다. 계속해 딸의 얼굴을 응시하며 힘껏 화를 눌렀다. 이 새끼를, 내 이 새끼를 직접 찢어 죽여야 하나.

"당신이 이 애 좀 살펴 주시오."

그 말을 끝으로 신이치는 딸의 곁을 스쳤다. 제 손으로 문을 열고 뚜벅뚜벅 밖으로 사라졌다. 현관문과 중문 사이, 샹들리에와 대리석으로 장식된 공간에는 이제 모녀만 남았다. 유미코는 바닥만 쳐다보고 선 딸을 잠시 바라보다가,

"아버지가 지금 어디 가시는지 아니?"

언제나처럼 차분한 말투로 말했다.

"정무총감 관저에 가신다."

"……."

"거기서 어떤 굴욕을 겪으실지, 어떤 수모를 당하실지 모르겠니?"

미나는 눈을 들지 않았다. 현관에 우뚝 서서 고개를 반쯤 숙인 채 듣고만 있었다. 조화가 맞지 않는 코트와 스커트. 스타킹도 신지 않은 맨다리에 가죽 단화. 급히 꿰어 입은 흔적이 역력한 차림새를 눈으로 훑으며 유미코가 말을 이었다.

"일이 수습되는 대로 동경으로 돌아갈 거다. 돌아갈 수밖에 없지. 이 불명예를 안고 어떻게 계속 여기 있겠어. 내지로 돌아가도 소문은 따라올 거야. 우리 집안은 오랫동안 부끄러워하면서 살게 될 거다."

말을 이을수록 어조가 조금씩 격앙되었다. 유미코는 감정을 가다듬듯 한번 심호흡하고는,

"이런 때에 어떻게 처신해야 할지는 너도 잘 알고 있잖니."

부드럽고도 단호한 말투로 딸을 타일렀다.

"네 방은 치워 두었다. 올라가 쉬어라."

"……제 집으로 돌아갈래요."

묵묵히 듣고만 있던 미나가 그러며 고개를 들었다. 처음으로 둘의 시선이 마

주쳤다. 유미코의 가느스름한 눈매에서 그녀는 분명한 경악을 보았다.

"네가…… 어떻게 이럴 수 있어……."

미세하게 떨리는 목소리에서 또한 억누를 수 없는 감정을 들었다.

"정말로 가문에 먹칠을 할 참이냐? 내가, 내가 널 어떻게 키웠는지 모른단 말이니?"

안다. 기생이 낳은 남편의 씨를 10년 넘게 길러 준 어머니. 아무도 보지 않을 때조차 단 한 번 구박한 적 없는 어머니. 친정붙이에게까지 그 딸을 맡기고 정성껏 보살피게 한 어머니. 그 세월을 감내하기 위해 유미코가 어떤 것들을 참아 내야 했을지 미나는 감히 헤아릴 수 없다.

"네 아버지 생각은 안 하니? 그분이 널 얼마나 끔찍이 여기시는지 정말 몰라?"

그 또한 미나는 잘 알고 있다. 그러나.

"죄송해요, 어머니."

이대로 그를 포기할 수는 없다. 이렇게 쉽게 포기할 수는 없다. 무엇을 어떻게 해야 하는지는 아직 알 수 없어도.

마주 선 두 여자는 그로부터 아무 말 하지 않았다. 혈연 없는 모녀 사이를 무거운 침묵이 벽처럼 가로막았다. 미나는 조용히 몸을 돌려 현관문 쪽으로 발을 뗐다. 꽁꽁 언 다리에 아직도 감각이 없었다. 이제는 제 육신마저 감당하기 버겁다고 생각했을 때,

"조선인들은 어쩜 이렇게…… 은혜를 몰라."

등 뒤에 선 유미코가 나지막이 한탄했다.

미나는 우뚝 걸음을 멈췄다. 잠시 굳은 듯 서 있다가 안쪽을 향해 돌아섰다. 차마 얼굴까진 바라볼 수 없어 시선을 바닥에 두었다. 그리고 천천히 허리를 숙였다.

"……죄송합니다."

미나는 허리를 아주 깊이 숙였다. 할 수 있는 한 최대한 깊이 숙였다. 중문 앞에 선 유미코는 아무 말도 하지 않았다. 매몰차게 몸을 돌려 자리를 뜨지도 않았다. 그저 늘 그렇듯 숨소리도 내지 않고 서서, 느리게 몸을 세운 미나가 문을 열고 나가는 모습을 지켜보았다.

문이 닫히고 타박타박 발소리가 사라진 뒤에도, 유미코는 한동안 그 자리에 서 있었다.

김기철은 서대문형무소 지하 취조실을 별로 좋아하지 않는다. 독종 중에서도 가히 최고 독종들을 상대해야 하니까. 하지만 그건 다른 동료들도 공통적으로 불평하는 바이고, 기철이 여길 특별히 싫어하는 이유는 따로 있었다.

'같은 조선인끼리 잘 좀 달래 보라구.'

이곳에는 치안유지법 위반, 쉽게 말해서 사상범, 정확히 말하자면 독립운동에 연루된 수감자가 절대적으로 많다. 취조실을 드나드는 조선인 경찰은 적지 않지만, 기철처럼 취조를 주도하는 고위급은 소수였다.

'그래도 김 경부님 말은 듣지 않겠습니까?'

'역시 같은 민족이 최고군.'

'피는 물보다 진하다잖아.'

일본인 동료들은 그가 실적을 올리면 축하를 구실로 비아냥댔다. 직위가 낮은 부하들도 그를 추켜세우는 척 출신을 강조했다. 조선인이라는 신분은 이마에 찍힌 낙인처럼 그를 따라다닌다. 취조 대상과 피 한 방울 섞이지 않았어도, 사상범을 누구보다 가혹하게 다루기로 정평이 났어도, 일경들의 눈에는 김 경부 또한 변치 않는 조센징이었다.

'동족끼리 통하는 데가 있을 줄 알았더니.'

이 새파란 검사도 마찬가지고.

"다시 묻는다. 배후를 대."

기철은 그쯤 잡생각을 멈추고, 취조에 열중한 검사와 죄수를 다시 바라보았다.

검사는 상체를 앞으로 기울인 채 의자 위에 앉아 있다. 그 앞에 무릎 꿇은 죄수는 자루처럼 매달려 있다. 천장에서 내려온 수갑에 양쪽 손목이 묶인, 벗은 상체의 남자 주위로 물기가 흥건했다. 몇 시간이나 됐나. 기철은 선 채로 시간을 가늠해 보았다. 지금이 밤 열한 시니까, 취조를 시작한 지 얼추 두 시간쯤 됐다는 계산이 나온다.

"의열단인가?"

"……."

"아니, 아니지. 임준세 같은 인텔리가 조잡한 폭탄 같은 거나 품고 다닐 리 없지."

잘 터지지도 않는 불발탄 따위. 검사가 덧붙이며 피식거렸다.

오늘 밤 체포에 성공한 이후로 그는 내내 즐거워 보이지만, 그 뒤에 장승처럼 선 기철은 이제 그만 집에 가고 싶단 생각뿐이었다. 강도 높은 취조에 나서는 수사관은 크게 두 종류로 나뉜다. 어차피 해야 할 거 최대한 빨리 해치우고 싶어 하는 사람. 또는 고문하는 과정 자체를 즐기는 사람.

기철이 보기에 검사는 확실히 후자였다.

"네가 속한 조직이 어디냐고."

그는 벌써 똑같은 말을 백 번쯤 되풀이하고 있다. 이래서는 아무것도 못 얻어 낼 텐데. 그냥 여기서 밤을 샐 작정인 건가. 기철은 한숨과 졸음을 참아 내면서, 양손이 머리 위로 묶인 반라의 남자에게 눈길을 주었다.

미결수의 얼굴은 거의 멀쩡했다. 입술이 터지고 몇 군데 긁힌 걸 제외하면 아직 본격적인 신문은 시작도 안 한 사람처럼 보였다. 얼굴을 건드리지 말라는 것은 검사가 지시한 것이다. 처음엔 그 무슨 희한한 주문인가 고개를 갸웃했지만 기철은 곧 이유를 깨달았다.

검사는 최대한 선명히 보고 싶은 거다. 제가 괴롭히는 상대가 누구인지, 그 얼굴이 어떻게 일그러지는지, 고통과 굴욕과 공포를 최대한 세세히 보기 위해서. 망가뜨리는 거야 나중이라도 언제든 할 수 있으니. 어쩌면 그래서인지도 모르겠다고 기철은 추측을 더했다. 최대한의 즐거움을 위해 지금은 참는 것. 가장 맛난 음식을 가장 나중에 맛보듯.

덕분에 그 미끈한 얼굴은 대체로 무사했지만, 이외의 다른 부위는 가차 없었다.

워낙에 키 크고 체격 좋기로 이름난 사내였다. 스물넷. 한창나이의 잘 단련된 몸에 기철은 감탄이 절로 나왔다. 이럴 경우를 대비해서 일부러 저리 몸을 만들어 놓은 게 아닌가 싶을 정도였다.

그 몸은 이미 상처투성이다. 왼쪽 가슴의 기다란 상흔을 포함하여. 생긴 지 얼마 안 된 것이 분명한, 꼼꼼히 봉합된 자상에 대해 검사가 묻자 죄인은 이렇게 대답했다. 칠가살(七可殺)이라고 아는지 모르겠군. 나처럼 제국에 헌신하는 조선인은 워낙 이런 일이 많아서.

"말해. 배후가 어디지?"

"……"

"백산과는 무슨 관계야? 그자의 수족 노릇을 하는 건가?"

"……"

"말하라고, 조센징 새끼야."

이제 진짜로 좀 지겨운데. 기철이 미간을 찌푸렸을 때,

"자네가 무슨 소릴 하는지…… 통 모르겠군."

죄인이 바닥을 향해 숙인 얼굴을 천천히 들어 올렸다. 물과 땀으로 흠뻑 젖은 머리칼.

"나는 그저 제국을 위해…… 신민의 도리를 다하려 했을 뿐인데……"

그 꼴을 볼수록 기철은 기가 막혔다. 저거 완전히 미친놈이네.

"그 대가가 이거라니…… 억울하기 이를 데 없다……"

미친 새끼. 입이나 닥치고 있으면 매나 덜 맞지.

"……하. 임준세."

검사가 차게 웃으며 조선어로 그를 불렀다.

"모리타."

죄수가 화답하며 고개를 들었다. 턱끝을 최대한 치켜들어 시선을 내리깔았다. 짐승처럼 매달려 묶인 주제에 거만하기 짝이 없는 표정.

"임. 이무가 아니라."

느릿하고 선명한 조선어.

"발음이나 좀 똑바로 해, 쪽발이 새끼야."

기철은 순간 입술에 힘을 주었다. 하마터면 소리 내 웃을 뻔했다. 검사는 조선어를 거의 못하지만 저 말은 알아들었을 거다. 어딜 가나 욕은 제일 먼저 배우니까. 순간적으로 통쾌해하면서 기철은 생각했다. 고교 동창끼리 싸우는 거 볼만하네.

그때 짝! 찢어지는 소리가 난다. 죄수의 얼굴이 완전히 옆으로 돌아간다. 주먹으로 쳐서 피를 내는 것보다 굴욕감을 주는 쪽을 검사는 더 선호하는 것 같았다. 볼수록 하는 짓이 계집 같단 생각을 하면서 다시 한번 웃음을 참았을 때,

"경부."

죄수의 얼굴에 시선을 박은 채 검사가 불렀다.

"예."

기철은 즉각 대답하며 입가의 웃음기를 지웠다.

"나가 있어."

검사가 그러며 천천히 자리에서 일어선다.

쨍그랑. 바닥에 나동그라진 쇠막대가 깨지는 소리를 냈다. 모리타는 뻐근한 손목을 돌리며 씨근거렸다. 때린 사람이나 맞은 사람이나 어깨로 숨을 쉬었다. 차이가 있다면 죄수가 내는 소리. 밭은기침을 콜록대는 소리. 입 안에 고인 핏물을 퉤 뱉어 내는 소리.

"한 번만 더 그따위로 봐. 눈알을 파내서 탄갱으로 보내 버릴 테니까."

석탄인지 돌인지는 한쪽 눈으로도 충분히 분간하겠지. 모리타가 매섭게 중얼거렸다.

숨을 고르며 흐트러진 머리칼을 손으로 쓸어 넘겼다. 땀으로 축축한 손바닥에서 불쾌한 냄새가 났다. 쇠 냄새. 비릿한 그 냄새가 뜻밖의 기억을 환기시켰다.

'그냥 죽여! 차라리 죽이라고!'

'아니지, 게이코. 넌 네 손으로 죽어야지. 목을 매든 할복을 하든, 이 집에서 너 스스로 끝내는 거야.'

정말로 죽을죄를 지은 것들은 쉽게 죽여 주면 안 된다. 스스로 죽고 싶도록, 삶보다 죽음이 더 나아 보이도록 만들어 줘야 한다. 죽음보다 더한 고통에 몸부림치다 제 손으로 제 숨을 끊도록. 진짜 복수는 그렇게 해야 마땅했다.

배신자를 처절하게 몰아가는 것. 점점 더 깊은 지옥에 빠뜨리는 것. 그리하여 결국 스스로 죽음을 택하게 하는 것.

"임준세."

모리타는 그걸 어떻게 해야 할지 잘 알고 있었다.

"뭔가 단단히 착각하는 모양인데, 이러고 있으니까 본인이 대단한 투사라도 된 것 같나?"

물으며 그는 흘러내린 셔츠 소매를 다시 접어 올렸다. 등을 보이고 꿇어앉은 죄수를 눈으로 훑었다. 넓은 어깨와 팔의 부피, 크고 단단한 상체의 윤곽에 기분이 상했다. 저 잘난 등짝을 뚫어 버리고 싶지만 아직 이르다. 그는 사냥에 성공했고 호랑이의 목에 사슬을 채웠다. 이미 포획한 사냥감을 죽이는 데 서두를 까닭이 있나.

"너는 영웅이고 나는 악당 같아? 천만에. 조선이 제국의 일부인 이상 법과 질서를 위협하는 건 너야. 나는 그걸 수호하는 쪽이고."

그는 다시 의자에 앉으며 말을 이었다.

"모든 시대는 그 나름의 질서가 존재한다. 그걸 부정하는 건 반역이야."

그러며 생각했다. 조선인들은 어째서 이렇게 은혜를 모를까. 지나의 속국이었던 신세를 면하게 해 주고, 미개한 땅을 개발해 주고, 벽창호 같은 왕실과 양반의 지배에서 해방시켜 준 게 우리 제국인데. 이들은 어째서 좀 더 고분고분하게, 이해득실을 따져 가면서, 우리와 조화롭게 살아갈 생각을 못 하는 걸까. 모리타는 이 한심한 민족에 대한 혐오감으로 눈살을 찌푸렸다.

"그리고 너는 치안유지법만 어긴 게 아니야. 네가 죽인 사람이 몇 명인 줄은 아나?"

의자에 앉은 채 그가 천천히 상체를 앞으로 기울였다. 상대의 것이 분명한,

희미하게 남은 향수 냄새.

"간도에서 세 명이 사살됐다더군. 두 명은 체포돼서 지금 총영사관 지하에 있지. 물론 그 둘도 곧 죽을 거다. 그럼 총 몇 명일까?"

죄수가 동요한다. 모리타는 알 수 있었다. 머리를 숙이고 있어 표정을 볼 수 없지만 그는 느낄 수 있었다.

"다섯 명이 죽는 거야. 너 때문에. 내가 던진 미끼를 네가 덥석 문 덕분에."

"……."

"그리고 하루하라. 그 여자는 대체 무슨 죄지?"

가엾은 여자. 어찌나 안쓰럽게 떨던지. 고개를 흔들며 나지막이 한탄하는 소리.

"멀쩡한 여자 인생을 망쳐 놓고 죄책감도 안 드나?"

"……."

"다섯 명을 죽이고. 여자 하나를 망쳐 놓고. 그러고도 투사?"

하. 모리타는 들으란 듯 코웃음을 쳐 주었다.

"부끄럽지도 않아?"

"……."

"그러고도 계속 살고 싶어?"

"……."

"네가 한 짓의 결과를 봐. 한심하지 않나?"

그가 팔을 뻗어 상대의 머리칼을 움켜쥐었다. 그대로 뒤로 꺾자 시선이 마주쳤다. 동요하는 눈. 그래, 모리타 겐지는 바로 이 눈을 보고 싶던 것이다.

"너는 아무것도 하지 말아야 했어."

특별히 어리석은 인간들이 있다. 승산 없는 싸움에 기어코 도전하는 인간이 있다. 불가능하다는 걸 뻔히 알면서 횃불에 달려드는 나방이 있다. 그렇게 덜 떨어진 생물이 죽임당하는 것은 자연의 섭리이며, 그러므로 모리타는 죄책감을 느낄 까닭이 전혀 없었다. 만물은 우승열패. 변화에 적응하지 못하는 종은 마땅히 멸종되어야 하니까.

"잘난 척하면서 겁대가리 없이 나서지 말아야 했다고. 너만 가만히 있었으면 그놈들도 죽지 않았을 거야. 하루하라 그 여자도, 그 고귀한 백작 영애도 아무 문제 없이 잘 살았을 거고."

네가 다 망쳐 놓은 거야. 모리타는 다시 한번 강조했다.

"그 잘난 객기 때문에. 너는 그걸 결기라고 착각했겠지만."

그러니까 아무것도 하지 말았어야지. 죽은 듯이 복종하며 살았어야지. 그랬으면 너도 나도 이렇게 수고로울 일이 없었잖아.

그럼 우리도 이것보단 훨씬 나은 사이가 되었을 텐데. 가끔씩 그때처럼 마주 앉아 술잔도 기울여 가면서.

"잘 들어, 임준세. 넌 곧 나한테 사정하게 될 거다."

제발 좀 죽여 달라고, 이 발 앞에 엎드려 빌게 될 거야.

"너는 절대 여기서 못 나가."

가장 끔찍한 고통에서 질식하게 해 줄 테다.

"송장이 된 후에야, 시구문으로 나가게 될 거다."

확신에 찬 선언을 끝으로 모리타는 죄수의 머리칼을 팽개쳤다. 그리고 의자에서 일어나 탁상 위에 놓아둔 회중시계를 집어 들었다. 열한 시 반. 시간을 확인하고 시계를 닫아 품 안에 넣었다. 흠집이 생기지 않도록 조심스럽게.

"아. 폐하의 하사품을 구경시켜 달라 했었나?"

모리타가 생각났다는 듯 고개를 돌렸다. 그리고 침을 뱉듯 중얼거렸다.

"건방진 새끼."

몸을 돌린 수사관이 취조실에서 퇴장했다. 두꺼운 철문이 타당, 요란한 소리를 내며 닫혔다. 흐릿한 조명이 켜진 공간에는 무릎 꿇고 매달린 죄수만 남았다.

삼월 초의 밤은 몹시 시리고, 이제 이곳에는 숨소리조차 나지 않는다.

반공일인 토요일에도 경성제대는 학생들로 활기찼다. 검정 교복에 망토를 두르고 교모를 쓴 청년들이 삼삼오오 교사를 드나들었다. 두툼한 책, 대학 노트, 가죽 가방. 그런 것들을 품에 안은 남자들의 얼굴을 미나는 하나하나 살폈다. 모두가 비슷한 옷차림인 데다 날씨까지 흐려서 얼굴이 얼른 식별되지 않았다. 그녀는 초조하게 입술을 씹으며 핸드백을 쥔 손에 힘을 주었다.

'면회가 불가합니다.'

서대문형무소는 규모가 대단히 컸다. 붉은 벽돌로 지은 부속 건물이 총 몇 개나 되는지 가늠조차 되지 않았다. 거대한 철문과 높은 외벽, 그 위로 우뚝 솟은 망루가 하나같이 견고해 절대로 무너지지 않을 것처럼 보였다. 이 넓은 곳 어디에 그가 있을까. 면회객의 행렬을 따라 형무소 안에 들어섰을 때부터 미나는 막연한 공포감으로 몸을 떨었다.

'왜요? 왜 안 된다는 거죠?'

'수감수에 따라 면회가 불가하기도 합니다. 위에서 내려오는 지시라서 저는 잘……'

'그럼 언제부터 가능한데요? 명일에 다시 오면 되나요?'

'글쎄요. 그건 저도 잘……'

창구 안쪽에 앉은 젊은 남자는 잘 모르겠다는 대답만 되풀이했다. 난감한 얼굴로 이마만 긁으면서 속 시원한 답을 주지 않았다. 답답하고 울화가 났지만 미나는 돌아설 수밖에 없었다. 면회를 신청하려는 사람들이 그녀의 등 뒤로 긴 줄을 이루고 있었다. 무턱대고 시간을 끌 수는 없는 노릇이었다.

"형수님?"

낯익은 목소리에 화들짝 고개를 들었다. 어느 틈에 또 정신을 놓고 있던 모양이다. 함께 있던 청년들을 먼저 보낸 준태가 이쪽으로 걸어오고 있었다. 의아함과 반가움이 섞인 얼굴에 미나는 실망했다. 준태는 아직 아무것도 모르는 게 틀림없었다.

"여긴 어쩐 일이세요? 설마 절 보러 오셨습니까?"

키가 크고 몸이 호리호리한 준태는 제국대 교복이 근사하게 어울렸다. 습관처럼 안경을 추어올리는 손가락. 매끈하게 뻗은 그 손가락이 형의 것과 똑같았다. 거기까지 생각한 미나는 그만 왈칵 서러워져 숨을 다듬어야 했다.

"잠깐 얘기 좀…… 할 수 있어요?"

그제 뭔가 심상치 않다는 것을 직감했는지 준태가 서서히 미소를 거두었다.

지난밤, 텅 빈 집에 홀로 돌아와서, 쓰러지듯 이불 속으로 기어들어 가 미나는 밤새도록 생각했다. 앞으로 해야 할 일과 도움 청할 만한 사람을 생각하고 또 생각했다. 아무리 궁리해도 당장 해야 할 일은 변호사를 구하는 것이었다. 법률을 잘 알고 자문해 줄 수 있는 변호인부터 선임해야 했다.

그리고 그 일을 의논할 만한 사람은 임준태였다. 남편의 하나뿐인 동생. 그가 사랑하는 아우.

경성제대 법문학부 재학생.

"그래서, 후세라는 변호사한테 연락을 해 볼까 하는데."

준태는 충격을 드러내지 않으려 안간힘 쓰는 기색이다. 그러나 찻잔을 쥔 손이 아까부터 연신 떨리고 있다. 왜 안 그렇겠는가. 미나는 아직까지도 무릎이 경련하는데.

"후세…… 후세라면, 동경의 인권변호사 말씀이시죠……? 박열 재판 맡았던."

"네."

그 밖에 달리 아는 사람이 없어서. 자신 없게 덧붙이며 미나는 마주 앉은 시동생을 바라보았다. 창백하게 질린 얼굴. 입술이 마르는지 그는 벌써 몇 번이나 찻잔을 들어 입에 가져다 댔다. 제 형의 것처럼 크고 매끈한 손. 가늘게 떨리는 손.

'어머님 돌아가시게 한 사람…… 아버님이야?'

준태는 아무것도 모른다. 아무것도 모르고 있다.

카페에 마주 앉은 두 사람은 긴 침묵에 빠졌다. 서로에게 해 줄 수 없는 말들을 가슴에 품고서 제각각 입을 다물었다. 감히 입을 열 수 없는 것은 미나뿐만이 아니었다. 준태 또한 그녀에게 차마 할 수 없는 말들이 있었다.

그는 아무 말도 할 수 없다. 후세가 힘껏 변호한 의뢰인들은 결국 사형 판결을 받았다는 것, 조선에 적용되는 법률과 체계는 일본 본토와 많이 다르다는 것을 말할 수 없다.

"형수님."

준세가 이미 잡혀 들어갔다면, 총독부가 그를 벌하기로 결정했다면, 이 모두가 아무 소용 없는 짓이라는 것도 그는 차마 말할 수 없다.

"일단은 저도…… 방법을 생각해 보겠습니다."

그래서 할 수 있는 말만을 했다. 최대한 말을 아꼈다. 혼란과 절망을 쏟아 내지 않는 것만으로도 준태는 너무나 힘에 부쳤다.

"형수님 얼굴이 몹시 상하셨는데……."

그것을 끝으로 그는 더 이상 말을 잇지 못했다.

카페에서 나와 준태를 먼저 보내고, 그 휘청거리는 뒷모습을 지켜보며 미나는 히타로를 떠올렸다. 오빠는 지금 경주에 있을 테지. 월요일에 다시 오면 만날 수 있을 거란 생각을 했다가 곧 고개를 가로저었다. 일개 학자인 그가 무엇을 도울 수 있겠는가. 공연히 걱정만 보탤 것이다.

지금은 아무도 그녀를 도울 수 없었다.

태어난 직후부터 지금까지, 타인의 수고와 능력에 의지하며 살아온 미나에게 이것은 몹시 생경하고 막막한 현실이었다. 아무에게도 의지할 수 없다. 아무도 나를 도와줄 수 없다. 이제부터는 모든 것을 스스로 생각하고 해 나가야 한다.

"실례합니다."

"아, 죄송합니다."

입구 앞에 멍하니 섰던 미나가 화들짝 길을 비켜 주었다. 제국대 교복 차림의 청년과 모던 걸 하나가 팔짱을 끼고 카페로 들어선다. 청년의 망토 자락과 깨끗이 닦인 구두. 거기에 맥없이 시선을 주던 미나가 곧 입술을 깨물었다.

내일 형무소에 다시 가 봐야지. 만날 수 있을 때까지 가 봐야지. 매일매일 한 달이든 1년이든 계속 가 봐야지.

포기하지 말아야지. 당신이 거기 있는 한.

미나는 고개를 들었다. 어깨를 펴고 무릎에 힘을 주었다. 그리고 전차 정류장을 향해 발길을 돌렸다.

밤이 깊어지면 취조가 중단된다. 온종일 소란하던 주위가 잠잠해진다. 그 밤이 지금껏 세 번 지났다. 그러니 오늘은 월요일. 준세는 필사적으로 날짜를 헤아렸다.

지하 감옥의 독방은 빛 한 점 들지 않았다. 누군가의 비명 소리와 고함 소리만 하루 종일 들려오는 곳. 준세는 이곳이 그가 곧 당도할 지옥의 예고편이라고 생각했다. 그는 감히 천국에 갈 수 있으리라 생각하지 않았다. 너무나 많은 죄로 얼룩진 몸에 어찌 그런 곳이 허락될 수가.

그가 갇힌 곳은 서대문형무소 내 보안과 청사다. 총독부에서 근무하는 그의 옛 상관들이 주말 동안 번갈아 찾아왔다. 안전제일주의자, 스기와라 사무관은 백산과의 관계를 다그쳐 물었다. 은행원처럼 단정한 인상의 그는 눈 하나 깜짝 않고 가장 큰 고통을 주었다. 요시다 과장은 아주 잠깐 머물렀으나 가장 넓은 상처를 남기고 갔다. 나카오는 아직 한 번도 오지 않았다.

이틀간의 고문은 혹독했다. 구속된 육신은 도망칠 수도 피할 수도 없었다. 다가오는 고통을 뻔히 보면서도 당해 낼 수밖에 없었다. 그 과정에서 준세는 자신이 육체를 지닌 존재라는 사실을 뼈저리게 깨달았다. 아직 죽지 않은 몸. 생생한 고통. 명백히 살아 있는 존재.

죽음에 가까워질수록 생명이 자각된다는 것은 아이러니였다.

'남은 패거리가 잠적하는 데 걸리는 시간을 최대 이틀로 봐. 이틀 안에는 어떻게든, 무슨 수를 써서라도 자백하게 만들어야 돼.'

이미 사흘째다. 그들은 이제 죄수를 잠시 내버려 두기로 한 것 같았다. 차갑고 좁은 독방에 방치된 채 준세는 생각했다. 지금쯤 황찬은 결정을 내렸을까. 일요일에 그가 나타나지 않았으니 필시 일이 잘못됐음을 알았을 것이다. 가게를 정리하기로 했을까. 안전을 도모하는 찬의 성격상 그럴 가능성이 컸다. 리버티를 남길 수 없다는 것이 섭섭했지만 어쩔 수 없는 일이었다.

그러다가 문득, 다시 여자를 생각했다.

깊숙한 지옥에 갇힌 그를 여자는 무시로 찾아왔다. 난데없는 빛 속에서 환하게 웃었다. 물끄러미 그를 바라보기도 했다. 소리 죽여 눈물을 흘릴 때도 있었다. 왜 그리도 섧게 우는지. 보는 사람 심장이 찢기는 줄 모르고.

그럴 때면 준세는 뻣뻣한 손가락을 움직여 보았다. 그렇게 하면 그 미소가, 체온이, 눈물이 제 손끝에 닿을 것처럼. 그럴 리 없다는 걸 알면서도. 고통만 더하는 어리석은 짓인 줄 뻔히 알면서도.

미나를 생각할 때마다 그는 다행스러웠다. 그녀가 지배자 일족의 일원이며 힘 있는 사람들로부터 보호받을 수 있다는 것이 고마웠다. 비겁하기 짝이 없구나 자조하면서도, 누군가 미나를 안전히 지켜 준다는 사실이 그는 너무나 다행스러웠다.

'내가 뭘 잘못했어.'

여자의 질문을 스스로에게 던져 보기도 했다. 나는 무엇을 잘못했을까. 어디부터 잘못됐던 걸까. 무엇이 현명한 방법이었을까.

'너는 아무것도 하지 말아야 했어.'

대체, 어떻게 사는 것이 옳았을까.

사람을 죽이는 것은 공포보다 허무다. 공포는 생존에의 본능을 환기시키지만 허무는 존재를 지운다. 그것은 안개처럼 소리 없이 다가와 서서히 의지를 부식시킨다. 모든 것이 무의미하다고, 그러니 다 포기하라고 속삭이는 목소리는 따스하고도 달콤했다. 준세는 지워지지 않기 위해 사력을 다해야 했다.

그럴 때면 그는 지금 이곳에 함께 갇혀 있는, 또한 앞서 갇혔던 수천 명의 사람들을 생각했다. 그들이 그렇게까지 해야만 했던 이유에 대해 생각했다. 육신과 영혼이 망가지고, 사랑하는 이들을 힘들게 하고, 공포와 허무의 공격 속에서도 끝까지 버텼던 까닭을 궁금해했다.

무엇이 당신들을 버티게 했나.

'이왕이면 재판까지 받아 신문에 여러 번 나오는 게 가장 좋겠지. 기왕 죽을 거 뜻이라도 널리 알려야 광복에 득이 되지 않겠나.'

145

이제 그에게 남은 유일한 희망은 재판에 나가는 것이다. 어떻게든 살아남아 재판정에 서는 것. 그의 존재와 결정을 바깥세상에 조금이라도 알리는 것. 그러나 준세는 그것이 가능할 거라고 낙관하지는 않았다. 그가 속한 이 세상에서는 희망이 늘 패배하니까.

'너는 절대 여기서 못 나가.'

그러니 이제 다시는 너를 볼 수 없겠지.

'송장이 된 후에야, 시구문으로 나가게 될 거다.'

아마 나는 끝까지, 너를 울게 하겠구나.

비는 새벽부터 내리기 시작했다. 촉촉이 젖은 사물들의 빛깔과 냄새가 짙어졌다. 아직 차가운 비는 그러나 한 줌의 온기를 품고 있다.

봄비였다.

미나는 응접실 유리문 안쪽, 짙은 색 편백을 깐 마루 위에 맨발로 서 있다. 회색 숄을 어깨에 두르고 서서 부슬부슬 비 내리는 앞뜰을 바라본다. 매화나무의 젖은 가지 위에 꽃송이들이 피어 있었다. 꽃잎이 희고 꽃술이 파르스름한 청매화였다.

'우리 매화나무에 꽃 핀 거 봤어?'

올해의 첫 봄꽃. 당신도 이 꽃을 보았을까. 생각하자 다시 가슴이 저려 왔다. 그가 무슨 매화를 좋아하는지 물어볼걸. 미나는 분홍빛이 도는 백매보다 시린 빛의 청매를 더 좋아했다. 그러나 이제 와 생각해 보면, 그 청아함에는 의지할 데 없는 홑겹의 서글픔 또한 파르라니 담겨 있었던 듯하다.

한참 동안 꽃나무를 응시하던 여자가 그 아래 화단으로 시선을 내렸다. 빗물에 젖은 국화 줄기가 시커멓게 죽어 있었다. 그 을씨년스러운 모습을 보며 지난가을 만개했던 국향을 떠올리려 애써 보았다. 그러나 검게 말라붙은 식물의 잔해에서 금빛 자취는 찾아볼 수 없다.

'고양이예요.'

'고양이?'

'밖에서 울고 있기에…….'

그날도 지금처럼 비가 부슬거렸다. 맨발바닥에 닿던 자갈의 감촉을 미나는 기억했다. 손바닥 안에서 바들거리던 짐승의 온기도 생생했다. 온몸에 습기를 뒤집어쓴 저를 내려다보던 남자의 눈길도.

'들어가 있어요. 내가 가서 뭐라도 찾아볼 테니.'

입고 있던 옷을 벗어 걸쳐 주던 손길. 거기 스며 있던 체온이 미치게 그리워서 미나는 눈을 감았다. 가슴 떨리게 하던 향기. 말없이 마주 보던 얼굴. 발치에서 분주히 먹이를 삼키던 고양이.

그 모두가 사라졌다. 마치 한 번도 존재한 적 없던 것처럼.

밀려오는 감상과 설움을 피하려 미나는 다시 눈을 떴다. 똑똑히 뜬 눈으로 현실을 응시하려 애썼다. 더는 예전처럼 눈을 감고 살 수 없었다. 아프고 힘들어도 이제는 두 눈을 똑바로 떠야 했다.

스물넷. 아름답고 푸르른 청년. 무엇이 당신의 미래를 지워 냈을까.

'강제로 다리를 잘라 놓고 이제 업어 줄 테니 한 몸이 되자. 그게 말이 된다고 생각하는 인간이 있다면 둘 중 하나지. 바보거나, 바보 시늉을 하고 싶거나.'

불행히도 바보가 아니라서, 그러나 바보 시늉을 하며 살고 싶지도 않아서, 당신은 그래서 그런 길을 택할 수밖에 없었나. 미나는 자문하며 비에 젖은 꽃들을 바라보았다. 새하얗게 피어난 매화. 시커멓게 말라붙은 국화. 결단코 함께

필 수 없는 꽃들.

'조선이 낳고 제국이 기른 자식.'

어디서 무엇으로 태어났건 지금의 미나는 일본인이다. 생존하기 위해 그녀는 절반의 자아를 버렸다. 살아남기 위해서. 버림받지 않으려고. 어린 시절 택했던 삶의 방식은 거의 본능적이었으며 상당 부분 불가항력이었다.

'당신도 나랑 같으니까.'

그녀는 살기 위해 자아를 버렸다.

그는 자아를 지키려 삶을 버렸다.

어째서 우리는 둘 중 하나만을 택해야 했던 걸까.

어깨를 약간 떨면서 여자는 몸을 돌려 세운다. 고요한 응접실을 타박타박 가로질러 주방으로 향한다. 싸늘한 몸을 데워 줄 차 한 잔이 간절했다. 그러나 이 집에는 이제 하녀가 없으므로, 그녀는 스스로 주전자에 한 컵 분량의 물을 채워서 스토브에 올렸다.

종로서에 갇혀 있던 동래댁과 말희는 일요일에 풀려났다. 두 사람 모두 무사하며 각각 가회동과 백작저로 돌아갔다는 소식을 전해 준 것은 아버지의 운전수였다. 동래댁은 그렇다 쳐도 말희까지 데려간 의도를 미나는 물론 알아챘다. 백작님께서 금일은 반드시 모셔 오라 하셨습니다. 난처한 얼굴의 스즈키 다이치는 그날도 빈손으로 돌아가야 했다.

찻물이 끓을 동안 미나는 침실로 향했다. 옷장 안에 든 금고를 열고 안에 든 돈을 확인했다. 백 원권 지폐가 세 장. 십 원권이 두 장. 수중에 남은 돈이 삼백이십 원이라는 계산은 쉬웠지만 이걸로 얼마나 버틸 수 있을지 추측하기는 어려웠다. 한 달 생활비가 얼마나 드는지 그녀는 모르니까.

거의 비다시피 한 금고를 닫아 잠근 뒤 쪼그렸던 몸을 일으켰다. 그리고 왼손 약지에 낀, 큼직한 다이아몬드가 세팅 된 결혼반지를 매만졌다. 이걸 팔면 변호사 수임료는 되겠지. 그런 생각을 하며 주방으로 되돌아갔다.

스토브 위의 주전자에서 증기가 훅훅 솟고 있었다. 종로의 보석상을 찾아갈까. 아니, 흥정을 제대로 하려면 일본인 상점이 나을 거야. 생각에 빠져 손을 뻗다가, 그만 뜨겁게 달궈진 주전자 표면에 살갗이 닿았다.

"앗."

날카로운 통증에 정신이 번쩍 들었다. 미나는 낮은 비명과 함께 화들짝 손을 거뒀다. 살짝 닿았을 뿐인데 엄지 아래가 붉게 달아 있었다. 허겁지겁 수전을 틀어 차가운 물에 상처를 식히면서 미나는 입술을 깨물었다.

이렇게나 아픈데. 살짝 스치기만 해도 아픈데.

"하아……."

두 눈이 질끈 감겼다. 끔찍한 상상으로 숨이 막히고 몸이 떨렸다. 또다시 눈물이 솟구치려는 것을 가까스로 삼켜 냈다.

눈물은 아무것도 해결할 수 없다. 아무것도.

미나는 찬물이 쏟아지는 수전을 잠근 뒤 젖은 손을 털어 냈다. 김이 모락모락 솟는 주전자를 내버려 둔 채 주방을 나섰다. 응접실로 가 전화기를 집어 들고 낭랑한 음성의 교환수에게 택시회사 번호를 불러 주었다.

연결을 기다리며 그녀는 수화기를 쥔 오른손에 힘을 주었다. 불에 덴 자국이 빨갛게 따끔거리기 시작했다.

서대문형무소 면회 신청실은 오전부터 북적였다. 남루한 차림의 사람들은 하나같이 조선 옷을 입고 있었다. 보따리를 품에 안은 노파, 어린애를 등에 업은 부녀. 평일 오전의 면회객은 대부분 여자들이다. 그리고 간간이 두

루마기를 걸치고 중절모를 쓴 노인들. 어머니나 할머니를 따라온 소년과 소녀들.

그들은 자기 차례가 되면 어깨를 움츠리고 형무관이 앉아 있는 창구로 다가가서 면회를 원하는 이의 수감번호를 어설픈 일본어로 불러 주었다. 종이에 미리 써 온 숫자를 펼쳐 보이는 이도 있었다. 개중에는 몇 마디 묻는 말에 대답을 못 하는 사람도 있었는데, 그럴 때면 형무관이 신경질적인 소리로 통역을 불러 댔다. 그 정도 인내심이라도 발휘해 주면 다행이었다. 까닭도 모르고 면회를 거절당한 사람들은 서럽게 눈물을 흘리기도 했다.

"색시는 누가 안에 있소?"

앞에 선 사람이 두어 명밖에 남지 않았을 때, 미나는 뒤에서 말을 거는 소리에 고개를 돌렸다. 하얗게 센 머리를 쪽 찐 노파가 반쯤 굽은 허리로 이쪽을 올려다보고 있었다. 미나는 아주 잠깐 머뭇거리다가,

"남편이……."

"쯧쯧. 미결수요?"

낯선 조선어를 미나는 얼른 알아듣지 못했다. 그러나 비슷한 발음과 맥락으로 의미를 유추해 낼 수 있었다. 네. 고개를 끄덕이며 대답하자 노파가 쯧쯧, 또 혀를 찼다.

"우리도 미결이오. 오늘은 사식 좀 넣으러 왔다오. 안에서 나오는 밥이 어디 먹을 만한 게 되나."

노파가 그러며 곁에 선 젊은 여자를 돌아보았다. 미나는 저보다 서너 살쯤 많아 보이는, 대바구니를 품에 안은 여자에게 눈길을 주었다. 그렇구나. 음식을 넣어 줘야 하는 거구나. 나는 여태 그런 것도 모르고.

"옥바라지 보통 힘든 게 아니오. 마음 단단히 먹어야 해."

"……."

"하기사, 밖에서 암만 고생이 된들 안에 갇힌 사람만 하겠소만."

두 사람은 시모와 며느리인 모양이었다. 의연한 안색의 노파와 달리 젊은 부인은 어두운 얼굴로 입술을 깨물었다. 그리고 보니 몸이 잔뜩 불어 만삭이다. 목을 칭칭 감은 목도리와 하얗게 튼 손등.

"다음!"

미나는 창구에서 외치는 소리에 고개를 돌렸다.

"수감번호."

무뚝뚝한 얼굴로 기세 좋게 말했으나, 중년의 형무관은 이내 꽤나 곤란해졌다. 여자가 불러 준 수감번호와 그 옆에 선명히 찍힌 붉은색 도장을 몇 번이나 번갈아 보았다. 뭐지? 이건 면회는 고사하고 재소 여부 자체를 알려 줄 수 없는 죄수인데. 대체 누가 이 사람 이름을 확인해 준 거야? 형무관은 기막혀하면서 속으로 젊은 신입을 탓했다. 하여간에 미인이라면 사형수 탈옥도 도울 녀석.

"음식이나 물품을 넣으려면 어떻게 해야 하죠? 그것도 여기서 신청하나요?"

"사식이나 영치품 차입은 불가합니다."

"……."

"청원자 성함이 어떻게 되십니까?"

형무관은 여자가 불러 주는 이름을 별도의 종이에 받아 적었다. 이 죄수는 재소 여부를 문의하거나 면회를 신청하려는 사람이 있으면 상부에 보고해야 한다. 자주 있는 일은 아니나 그의 경험상, 아직 수사가 진행 중인 사건의 경우 가끔 있는 일이었다.

"이 사람 여기 있는 게 맞긴 해요?"

"……기록은 그렇게 되어 있습니다."

"사람이 안에 있는데 어째서 면회가 불가한 거죠? 언제부터 가능한데요? 전

에 있던 사람들은 다 모른다고 했어요. 내가 대체 누구한테 물어야 알 수 있는 건가요?'

그야 아무도 모르죠. 입 속으로 대꾸하며 형무관은 약간 궁금해졌다. 완벽한 일본어에 고상한 외모와 태도. 부유한 내지인이 틀림없는데 어쩌다 이런 델 오게 됐을까.

"글쎄요. 그건 저도 잘."

여자는 이제 완전히 말문이 막힌 눈치였다. 눈빛에 언뜻 절망적인 기색도 스쳤다. 덕분에 형무관은 조금 안된 생각이 들어서, 이렇게 자꾸 와 봐야 헛수고니 힘이나 아끼라는 소리를 해 줄까 하다가 그만두었다. 남의 일에 왜 내가 그렇게까지.

"상부에서 내려오는 지시라 저희도 잘 모릅니다. 죄송합니다."

다음! 더 이상의 항의는 받지 않겠다는 듯 형무관이 목청껏 외쳤다. 울분과 허탈함으로 손이 떨렸지만 미나는 그만 물러날 수밖에 없었다. 몸을 돌리자 뒤에 서 있던 노파와 눈이 마주쳤다. 곁에 선 만삭의 여자도 이쪽을 보고 있다. 의아해하는 그들의 눈길에서 미나는 뚜렷한 경계심을 본다. 왜녀야, 왜녀. 뒤쪽에서 누군가 속삭이는 소리.

왜녀야, 왜녀.

싸늘한 시선들이 쏟아졌다. 미나는 도망치듯 면회 신청실을 빠져나왔다.

아침나절 내도록 부슬대던 비는 이제 멎어 있었다. 그러나 하늘은 여전히 온통 먹구름이다. 어둡고 갑갑한 세상을 미나는 멍하니 바라보았다. 온몸에 힘이 쭉 빠지는 것 같았다.

'상부에서 내려오는 지시라 저희도 잘 모릅니다.'

"하……."

정말이지, 나는 왜 이렇게 바보 같을까.

잠시간 멍하니 섰던 그녀가 방금 빠져나온 입구 쪽으로 돌아섰다. 붉은 벽돌 벽과 회색 철문이 까마득 높았다. 태산같이 거대한 그 벽 앞에서 스물두 살짜리 여자는 무력하기만 했다.

'그런 거 하다가 붙잡히면 고문받다 죽는대요. 재판은 받으나 마나고 무조건 불구돼서 나온다고⋯⋯.'

나는 정말이지, 왜 이렇게 한심하도록 순진한가.

형무소 담장 앞에 선 채로 미나는 핸드백을 쥔 오른손을 들어 올렸다. 주전자에 덴 부위에 동그랗게 물집이 잡혀 있었다. 우르르 무너지려는 마음을 추스르며 다시 감옥을 등지고 섰다.

오늘도 돌아서야 하나. 이 안에 분명 당신이 있는데.

길 건너편에 대기 중인 사륜차에서 양장한 남자가 내렸다. 기다리듯 이쪽을 보는 택시 기사를 미나는 멍하니 쳐다만 본다. 그리고 형무소 앞길을 지나는 사람들에게 눈길을 돌렸다. 어깨를 움츠리고 걸음을 재촉하는 사람들. 이 무시무시한 감옥을 쳐다만 봐도 불운이 옮아올 것처럼, 극구 외면하고서 제 갈 길만 내려다보는 사람들. 그들 중 누구도 미나를 주목하지 않았다.

하루에도 몇 번씩 그녀의 하늘은 무너지지만, 이 세상은 아주 조금의 변함도 없었다. 그녀의 고통에 감응하지도 동정하지도 않았다. 세상이 그토록 무심하고 냉혹하다는 것을 미나는 처음 알았다. 또한 첩첩이 가로막힌 거대한 벽 앞에서, 힘없는 여자의 간절한 소망 따위는 아무런 힘이 없다는 것도.

'죽지 마, 제발⋯⋯.'

그는 곧 사라질 것이다. 아무렇지 않게 잊힐 것이다. 존재했던 흔적조차 없을 것이다. 그걸 생각하면 미나는 숨이 막혔다.

우리는 아무것도 아니게 될 것이다. 아무것도.

허랑히 허공을 헤매던 시선이 길 건너 가로수에 닿았다. 가지의 생김과 수피의 색깔이 눈에 익었다. 벚나무일까. 아직 잎새 하나 돋지 않은 나목이라 수종을 분별하기 어려웠다. 그녀는 빗물에 젖은 앙상한 가지에 연분홍빛 꽃송이를 그려 본다. 정말로 벚나무일까.

'봄이 오면 동경에 가자. 우에노 공원에서 같이 벚꽃 보고 싶어.'

당신 없는 세상에도 봄이 올까.

미나는 외면하듯 나목에서 시선을 거두었다. 그 아래 선 자동차를 향해 걸음을 뗐다. 운전수가 예의 바르게 뒷문을 열어 여자를 태운 뒤 운전석으로 되돌아가 시동을 넣었다. 차내에 떠도는 연료 냄새. 그 냄새가 새삼 비위를 건드려 울컥 토기가 솟았다.

"댁으로 모실까요."

고개를 끄덕이자 자동차가 전진한다. 간신히 구역질을 참아 낸 미나가 눈을 감았다. 화요일. 아직 정오에 채 닿지 않은 오전이지만 그녀는 벌써 지쳐 버렸다.

"아. 봄비가 제법 오네요."

얼마쯤 지난 후, 운전수의 나지막한 목소리에 눈을 떴다. 차창 밖 거리 위로 다시 비가 내리고 있었다. 들고 있던 우산을 펴 든 사람들. 빈손으로 비를 맞으며 걷는 사람들. 자동차 안에 몸을 묻은 여자가 멍하니 그 풍경을 바라본다. 반쯤 뜬 눈에는 그러나 아무것도 맺히지 않았다.

봄비. 봄비가 내린다.

당신이 없어도 세상은 변함없고 시간은 무정히 흐른다.

이러다가 문득 봄이 와 버리는 걸까.

당신 없는 세상에도 봄이 올까.

이 세상에 봄이, 오기는 할까.

총독 관저는 남산에 있다. 조선이 왕국이던 시절 일본공사관 용도로 지어진 이 층짜리 서양식 건물은 백작저에서 그리 멀지 않았다. 통감부가 설치된 후에는 통감 관저로, 총독부로 이름을 바꾼 뒤에는 총독 관저로 사용된 식민지 최고 권력자의 거처.

"어서 오십시오. 각하께서 기다리고 계십니다."

총독의 비서관은 늘 그렇듯 속을 알 수 없는 무표정이다. 그의 안내를 받아 관저로 들어서면서 신이치는 의식적으로 몸을 꼿꼿이 했다. 저택의 왼쪽 끝에 있는 접견실은 몇 번 와 본 적이 있었다. 이토록 비참한 기분을 느낀 적은 한 번도 없었지만.

"아. 하루하라 백작."

호화롭게 꾸며진 접견실에서는 담배와 위스키 냄새가 났다. 온종일 추적거리는 날씨 때문인지 벽난로에 화톳불을 지펴 놓았다. 잘 말린 목재 타는 소리가 타닥타닥. 그 난로 위쪽에 걸린, 초대 통감 이토 히로부미의 초상에 눈길을 주었다가 다시 총독 쪽으로 시선을 돌렸을 때, 신이치는 뜻밖의 광경을 보았다.

"……."

총독의 발치에 누군가 무릎을 꿇고 있었다. 사죄를 청하는 일본식으로 양 손바닥을 바닥에 붙인 모습. 거북이처럼 완전히 엎어진 자세의 남자를 신이치는 한눈에 알아보았다.

임영환. 찢어 죽여도 시원치 않을 그의 빌어먹을 사돈.

"오시느라 수고했습니다."

"기다리게 해 드려 죄송합니다."

"아닙니다. 보시다시피 시간은 정확히 지키셨는걸."

언제나 깍듯이 대하는 총독의 경어가 오늘따라 부담스러웠다. 그런데 임영환이 왜 여기에 있나. 감히 총독 관저에 멋대로 찾아왔을 리는 없고, 사전에 미리 약속을 잡았거나 총독이 호출한 것일 테다. 이 우스운 꼴을 굳이 제게 보여 주는 의도를 신이치는 가늠해 본다. 위로일까 조롱일까. 아마 둘 다겠지.

"임 자작이 작위를 반납하겠다 이렇게 성화를 하는데, 마침 오셨으니 백작께서 좀 설득해 보십시오. 이 사람이 내 말은 영 듣지를 않아."

난감해 죽겠다는 얼굴로 총독이 웃었다. 신이치는 모욕감을 삼키며 냉랭하게 대꾸했다.

"집안을 다스리지 못해 제국에 해를 끼쳤습니다. 작지 않은 죄입니다."

"하기는, 그도 그렇겠습니다마는."

총독은 대수롭지 않다는 듯 고개를 끄덕이더니,

"그 친구는 아직도 입을 안 연다면서?"

가시 돋친 미소를 지었다.

"젊은 친구가 나쁜 물이 단단히 든 모양이지."

지난 금요일 체포됐으니 오늘로 닷새째. 임준세는 아직도 한결같이 발뺌 중이란다. 부산의 수상쩍은 회사와 그 회사를 운영하는 수상쩍은 인간들에 대해 아는 바가 없단다. 상해에서 목 졸려 죽은 밀정, 간도에서 빈 수송차를 털려다 죽은 인간들에 대해서도 모른단다. 적극적으로 결백을 주장하며 변명하는 것도 아니란다. 그저 모른다, 모른다, 모른다. 그 소리만 닷새 내내.

끝까지 시건방진 새끼.

"제가 입이 열 개라도…… 드릴 말씀이 없습니다, 각하……."

아들 덕에 창졸간 죄인이 된 사내가 목소리를 떨었다. 겁을 내서가 아니라 수치스러워 그런다는 걸 신이치는 알고 있다. 그는 바닥에 엎드린 남자를 위해 무슨 말을 보태지도, 싸늘하게 웃는 총독에게 맞장구를 치지도 않았다. 그저 턱을 당기고 고상하게 두 눈을 내리깐 채 조용히 서 있을 뿐.

"이제 손님이 오셨으니 자작은 그만 돌아가요."

"부디 죄를 씻도록 해 주십시오. 이대로는 감히 고개를 들지 못하겠습니다."

"작위를 반납하면 죄가 씻길 거라 생각하는 모양이군."

"……물론 한없이 부족하겠으나 일단은,"

"폐하께서 내리신 작위를 내 마음대로 할 수 있나. 돌아가라니까."

"각하,"

"내가 같은 말을 몇 번씩 해야겠나?"

노인이 기어이 언성을 높였다. 그 서슬에 남자는 결국 몸을 일으켜 세웠다. 키 크고 덩치 좋은 자작의 얼굴은 숯처럼 벌겋게 달아 있다. 신이치는 임영환이 어떤 인간인지 제법 알고 있었다.

지위와 재산, 번듯한 외모까지 타고난 귀족. 태어나 지금껏 만인 앞에 꼿꼿이 턱 쳐들고 살아온 사람. 그런 자가 개처럼 남의 발밑에 엎드렸으니 그 속이 말이 아닐 터. 수치스럽겠지. 화가 나겠지. 모멸감에 미칠 노릇이겠지. 신이치는 그가 총독에게 깊이 허리를 숙여 보인 뒤, 자신에게도 공손히 묵례한 다음 물러날 때까지도 쭉 두 눈을 내리깐 채 못 본 척했다.

"앉으세요, 백작."

왕년의 해군 제독이 항아리 같은 몸을 느리게 움직였다.

일찍이 미국에서 유학한 총독은 개방적인 온건파로, 군인답지 않은 유한 성품으로 알려져 있다. 신이치는 그가 권하는 대로 뻣뻣한 가죽 소파에 앉았다. 영국에서 온 위스킵니다. 직접 잔을 꺼내 술까지 따라 준 총독은 먼저 한 모금 마신 뒤, 손님이 따라 마시는 걸 본 뒤에야 느긋이 말을 꺼냈다.

"이곳 속담에 이런 말이 있다더군요. 맑은 물에는 고기가 없다. 사람이 지나치게 깨끗해도 못 쓴다는 뜻이랍니다."

조선 속담은 참 재미있는 게 많아. 크리스털 잔을 빙글빙글 돌리며 웃는 얼굴.

"백작이 원리 원칙을 중시하는 사람인 줄 나도 잘 압니다. 공명정대하게. 법문과 규율대로. 혼맥으로 이어진 상대니 더더군다나 그랬겠지. 공정한 사람이니까."

혼맥으로 이어진 상대. 신이치는 그만 얼굴이 뜨거워진다.

"그래도 설마하니, 그 친구를 재판에 세울 생각은 아니겠지요?"

"……."

"서대문형무소로 보냈다고요."

"그랬습니다."

"경무국에서 보고하기를, 기자들이 냄새를 맡은 모양이라던데."

"……."

"이 일이 바깥에 알려지면 어떻게 될 것 같습니까?"

신이치는 침묵했다. 어차피 대답을 바라고 던진 질문이 아니었다.

"우리 옛 사무라이는 배신자를 공개 처형 했지요. 가장 큰 고통과 굴욕을 준 뒤 모두가 보는 앞에서 죽였어요. 널리 귀감이 되도록 말입니다."

신이치는 계속해 잠자코 듣는다. 임준세는 배신자가 아니라 첩자라는 점을 지적하고 싶었지만.

"알다시피 나는 군인이라 명예를 중시합니다. 죄인은 당당히 재판정에 세우고, 법대로 판결해서 집행하고 싶은 마음이 굴뚝이지. 그러나 폐하의 명을 받들어 총독으로 온 이상 정치를 생각하지 않을 수 없어요."

흐음. 총독은 망설이듯 길게 콧바람을 뿜더니,

"식민지를 통치하려면 세심한 기술이 필요합니다. 가장 중요한 건 식민지

민들을 설득하는 일이고. 그러려면 그들이 무능하고 무력하다는 걸 반복적으로 강조해야 하지요. 완전히 세뇌될 때까지. 그래서 스스로 지배를 납득할 때까지."

물론 백작도 잘 알고 계시겠지만. 다정하게 덧붙인 총독이 위스키를 한 모금 더 마셨다.

"문화통치 이래로 모든 것이 잘되어 가고 있어요. 조선인들도 통치에 익숙해지고 있고. 이런 때일수록 잡음이 없어야 해요."

"……."

"다이쇼 팔 년 사태가 채 십 년도 안 됐습니다. 민족정신을 자극해선 안 되지."

"……."

"그러니 참으로 애석한 일이나, 이번 일은 실리대로 처리합시다."

신이치는 얼른 대답하지 않았다. 진지하게 고민이라도 하는 것처럼 잠시 뜸을 들였다. 총독이 공명정대니 재판이니 순진한 척 군다면 신이치 또한 장단을 맞춰 줘야 했다. 감히 총독부를 농락한 조선귀족 후계자 따위, 곱게 살려 둘 생각 같은 건 두 사람 다 애당초 없었지만.

"그렇게 하겠습니다, 각하."

그리고 원리 원칙을 중시하는 법무국장이 한발 물러남으로써, 고상한 연극은 완성되었다.

"그리고 백작."

"예, 각하."

"내가 그 친구를 다시 보고 싶은데."

그건 예상치 못한 말이라서 신이치는 조금 놀랐다. 총독이 형무소로 직접 행차할 리 없으니 놈을 데려오라는 뜻이다. 어디로 데려오라는 건지는 뻔했다. 오직 극소수의 사람들만 알고 있는 곳. 방음이 훌륭해 어떤 비명도 새 나가지 않는 곳. 문명의 극치인 석조건물 아래 숨은 가장 야만적인 곳.

총독부 지하실.

"알다시피, 나는 군인이라."

신이치는 총독의 눈을 마주 보았다. 일흔을 앞둔 노인의 처진 눈매에서 무언가가 번뜩거렸다. 일평생 전장을 돌며 몸에 밴 냉혹함, 온건한 표정 아래 도사린 잔인성 같은 것.

"그리 준비하겠습니다, 각하."

그래서 신이치는 순순히 고개를 숙였고,

"나는 토요일이 좋습니다, 백작."

총독은 만족한 얼굴로 유하게 웃어 주었다.

그는 전혀 기분 상한 기색이 아니었다. 모처럼 평일 날 집에서 게으름을 부린다며 농담을 던지고 느긋이 위스키를 즐기면서 친절히 권하기도 했다. 그럼에도 신이치는 내도록 명치께 가시가 걸린 기분이었다.

총독은 오늘 단 한 번도, 그를 국장이라 부르지 않았다.

접견을 끝낸 신이치는 남은 업무를 핑계로 관저에서 물러났다. 아닌 게 아니라 지금은 근무시간이다. 밖으로 나오자 갑갑하던 가슴이 좀 트이는 기분이었다. 그는 저만치 서 있는 자동차를 향해 넓은 보폭으로 걸었다. 관저 입구에서 대기 중이던 운전수가 장우산을 받쳐 들고 뒤따랐다.

청사로 돌아가는 길에 신이치는 해야 할 일들을 정리했다. 일단 취조부터 중단시키자. 어디 한 군데 잘리거나 불구가 돼 버리기 전에. 반송장이 된 몸뚱이를 질질 끌어다 총독 앞에 대령할 순 없는 노릇이니까.

수사관들도 더는 시간 낭비 말라고 해야지. 팔다리를 자른대도 입을 열 놈이 아니니. 어쩌다 그런 지독한 놈한테 걸려들었을까. 나는 또 왜 그런 놈한테 홀려 버렸을까. 어째서 좀 더 주의를 기울이지 않았을까. 과거의 자신을 책망하는 부질없는 짓을 다시 시작했을 때쯤, 신이치의 차는 총독부 정문을 통과했다.

"들어오셨습니까, 국장님."

"별일 없었나."

"행형과에서 보고서가 올라왔습니다."

비서관의 보고에 신이치는 살짝 미간을 찌그렸다. 행형과. 무슨 내용인지 알 것 같지만 모르는 척 집무실로 들어섰다. 코트를 벗어 건네주고 책상으로 다가가 앉았다. 집무 책상 위에 얌전히 놓인 누런색 서류철. 행형과장의 붉은 직인이 찍힌 겉장을 넘기자 두 장짜리 수기 보고서가 나왔다.

옷걸이에 정성껏 코트를 건 비서관이 뚜벅뚜벅 물러갔다. 집무실에 홀로 남은 신이치는 눈으로 보고서를 읽었다. 예상한 대로 서대문형무소에서 올린 보고서였다.

그는 임준세와 관련된 모든 상황을 빠짐없이 보고하도록 행형과장에게 지시했다. 형무소장을 포함하여 관계자들의 입단속을 철저히 당부했지만, 그럼에도 마치 지독한 냄새가 풍기는 방 앞을 지키고 선 것처럼, 신이치는 내도록 불안하고 불편한 마음을 떨쳐 낼 수 없었다.

'이번 일은 실리대로 처리합시다.'

그러니 총독이 나서서 마무리 지어 준다면 차라리 고마운 일이었다.

이 일을 처음 알게 되었을 때, 놈을 이곳 총독부 지하로 끌고 와 쥐도 새도 모르게 없애 버릴 생각을 하지 않은 건 아니었다. 애초에 그런 용도로 쓰려고 설계한 공간이니까. 자신과 가문의 체면을 고려하지 않았다면, 그 새파란 검사가 그따위로 일을 키워 놓지 않았다면 고민 없이 그리했을 것이다.

"흠……."

긴 숨을 뱉으며 신이치는 보고서 첫 장을 읽어 냈다. 내용은 별것 없었다. 경무국에서 누가 언제 찾아와 얼마 동안 취조했고, 하나같이 아무 소득 없이 돌아갔으며, 수감자는 처음에 비해 기운이 꺾였으나 거동에는 별 지장이 없다는 것 따위가 전부였다.

아직 사지 멀쩡하다니 다행이로군. 입 속으로 삐딱하게 중얼대며 종이를 넘겼을 때, 신이치는 두 번째 장에서 뜻밖의 내용을 발견했다.

수감자에 대한 면회청원자가 있음.

"……."

임미나.

순간 기가 막혀 숨소리조차 내지 못했다. 누군가 뒤통수를 세게 후려친 것 같았다. 이게 어떻게 된 일인가. 이 애가 어떻게 여길 간 건가. 대체 누가 이 애에게 놈이 여기 있다고 알려 준 건가. 혼란한 질문이었으나 범인을 지목하기는 어렵지 않았다. 그는 젊은 검사의 단정한 낯짝을 대번에 떠올렸다.

"이 새끼가……."

치솟는 분노 속에서 신이치는 재빨리 보고서를 훑는다. 미나가 형무소를 방문한 날짜와 시간을 확인한다. 토요일 오전. 일요일 오후. 월요일 오후.

그리고 오늘 오전.

그는 보고서를 확 덮으며 자리에서 벌떡 일어섰다.

"스즈키! 스즈키 어디 있나!"

집무실 밖에 앉아 있던 비서관이 고함 소리에 놀라 문을 열고 나타났다. 난데없이 운전수를 찾는 국장이 창백한 이마에 파란 핏대를 세우고 서 있었다. 무슨 일이시냐고 미처 묻기도 전에 그가 발작처럼 외쳤다.

"자동차 대기시켜!"

벽력같은 명령과 함께 신이치가 집무실을 박차고 나간다. 아연실색한 비서관은 방금 걸어 둔 코트를 서둘러 다시 떼어 내고는, 고급스러운 향이 나는 그 옷을 들고 허둥지둥 상관의 뒤를 따랐다.

임준태는 땀이 나는 손바닥을 다시 한번 허벅지에 문질렀다. 명색이 법학도지만 재판소나 형무소 같은 곳은 아직 한 번도 구경한 적이 없었다. 그는 제 눈앞을 가로막은, 쇳물을 부어 굳힌 듯 견고하기 짝이 없는 벽을 바라보았다. 여기서 어떻게 면회를 한다는 걸까. 그는 좁은 공간에 몹시 불안하게 앉아서 눈앞의 벽이 열리기를 초조하게 기다렸다.

그때 달칵, 무언가 풀리는 소리가 나더니 작은 구멍이 열렸다. 왜 문이 열리지 않나 어리둥절하던 준태는 그게 끝이라는 걸 조금 뒤늦게 깨달았다. 어른 주먹 크기의 구멍 하나. 몸은커녕 얼굴조차 제대로 볼 수 없는 면회구. 그 자비 없음에 준태는 기가 막혔고, 이어 그 안을 들여다볼 생각에 더럭 겁이 났다.

서대문형무소 면회소에 앉아 있는 지금까지도 그는 믿기지 않았다. 명석하고 세련된 그의 형이, 집안의 자랑스러운 장남이, 자작가의 출중한 후계자가 그런 일을 했다는 게 아직도 믿어지지 않았다. 이 벽 너머 앉아 있는 사람이 정말로 형일까. 혹시라도 무슨 착오가 있던 게 아닐까. 제 눈으로 확인하기 전까지는 믿을 수 없다고 끝까지 억지를 부리면서, 준태는 긴장을 누르며 면회구 저편을 들여다보았다.

그리고 눈이 마주친 순간 저도 모르게 헉하고 숨을 들이켰다.

벽 너머에 있는 사람은 준세가 맞았다. 두 눈과 눈썹, 콧대의 일부만 보였지만 분명히 그였다. 동요 없이 침착한 눈. 이쪽을 직시하는 눈길은 그가 아는 형과 하나도 다르지 않았고, 그래서 준태는 시야를 극도로 제한하는 이 면회 방식이 차라리 다행스러웠다.

두 눈 외에는 아무것도 보이지 않으니까. 미결수의 푸른색 수의도. 온몸에 가득할 상처도.

"아버지가 보내셨느냐."

준세가 먼저 말을 건 뒤에야 준태는 스스로 얼어붙어 있었다는 걸 깨달았다. 그리고 이어서 그 목소리마저 똑같다고 생각했다. 변함없는 음성과 말투에서는 심신 상태의 이상 징후를 감지할 수 없었다.

"……제가 부탁드렸습니다."

아우의 대답을 끝으로 형제는 다시 침묵한다.

준태는 어떻게 대화를 시작해야 할지 몰랐다. 아교로 붙여 놓은 것처럼 입이 떨어지지 않았다. 그러나 주어진 시간은 결코 길지 않다. 그는 빠르게 뛰는 심장을 인지하며 힘겹게, 조금은 성급하게 말을 꺼냈다.

"형님도…… 알고 계셨습니까……?"

두렵게 물으며 면회구 안쪽을 계속해서 응시했다. 시선을 마주한 준세가 미묘하게 눈살을 찌푸렸다.

"형님도…… 어머니께서…….."

아우는 차마 말을 맺지 못했다. 그러나 형은 생략된 모든 것을 대번에 알아들은 눈치였다.

준세의 눈동자가 완전히 흔들리고 있다.

그날, 준태도 제 형처럼 온종일 방에 갇혀 있었다.

열여섯 살. 예전 같으면 장가들고도 남았을 나이에 계집애처럼 마음이 여려 어쩌냐는 타박을 아버지로부터 막 듣기 시작한 무렵이었다.

아버지는 차남의 거의 모든 것을 못마땅해했지만 그중 가장 질색한 것은 고양이 밥을 챙기는 짓이었다. 찬간에 숨어들거나 쓰레기통을 뒤지는 고양이를 집안 식구들은 도둑괭이라고 골치 아파했는데, 준태는 그것들이 얼마나 굶주렸으면 그럴까 가여워하면서 몰래 먹을 것을 챙겨 주고 있었다.

그렇게 준태에게 매 끼니 얻어먹으며 털빛이 고와진 고양이는 보답하듯 새끼를 다섯 마리나 낳아 와 그를 기쁘게 했다. 아장아장 걷는 새끼들과 그것들을 거느린 어미. 준태는 학교가 파하고 집에 돌아오면 마치 밀회를 하듯, 날마다 쌀광 뒤에 숨어서 고양이들을 배불리 먹여 보냈다.

그날도 그래서 몰래 방을 빠져나왔다. 기다리고 있을 고양이 가족의 밥을 챙겨 주려고.

'이 안으로 숨으십시오.'

난데없는 발소리와 함께 들려온 것은 어머니의 목소리였다.

'즈이들 때문에 자매님께서 곤란해지시면 어쩝니까.'

'그런 말씀 마세요. 보지 못하셨습니까? 교복 입은 학생까지 피를 보게 하는 자들입니다.'

어머니는 침착하고도 빠른 말투로 그들을 안심시켰다. 골목마다 헌병이 깔려 너무 위험하다고. 그들이 서울 전체를 이 잡듯 뒤진대도 이 집만은 안전하다고. 그러니 여기에 몸을 숨기면 아무도 의심하지 않을 거라고.

'갑갑할 것이나 조금만 참으십시오. 밖이 잠잠해지면 금세 열어 드릴 테니까요.'

세 사람이 광에 들어간 뒤 어머니는 사라졌다. 배를 채운 고양이들이 준태의 쪼그린 다리에 몸을 비비며 아양을 떨고 있었다. 평소라면 목덜미를 쓰다듬으며 놀아 주었을 테지만, 그는 보아선 안 될 것을 본 것처럼 가슴을 졸이며 후다닥 별채로 돌아갔다.

그리고 곧 안채에서 총성이 울렸다. 아무에게도 들키지 않고 제 방에 돌아와 아무 책이나 막 펼쳤을 때.

"형님께서 붙잡히셨단 말을 듣고…… 너무 놀랐습니다."

준태는 비통한 마음을 누르며 어렵게 말을 이어 갔다. 면회구를 통해 보이는 준세의 눈이 여전히 흔들리고 있었다.

"저는…… 그 일을 저만 아는 줄 알았는데…….."

그때의 심정을 그저 놀랐다는 말로 표현할 수는 없다. 하늘이 깨지고 발밑이 무너진 기분이라면 그나마 조금 가까울 것이다. 학교 앞 카페가 아니었다면, 마주 앉은 형수가 아니었다면 미친 사람처럼 울며 소리를 질렀을지도 모른다. 이럴 줄 알았다면 말씀드릴걸. 형에게 다 털어놓을걸. 후회와 비탄과 고통 속에서 그는 내도록 잠을 이룰 수 없었다.

"두려워서 말 못 했습니다. 무서워서 도저히 입을 열지 못했습니다. 형님이나…… 다른 가족들까지 위험해질 수도 있고…….."

어머니가 금지된 일을 했다. 그래서 아버지가 어머니를 죽였다. 그건 추측이 아니라 확신이었다. 감당할 수 없는 그 확신이 아주 오랫동안 준태의 심신을 갉았다.

가슴에 품은 비밀은 서서히 부패한다. 크고 무거운 것일수록 품은 사람을 괴

166

롭게 한다. 준태는 저만 입 다물고 있으면 괜찮을 거라고 생각했다. 이 일이 알려지면 가문까지 타격을 받을 거라고 생각했다. 아버지도 그래서 그런 결단을 내렸을 테니까. 오죽했으면 그런 끔찍한 짓을 했을까. 오죽했으면.

"진실을 알린다고…… 가신 분이 돌아오는 것도 아니잖습니까."

준태는 분명 어머니를 사랑했다. 몇 번이나 뒤따라 죽고 싶었을 정도로 괴로웠다. 존경과 이해의 차원을 넘어 그는 아직도 어머니를 그리워한다. 그러나.

"산 사람은 살아야지요."

사랑하는 형마저 잃을 수는 없다. 또다시 그렇게 허망하게 보낼 수는 없다. 대체 신념 따위가 무엇이기에 귀한 생명을 바친단 말인가. 믿음이란 시간에 변색되기 쉬운 것이고, 사람의 마음 또한 바람이 불면 흔들리기 마련이다.

그래서 준태는 형을 살려야 했다. 값없는 죽음은 어머니 하나로 충분하니.

"총독부가 원하는 걸 주세요, 형님."

"……."

"계속 버티시면 정말 어려워집니다."

"……."

"일단은 목숨부터, 목숨부터 지키고 봐야 할 일이 아닙니까. 그래야 나중을 기약할 수도 있고……."

"……."

"형수님은요? 형수님 생각은 안 하십니까?"

그러니 제발 마음을 돌려요. 우리 곁에서 떠나지 말아요. 나는 이제 아무도 없는데. 형마저 가 버리면 정말 아무도 없는데.

"변호사를 물색하고 있습니다. 어떻게든 나오실 방법을 찾아보겠습니다. 그러니 일단은 물러나셨다가,"

"준태야."

필사적으로 말을 쏟아 내던 준태가 우뚝 멈췄다. 그리고 곧장 후드득 눈물이 쏟아졌다. 돌이킬 수 없다는 걸 알아서. 그가 무슨 말을 할지 이미 알고 있어서.

"미안하다."

미련한 사람. 야속하도록 미련한 사람.

"다시 오지 마라."

그것으로 말을 맺은 남자가 이쪽을 바라보았다. 초탈한 사람처럼 고요히 아우를 바라보았다. 책망하는 눈은 아니었다. 경멸하는 눈은 더더욱 아니었다.

그저 슬픈 눈. 너무나도 슬픈 눈.

준세는 오래지 않아 그 시선마저 거두었다. 때맞춰 달칵, 면회구가 닫혔다. 벽 너머로 일어서는 기척이 들린다. 쇳덩이가 철컹철컹 끌리는 소리. 그 소리가 칼처럼 가슴을 베었다.

"형……."

어렵사리 연 벽은 그토록 쉽게 닫혀 버렸다. 이렇게 끝인가. 정말 이걸로 마지막인가. 준태는 믿을 수 없어 잠시간 멍하니 자리에 앉아 있었다. 그리고 어느 순간 발작처럼 울음을 터뜨렸다.

커다란 두 손으로 얼굴을 가리고서, 간수장이 들어와 그를 재촉할 때까지, 준태는 견고한 벽 앞에 몸을 수그린 채 한참 동안 통곡했다.

신이치는 자동차 후사경에 비친 대문을 응시했다. 운전수가 세 번째로 초인종 누르는 모습을 지켜보았다. 이번에도 안 나오면 직접 나가 보리라. 마음먹으며 꾹 다문 입술을 안으로 물었을 때, 거울 속에서 대문이 열리고 여자가 걸어

나왔다.

멀리서 보아도 미나는 무척 지친 얼굴이었다. 어깨를 감싼 회색 숄과 창백한 얼굴이 하나같이 초췌했다. 신이치는 턱을 들고 정면을 향해 앉아서 거울 속의 딸을 지켜보았다. 운전수의 설명을 들은 미나가 이쪽으로 시선을 던졌다. 꺼리는 얼굴로 잠시 머뭇거렸으나, 딸이 결국 제게 올 것을 신이치는 알고 있었다.

"언제까지 고집부릴 참이냐."

미나가 옆자리에 타자마자 물었다. 대답하지 않을 걸 알고 있으면서도.

"형무소는 왜 쫓아간 거냐."

"……."

"겁도 없이 거기가 어디라고."

"……."

"미국으로 돌아가거라."

말을 거듭할수록 가슴이 쓰라렸다. 처음부터 불러들이지 말 것을. 제가 원하던 대로 계속 미국에 둘 것을. 모든 것이 자신의 욕심 때문이었다고 자책할 때마다, 신이치는 폐가 찢기는 기분에 숨이 가빠졌다.

"거기서 다시 학교 다니고 너 하고 싶은 대로 살아. 여기서 있었던 일은 잊어버려라. 시간이 흐르면…… 다 잊힐 거다. 잊히기 마련이야."

모든 것은 그의 욕심으로 비롯되었다. 말괄량이 딸을 제 눈에 차는 남자와 결혼시키고, 저와 가까운 곳에 살게 하고, 남들처럼 아이를 낳아 다소곳이 살아가는 모습을 보고 싶어서. 그 욕심이 소중한 딸을 해치는 줄도 모르고.

"네가 원하는 대로 다 해 주마. 그러니 이제 집에 가자, 미나."

"싫어요."

"……"

"여기 있을래요."

"……."

"저 아직 못 가요, 아버지."

미나는 그를 쳐다보지도 않았다. 줄곧 두 눈을 가라뜬 채 제 무릎만 내려다보았다. 고집스레 저를 외면하는 딸의 옆얼굴을 보면서, 신이치는 아까 보고서를 보았을 때 느꼈던 감정에 다시 사로잡혔다.

종이 위에 적혀 있던 이름. 그것을 본 순간 폭발하듯 솟구친 열기. 극렬한 분노, 혹은 설명할 수 없는 질투심 같은 것.

임미나.

"내가 기어이 너를 강제로 끌고 가야겠느냐!"

그는 빈주먹을 쥐었다 폈다 하며 화를 눌렀다.

"바보 같은 짓이다. 네가 이런다고 뭐가 달라질 것 같으냐?"

"……."

"날마다 형무소를 들락거린다고 널 거기 들여보낼 것 같으냐? 떼쓰지 마라. 안 되는 건 안 되는 거야."

여기 오는 동안 신이치는 온갖 독한 장면들을 상상했었다. 말을 듣지 않으면 끌고라도 가겠다고, 뺨을 한 대 때려서라도 정신을 차리게 해야겠다고 다짐하며 왔었다. 백작저 이층 제 방에 가두고 자물쇠를 채우겠다고, 창문마다 못을 박아 아무데도 못 가게 하겠다고 마음먹었었다.

"놈은 곧 이감될 거다. 그러니 어리석은 짓 그만둬."

"……이감이라뇨? 어디로요?"

"당장 집으로 돌아와. 나도 더는 못 참겠다."

"그 사람 죽이실 거예요?"

그러나 드디어 시선이 마주친 순간, 딸의 눈동자가 마구 흔들리기 시작했을 때 신이치는 그 독한 다짐들을 하나도 지킬 수 없게 되었다.

"저 한 번만 보게 해 주세요."

"……."

"그 사람 한 번만, 딱 한 번만 보게 해 주세요, 아버지."

미나가 그의 손을 덥석 붙들었다. 가늘고 하얀 손가락들이 너무 차가워 신이치는 놀랐다.

"멀리서라도 좋아요. 멀찍이 지나가는 모습이라도 좋으니까 제발 한 번만……."

다급히 사정하는 얼굴. 하늘이 무너진 얼굴. 어깨를 떨며 후드득 눈물을 쏟는 모습.

"딱 한 번만…… 보고 나서…… 집으로 돌아갈게요……."

그의 손을 꼭 붙든 채 미나가 고개를 숙였다. 끅끅 우느라 말조차 제대로 잇지 못했다. 바들바들 떨리는 손. 얼음장 같은 그 손을 잡아 주고픈 마음을 신이치는 간신히 뿌리쳤다.

"아빠, 제발 한 번만……."

억장이 무너진다. 숨죽여 통곡하는 딸 앞에서 그는 두려움마저 느낀다. 누구를 괘씸해하는 마음조차 지금은 들지 않았다. 그는 그저 제 가슴을 치고 싶을 뿐이다. 내가 너를 이렇게 만들었어. 이토록 울게 만들었어.

그로부터 차 안에는 잠시 대화가 멎었다. 소리 죽여 우는 여자의 숨소리만 애달팠다. 미나는 한동안 섧게 울었고, 신이치는 내도록 침묵한 채 아무 말도 하지 않았다.

그가 다문 입을 연 것은 한참 만이었다.

"금요일. 오후 다섯 시."

감정을 힘껏 배제한 목소리.

"금세 지날 거다. 자동차로 옮기니까."

"⋯⋯."

"집에는 그날 들어오는 걸로 알고 있으마."

미나는 아무 대답도 하지 않았다. 울음을 수습하느라 호흡만 쎅쎅 고르고 있었다. 너무나도 안쓰러우나 딸은 결국 단념하게 될 것이다. 깨어진 마음을 극복해 내기 위해서는 스스로 단념해야만 했다.

신이치는 여전히 제 손을 붙든 채 고개 숙인 딸을 바라보았다. 어깨를 감싼 숄. 아무렇게나 묶어 늘어뜨린 머리카락. 그 머리를 쓰다듬지 않으려, 약해지려는 마음을 그는 끝까지 내리눌렀다.

땅거미가 내린 본정 거리는 온갖 불로 휘황했다. 우뚝 솟은 가스등과 주홍빛 일본식 제등. 쇼윈도를 앞세운 상점마다 전깃불을 환하게 켜고 행인들을 유혹했다. 온종일 부슬대던 비는 저녁께 그쳤고, 게다와 구두를 신은 사람들이 가게들을 기웃거렸다.

미나는 눈썹까지 덮은 클로슈를 한 번 더 눌렀다. 주변을 간간이 살피면서 눈에 익은 길을 걸었다. 익숙한 외관의 건물 앞에 다다라 고개를 들었다. 가타카나로 적힌 또렷한 간판에 불이 꺼져 있었다.

리버티.

입술을 지그시 물면서 입구로 향했다. 문고리를 당겼으나 안에서 잠겨 꿈쩍도 않았다. 들고 있던 핸드백을 왼손으로 옮겨 쥐고 오른손으로 힘껏 문을 두드렸다. 쾅쾅, 쾅쾅, 서너 번쯤 두드리자 잠금 풀리는 소리가 나더니 젊은 여자가 고개를 내밀었다.

여자는 미나와 눈이 마주치자 눈을 휘며 웃는다. 이어 간드러진 음성의 일본어.

"죄송합니다. 저희가 금일은 영업을,"

"황 사장을 만나러 왔어요."

말허리를 끊긴 여급이 물끄러미 이쪽을 보았다. 가늠하려는 듯한 눈길을 미나는 오래 마주하지 않았다. 황 사장 안에 있죠? 물으며 거의 강제로 문을 당겨 안으로 비집고 들어갔다. 여급은 좀 난감한 눈치였지만 제 또래의 여자를 굳이 밀어 내지는 않았다.

가게 안은 어둑했다. 젊은 남자 두 명이 커다란 상자를 나르고 있었다. 두꺼운 커튼들이 빠짐없이 쳐져 있고 홀 여기저기 의자들이 포개져 있다. 미나가 기억하는 것보다 테이블 수가 확연히 줄어 있었다. 한눈에도 폐업 직후의 풍경.

"하……."

간절하던 마음이 화르륵 타 버리고, 불현듯 화가 치밀어 오르기 시작했다.

내실 쪽에서 걸어 나온 남자가 우뚝 멈췄다. 키 크고 맵시 좋은 그 남자를 미나는 싸늘하게 바라보았다. 찬은 해독할 수 없는 표정으로 그녀를 쳐다보고만 있었다.

"잠깐 얘기 좀 해요."

미나가 그러며 그의 곁을 스쳐 내실이 있는 복도로 앞장섰다. 똑같이 생긴 문이 양쪽으로 늘어선 구조. 제멋대로 들어온 주제에 어디로 가야 할지 몰라 그녀는 걸음을 멈췄고, 서둘지 않고 뒤따라온 찬이 여자를 앞서며 말했다.

"이쪽으로 오시죠."

그는 복도 끝의 방으로 가더니 똑똑똑, 세 번 노크했다. 그리고 아주 잠깐 뜸을 들인 뒤 문을 열었다. 칠 호실. 미나는 문에 붙은 숫자를 힐끗 본 후 안으로 들어섰다.

방 안에는 아무도 없었다. 디귿자로 놓인 소파와 테이블 하나만 놓였을 뿐 장식품 하나 없었다. 천장 조명 덕에 전등은 환했지만 여기도 집기를 치우기 시작한 흔적이 역력했다.

며칠이나 됐다고 벌써. 미나는 빠르게 커지는 분노를 삭일 수 없었다. 조용히 문을 닫은 남자가 채 자리를 권하기도 전에,

"도망치는 건가요?"

앙칼지게 따지기 시작했다.

"그 사람 붙잡힌 거 알잖아요."

"……."

"실토라도 할까 봐 먼저 발 빼려는 거예요? 얼른 걷어치우고 사라지려고?"

"……."

"내 남편은 죽든 말든 내버려 두고, 당신들만 살겠다고 도망치는 거냐고!"

미나가 기어이 악을 쓴다. 밖에서 들을 테면 들으라지. 그 인간들도 어차피 다 한패야. 비겁하기 짝이 없는 자들.

"당신들이 하는 독립운동이라는 게, 고작 이거야?"

뜨겁게 치솟는 감정을 미나는 가눌 수 없었다. 바싹 마른 몸이 짚더미처럼 활활 타올랐다.

"당신들도 똑같아. 천황을 위해 죽으라는 일본이랑 하나도 다를 거 없어. 일본에 충성하는 건 치욕스러운 짓이고 조선을 위해 죽는 건 숭고한 거야? 조국? 웃기지 마. 당신네 조국은 있지도 않잖아!"

미나는 가슴이 터질 것 같았다. 준세가 가여워서 미칠 것 같았다. 당신이 도대체 왜. 고작 이런 사람들 때문에 당신이 왜.

망해 없어진 나라 따위가 뭐라고.

"난 다 알아. 여기가 뭐 하는 덴지, 무슨 짓을 했는지 다 알아."

"……."

"총독부에 고발할 거야. 당신들도 싹 다 잡혀 들어가게 할 거라고."

"……."

"절대…… 이대로 도망가게 놔두지 않을 거야."

미나는 남자를 죽일 듯이 노려보았다. 눈빛으로 죽일 수 있다면 당장 그리해 버릴 것처럼. 그 사나운 시선을 받으며 찬은 끝내 입을 열지 않았다. 그저 우뚝하니 서서, 모든 비난과 모욕과 협박을 묵묵히 맞고만 있었다.

거칠어진 숨을 씩씩 고르며 미나는 기다렸다. 온몸을 휘감은 분노 속에서도 그녀는 바라고 있었다. 이 남자가 그 침착한 목소리로 저를 안심시켜 주기를. 걱정 말라고, 이미 방법을 강구해 두었으니 염려 말라고, 나만 믿고 기다리면 그를 안전히 구해 주겠다고 어서 말해 주기를.

이번에도 그를 꼭 살려 주겠다고.

"그렇다면 우리도 가만히 있을 수가 없겠는데."

낯선 음성과 기척에 미나가 고개를 돌렸다. 소파 뒤쪽에서 나타난 누군가가 이쪽으로 총을 겨누었다. 미나는 그 얼굴을 한눈에 알아보았다.

'부인께 조선어 교습해 드릴 이를 찾고 계시다 해서요.'

그 여자.

"남의 소굴에 들어왔으면 입조심을 하셨어야지."

권총을 겨눈 채로 강임이 냉랭하게 말했다. 제게 향한 총구와 총잡이를 미나는 번갈아 보았다. 깡마른 몸매의 여자는 총을 잡은 품새가 꽤 그럴듯했다. 신문사 기자라더니. 미나는 허탈한 웃음을 한숨처럼 흘리며, 저를 주시하는 남자와 여자를 번갈아 보았다.

"당신들은 왜…… 죽은 나라를 위해서 목숨을 거는 거야?"

어리석은 사람들. 끔찍하게 미련한 사람들.

"있지도 않은 나라 때문에 왜…… 내가 남편을 잃어야 해?"

지독히도 미련한 남자.

"조선은 죽었어."

미나가 악을 쓰듯 선언했다.

"대한이든 조선이든 다 죽은 나라야. 어디에도 없는 나라라고."

조선은 오래전에 죽었다. 어느 날 아침 싸늘히 식어 다시는 일어나지 않은 엄마처럼. 한 번 죽은 사람은 두 번 다시 돌아오지 않아.

"조선이 죽었으면, 일본은 살아 있나?"

잠자코 듣던 강임이 물었다.

"일본은 어디 있는데. 의회에? 군대에? 천황의 궁성에 일본이 있나?"

이번에는 미나 쪽이 침묵하고,

"국가는 허상이야."

강임이 선언했다.

"대한이든 조선이든 이름은 중요하지 않아. 사람들이 곧 국가니까. 일본인의 나라가 일본이고 조선인의 나라가 조선이야. 왕을 없애고 군대를 없애도 사람들이 있는 한, 거긴 그들의 나라야."

"……."

"우린 우리나라를 되찾으려는 것뿐이야."

그 후로 잠시 누구도 입을 열지 않았다. 세 남녀 사이로 침묵이 내려앉았다. 찬은 시종일관 입을 다문 채였고, 잠시 후 미나를 향해 입을 뗀 것은 다시 강임이었다. 여전히 상대의 머리를 겨눈 권총.

"우리 오빠도 죽었어. 서대문형무소에서."

"……."

"어머니는 하나뿐인 아들을 잃었고, 새언니는 결혼한 지 일 년 만에 과부가 됐지."

"……."

"조카는 유복자라 제 아버지 얼굴도 몰라."

남의 사연을 옮기듯 담담한 말투였다. 그러나 지나치게 담담한 그 말투가 미나의 가슴을 베었다.

"우리는 그래서 싸우는 거야. 더 빼앗기지 않으려고. 여기서…… 더는 잃지 않으려고."

말하며 강임이 총을 고쳐 쥔다. 눈동자만 움직여 찬의 얼굴을 확인한다. 의사를 교환하려는 것 같았지만 뜻대로 되지 않은 모양이다. 권총은 발사되지 않은 채로 다시 얼마간 침묵했다.

"……도와줘요."

미나가 작은 목소리로, 그러나 또렷한 발음으로 말했다. 허공 어딘가를 응시하며 빠르게 생각을 정리했다. 문득 어떠한 발상이, 갑작스러운 영감 같은 것이 난데없는 빛처럼 마구 눈을 부시게 했다.

"뭐든지 할게요. 남편을 되찾을 방법을 알려 줘요. 제발, 어떻게 해야 할지 알려 주세요."

이대로 빼앗길 수는 없다. 이대로 당신을 포기할 순 없어.

"도와줄 수 없다면 지금 날 쏘는 게 좋을 거예요."

계산을 마친 미나가 고개를 들었다. 남자와 여자를 번갈아 보며 모든 음절에 힘을 실었다. 또박또박 쐐기를 박듯.

"당신들이 아무것도 해 주지 않겠다면…… 나도 그 사람 혼자 죽게 하진 않을 거니까."

찬과 강임이 시선을 교환했다. 이 여자를 어찌해야 하나 난감해하면서. 남의 소굴에 맨몸으로 들어온 주제에 끝까지 협박하는 여자. 총독부 법무국장 춘원 신일의 딸. 이 겁 없는 귀공녀는 그들이 여기서 저를 죽일 수도, 살려서 내보낼 수도 없다는 걸 아는 것 같았다.

그러니 이것은 참으로, 난감하기 그지없는 상황이었다.

8.
봄
이

오
려
면

1927년 3월

　정오가 지나도록 안개비는 그치지 않는다. 운전석 앞 유리에 물기가 달라붙어 시야가 온통 부옇다. 금요일엔 날이 개어야 할 텐데. 미나는 먹색 하늘을 올려다보며 천천히 주행속도를 줄였다. 그리고 다시 한번 주소를 되뇌었다.

　"현저동 백삼십오 번지……."

　그녀는 오늘 새벽같이 일어나 집을 나섰다. 준세의 차를 끌고 텅 빈 남산정 거리와 골목을 연습 삼아 돌아다녔다. 자동차 정비소에 들러 연료도 채웠다. 정비공은 능숙하게 차를 모는 여자가 신기한지 돈을 치르고 부웅 떠나는 자동차 꽁무니를 한참 동안 바라보았다. 미나는 이 커다란 기계의 감을 조금이라도 더 익혀 둬야 했다. 하루 한시라도 더. 내일모레 금요일까지.

　"영창…… 영창 잡화점……."

여기 어디쯤일 것 같은데. 처음 와 보는 동네의 낯선 지리를 더듬으며 주변 간판을 눈으로 뒤졌다. 찾고 있는 잡화점은 보이질 않고 허름한 싸전과 꾸민 지 10년은 된 것 같은 양품점, 폐업한 가게 앞을 차지한 고무신 노점 따위만 시야에 걸렸다. 어지간하던 길이 점점 좁아져 더는 자동차가 들어가기 어려울 것 같았다. 미나는 별수 없이 차를 세웠다.

풍년 정미소. 손으로 쓴 간판 아래 조선 옷 차림의 여자가 서 있었다. 가게 주인으로 보이는 남자가 봉투에 담은 쌀을 저울에 달더니 한 줌 더 넣어 손님에게 내밀었다. 덤을 받은 여자가 웃으며 인사를 해도 남자는 무뚝뚝한 얼굴. 조선인은 참 불친절해. 장사꾼들도 도통 웃질 않는다니까. 언젠가 백작저의 하녀들이 저들끼리 투덜대던 것을 떠올리면서, 미나는 이 정미소 앞에 차를 세워 두기로 마음을 정했다.

차에서 내린 미나의 곁으로 쌀 봉투를 안은 여자가 스쳐 갔다. 늙지도 젊지도 않은 여자는 번쩍이는 사륜차와 양장을 한 모던 걸을 슬며시 곁눈질했다. 미나 역시 그 여자 품에 안긴 종이봉투에 눈길을 주었다. 윤기 흐르는 하얀 쌀알들.

지난밤, 느지막이 집에 돌아온 미나가 가장 먼저 한 일도 밥 짓기였다.

쌀을 씻어 작은 솥에 안쳤을 때부터 몹시 배가 고픈 상태였다. 밥물이 끓어 구수한 냄새가 퍼질 무렵에는 허기가 무슨 짐승처럼 날뛰어 손이 다 떨렸다. 설익은 밥이라도 아득아득 씹어 삼키고픈 욕구. 그토록 간절한 식욕은 생전 처음이었다.

뜸이 들기 무섭게 솥뚜껑을 열자 뽀얀 증기에 정신이 다 황홀했다. 하얗게 윤기 나는 밥을 큼직한 사발에 담아서 남김없이 다 먹었다. 된장국도 후루룩 마셔 가면서. 두부가 없어 미역과 쪽파만 썰어 넣었지만 배가 고프니 꿀맛이었다. 미나는 밥 짓고 국 끓이는 법을 동래댁에게 배워 둔 것이 참 다행이라고 생각했다.

식사를 마치고 식탁까지 치운 뒤에는 짐을 정리하기 시작했다. 옷과 귀금속, 구두와 가방까지 돈 될 만한 것들을 모두 추려 냈다. 미국의 당이모가 보내 준 주물램프도, 결혼사진을 넣어 둔 주석 액자도 모조리 전당포에 잡힐 작정이었다. 미나와 그 남편은 이제 빈털터리가 되었으므로, 한 푼이라도 더 마련하려면 단추 하나까지 탈탈 털어야 했다.

온 집 안의 값나가는 물건을 빠짐없이 끌어내 현관 앞에 쌓아 둔 뒤, 미나는 침실로 돌아가 액자에서 빼낸 결혼사진을 들여다보았다. 화려한 연회장에 선 턱시도 차림의 남자를 한참 동안 바라보았다. 그러다 문득 그는 더 이상 이 모습이 아닐 거라는 데 생각이 미쳤다. 불길한 상상력은 순간 최악으로 치달았고, 갑작스러운 현실의 무게가 바위처럼 몸을 눌렀다.

그래도 괜찮다. 살아만 있다면. 당신은 그저 살아만 있어 주면 돼.

대체 어디서 그런 용기가 솟았는지 미나는 모른다. 이건 더할 나위 없이 미친 짓이라는 걸 알면서도, 평생 지켜 온 모든 것을 박차는 짓이라는 걸 뻔히 알면서도, 그 짓을 꾸역꾸역 하고 있는 제 모습은 스스로의 눈에조차 낯설었다.

그것은 마치 무대 위에 선 나를 관객석에서 바라보는 심정과 흡사했다. 내가 별안간 딴사람이 돼 버린 것 같기도 했고, 웅크리고 있던 나의 일부가 마침내 밖으로 뛰쳐나온 것 같기도 했다. 어느 쪽이 됐건 관객석의 미나는 무대 위의 미나를 멈출 수 없었다.

'오후에 가야 만날 수 있을 거예요. 거긴 정오는 되어야 문 여니까.'

어젯밤 강임은 미나의 계획을 듣자마자 권총을 거두었다. 난색을 감추지 않던 찬과 달리 그녀는 눈을 반짝이며 관심을 보였다. 그럼 일손이 더 필요하겠는데. 중얼거리더니 편지지를 찾아 무언가를 슥슥 써서는, 봉투에 단단히 봉해 미나에게 내밀었다. 절대 열어 보지 말 것과 열어 보더라도 어차피 못 읽어 낼 거라는 협박 비슷한 말까지 덧붙이면서. 그렇게 잡도리까지 한 연후에 일러 준 주소가 여기였다.

현저동 백삼십오 번지. 영창 잡화점.

'용병이에요. 무슨 뜻인지 알죠? 돈 받고 위험한 일 해 주는 사람.'

미나는 드디어 찾아낸 목적지를 향해 또각또각 걸어갔다. 바꿀 때가 한참 지난 것 같은 간판은 원래 검은색이었을 글자가 거의 회색에 가까웠다. 문을 열고 들어가니 전등도 켜지 않아 어두컴컴했다. 장사할 생각 같은 건 애당초 없어 보이는 가게였다.

먼지가 부옇게 앉은 진열대. 그 위에 놓인 성냥갑과 빨랫줄, 싸구려 노트와 연필. 두서없이 놓인 잡다한 물건들을 눈으로 훑으며 미나는 담배 냄새가 밴 가게 안으로 걸어 들어갔다.

"어떤 물건 찾으시오?"

카운터 안쪽에 선 남자가 서름하게 물었다. 간단한 조선어라 얼른 알아들었지만 미묘한 억양이 귀에 거슬렸다. 지방 사투리인가. 미나는 생각하면서 대꾸 없이 카운터 앞으로 다가가 섰다. 그리고 가방에서 일 원짜리 지폐 반쪽을 꺼내 남자에게 내밀었다.

'서로 신원확인 하는 거예요. 돈을 받지 않으면 편지 주지 말고 그냥 나와요. 그쪽 상황이 안 좋거나 일 안 받는다는 뜻이니까.'

남자는 반쪽짜리 지폐와 상대의 얼굴을 번갈아 보았다. 가늠하듯 아주 잠깐 틈을 두더니 지폐를 받아 곁에 놓인 통에 넣었다. 그러고는 온전한 일 원권 한 장을 꺼내 이쪽으로 내밀었다. 미나는 안도하며 그 돈을 받아 든 다음, 핸드백에서 강임이 준 봉투를 꺼내 다시 건넸다.

삼십 대 중반쯤 되었을까. 아무 말 없이 봉투를 갈라 내용물을 꺼내는 남자를 보며 미나는 대략의 나이를 가늠해 보았다.

바늘 같은 인상의 남자였다. 눈매가 몹시 가늘고 턱선과 코끝이 뾰족한 것이 꼭 바늘을 연상시켰다. 더벅머리 때문에 실제 나이보다 더 어려 보일 수도 있겠다. 광목 저고리와 쑥색 마고자는 풀기 없이 구깃하지만 묘한 맵시가 있다. 그는 동자가 거의 보이지 않는 가느스름한 눈으로 편지를 죽 훑더니,

카운터 밑에서 권총을 꺼내 미나의 이마를 겨누었다. 전혀 아무렇지 않은 얼굴로.

동시에 등 뒤에서 달칵, 문 잠기는 소리가 났다. 미나는 황망한 심정으로 고개를 돌렸다. 언제부터 거기 있었는지 낯선 남자 하나가 출입문 앞을 막고 서 있다. 총을 지닌 남자들과 함께 갇혀 버렸다. 그 사실이 인지되면서 비로소 모든 정황이 파악되었다.

함정이었어. 그 여자가 카페에서 날 죽이기 곤란했던 거야. 그래서 이 후미진 데로 유인해 이 남자한테 맡긴 거야. 재빨리 정리한 상황을 미나는 뜻밖에도 쉽게 받아들였다. 코앞에 겨누어진 총구 앞에서도 그리 겁이 나지 않았다. 머릿속에는 놀랍게도 이런 생각만 들었다.

먼저 갈 수 있어 차라리 잘됐다. 내가 당신을 기다릴 수 있어서.

"넌 여기서 뭐 하는 거야."

별안간 튀어나온 소리에 미나가 미간을 움찔했다. 일본어. 퉁명스러운 히로시마 사투리가 배었으나 완벽한 일본인의 발음. 그녀는 권총을 겨눈 남자의 얼굴과 몸에 걸친 조선 옷을 다시 번갈아 본다.

"여기서 뭐 하는 거냐고. 내지인이."

가쓰라 료는 재차 물으면서 놀란 눈의 여자를 마주 보았다.

그러나 놀란 것은 이쪽도 만만치 않았다. 아니, 놀란 정도로 치자면 오히려 가쓰라 쪽이 더할지도 모른다. 경성부 서북쪽 끄트머리의 현저동. 옥바라지하러 온 가난한 사람들이 몰려드는 곳. 꼬불꼬불한 골목마다 싸구려 여관이 즐비

183

한 이곳에 일본 여자라니. 그것도 온몸에 고급품을 휘감은 부르주아지.

"이 동네에 나타나는 일본인은 십중팔구 수상한 인간인데."

"⋯⋯당신도 일본인이잖아요."

처음으로 입을 뗀 여자는 역시나 고상한 말씨를 썼다. 광택이 흐르는 가방과 손가락에서 반짝이던 다이아몬드까지 가쓰라는 놓치지 않았다. 게다가 일어로 적힌 편지에 따르면 이 여자는 무려 화족의 딸. 그가 알기로 조선에 사는 화족은 세 손가락에 꼽힌다.

그러니 수상해도 보통 수상한 게 아니지.

"무기는 내려놓고 대화를 하는 게 어때요. 서로 말도 통하는 동족끼리."

"동족?"

맹랑하기 짝이 없는 말에 가쓰라는 픽, 차갑게 웃어 주었다. 이건 겁이 없는 건가 철이 없는 건가. 총 앞에서 울지 않는 담력만큼은 인정해 주겠다만.

"누가 누구랑 동족이라는 거야?"

퉁명스레 쏘아붙이며 그가 카운터 위 편지를 턱짓으로 가리켰다.

"이 여성 동지께서 내가 누군지 제대로 소개를 안 해 줬나 보네."

그리고 조금 긴장한 여자의 얼굴을 눈으로 훑었다. 뺨 언저리에 솜털도 채 가시지 않았다. 기껏해야 스무 살쯤 되어 보이지만 실제 나이는 더 많을 수도 있다. 힘든 일을 하지 않는 인간은 더디 늙으니까.

"어이, 화족 아가씨. 이 세상에서 내가 제일 죽이고 싶은 인간이 누구게?"

"⋯⋯."

"동경에 계신 천황 폐하. 그다음은 누구게?"

"⋯⋯."

"너 같은 부자들. 게으르고 나약하고 거만한 것들."

말을 할수록 가쓰라는 슬슬 화가 나기 시작했다. 동족? 동족이라고? 내 손에 총이 없었다면 이 여자가 날 사람 취급이나 했을까? 눈앞에서 굶어 죽더라도 동전 한 닢 던져 줬을까? 아니, 절대 아니지. 값비싼 구두나 더러워지지 않을까 신경 쓰며 지나갔겠지.

"……동족 좋아하시네."

그가 중얼대며 입매를 비틀었다. 권총을 쥔 오른손에 힘이 들어갔다.

가쓰라 료는 히로시마 출신으로 원래 포수였다. 깊은 산에 들어가 멧돼지나 담비 따위를 잡아서 고기와 가죽을 팔아 먹고살았다. 그가 잡은 고기를 사 주던 정육점 주인의 딸과 결혼한 뒤에는 아내와 함께 동경으로 갔다. 예쁘고 똑똑하던 아내는 사회주의자였고, 대지진 때 동지 집에 숨어 있다가 자경단의 손에 죽었다. 뒤늦게 그 사실을 안 가쓰라는 아내를 죽인 자경단원을 찾아 죽이고 경찰에 쫓겨 도망쳤다. 불과 4년도 채 지나지 않은 일이었다.

"너희는 어쩌다 부잣집에 태어나서 평생 놀고먹는 기생충들이야. 운 빼고 남들보다 나은 건 하나도 없는데 고상한 척 거드름이나 피우지. 그런 역겹기 짝이 없는 족속이랑 내가 동족이라고? 이거, 따져 볼수록 기분이 몹시 나빠지는데."

일본에는 가쓰라 같은 사람이 많다. 부모가 없거나 돈이 없거나 배운 게 없어서 착취당하는 사람이 아주 많다. 그런 사람들은 천황과 부자들을 없애고 새로운 세상을 만들고 싶어 한다. 그러다 제국의 미움을 사면 그의 아내처럼 목숨을 잃기도 한다. 가쓰라는 그때 자경단이 정부의 사주를 받았었다고 믿어 의심치 않았다.

"내 동족은 네가 아니라 이 여성 동지지. 돈 없으면 굶어 죽고 힘없으면 개죽음당하는 종족. 불령분자로 찍히면 이렇게 타향으로 도망쳐 숨어 살아야 하는 종족."

"……"

"어때, 화족 아가씨. 좀 이해가 됐나?"

"……."

"그럼 너라도 죽여서 내 속을 좀 풀어도 불만이 없겠지?"

말하며 그가 권총 해머를 엄지로 젖혔다. 이제 방아쇠만 당기면 상대의 이마에 총탄이 박힐 것이다. 진짜로 쏠 생각이 전혀 없다고는 할 수 없었다. 총이란 원래 격발하기 전까지는 모르는 거니까.

그 상태로 가쓰라는 눈앞의 여자를 보았다. 시선을 비스듬히 내린 채 듣던 여자는 그의 말이 끝나자 천천히 눈을 들어 올렸다. 마주친 눈동자가 또렷했다. 먼지 낀 창을 통해 흐리게 들어온 빛이 그 눈동자를 비추었을 때, 가쓰라는 여자의 눈이 유별나게 밝은 갈색인 것을 보았다.

"나도…… 그래서 너한테 부탁하려는 거야."

가쓰라는 제게 똑같이 반말로 응수하는 여자를 마주 본다. 꼴에 화족이라고 자존심 세우는 건가. 가소로워서 픽 비웃어 주려는 찰나,

"내 남편도 불령분자야."

미나가 본론을 꺼냈다. 편지에 무어라 적혀 있는지 모르겠으나 저를 죽이라는 용건은 아닌 것 같았다. 제 이마에 총을 겨눈 이 남자도 정말로 쏠 생각은 없는 것 같았다. 그러나 이것이 진지한 협박이든 험악한 장난이든 미나는 오래 상대해 줄 시간이 없었다.

"저들이 그 사람을 끌고 갔어."

"……."

"멋대로 가둬 놓고 가족인 나한테 보여 주지도 않아. 공정하게 재판받을 수도 없고 도움 청할 데도 없어. 네 말대로 개죽음당할 게 뻔한데 할 수 있는 게 아무것도 없어. 나는…… 힘이 없어서."

"……."

"그래서 여기까지 왔어. 다른 방법이 없어서. 도저히, 어떻게 해 볼 길이 없어서."

말하며 미나는 서대문형무소의 붉은 벽을 떠올렸다. 그 앞에서 한없이 무력하던 제 모습을 상기했다. 높은 벽에 가로막혀 길이 없다면 선택지는 둘뿐이다. 포기하고 멈춰 서거나, 벽을 부숴서 길을 내거나.

체념하거나, 혹은 쟁취하거나.

"듣고 왔겠지만 난 저격수야."

잠자코 듣던 가쓰라가 말했다. 권총은 여전히 여자를 겨눈 채.

"멀찍이 숨어서 총만 쏴. 남의 일에 내 목숨 내놓을 생각 전혀 없지. 일이 불리하게 돌아가면 제일 먼저 도망갈 거란 소리야."

"알아."

"너희 이거 실패할 수도 있어."

"그것도 알아."

"너도 죽을 수 있고."

"내 목숨까지 신경 쓸 것 없어. 당신이 구해야 할 건 내 남편이니까."

미나는 눈 하나 깜짝 않고 대꾸했다. 남자의 시험이 이제 거의 끝났음을 직감하면서.

"당신은 맡은 일만 잘해 주면 돼. 수고비는 충분히 지불할 테니."

가쓰라는 입을 다문 채 묵묵히 여자를 쳐다보았다. 왼손 약지에 낀 반지를 빼내 제게 내미는 모습을 바라보았다. 가늘게 떨리는 하얀 손바닥과 그 위에서 반짝이는 다이아몬드의 광채를 보았다.

"도와줘요."

부자. 화족. 다이아몬드. 하나같이 그와는 평생 연이 없을 줄 알았던 것들.

"부탁할게요."

가쓰라 료는 이 모든 상황이, 모처럼 꽤 재미있다고 생각했다.

모리타 겐지는 일에 집중할 때의 버릇대로 잔뜩 미간을 좁히고 있다. 그 상태로 타락타락 서류를 넘기다가,

"오오츠키."

"예."

"취인소 자료는 이게 단가?"

"예, 검사님. 사 년 치 자료 전부입니다."

흐음. 탄식 같은 숨을 길게 뱉었다.

모처럼 구름이 걷혀 맑은 날인데도 사무실에는 전등이 켜져 있었다. 모리타에게 배정된 방은 중앙 계단에서 멀찍이 떨어진, 조용하지만 채광은 그리 좋지 않은 위치였다. 세 명이 함께 쓰는 사무실에 다시 종잇장 넘어가는 소리가 타락타락 울렸다. 책상을 마주 두고 앉은 사무관 둘은 검사의 눈치만 살피다가,

"자네들은 점심 하고 오지."

"검사님께서는,"

"생각 없네."

요새 부쩍 예민하신 검사님을 남겨 두고 후다닥 사무실을 빠져나갔다.

홀로 남은 모리타는 한숨을 쉬며 머리를 젖혔다. 천장을 향해 눈을 감자 피로가 몰려왔다. 잠을 설쳐 뻑뻑한 눈이 채 쉬기도 전에 다시 자세를 바로 했다. 그리고 정면을 향해 안력을 모았다.

마치 거기 놈이 있는 것처럼.

허공을 쏘아보던 모리타가 다시 서류 더미로 손을 뻗었다. 며칠에 걸쳐 검토한 자료와 메모들을 눈으로 훑었다. 조각조각 흩어진 그림처럼 알 듯 말 듯한 단서들.

수상하기 짝이 없는 증거들.

그가 알아낸 사실 가운데 수상한 건 한둘이 아니었다. 임준세는 일단 빚이 아주 많았다. 경성 내 지점을 둔 모든 은행에서 상당한 액수를 대출했다. 남산정 자기 소유 집도 저당 잡혀 한도까지 돈을 끌어갔다. 어찌나 악착같이 긁어갔는지 그 은행은 집을 넘겨받아 팔아도 몇 푼 남기지 못할 것 같았다.

그는 주권 거래도 3년 이상 꾸준히 했는데, 주식현물취인소 기록을 보니 보유했던 주권을 작년 말에 모조리 팔아 치웠다. 주택과 자동차, 본인의 종신보험도 작년에 다 해지한 뒤 환급금까지 챙겨 갔다. 그렇게 만든 현금만 어림잡아도 이만 원에 가까운 거액이었다.

이 돈이 다 어디로 갔을까. 백산무역으로 갔겠지. 이 많은 돈을 어떻게 보냈을까. 거래대금으로 위장했겠지. 어떻게 위장했을까.

회사나 업체를 만들어서 그 명의를 활용했겠지.

"흠……."

거슬리는 건 그뿐만이 아니었다. 임준세가 작년 말에 전 재산을 처분하고 올해 총독부에 들어왔다는 점도 찜찜했다. 우연의 일치로 보기엔 시기가 너무 공교로웠다. 이건 아무리 봐도 어디로 멀리 떠나기 전, 차근차근 주변 정리를 해두려는 것 같지 않은가.

무슨 짓을 하려고 했던 걸까. 조선을 떠나 멀리 도망갈 작정이었나? 상해나 만주로 건너갈 계획이었나? 재산까지 다 털어 버리고 무슨 짓을 하려고.

놈이 대체 무슨 짓을 하려고 했던 걸까.

"젠장."

생각을 이어 가던 모리타가 짜증스럽게 중얼거렸다. 말도 안 돼. 의문점이 이렇게나 많은데 수사를 할 수 없다니. 여기서 멈추고 다 포기해야 하다니. 그는 마치 큼직한 고깃덩이를 눈앞에 두고 손발이 묶여 버린 기분이다.

'금일부로 사건 종료해.'

검사정이 느닷없이 그를 호출한 것은 어제 아침이었다.

'기소안 즉시 폐기해. 관련된 서류는 다 정리하고. 한 장도 남김없이 태워 없애. 알아들었나?'

출근하자마자 불려 가 그 소리를 들었을 때 모리타는 날벼락을 맞은 기분이었다. 키가 작고 빼빼 마른 검사정은 시종일관 그를 쏘아보며 불편한 기색을 감추지 않았다. 그의 직속상관이기도 한 검사국 수장은 하루하라 국장의 충신으로 손꼽히는 사람이다. 부임한 지 1년도 채 되지 않은 병아리 검사로 인해 몹시 난처해진 사람 중 하나이기도 하고.

하루하라 신이치가 법무국을 맡은 세월이 6년이었다. 국장이 바뀌면 지난 6년간 임명된 고위직도 싹 물갈이 된다는 뜻. 이 모든 혼란의 원흉은 두말할 것도 없이, 내지에서 갓 건너온 젊은 검사였다.

이십 대 검사의 발칙한 혈기 때문에.

'조직의 위계라는 게 왜 필요한지 잘 생각해 봐. 개인과 전체 중 무엇을 우선에 놓아야 할지도. 다른 사람들이 자네보다 덜 똑똑해서 순리에 따르는 게 아니야.'

검사정의 싸늘한 훈계 앞에 모리타는 줄곧 눈을 내리깔았다. 총독부 한복판에 숨은 첩자를 잡아냈건만 그 대가로 돌아온 것은 구박과 눈총뿐이었다. 하지만 모리타가 정말로 억울한 건 따로 있었다.

'금요일에 이감하도록 지시 내려왔네. 그 이상 자네는 알 것 없어. 이 일로 더는 말 나오게 하지 마. 지금 내 방을 나가는 이후로 두 번 다시 입에 올리는

190

일 없도록 하라고.'

임준세가 내일 옮겨진단다. 담당 검사인 그조차 알지 못하는 곳으로.

'그러니까 일종의, 협상이지요.'

'협상?'

'검사님도 아시다시피 이게 상당히 좀, 껄끄러운 문제 아닙니까. 공개적으로 처리해서 아무한테도 좋을 게 없으니까요. 총독부 입장도 그렇고 조선귀족들도 마찬가지고.'

임영환이 아들을 버렸단 소리는 사무관에게서 들었다. 중년 사내인 오오츠키는 발이 넓어서 여기저기 주워듣는 말이 많았다. 임 자작이 장남의 처분을 총독부에 맡기고 거액의 기부금을 바쳐 용서를 구하기로 했다는 소문 또한 그가 전해 준 것이다. 깔끔하고 정치적인 타협.

거기에 말단 검사가 끼어들 여지는 없었다.

"후……."

모리타는 한숨을 내쉬면서 타이의 매듭을 흔들었다. 꽉 조인 목이 조금 헐거워졌으나 갑갑한 속은 풀리지 않았다. 이대로 수사를 포기하는 게 억울해서 속이 뒤집히는 것 같았다. 분명히 뭔가 더 있는데. 놈 혼자 한 짓이 아닌데. 드러난 것 이상의 커다란 무언가가 놈의 뒤에 있는데.

그 배후를 캐내야 하는데.

"종로서 고등계 연결해 주십시오."

수화기 너머 여자 교환수가 간드러진 목소리로 예, 잠시만 기다려 주십시오, 한다. 전화기를 귀에 댄 채 모리타는 입술을 잘근거렸다. 소문대로 자작이 총독을 독대해 협상한 거라면 일개 검사 따위가 그 결정에 끼어들 여지는 없었다.

그러나 임준세는 그의 사냥감이다. 멋지게 사로잡은 그의 포로이자 전리품이다. 놈을 어디로 데려가는 걸까. 설마 아무도 몰래 놓아주려는 건 아닐까. 경성 제일 갑부라는 그 조선인이 아들의 몸값을 치르기로 한 건 아닐까. 그 생각만 하면 모리타는 손에 쥔 사탕을 빼앗긴 어린애 같은 기분이 됐다.

놈은 내 거야. 내 거라고. 절대 놓아줄 수 없어.

"김 경부. 바쁜가?"

놈은 결코 살아나선 안 된다. 끌려가 죽는 것이라도 확인해야 한다. 그것만이라도 반드시 내 눈으로 확인해야 한다.

"자네한테 부탁할 게 좀 있는데. ……개인적으로 말이야."

말씀하십시오, 검사님. 여느 때처럼 공손한 대꾸를 들으며 모리타가 수화기를 고쳐 쥐었다.

유강임은 턱을 들어 오후의 하늘을 본다. 일주일 가까이 부슬대던 비가 멎은 것은 어제 아침부터였다. 마치 누군가 커다란 손으로 구름을 싹 훑어 낸 것 같았다. 땅이 젖지 않게 해 달라고, 비가 오지 않게 해 달라고 중얼거린 소리를 들어주기라도 한 것처럼.

맑게 갠 하늘에 노을이 다가오고 있다. 강임의 입가에 희미한 웃음이 떠올랐다 사라졌다.

'그만 가 봐도 된다니까 그런다. 네가 도울 일이 뭐 있다고.'

'얼른 끝내 놓고 맥주나 한잔 얻어먹게.'

'문 닫는 날까지도 공술 타령이냐.'

'공짜로 안 얻어먹으려고 이렇게 일 돕지 않수. 가만, 이건 뭐야?'

'어, 그것 손대지 말아.'

그러나 하지 말라는 짓은 꼭 해 봐야 직성이 풀리는 게 유강임이라는 걸 황

찬이 모를 리 없었다. 골치 아프게 됐다는 얼굴을 향해 씩 웃어 준 뒤 강임은
상자를 열었고, 꽁꽁 싸 둔 신문지를 헤치고 안에 든 물건을 찾아냈다.

수류탄이었다. 솔방울 모양의 폭발탄 두 개.

그리고 그것을 본 순간 강임은 알았다. 누구의 손에 들어갔어야 할 물건인
지. 그러므로 이제는 주인 없는 물건이 됐다는 것도.

'이것 나 줘.'

찬은 답하지 않았다. 실성한 사람 보듯 쳐다보다가 성큼성큼 다가와서는 상
자를 빼앗으려 했다. 강임은 도시락 통만 한 그 상자를 얼른 닫아서 가슴에 폭
안아 감췄다.

'내가 쓸게, 응?'

말하는 동시에 목표물이 주르륵 떠올랐다. 종로서, 경성부청, 체신국. 신문
기자 유강임이 매일같이 드나드는 취재처들. 위험한 곳과 안전한 통로를 손바
닥 보듯 아는 곳들.

'장난 말고 이리 내.'

'장난 아닌데.'

'이리 내라니까. 화낸다.'

'오빠가 쓸 것도 아니잖아? 주인도 없는 물건, 필요한 사람이 갖다 쓰면 되
는 거 아니우?'

'임아.'

그때 밖에서 출입문을 쾅쾅 두드리는 소리가 났다. 경계하며 잠시 귀를 기
울이던 찬이 확인해 보겠다며 내실을 나갔다. 수류탄을 알처럼 품은 채 가슴을
두근대던 강임은 잠시 후 세 번의 노크 소리를 듣고 소파 뒤에 숨었다.

'도와줘요. 뭐든지 할게요.'

때맞춰 나타난 여자가 강임은 차라리 반가웠다. 서대문형무소. 폭발탄을 날

리기에는 여기도 썩 괜찮은 곳이니까.

금요일 늦은 오후, 면회 종료를 앞둔 형무소 앞은 여느 때와 다름이 없었다. 쫓기듯 밖으로 나오던 면회객들도 이제 거의 보이지 않고 있었다. 오후 다섯 시에 임박한 시간. 강임은 형무소 길 건너 아름드리나무를 지나쳐 기와를 얹은 집들 사이로 몸을 숨겼다.

나날이 인구가 몰려들면서 경성부는 주택이 태부족이다. 아궁이 놓고 벽 세울 자리만 있으면 사람들은 산비탈에도 뚝딱뚝딱 집을 지었다. 거기에 비하면 감옥소 앞인 여기는 오히려 집들이 반듯하고 골목도 널찍했다. 강임은 형무소 철문이 잘 보이는 위치에 몸을 숨긴 채 가방에서 쌍안경을 꺼냈다. 그리고 낡은 손목시계를 확인했다.

다섯 시 오 분 전.

'너 제정신이냐? 미쳤어?'

'승산 있어. 충분히 가능하다고.'

'실패도 충분히 가능해. 너무 위험한 짓이다.'

'그럼 어쩔 건데. 협박하는 거 못 들었어? 오빠 저 여자 죽일 수 있어? 지금 뒤따라가서 죽이고 와. 그럼 없던 일로 할 테니까.'

강임은 황찬을 잘 알았다. 그는 사람을 살릴 줄은 알아도 절대 죽이진 못하는 남자다. 신중함과 조심성만큼이나 인정도 많은 남자다. 살릴 방법이 있다는 걸 안 이상 냉정히 외면할 수 없는 사람이었다.

'무리하지 않는다고 약속해라.'

그래서 강임은 그가 동참하리라는 걸 알고 있었다.

'혹 그 친구를 구하지 못하더라도, 절대 무리해서 나서진 않겠다고 약속해.'

그리고 웃으며 고개를 끄덕였다. 통쾌한 승리를 확신하면서.

강임은 쌍안경을 눈에 대고 형무소 정문을 지켜본다. 오후 다섯 시를 조금 넘었을 때 덜컹, 소리가 나더니 커다란 철문이 끼이익 열렸다. 열린 문 안쪽에서 자동차 한 대가 모습을 드러냈다. 강임은 마른침을 삼키며 그쪽을 주시했다.

보통 크기의 검은색 사륜차였다.

앞좌석에 운전수 하나. 뒷좌석엔 죄수를 가운데 둔 간수 둘. 그 사이에 끼인 남자는 갈대로 엮은 용수를 쓰고 있어 얼굴을 확인할 수 없었지만, 그 남다른 몸태를 알아볼 정도의 눈썰미는 강임에게도 있었다. 남자의 푸른색 수의가 뜻밖에도 그녀의 마음을 세게 건드렸다.

수송차는 천천히 움직인다. 조금 지나치다 싶도록 느리게 움직인다. 형무소 철문이 완전히 닫힐 때까지도 보란 듯이 천천히 굴러간다. 모든 것은 백작의 딸이 일러 준 대로였다.

'담장을 완전히 지날 때까진 느리게 움직일 거예요. 내가 그렇게 해 달라고 부탁했으니까.'

아빠한테 많이 혼날 텐데. 강임은 코웃음 치면서 수송차의 방향을 따라 빠르게 걸었다. 다닥다닥 붙은 가옥들 사이를 거침없이 지나쳤다. 그리고 드디어 약속된 지점에 다다른 순간,

끼익!

자동차 한 대가 골목에서 튀어나와 수송차를 가로막고,

탕!

간발의 시간 차를 두고 총성이 울렸다.

강임은 다시 쌍안경을 눈에 대고 두 대의 차를 살핀다. 수송차 앞 유리가 깨진 것과 운전수가 운전대 위에 엎어진 것을 확인한다. 수송차 옆구리에 바짝 댄 자동차에서 권총을 든 찬이 내리는 모습을 본다.

탕!

그가 차 문을 향해 격발했다. 총탄에 찌그러진 문을 열자 안쪽의 풍경이 드러났다. 두 명의 간수는 즉사한 운전수와 총을 든 괴한 사이에서 우왕좌왕하고 있었다.

한두 발쯤 더 쏴 줘도 되겠건만 찬의 권총은 역시나 위협하는 용도로만 쓰이고 있다. 보다 못한 저격수가 멀찍이서 탕! 열린 문 쪽에 앉은 간수의 몸통을 뚫어 주었다. 제복이라면 질색하는 료의 성격을 강임은 잘 안다. 마음 같아선 더 신나게 쏴 주고 싶겠지. 생각하면서 그녀는 침착하게, 찬이 죄수를 밖으로 끌어내는 모습을 지켜보았다.

모든 것이 계획대로 흘러가고 있다.

"저쪽이다!"

낯선 남자의 외침에 강임이 몸을 돌려 형무소 입구 쪽을 확인했다. 쌍안경을 통해 보이는 철문이 막 열리고 있었다. 죄수 강탈 시도를 목격한 경비원 둘이 용감하게 총을 뽑으며 이쪽으로 달려왔다. 탕! 저격수가 그중 한 명을 깔끔한 솜씨로 명중시켰다.

강임은 재빨리 쌍안경을 가방에 넣고 권총을 꺼냈다. 숨어 있던 골목에서 뛰쳐나가 피스톨을 앞으로 겨눴다. 탕! 쓰러진 동료를 두고 후퇴하던 남자가 바닥에 뒹굴고, 강임은 다시 고개를 들어 형무소 정문을 확인했다.

활짝 열린 철문 안쪽에서 무장한 경비원들이 쏟아져 나오고 있었다.

그녀가 맡은 일은 이제부터 시작이다. 멈춰 선 두 대의 자동차를 뒤로하고 정문 쪽으로 달렸다. 손에 쥔 피스톨을 허리에 꽂고 포켓에서 수류탄을 꺼냈다. 안전핀을 뽑은 뒤 경비원들을 향해 있는 힘껏 던졌다. 제발 터져라, 제발. 입 속으로 간절하게 되뇌며 재빨리 후퇴해 몸을 낮췄다.

쾅!

수류탄의 위력은 대단했다. 땅이 와르르 진동하면서 공기가 힘차게 출렁거렸다. 흙먼지가 구름처럼 일어나 시야가 완전히 가려졌다. 굉음이 지나고 주변은 아주 잠깐 고요해진다. 그 속에서 강임은 제복 입은 남자들이 바닥에 쓰러진 광경을 보았다. 붉은 벽돌로 쌓은 벽 한 귀퉁이가 깨진 것도 보았다.

자신이 적을 몰살하고 감옥 벽을 부순 것을 보았다.

혈관을 타고 불꽃이 흐른다. 온몸이 뜨겁게 전율한다. 나는 바로 이 순간을 위해 태어난 거구나. 강임은 아주 잠깐 극도의 황홀경에 빠져든다.

"하아⋯⋯."

계산에 없던 자동차가 나타난 것은 그때였다.

탕! 탕! 탕!

조수석의 남자가 창밖을 향해 연거푸 총을 쏘았다. 강임은 오른쪽 배와 다리에 불붙은 듯한 통증을 느꼈다. 그때 총을 쏜 자와 정면으로 눈이 마주쳤다. 김기철. 매일 드나드는 취재처의 가장 호의적인 취재원.

저자가 왜 여기에.

경찰차는 그녀의 곁을 빠르게 지나 수송차를 향해 달렸다. 몸에 난 상처를 살필 틈도 없이 귓가에 총성이 난무하기 시작했다. 김 경부가 탄 차는 죄수가 막 옮겨 탄 사륜차를 향해 총을 쏘며 달렸지만, 어느 순간 균형을 잃고 쭉 밀려 나더니 형무소 벽에 쾅 처박혔다. 료의 솜씨였다.

"저쪽이다! 빨리 움직여!"

수류탄의 충격을 극복한 경비원들이 다시 밖으로 달려 나오기 시작했다. 전속력으로 달아나는 준세의 차를 향해 무작정 총부터 쏘는 치들도 있었다. 강임은 두 번째 수류탄을 꺼내 힘껏 던졌다. 쾅! 먼젓번과 똑같은 굉음과 적들의 비명 소리. 가루가 되어 부서져 내리는 붉은 벽돌. 그녀의 가슴은 다시 한번 통쾌히 폭발했다.

'무리하지 않는다고 약속해라.'

두 개의 폭탄을 모두 소진했다. 공격이 끝났으니 도주할 차례였다. 강임은 허리에 꽂은 피스톨을 뽑아 들고 절뚝이며 골목으로 몸을 숨겼다.

아니, 숨기려 애썼다.

"저쪽이다! 잡아!"

그녀는 빠르게 좁아지는 포위망을 벗어나려 애썼다. 권총을 발사해 추격자들을 잠깐씩 멈추기도 했다. 그러나 호흡은 자꾸만 가빠지고 몸은 점점 둔해졌다. 총에 맞은 곳이 배와 다리뿐만이 아니라는 걸 강임은 그제야 깨달았다.

몸을 숨길 만한 곳이 필요했다. 최대한 안전한 곳을 찾아야 한다. 그녀는 가까이 보이는 담장 모퉁이를 돌아 바닥에 털썩 주저앉았다. 벽에 몸을 기댄 채 바깥쪽을 향해 피스톨을 몇 발 더 발사했다. 탄창은 곧 비어 버렸고, 적들이 더 가까이 몰려들었다.

"빌어먹을."

낡은 천 가방이 쇳덩이처럼 무거웠다. 몸에 멘 가방을 벗어 바닥에 내려놓으며 강임은 턱을 들어 하늘을 보았다. 탈출의 행운을 기대하기엔 주위가 너무 밝았다. 해가 지려면 아직 한 시간은 더 있어야 한다. 그때까지 버틸 수 있을까 하는 어리석은 기대보다, 강임은 세 사람을 태운 차가 부디 무사히 빠져나가기를 빌어 주었다.

"투항해라! 이미 포위됐다!"

담장 저편의 누군가가 일본어로 악을 썼다. 투항 좋아하시네. 중얼대는 여자의 입술 새로 피식 웃음이 샜다.

죽는 것이 두렵지 않나. 누군가 묻는다면 강임은 지체 없이 아니오, 라고 답할 것이다. 죽는 것이 무에 두렵나. 숨 쉬는 송장으로 사는 것이 더 무서운 세상인데.

"유강임."

그때, 귀에 익은 목소리가 그녀를 불렀다. 정확한 발음의 조선어.

"무기 버리고 나와. 투항하면 목숨은 살려 준다."

지랄하네. 들으란 듯이 중얼거리자 모퉁이 저편이 조용해진다. 강임은 어깨를 흔들며 키득대다가 문득 미간을 찡그렸다. 위치를 정확히 알 수 없는 어딘가에서 날카로운 통증이 느껴졌다. 대충 여기쯤이지 싶은 곳을 짚자 손바닥에 피가 흥건히 묻어났다. 이래서 자꾸 어지러웠던 거구나. 그녀는 수긍하며 저편을 향해 조선어로 물었다.

"보았소?"

"……."

"벽 부서진 것 보았느냐고."

"……."

"몇 개만 더 던지면 무너지겠던데."

"……."

"어찌 생각하시오?"

강임은 아직도 생생하다. 제 손으로 던진 폭탄이 폭발해 감옥의 귀퉁이를 부수던 광경이. 그 순간 무어라 형용할 수 없도록 온몸을 휘감던 감각이. 그것은 어떠한 확신, 혹은 깨달음이었다. 내가 이 커다란 폭발탄의 일부라는 깨달음. 앞사람이 던졌고 유강임이 던졌으니 곧 뒷사람이 던질 거란 확신.

그 뒷사람이 다시, 또 그 뒷사람이 다시 던지면 언젠가는 무너질 거란 믿음.

'우리는 그래서 싸우는 거야.'

강임은 맡은 일을 모두 해냈다. 그러니 그것으로 충분했다. 그녀에게 남은 일은 이제 하나뿐이다. 당원으로서 반드시 지켜야 할 최후의 당규.

경찰에 체포될 경우 본인에만 한하고 다른 당원을 연루시키지 말 것.

강임은 비어 버린 탄창을 아래로 **빼냈다**. 웃옷에 달린 포켓에 손을 넣어 마지막 탄환 한 개를 꺼냈다. 부옇게 흐린 눈을 가늘게 뜨고서 정신을 집중해 총알을 장전했다. 총탄을 쏟아 낸 피스톨에서 아직도 탄약 냄새가 풍겼다.

강임은 두 다리에 힘을 주어 몸을 일으킨다. 후끈거리는 총구를 턱 아래 대고 천천히 걸음을 뗀다. 담장 모퉁이를 돌자 추격자들이 긴장하며 이쪽을 주시했다. 제복과 사복 차림의 사내들은 하나같이 이쪽을 향해 총을 겨누고 있었다. 그리고 그 한가운데, 불과 삼사 미터 거리에 낯익은 남자가 서 있었다.

"김 경부."

부르자 기철이 눈을 가늘게 떴다. 제 목을 겨눈 채 나타난 범인을 어떻게 말려야 하나 난감한 기색이었다. 그 당혹한 눈과 마주친 순간 강임은 웃었다. 그리고 담담한 목소리로 축원했다.

"오래 사시오."

부디 오래 살아라. 오래오래 살아서 반드시 보아라. 저 감옥이 무너지고 안에 갇힌 사람들이 쏟아져 나오는 광경을.

탕!

천둥 같은 총소리는 방아쇠를 당긴 사람만 듣지 못했다. 빨려 들어가듯 세상이 암전되었으나 그것은 결코 끝이 아니었다. 마지막의 마지막 순간까지 유강임은 온 마음으로 확신했다.

감옥은 반드시 무너질 것이다.

미나는 아무 소리도 내지 않았다. 입술을 꾹 다문 채 처음부터 끝까지 정면만 보았다. 차체에 총탄이 부딪히고 유리창이 와장창 깨질 동안에도 비명 한번 내지 않았다. 스스로 숨을 쉬고 있는지조차 인지하지 못했다. 그저 양손으로 운전대를 꽉 잡고서 앞으로, 앞으로만 내달렸다.

전속력으로 형무소 담장을 벗어나 북쪽으로 방향을 꺾었다. 미리 봐 두었던 외진 골목으로 차를 몰았다. 경복궁 주위를 크게 돌아 청운동과 삼청동을 통과했다. 거기서 다시 남쪽으로 쭉 내려오면 중학동이다. 평온하고 낯익은 골목으로 들어서자 비로소 정신이 돌아오는 것 같았다. 쥐가 나도록 운전대를 부여잡은 두 손이 그때부터 덜덜 떨리기 시작했다.

오야케의 대문 앞에 차를 세운 후에야 그녀는 고개를 돌렸다. 뒷좌석에 기대앉은 남자부터 눈으로 확인했다. 푸른색 수의와 붉은 피, 죽은 것처럼 창백한 얼굴을 보았다. 뭐가 잘못됐나 싶어 가슴이 쿵 주저앉았다. 그리고 죽은 줄 알았던 남자가 눈을 뜨고 이쪽을 보았을 때,

심장이 멎는 것 같았다.

"미나."

솟을대문이 열리고 히타로가 달려 나왔다. 미나는 마음을 다잡으며 서둘러 차 문을 열고 내렸다. 유리창이 깨진 뒷좌석 문은 오야케의 찬모 영암댁이 열고 준세를 부축했다. 히타로는 헐렁한 남자 옷을 입고 도리우찌를 눌러쓴 미나를 빠르게 살핀 뒤, 운전대를 넘겨받아 차를 몰고 사라졌다. 깨진 창문의 유리 파편, 죄수의 몸에서 풀어낸 수갑과 족쇄 따위를 그대로 싣고서.

일몰을 앞둔 골목에 그림자가 길었다. 네 명의 남녀는 빠르고도 소리 없이 대문 안으로 들어갔다. 회색 기모노 차림의 오야케가 주위를 살핀 뒤 문을 닫아걸었다. 잠깐 북적이던 골목은 다시 저물녘의 평온으로 잠겨 들었다.

"어찌 된 거야. 총에 맞았나?"

오야케가 심각한 얼굴로 환자를 살폈다. 완전히 지친 준세는 무어라 대답을 할 형편조차 되지 못하는 것 같았다. 간신히 서 있는 그의 왼쪽 팔과 어깨가 온통 핏물로 젖어 있었다.

"영암댁, 어서 후쿠다 박사한테,"

"괜찮습니다."

준세를 부축한 채로 찬이 말했다.

"총탄이 스친 겁니다. 지혈만 하면 됩니다."

오야케가 한숨과 함께 고개를 끄덕였다. 무명 치마를 동여맨 영암댁이 준세를 함께 부축해 방향을 안내했다. 덕분에 미나는 한 걸음 뒤처져 그들의 뒷모습을 바라봐야 했다.

일주일 만에 본 준세는 더없이 창백했다. 내도록 굶은 사람처럼 몸마저 내린 것 같았다. 그와 키는 엇비슷하지만 훨씬 호리호리한 찬이 어렵지 않게 부축해 낼 정도였다. 짤막한 죄수복 소매 밖으로 드러난 발목과 팔목마저 미나의 눈에는 앙상했다. 일주일. 일주일밖에 지나지 않았는데.

고작 일주일 만에.

"자리는 별채에 마련해 두었다."

곁에 선 오야케가 말했다. 준세 일행을 향한 그 복잡한 눈길을 미나는 말없이 바라보았다. 감사하다는 말 같은 건 나오지 않았다. 위험한 일에 끌어들여 죄송하다는 말도 할 수 없었다. 이틀 전 찾아와 도움을 청했을 때, 어렵게 꺼낸 이야기를 들은 오야케 부자가 고민 없이 승낙했을 때도 미나는 차마 그들에게 고맙다거나 미안하다는 말을 할 수 없었다.

생명을 구해 준 이들에게 감히 무슨 말을 할 수 있을까. 그때나 지금이나 미나는 감격에 떠밀려 울지 않는 것만으로도 힘에 부쳤다.

"무엇 하고 있느냐. 어서 가 보지 않고."

재촉하는 소리에 퍼뜩 정신이 들었다. 서둘러 별채 쪽으로 걷자니 뒤늦게 다리가 후들거렸다. 눈앞에 보이는 저곳, 저 문 안에 그가 있다는 사실이 그녀를 극심한 긴장으로 몰아갔다.

폭탄이 터지고 총성이 난무하는 곳을 헤치고 나오는 동안에도, 눈앞에서 사람들이 죽어 가는 동안에도 이토록 무섭지는 않았었는데. 무릎에 애써 힘을 넣으며 미나는 툇마루로 올라섰다. 댓돌 위에 놓인 구두와 낡은 고무신 한 쌍을 내려다보았다. 그가 지금 이 안에 있다. 무사히 구출해 냈다. 재차 상기해 보아도 아직 실감이 나지 않았다.

방문을 열자 맨바닥에 누운 남자가 보였다. 피를 흘리고 있어 요와 이불을 저만치 밀어 둔 모양이었다. 그 곁에 앉은 찬이 미리 준비해 둔 도구들을 펼치고 있었다. 영암댁이 따뜻한 물을 담은 대야를 가져왔고, 미나는 김이 오르는 놋대야를 받아서 찬의 곁에 놓고 앉았다.

손부터 씻은 찬이 환자의 허리 여밈을 풀고 옷섶을 젖혔다. 상체가 드러난 순간 미나는 저도 모르게 질끈 눈을 감았다. 그리고 아무 소리도 내지 않으려 안간힘 쓰면서, 그녀는 억지로 눈을 뜨고 준세의 몸을 보았다.

온몸이 상처투성이였다. 낙인 같은 화상자국이 크고 깊었다. 소매 아래 드러난 손목에는 수갑에 쓸린 흔적들. 상처들을 하나하나 훑을수록 미나는 점점 더 제 눈을 믿을 수 없었다.

그 매끈하던 손가락들이 시퍼렇게 부어 있었다. 손톱 몇 개는 통째로 뽑혀 나갔고 남아 있는 것들도 깨졌거나 멍이 들었다. 그의 손은 미나에게 정말로 큰 충격을 주었다. 몸의 상처들보다도 망가진 그 손이 훨씬 더 소름 끼쳐 치가 떨렸다.

어떻게 사람을 이렇게.

"거기 가위 좀 주십시오."

아연히 정신을 놓고 있던 미나가 허둥대며 가위를 집었다. 떨리는 손으로 건네주는 동안 찬이 짧게 눈을 마주쳐 왔다. 침착한 눈빛. 말 없는 그 눈길에서 미나는 더없는 위로와 용기를 얻었다.

찬이 가위로 준세의 왼쪽 소매를 잘라 냈다. 서걱서걱 소리와 함께 푸른색 수의가 조각났다. 미나가 지시에 따라 그 조각들을 하나씩 조심스레 벗겨 냈다. 찬은 환자의 팔꿈치 위쪽 총상부터 소독하기 시작했다. 조용한 방 안에는 도구들이 움직이는 소리와 약품 냄새만 가득해졌다.

처치하는 동안 준세는 눈을 뜨지 않았다. 얼굴 한번 찌푸리지 않고 죽은 듯이 누워 있었다. 미나가 놋대야의 핏물을 비우고 새 물을 채워 가져왔을 때, 처치를 모두 마친 찬이 주위를 정리하고 있었다. 깨끗한 옷으로 갈아입은 환자는 이불 아래 눈을 감고 누워 있다.

"기력을 웬만큼 회복하려면 이삼 일은 있어야 할 겁니다."

나직한 목소리로 그러며 찬이 미나를 보았다. 여기서 그쯤 버티는 것이 가능하겠냐는 물음이었다. 이틀에서 사흘. 그동안 여기가 안전할까. 미나는 대답할 수 없었지만 달리 다른 대안도 없었다.

"어차피 지금 옮기기도 여의치 않으니 금일은 여기 있는 걸로 하지요. 저는 명일에 다시 오겠습니다."

무슨 일이 생기면 이쪽으로 연락 주시고요. 찬은 방에 놓인 메모지에 전화번호를 적어 건넨 뒤, 번호를 받아 든 여자가 엉거주춤하는 동안 약간 서두르며 방을 나갔다. 미나는 이번에도 고맙다는 말은커녕 인사조차 제대로 하지 못했다.

남자의 발소리는 빠르게 멀어졌다. 앞마당에 깔린 어스름이 제법 짙어지고 있었다. 오야케의 집은 평소와 조금 다른 고요에 휩싸여 있다. 부엌을 드나들며 솥뚜껑을 열고 닫는 찬모의 기척만 흐리게 들렸다.

미나는 그제야 머리에 푹 눌러쓴 도리우찌를 벗었다. 뒤로 묶은 머리카락 몇 올이 이마 위로 흘러내렸다. 히타로에게 빌린 점퍼를 벗어서 모자와 함께 한쪽 구석에 두었다. 역시 그에게 빌린 셔츠 소매를 팔꿈치까지 접어 올린 뒤 환자의 곁에 무릎 꿇고 앉았다. 더운물이 담긴 놋대야에서 옅은 김이 올라오고 있었다.

별채의 방은 어른 열 명이 넉넉히 누울 크기였다. 환자가 누운 곳 외에도 요와 이불이 한 채 더 있었다. 방 안을 한 바퀴 둘러본 미나가 다시 준세를 내려다보았다. 두툼한 이불을 가슴까지 덮고 잠든 것처럼 눈을 감은 남자.

파르스름한 얼굴. 여기저기 긁힌 상처. 왼쪽 뺨에 말라붙은 핏자국.

미나는 마른 수건을 집어 따뜻한 물에 담갔다. 놋대야에 쪼르륵 물방울 떨어지는 소리가 무척 크게 들렸다. 물기를 꼭 짜낸 수건으로 조심조심 그의 얼굴을 닦아 주었다. 할 수 있는 한 부드럽게. 행여나 아플까 조심스럽게.

그러면서 미나는 그가 여기 있다는 사실을, 죽지 않고 제 앞에 살아 있다는 사실을, 무사히 구해 냈다는 사실을 계속해서 스스로에게 주입시켰다. 그러므로 슬퍼하는 대신 기뻐하려 노력했다. 불안해지지 않고 안심하려 애썼다.

우리가 넘어야 할 위험은 아직 다 끝나지 않았고, 정말로 슬픈 일은 어쩌면 가까운 미래에 도사리고 있을지 모르지만, 적어도 지금 이 순간, 당신과 나는 이렇게 함께 있으니까.

그것만으로도 너무나 감사하다고.

"……무슨 짓을 한 거야."

여전히 눈을 감은 채 준세가 말했다. 예고 없는 음성에 물수건 쥔 손이 멈칫했다. 목소리가 조금 잠긴 것 같다고 생각했을 때 남자가 눈을 떴다. 이쪽을 향해 움직이는 눈동자. 그 검은 눈동자와 마주친 순간 여자의 머릿속이 하얘졌다.

"겁도 없이."

책망하는 눈길은 아니었다. 감격한 기색은 더더욱 아니었다. 그는 웃지도 찡그리지도 않은 얼굴로 그녀를 바라보기만 했다. 겁도 없이. 그 짤막한 말에서 미나는 약간의 한숨과 한탄을 들었다.

대꾸하지 않고 못 본 척 시선을 피했다. 왼쪽 뺨에 묻은 핏자국을 닦아 내는 데 집중한 척했다. 제 얼굴에 닿은 눈길을 느끼면서도 미나는 입술을 꾹 다물고 손에 쥔 물수건만 쳐다봤다. 눈이 마주치면 울어 버릴 것 같아서. 아픈 사람 앞에 주책없이 눈물이 터질 것 같아서.

그때 이불 한쪽이 들썩이는가 싶더니 물수건을 쥔 오른손이 붙잡혔다. 남자의 커다란 손이 여자의 손목을 쥐고 끌어당긴다. 뜨겁고 건조한 손. 그 체온과 끄는 힘에 미나는 안도했다.

"손 왜 이래."

붙잡은 손에 시선을 둔 채 준세가 물었다. 엄지 아래 잡혔던 물집이 터진 것을 미나는 그제야 알아차렸다. 그는 불그스름한 상처를 눈으로 살피더니,

"……나 때문에 다친 거야?"

눈을 돌려 다시 시선을 맞춰 왔다.

검고 깊은 그 눈동자에 미나는 묶여 버린 것 같았다. 제 얼굴을 살피는 눈길에서 뚜렷한 염려와 자책을 보았다. 순간 기가 막혀 그녀는 저도 모르게 탄식이 샜다. 눈앞의 이 모든 것이, 그들이 겪어야 하는 이 현실이 마치 터무니없는 꿈처럼 느껴졌다.

"하아……."

지금 누가 누구를 염려해. 누가 누구한테 미안해. 입 속으로 마구 타박하다가, 미나는 기어이 터져 버린 울음을 손바닥으로 틀어막았다.

가슴속에 뒤엉킨 감정들을 그녀는 정의할 수 없다. 치가 떨리게 분노하는 이유를, 소름 끼치게 원망하는 대상을, 가슴이 저미도록 죄스러운 까닭을 낱낱이 다 발라낼 수가 없다. 그래서 그녀는 그저 울 수밖에 없었다. 안타깝고 가엾어서. 죄스럽고 미안해서. 견딜 수 없이 두렵고 또 염치없어서.

그토록 지독한 혼란 앞에 미나는 무릎 꿇은 채, 손바닥으로 입을 틀어막고 울 수밖에 없었다.

해는 매일 그렇듯 아무렇지 않게 넘어갔다.

밤이 되자 오야케의 기와집도 일상의 풍경을 완전히 회복했다. 부엌의 굴뚝에 연기가 오르고 사랑방과 안방에 전깃불이 켜졌다. 손님이 든 별채가 평소와의 유일한 차이였다.

영암댁이 가마솥에 닭을 고아 부드럽게 쑨 죽을 가져다주었다. 미나는 한 숟갈씩 떠먹여 줄 작정이었지만 준세는 스스로 수저를 쥐었다. 얼굴을 닦고 깨끗한 제 옷을 입혀 놓으니 보기에 한결 나아졌다. 그러나 핼쑥한 뺨이며 움직이는 것만으로도 아플 것 같은 두 손은 여전했다.

겸상으로 마주 앉아 식사하는 동안 대화는 거의 오가지 않았다. 조금만 더 먹으라고 채근하는 여자의 목소리, 마지못한 남자의 눈길만 간간이 오고 갔다. 며칠을 굶은 것처럼 수척한데도 그는 음식 앞에 시큰둥했다. 속병이 든 게 아닌가 불안한 마음을 누르면서 미나는 제 몫의 죽을 다 먹었다. 입맛이 없는 건 마찬가지였지만 먹어 둬야만 했다.

영암댁이 군불이 꺼지지 않도록 돌보아 준 덕에 아랫목이 따뜻했다. 그 위에 요를 깔고 환자가 누웠다. 윗목에는 손잡이가 달린 트렁크 세 개가 놓여 있다. 전날 미리 가져다 둔 두 사람 몫의 짐이었다.

미나는 남산정 집으로 돌아갈 생각이 없었다. 옮길 수 있는 귀중품은 모두 돈으로 바꾸었고 필요한 옷가지는 가방에 넣어 여기로 가져왔다. 그녀는 당장이라도 떠날 준비가 되어 있었다. 어디로 가야 할지는 아직 모르지만 어디로든 갈 준비가 되어 있었다. 그가 가는 곳이라면 어디든 갈 것이었다.

미나는 이곳을 떠날 것이다. 준세가 움직일 수 있을 만큼 회복되는 대로.

"여기 있을 순 없어."

자리에 누워 있던 남자가 갑자기 그러며 감은 눈을 떴다. 천장을 바라보는 얼굴이 한눈에도 지쳐 있다.

"그럼 어디로 갈 건데."

미나가 되물었다. 대답은 돌아오지 않는다.

"그 몸을 하고서 어딜 가. 지금 움직이면 더 위험해."

"……"

"여기 총독부 턱밑이야. 설마 이렇게 가까이 있을 줄 알겠어?"

"……"

"어떻게 할지는 날이 밝으면 생각해 보자. 지금은 여기가, 가장 안전해."

아버지가 고모부를 그렇게까지 불신하지만 않는다면. 미나는 굳이 그 말까지 더하지는 않았다. 조금이라도 회복하려면 한시라도 더 쉬게 해야 했다. 준세는 고민스럽고 괴로운 기색으로 잠시 뭔가를 생각하더니,

"이게 다…… 어떻게 된 건지 듣고 싶어."

본인을 둘러싼 이 기막힌 활극의 전모를 알고 싶어 했다.

그래서 미나는 조곤조곤 말해 주기 시작했다. 리버티로 찾아가 그들을 협박한 것이라든가 용병의 소굴로 혼자 들어간 것, 그래서 이마에 두 번이나 총이 겨누어진 것처럼 지나치게 격한 부분은 살짝 각색해 가면서. 아무것도 아닌 것처럼 침착한 어조와 어휘를 동원해서. 내가 얼마나 저돌적인 운전수였는지 슬쩍 너스레도 섞어 가며.

신기한 일이었다. 아무것도 아닌 것처럼 이야기하다 보니 정말 아무것도 아닌 것처럼 느껴졌다. 그때는 너무나 절박해서 무슨 짓을 하는지도 모르고 했

던 일들이, 기억으로 저장돼 언어로 바뀌자 마치 남의 이야기처럼 현실감이 없어졌다. 내가 정말 그 짓을 했던가. 그 짓을 한 게 정말로 나였던가. 아직 하루도 채 지나지 않은, 너무나도 가까운 과거의 나는 벌써부터 내가 아닌 것 같았다.

누워서 이야기를 듣던 준세는 곧 잠이 들었다. 찬이 주고 간 진통제와 수면제 덕분이었다. 잠든 남자의 얼굴을 들여다보면서 미나는 그제야 제 몸의 피로를 인지했다. 머리 위로 흙더미가 쏟아지는 것처럼 탈력감이 몰려왔다.

그녀의 몸은 여전히 변화를 겪고 있다. 때때로 어지럽고 수시로 곤해진다. 뜻하지 않은 냄새에 울컥 구역질이 나기도 한다. 그러나 제 몸을 위해 편안히 누워 있을 수는 없었다. 혹 잘못된다 하더라도 어쩔 수 없어. 모진 마음을 먹은 것도 이미 오래전이었다.

배 속의 아이는 고맙게도 잘 견뎌 주고 있다. 조금만 더 힘을 내자. 아직 손톱만 할 아이는 들을 수 없겠으나 그렇게 말을 거는 것만으로도 미나는 힘이 났다. 모두를 위해 강해져야 했다. 그녀가 지켜 내야 할 것들이 도리어 그녀를 지켜 주고 있었다.

준세의 몸에 열이 오르기 시작한 건 새벽녘부터였다.

까무룩 잠들었던 미나가 눈을 떴을 때 그는 어둠 속에서 신음하고 있었다. 악몽을 꾸는 것처럼 얼굴을 찌푸리고 같은 말을 반복했다. 모른다, 모른다, 모른다. 그러다 갑자기 알 수 없는 조선어를 중얼거리기도 했다. 빨리, 안 돼, 어머니. 간신히 알아들은 몇 마디가 미나의 가슴을 깊이 베었다.

"준세."

팔을 뻗어 그의 몸을 가볍게 흔들었다. 뜨거운 체온에 깜짝 놀라 조금 더 세게 흔들었다. 나쁜 꿈에서 빨리 그를 꺼내 주어야 했다. 이대로 정신을 차리지 못할까 봐 겁도 났다. 흔들어도 좀처럼 깨어나지 못하던 준세는 어느 순간 번쩍 눈을 떴다. 밭은 숨을 몰아쉬며 이쪽을 보는 눈동자.

소년처럼 마구 떨리는 눈동자.

공포로 일렁이는 그 눈을 미나는 아주 가까이 보았다. 푸르스름한 어둠과 거친 숨소리 속에서 아주 가까이 들여다보았다.

아무것도 감추지 않은 눈동자.

그 앞에서 그녀는 말을 잃었다. 무슨 말을 해야 할지 알 수 없었다. 한참 만에야 손을 뻗어 그의 얼굴을 감쌌다. 뜨겁게 열 오른 뺨을 조심히 만지며 속삭였다.

"꿈이야."

어미가 아이에게 하듯 이마를 쓸어 주었다. 손바닥으로 식은땀을 닦아 주며 속삭여 달랬다.

"나쁜 꿈을 꾼 거야."

곁으로 다가가 누워서 가만히 끌어안았다. 그녀의 가슴에 얼굴을 묻은 채 준세는 불안정한 숨을 쉬었다. 열이 올라 뜨거운 몸. 그 커다란 몸을 웅크린 남자가 여자를 마주 안았다. 덜덜 떨리는 어깨. 매달리듯 절박한 몸짓.

그 남자를 품에 안은 채 미나는 조선어를 말해 본다.

"괜찮아."

땀이 밴 목덜미를 쓰다듬으며 다시 한번 말해 본다.

"이제 괜찮아, 준세."

그것으로 입을 다물었다. 가슴이 아프고 목이 메어서 더는 말을 할 수 없었다. 품 안에서 떠는 남자를 더 깊이 끌어안았다. 허리를 감은 그의 팔이 더 세게 조이는 것을 느꼈다.

할 수만 있다면 빼앗아 오고 싶다. 신열도. 떨림도. 당신을 괴롭히는 공포와 악몽까지 다.

미나는 마치 거대한 홍수에 떠밀린 것 같다고 생각했다. 정신없이 휘도는 물 속에 내던져진 것 같았다. 범람한 세상은 멈추지 않고 미친 듯 흘러간다. 그 속에서 매달릴 대상은 오직 서로뿐인 것처럼, 두 사람은 서로의 몸을 힘껏 끌어안은 채 나란히 잠에 빠져들었다.

아침이 밝아 미나가 다시 눈을 뜰 때까지 준세의 열은 떨어지지 않았다. 정오가 지날 때까지 깊이 잠든 채 깨지도 않았다. 다시 여기로 오겠던 찬은 아직 소식이 없다. 저녁쯤엔 움직일 수 있을까. 내일까지 여기 있어도 괜찮을까. 평화로운 기와집 툇마루에 앉아 미나가 고민하고 있을 때,

쾅쾅!

누군가 대문을 두드리는 소리가 들렸다. 정오를 갓 지난 이른 오후였다.

오야케 노리다카는 사랑채 누마루에서 불청객들을 맞았다. 마당에 선 양복쟁이를 내려다보는 노인의 발아래 히타로가 섰다. 토요일에 수업이 없는 히타로는 오늘 출근하지 않았다. 아버지와 마찬가지로 그는 집에서 입는 기모노 차림이다.

"무슨 일인가."

집주인이 물었다. 불청객은 모두 네 명. 그중 세 명이 보란 듯이 권총을 찼다.

"경성지법 검사국에서 나왔습니다."

"검사국? 그럼 자네가 검사인가?"

아무도 대답하지 않았다. 직위와 성명을 밝히게. 오야케가 다시 말하자 맨 앞에 선 남자가 나서 허리를 숙여 보였다.

"검사정실 소속 이급수사관 사와베 다로라고 합니다."

"검사의 수사관이 내 집에 무슨 일로."

"이 댁을 수색하라는 검사정의 지시입니다. 협조 부탁드립니다."

"내 집을 수색한다고?"

오야케는 잠시 입을 다물고 눈을 가늘게 떴다.

"내가 무슨 죄를 지었기에?"

"……."

"영장을 보여 주게."

"조선에서는 검사의 권한으로 수색과 신문이 가능합니다, 박사님."

"나는 일본인이니 일본 법의 보호를 받아야 마땅하지 않은가?"

"……협조 부탁드립니다."

허. 노인이 싸늘하게 코웃음 쳤다.

"협조할 수 없네. 나가 주게."

"협조하셔야 합니다, 오야케 박사님."

"사와베라고 했나?"

히타로는 아버지가 부른 남자에게 시선을 두었다. 무리 중 가장 나이가 많아 보이는 그는 검은 양복 차림으로 꽤 꼬장꼬장한 인상이다.

"자네는 검사 밑에서 일한다면서 어째 법에 대해 영 모르는 것 같구만."

오야케가 비꼬았으나 수사관의 표정은 변하지 않았다.

"이 집은 내 사유지일세. 검사의 권한으로 수색한다면서 검사는 없고, 수사관인 자네는 내 혐의가 뭔지도 몰라. 자네들은 대체 무슨 근거로 개인의 재산을 함부로 범하는가?"

"그 점은 저희 또한 대단히 유감스럽습니다. 그러나 말씀드렸듯 이것은 경성지법 검사정의 지시입니다. 강제집행 하지 않도록 협조 부탁드립니다."

"지금 날 협박하는 건가?"

"당치 않습니다, 박사님. 저희는 그저 정중히 협조를,"

"정중히? 지금 자네들이 하는 짓을 봐! 무장한 사내들이 강제로 집을 뒤지겠다는 게 협박이 아니면 도대체 뭐야!"

노인이 급기야 언성을 높였다. 아슬아슬하던 공기가 대번에 폭발한다.

"어찌 이리들 무도해! 우리 일본은 입헌국이 아니란 말인가!"

감정을 못 이긴 듯 말이 멈췄다. 히타로는 벌겋게 단 아버지의 얼굴을 올려다보았다. 그 얼굴에서 가장 먼저 본 것은 수치심이었다. 그리고 실망감. 울분. 슬픔.

"내 집을 뒤지고 싶거든 적법한 문서를 가져오게! 판사의 영장이든 폐하의 칙령이든 정당한 사유를 가져와! 그 전까지는 조선 총독이 온대도 이 집에 한 발짝도 들일 수 없네!"

총독과 폐하까지 들먹이자 수사관은 굳어졌다. 저 노인이 저렇게 소리 지르다 쓰러질까 싶어 머뭇거리는 것 같기도 했다. 오야케 노리다카는 명망 있는 학자로 법무국장의 매형이다. 성질을 건드려 쓰러뜨리기라도 하면 곤란해지는 것도 이쪽이었다.

무엇보다 그는 당사자 말대로, 이 노인의 혐의가 뭔지도 모른다.

"알아들었으면 당장 나가!"

오야케가 목에 핏대를 돋우며 고함쳤다. 사랑방에 둔 엽총이라도 가져다 쏠 기세였다. 그런 불상사를 진심으로 우려한 히타로가 나서려던 찰나 수사관이 먼저 물러섰다. 일단 돌아가 검사정에 보고하겠다는, 변명 같기도 하고 으름장 같기도 한 말을 남기고 수하들과 함께 물러갔다. 영암댁은 그들이 나가자마자 대문의 빗장을 지르고 긴 한숨을 내쉬었다.

"꽤씸한 것들 같으니라고."

오야케는 사랑방에 앉아 찻잔을 앞에 두고도 한참을 씩씩거렸다. 검사의 권한으로 수색을 해? 오만하기 짝이 없는 것들. 분이 풀리지 않은 고모부 앞에서 미나는 고개를 들 수 없었다. 탈주범의 아내로서도. 법무국장의 딸로서도.

"조선에는 법치가 없다. 일본 법은 멋대로 변형해 적용하고 총독 입맛대로 제령을 만들어 법률로 삼아. 내선일체니 내지연장이니 떠들어도 속내는 빤하지. 조선은 제국의 일부가 아니다. 조선인은 일본의 신민이 아니야."

오야케가 탄식하며 찻잔을 집어 들었다.

"이러니 여기 사람들이 어찌 참고만 있겠느냐."

그가 아끼는 분청다완을 미나는 물끄러미 내려다보았다. 그로부터 사랑방에 잠깐의 정적이 지났다. 묵묵히 차만 마시던 히타로가 입을 열었다.

"곧 다시 올 거다. 저들이 수색하겠다고 고집부리면 우리가 막을 방법이 없어. 검사에게 그럴 권한이 있는 건 사실이니까."

세 사람 사이에 다시 정적. 내도록 고개를 숙이고 있던 미나가 천천히 얼굴을 들었다.

"제가 갈게요."

"……."

"아버지한테 다녀와야겠어요."

신이치는 이 탈주 사건이 딸의 짓이라는 걸 알고 있다. 오직 그만이 알고 있다. 부녀 사이에 오갔던 대화와 정보는 부녀 이외에 아무도 모르니까. 미나는 그 점을 이용하고 있었다.

그는 이 일에 딸이 연루된 것을 누구에게도 말하지 못할 것이다. 그래서 검사가 아니라 검사정의 수사관을 보낸 것이다. 경성지법 검사정이 신이치의 충복이라는 것을 미나는 알고 있다. 아버지는 그들을 보내 확인하려던 것이다.

자신의 딸이 정말로 죄수를 빼돌려 이 집에 숨어 있는지.

"제가 뵙고 말씀드릴게요."

"미나."

"준세 아직 움직이기 어려워요. 저 사람들 다시 오지 않게 하려면 아버지한테 직접 말씀드려야 해요. ……아버지가 보내신 거니까요."

"하루하라가 널 그냥 두진 않을 게다."

"괜찮아요, 고모부."

제 아버지잖아요. 덧붙이며 미나는 억지로 조금 웃어 보였다.

"설마 죽이기야 하시겠어요?"

그건 명백히 농담이었지만, 본인을 포함한 세 사람 모두 전혀 웃지 않았다.

택시가 백작저 담장에 접근할 때부터 미나는 횅한 공기를 감지했다. 저택은 어쩐지 빈집처럼 허전한 냄새를 풍기고 있었다. 초인종 소리를 듣고 나온 하녀를 보았을 때 미나는 그 직감을 확신했다.

"아가씨?"

하녀는 몹시도 놀란 얼굴이었다. 네가 왜 여기 있느냐는 표정.

"어째서 여기에…… 마님께선 아침에 떠나셨는데……."

유미코가 동경으로 돌아간 모양이다. 이렇게나 빨리. 서두른 귀국이 무엇을 의미할까 짚어 보며 미나는 용건을 꺼냈다.

"아버지 안에 계셔?"

"아, 아뇨, 아가씨. 아직 귀가 전이세요."

"언제 들어오시는데?"

"글쎄요. 그건 제가 잘……."

하녀의 눈에 이것은 아주 이상한 일이다. 이혼이라든가 결혼 무효라든가, 아무튼 그래서 본가로 돌아간 줄 알았던 백작 영애가 대뜸 나타난 것이나, 제 아버지의 행방을 하녀에게 묻는 것이나. 하나같이 당혹스러운 상황이라 그녀는 잠시 허둥대다가,

"보통은 저녁 식사 전에 들어오십니다. 토요일이니 더 일찍 오실 수도 있고요."

불청객에게나 해 줄 답변을 성의껏 돌려주었다.

"조만간 귀가하실 테니 일단 안으로,"

"아냐. 저녁에 다시 올게."

다시 오다니. 제 집이 여긴데 어딜 갔다 다시 온단 말인가. 상황이 갈수록 더 이상했지만, 하녀는 몸을 돌려 자동차로 걸어가는 여자를 그저 쳐다볼 수밖에 없었다.

미나는 운전수에게 신혼집으로 차를 돌리게 했다. 남산정까지 왔으니 거기서 잠깐 기다리다 다시 가 볼 작정이었다. 백작저는 이제 그녀의 집이 아니다. 빈집에 객이 먼저 들어가 주인을 기다릴 순 없는 일이었다. 혹 사라진 고양이가 돌아와 있지 않을까 확인하고픈 마음도 있었다.

신혼집까지는 금방이었다. 낯익은 골목을 지나면서 미나는 뒤늦게 위기감이 들었다. 집 앞에 경찰이 있을 수도 있다. 그들이 수사 중이라면 탈주범의 집부터 살피는 것이 합리적이지 않은가. 잠깐 겁이 났지만 미나는 차를 멈추지 않았다. 마주치면 마주치라지. 제까짓 것들이 감히 나를 어쩌겠어. 평생 화족 영애로 떠받들어진 버릇은 하루아침에 어디 가는 게 아니었다.

그러나 집 앞에 정말로 자동차가 서 있는 걸 보았을 때는, 본능적인 경계심으로 그만 가슴이 얼어붙었다.

자세히 보니 아버지의 차였다.

그 차 앞에 택시를 세우고 내렸다. 백작의 차에 주인은 없고 운전수만 앉아 있었다. 스즈키 다이치가 미나를 보고는 허둥지둥 내려서 꾸벅 인사를 했다. 척 보아도 난처한 얼굴.

"아가씨,"

"아버지는?"

틈도 주지 않고 묻자 그는 잠깐 머뭇거리다가,

"안에 계십니다."

면구스럽다는 표정을 지어 보였다.

미나는 곧장 대문 쪽으로 걸었다. 분명히 잠가 뒀던 문이 아무렇지 않게 반쯤 열려 있었다. 그 틈으로 걸어 들어가며 그녀는 지그시 입술을 물었다. 차라리 잘되었다고도 생각했다. 집안 내의 문제는 듣는 귀가 없을수록 좋은 거니까.

예상 밖의 만남을 각오하면서 미나는 박석 위를 걸었다. 타닥타닥 발소리가 고요한 정원에 흩어졌다. 전지할 때가 한참 지난 상록관목들이 비죽비죽 웃자라 있었다. 하얗게 피어난 매화에서 향기가 진동했다. 우뚝 선 매화나무를 지나 미나는 본채로 들어섰다. 본채의 현관문 역시 열려 있었다.

그리고 신이치가 응접실에 홀로 서 있었다.

잠긴 문을 따 준 사람은 물러간 모양이다. 언제부터 여기 계셨던 걸까. 물을 수 없는 질문을 삼키며 미나는 아버지를 마주 보았다. 싸늘하게 굳은 얼굴. 늘 그렇듯 흐트러짐 없는 옷차림. 번쩍이는 구둣발에 잠시 시선을 준 뒤, 미나는 말없이 신발을 벗고 마루 위로 올라섰다.

"어디 있느냐."

백작이 물었다. 마치 여기로 올 줄 알고 있던 사람처럼 거침없는 직설이다. 그 간결한 질문에 대답은 돌아오지 않았다. 공백이 길어질수록 부녀 사이 공기

217

가 점점 더 얼어붙었다. 딸이 끝내 입을 열지 않자 신이치의 냉정은 무너졌다.

우두커니 선 딸을 향해 그는 뚜벅뚜벅 다가간다. 어깨를 잡아챌 것처럼 빠르게 다가간다. 그리고 코앞에 멈춰 선 채로 사납게 다시 묻는다.

"그놈을 어디다 감췄어!"

"……몰라요."

대답한 순간 얼굴이 홱 돌아갔다. 눈에서 번쩍 빛이 튀었다. 왼쪽 뺨이 뒤늦게 따끔거리기 시작한 후에야 미나는 제가 맞았다는 걸 알았다.

태어나 처음이었다.

"감히…… 감히 네가 나를……."

신이치는 분노를 차마 다 감당하지 못하는 것 같았다. 제가 딸을 때렸다는 사실에 더 경악한 것 같기도 했다. 분절된 말과 떨리는 숨소리에서 미나는 그 어지러운 심경을 들을 수 있었다.

"대체 무슨 생각으로 그런 짓을! 거기 숨으면 내가 모를 줄 알았느냐?"

"……."

"오야케가 널 지켜 줄 수 있을 것 같으냐?"

"……."

"내가 그따위 담장 하나 못 넘을 것 같아? 당장이라도 부수고 들어가 끌어낼 수 있다!"

"그럼 저도 같이 끌려가겠죠."

미나가 고개를 들며 대꾸했다.

그녀로 인해 제복 입은 남자들이 수없이 죽고 다쳤다. 죄수를 강탈하고 관리를 죽인 범인으로 지목되면 그녀 또한 중벌을 피할 수 없었다. 신이치는 누구보다도 그 사실을 잘 알고 있을 것이다.

그러므로 미나가 엮여 있는 한 아버지는 준세에게 손을 댈 수 없다. 그는 절대로 자신의 딸을 제 손으로 해칠 수 없다. 그렇게 확신하는 스스로가 잔인하게 느껴졌으나, 지금의 미나는 그보다 더한 짓이라도 할 수 있었다.

"너 대체…… 왜 이러는 거냐."

"이러지 않으면 아버지가 그 사람을 죽일 거니까요."

"놈은 반역자야."

"제 남편이에요."

하. 나지막이 탄식하는 소리.

"이럴 수는 없어요, 아버지. 어떤 죄를 지었어도, 반역이 아니라 그보다 더 큰 죄를 지었어도 그렇게 마음대로 사람을 죽일 순 없어요."

"……"

"우리가 잘못하고 있는 거예요. 아버지가 잘못하고 있는 거예요."

"……"

"이건 죄예요, 아버지."

너무 큰 죄예요. 미나가 다시 한번 힘주어 말했다. 가슴이 심하게 뛰었다. 그리고 목이 메었다.

"그 사람뿐만이…… 아니잖아요. 너무 많은 사람이 억울하게 죽고 있잖아요."

"너와 상관없는 일이다."

"짐승처럼 다뤄지면서 고통받고 있어요. 저는 그걸 다 봤다고요."

"너한텐 아무 일도 아니다. 네가 관여할 일이 아니야."

"어떻게 아무 일도 아닐 수 있어요? 그걸 다 봐 버렸는데 어떻게 아무렇지 않을 수 있어요? 아버지는 아무렇지도 않으세요?"

신이치의 눈은 변함없었다. 아무런 감정도 실리지 않은 눈이었다. 아버지는 정말로 아무렇지 않은 걸까. 그 모든 일들을 지시하고 묵인하면서 단 한 번도 가책을 느끼지 않은 걸까. 미나는 새삼 두려워 소름이 돋았다.

"다 같은 사람이잖아요. 우리랑 똑같은 사람이잖아요. 어떻게……."

"모든 사람을 위한 제도는 없다."

신이치가 싸늘하게 선언했다.

"모두를 만족시킬 수 있는 체제는 존재하지 않는다. 인간은 그렇게 만들어지지 않았어. 다 같은 사람이라고? 아니지. 만인이 정말로 평등하다고 생각한다면 그건 순진하기 짝이 없는 이상주의일 뿐이야."

미나는 아버지의 얼굴을 마주 보았다. 언제나처럼 단호한 입매. 우아한 자세와 품위 넘치는 말투.

"세상에는 내 힘으로 바꿀 수 없는 것들이 있다."

확신에 찬 얼굴. 자신을 조금도 의심하지 않는 자의 얼굴.

"사람마다 각자의 위치가 있고 처한 상황이 있다. 나는 내 위치에서 해야 할 일을 하고 있는 거야. 내 의무는 내 조국의 이익을 수호하는 것이다. 설령 그 과정에서 약간의 불의가 발생하더라도, 그건 내가 어쩔 수 없는 일이야."

"어쩔 수 없다는 건 변명이 될 수 없어요."

미나가 말을 가로챘다. 서로를 똑바로 바라보는 눈길.

"아버지가 그러길 택한 거잖아요."

타인의 일에 눈을 감기는 쉽다. 모른 척 외면하면 없는 일처럼 살아갈 수도 있다. 그러나 진실의 위력은 거대해서, 아는 것을 계속 모른 척하려면 상당한 대가를 치러야 한다.

"모두가 그런 길을 택하는 건 아니에요."

어떤 사람들은 눈감지 않는 쪽을 택한다. 힘들어도 눈을 뜨고 옳은 길을 가려 한다. 타협할 수 없는 가치를 지키는 사람들. 편안함을 거부하고 목숨을 거는 사람들. 미나는 그런 사람들을 보았고 그들 앞에 매번 부끄러움을 느꼈다.

그렇게 외면의 대가를 치러야 했다.

"저는 아버지처럼 살 수 없어요."

"……"

"이제는 그렇게 살 수 없어요."

"……"

"전 그 사람을 지킬 거예요."

미나는 이제 알 것 같았다. 무엇이 그들을 눈뜨게 만들었는지. 그들이 목숨 바쳐 지키려는 게 무엇인지. 평생 믿어 온 것들을 부정하고, 두려워했던 것들을 극복하고, 한없이 이기적일 수 있는 이유가 무엇인지.

"아버지가…… 절 지키려는 것처럼요."

그래서 미나는 또한 확신할 수 있었다. 눈앞의 이 사내. 무섭도록 냉정하고 긍지 높은 이 남자도 그렇게 할 거라는 걸.

사랑하는 딸을 위해서라면.

"저 아이 가졌어요."

"……."

"보내 주세요."

일순 진공 같은 정적이 흘렀다. 그것이 지난 후에야 신이치는 비로소 감정을 드러냈다. 두 눈에 가장 먼저 살기가 스쳤다. 그리고 경악. 이어서 절망.

"내가……"

떨리는 음성. 고통스러운 얼굴.

"내가 너를 얼마나……."

미나는 다시 한번 마음을 다잡았다. 감정을 숨기고 냉혹하게 굴려 했다. 제 몸에 흐르는 하루하라의 피를 믿었다. 차갑고 냉정하게. 오만하고 당당하게.

불의라는 걸 알면서도 모른 척 떳떳하게.

"저를 원망하지 마세요."

"……."

"이 모든 것이 아니었다면, 아버지가 절 잃는 일은 없었을 거예요."

"……."

"우리가 서로를 잃는 일은 없어야 했어요."

"……."

"이제 저는 누구를, 무엇을 원망해야 할지 모르겠어요, 아버지."

눈물로 호소하고 싶지 않았다. 그 앞에서 우는 모습을 보이고 싶지 않았다. 그것이 제 결정에 대한 자긍심 때문인지, 육친을 배반하는 죄의식 때문인지는 모르겠으나 그녀의 마음이 그러했다. 그래서 미나는 온 힘을 다해 감정을 누르고 눈물을 참아 냈다. 충격으로 휘청대는 아버지를 끝끝내 외면했다.

마주 선 부녀 사이로 다시 침묵이 흐르기 시작했다.

신이치는 우뚝 선 채 입을 다물었다. 숨소리 한번 내지 않았으나 미나는 그가 갈등하고 있음을 알 수 있었다. 아니, 그것은 이미 갈등이 아니라 체념에 가까웠다. 그는 이런 최악의 경우를 미리 염두에 두고 있던 것이다.

"……미국으로 가거라."

그러지 않았다면 이토록 빠르게 결정할 수 없었을 테니.

"가서 당분간, 돌아오지 마라."

미나는 대꾸하지 않았다. 저도 아는 것을 아버지가 모를 거라고 생각하지 않았다. 이렇게 떠나면 다시는 돌아올 수 없다는 걸, 그러니 이제 두 번 다시 만나기 어려울 거라는 걸 과연 그가 모를까.

"필요한 것들은…… 히타로 편에 보내마."

신이치는 거기까지 말을 맺은 뒤 침묵했다. 무슨 말을 더 할 것처럼 잠시간 자리를 뜨지 않았다. 그러나 끝끝내 아무 말도 이어지지 않았다. 그저 두 눈을 내리깐 딸의 얼굴만 바라보다가, 왼쪽 뺨에 붉게 남은 손자국을 바라보다가, 곧 뚜벅뚜벅 구둣발을 옮겨 현관으로 나가 버렸다.

포석을 디디는 발소리가 차츰 멀어졌다. 응접실에 홀로 남은 미나는 움직이지 않았다. 석상처럼 우뚝 선 채 귀를 기울였다. 지금도 그녀는 구분할 수 있다. 그가 저에게 다가오고 멀어지는 소리. 특유의 넓은 보폭과 힘찬 걸음걸이. 바다 건너 화려한 도회의 세련된 냄새를 풍기던 사람.

'민아, 어찌 우느냐?'

낯선 저택에서 주눅 든 딸을 조선어로 달래 주던 아버지. 하나코, 레이코 같은 이름 대신 미나라는 이름을 준 아버지. 기생첩이 지어 부르던 이름을 간직해 준 아버지.

'이리 오너라. 아비가 민이 주려고 약과 사 왔느니라.'

그 아버지가 저를 얼마나 사랑하는지 미나는 안다. 너무 잘 알아서 가슴이 찢어진다. 딸을 두고 돌아서는 그의 심정은 이보다 훨씬 더 고통스러울 거라는 것도 안다. 그래서 더욱 이를 악물고 참았다. 서럽게 우는 모습까지는 차마 보일 수 없어서.

"흐흑……."

그가 사라지고 한참이 지난 후에야 미나는 주저앉았다. 차가운 바닥에 무릎 꿇은 채 몸을 숙였다. 두 손으로 입을 틀어막고 소리 죽여 울었다. 아버지는 이미 충분히 멀어졌건만 감히 소리 내 울지 않았다.

싸늘한 빈집에 주저앉은 채, 아주 오랫동안, 미나는 조용히 통곡했다.

임영환의 사랑방은 여송연 냄새와 연기로 가득했다. 굵게 만 담배의 이국적

223

인 맛을 그는 썩 즐기는 편이다. 이국적인 것은 곧 세련된 것, 고급한 것, 우월한 것이다. 그가 이해하는 바로는 그러했다.

굵직한 담배 끝을 입에 물고 천천히 빨아들였다. 특유의 향내를 입 안에 머금었다가 서서히 뱉어 냈다. 서양의 신사들은 사색할 때 꼭 이 타바코를 입에 문다지. 미국영화에서 보았던 배우의 모습이 눈앞을 짧게 스쳐 갔다.

'백작 부인은 오늘 일본으로 돌아갔습니다.'

상기하며 영환이 허공을 향해 두 눈을 가늘게 떴다. 말라깽이 윤가는 그가 가끔 성가신 일을 은밀하게 맡기는 사람으로, 입이 무겁고 조선 팔도에 닿지 못할 무뢰배가 없다는 것 외에는 성씨밖에 모르는 자였다. 그 윤가가 방금 들러 건네준 소식은 두 가지.

'경성역에서 부산행 열차를 탔습니다. 짐이 꽤 되는 걸로 봐서 잠깐 다녀올 것처럼 보이진 않더랍니다.'

영환은 의아했다. 그 조신한 부인이 남편을 혼자 두고 돌아갔다니. 미심쩍었으나 백작의 운전수가 경성역까지 부인을 수행했으며 일행으로 하녀 두 명이 있는 것까지 확인했다니 틀림없을 것이다. 백작이 보냈겠지. 상황이 이 지경이니 안사람 볼 낯이 없어 서둘러 보낸 거겠지.

'그리고 오늘 오후에, 남산정 집으로 춘원 백작이 왔었습니다.'

내색하지 않았으나 영환은 놀랐다. 그야말로 뜻밖의 정보였다.

'거기서 딸을 만나더군요. 단둘이 말이지요.'

들을수록 점점 더 뜻밖이었다.

그가 아들 집 앞에 염탐꾼을 심어 둔 건 어젯밤. 서대문형무소에서 소식을 들은 직후였다.

'오늘 죄수 이감 중에 사고가 있었습니다.'

느지막이 찾아온 조선인 간수장이 가져온 소식은 그를 대단히 놀라게 했다.

'그 뭐라고 하나, 테러. 예, 테러가 났지요.'

이감한다는 소리를 들었을 때부터 영환은 그것이 무엇을 의미하는지 알고 있었다. 미결수들은 서대문형무소에 수감되니 달리 이감할 장소나 구실이 없었다. 반면 판결 없이 사형을 집행할 수 있는 곳은 경성 시내 곳곳에 있다. 세상 사람들이 다 아는 곳으로는 종로서 지하실이 있고, 임영환처럼 높은 사람들만 아는 곳으로는 총독부 지하실이 있고.

그래서 소식을 들었을 때 그는 차라리 후련했었다. 더 이상 이 일로 골치 썩을 일은 없게 되었으니.

'폭발탄이 두 번이나 터지고 사방 총소리에…… 아수라장이었지요. 무시무시했습니다.'

'죄수는. 죄수는 어찌 되었고.'

'달아나는 걸 다시 붙잡아 옮겼다는데 글쎄요. 수상쩍어도 함구령 내린 사안이니 함부로 말들은 못 하지요. 죽은 사람이 여럿이라 그거 수습하는 데만 한참 걸렸습니다.'

댁네 아들은 대체 무슨 짓을 하고 다녔기에 그리 무시무시한 한패가 다 있소? 얼굴에 쓰인 감탄을 읽어 내며 영환은 그를 매수해 두길 천만다행이라 생각했다. 덕분에 이리 중요한 정보도 얻을 수 있고. 그래, 둘째를 보내 설득할 시도도 할 수 있었고. 큰놈이 설득되리라 기대했다기보다는 작은놈이 눈물 쏟으며 애원하는 꼴을 보기 싫어서 승낙한 거였지만.

그놈은 그리 나약해 빠져서 어디다 쓸까. 이제 그놈이 가문을 이어야 하는데.

"쯧."

차남을 생각하자 절로 미간이 찌푸려졌다.

차라리 둘째가 그 짓을 하다 붙잡혔더라면 얼마나 좋았을까. 요즘 영환은 그 생각만 든다. 도무지 그런 짓을 할 깜냥이 안 되는 놈이긴 하지만, 그랬다면 이렇게까지 속이 쓰리진 않았을 텐데 싶다. 생긴 건 둘째가 제 어미를 빼박았는데 왜 알맹이는 엉뚱한 데 가 박혔는지. 설마 그놈이 그런 짓을 하리라고 꿈엔들 생각했겠나.

빌어먹을 놈 같으니라고.

'금년부터는 어머니 제사를 저희 집에서 모셨으면 합니다.'

모든 것은 그 어미 때문이다. 어미를 죽인 걸 큰놈이 알았기 때문이다. 그걸 어떻게 알았을까. 설마 작은놈도 알고 있을까. 알더라도 그놈이 감히 뭘 어쩌겠어, 계집애처럼 징징 울기나 하겠지. 그러자 다시 큰아들 아까운 생각이 들면서 영환은 기분이 몹시 언짢아졌다. 죽이고 싶도록 괘씸한 것과 별개로, 25년 가까이 정성껏 기른 후계자를 잃은 것은 너무나도 아까운 노릇이었다.

'법은 덕을 위한 것이고 만덕의 으뜸은 효라고 배웠습니다.'

그 소릴 하면서 속으로 얼마나 날 비웃었을까. 감쪽같이 나를 속이는 동안 얼마나 내가 우스워 보였을까. 그리 생각하니 어느새 아까운 마음은 가시고 다시 분노가 부글거렸다.

만덕의 으뜸은 단연 효다. 나라님은 바뀌어도 아비는 바꿀 수 없다. 어떤 상황에서도 부모의 은혜만큼은 절대적이고 영구한 것이다. 그 잘난 육신이 다 누구한테서 온 건데. 낳아 주고 길러 주고 온갖 혜택을 다 누리며 살게 해 준 게 누군데. 나한테서 나온 놈이 감히 나를 배반해?

배은망덕도 분수가 있지.

"빌어먹을 놈."

그는 모든 것이 잘되어 간다고 생각했었다. 결혼까지 시켰으니 이제 손자만 기다리면 될 줄 알았다. 준세는 저처럼 똘똘하고 효성스러운 자식들을 낳을 것이고, 그 손주들에 둘러싸여 가문의 번영을 지켜보면서 흡족하게 늙어 가는 일만 남았다고 믿었다.

그런데 바로 그놈이 집안 말아먹을 놈이었을 줄이야.

영환은 인상을 팍 구기면서 여송연을 입으로 가져갔다. 신경이 한껏 곤두서고 가슴이 답답했다. 어제 형무소서 그런 사고가 있었다는데 신문도 라디오도 소식이 전혀 없었다. 이감 중에 테러가 나서, 그래서 어떻게 됐다는 건가. 제대로 이감됐다면 아들은 죽었을 테지만 만약 아니라면. 탈출이라도 한 거라면 어떻게 되는 건가.

춘원신일 그자는 또 무슨 생각을 하고 있는 건가.

남산정 집 앞에 사람을 심어 둔 것은 혹시 준세가 거기 나타날까 싶어서였다. 놈이 정말로 탈출했다면, 멀쩡히 살아 있다면 언제고 다시 화근이 될 테니. 길들여지지 않는 짐승은 서둘러 죽이는 편이 낫다. 어느 날 갑자기 나타나 내 목을 물어뜯기 전에. 늑대는 아무리 어르고 달래도 절대 개가 될 수 없다.

강아지인 줄 알고 정성껏 길러 온 세월이 억울할 뿐.

"배은망덕한 놈."

한탄하며 영환은 입술 사이로 연기를 뿜어냈다. 이국적인 담배의 진한 향이 전혀 느껴지지 않았다. 사고의 초점이 한 곳에 맞춰지면서 그는 집중하기 시작했다. 뭔가 이상하지 않은가. 분명히 무언가 이상하게 돌아가고 있다.

'거기서 딸을 만나더군요. 단둘이 말이지요.'

부인이 동경으로 돌아갔는데 딸은 아직 경성에 있다? 금이야 옥이야 싸고도는 그 딸을 아직도 준세의 집에 둔다? 부녀가 단둘이 그 집에서 만난다?

멀쩡한 백작저를 지척에 놔두고?

"……흠."

이건 확실히 뭔가, 매우 이상하지 않은가.

시작은 늘 철커덩, 거세게 닫히는 철문의 소음이다.

단단히 묶인 몸을 준세는 전혀 통제할 수 없다. 그의 몸에 대한 권한은 오롯이 적들에게 있다. 뾰족하고 날카롭고 뜨거운 것들이 살을 파고든다. 물속에 처박혀 몇 번이고 정신을 잃는다. 뼈가 뒤틀리는 고통 속에서도 그는 지켜야 할 것만을 생각한다.

경찰에 체포될 경우 본인에만 한하고 다른 당원을 연루시키지 말 것.

'네가 죽인 사람이 몇 명인 줄은 아나?'

허허벌판에 함부로 버려진 시신들이 번쩍 눈을 뜬다. 하나같이 피투성이 얼굴로 그를 노려본다. 그 틈에 서 있는 어머니는 아무 말도 해 주지 않는다. 육신의 고통보다 더 큰 괴로움이 준세의 목을 조른다.

'너는 아무것도 하지 말아야 했어.'

그 말이 맞는지도 몰라. 나는 아무것도 하지 말아야 했는지 몰라. 차라리 그때 죽었어야 했는지도 몰라.

'산 사람은 살아야지요.'

그러나 어떻게. 어떻게 살 수 있는데. 이 미친 세상에서 돌아 버리지 않고 대체 어떻게.

'경성지법 검사국에서 나왔습니다.'

낯선 남자들이 우르르 들이닥친다. 방문이 벌컥 열리고 구둣발이 짓쳐들어온다. 적들은 무장했지만 준세의 손에는 총 한 자루 없다. 누군가의 억센 손이 미나의 머리채를 휘어잡는다. 안 돼, 안 돼, 안 돼. 무력한 그는 혀를 잘린 것처럼 소리조차 낼 수 없다.

비명 소리. 지하 고문실. 다시 비명 소리.

준세는 기겁하며 번쩍 눈을 떴다.

"허억."

바짝 마른 숨은 호흡으로 이어지지 않았다. 들숨과 날숨이 균형을 잃고 완전
히 조각났다. 온몸을 부들부들 떨면서 준세는 정신 차리려 안간힘 썼다. 꿈이었
다는 것을 알아도 극도의 공포는 끈질기게 그를 물고 흔든다. 그 시커먼 아가
리에 반쯤 물린 채 준세는 생각했다. 안 돼. 이대로는 안 돼.

너까지 다치게 하면 안 돼.

이불을 젖히고 상체를 일으켰다. 허공을 향해 밭은 숨을 뱉으며 주위를 인식
했다. 짙은 보라색 공기 사이로 일상의 소음이 순하게 기어들었다. 새벽인 줄
알았는데 저물녘인 모양이다. 고개를 돌리자 곁에 누운 여자가 보였다.

미나는 이쪽을 향해 모로 누워 잠들어 있었다. 따로 깐 요 위에 오그리고 누
워서 이불도 덮지 않고 잔다. 외출했다 돌아온 것이 분명한 옷차림에 그는 눈
길을 주었다. 어딜 다녀왔을까. 이런 때에 혼자 어디를. 무슨 일을 겪었기에 이
토록 쫓기듯 잘까.

준세는 숨을 죽였다. 그리고 귀를 기울였다. 깊고 편안한 여자의 숨소리를
집중해 들었다. 완전히 잠들었는지 잠깐 확인하려던 것이, 어느 틈에 그는 또
하염없이 바라보고 있었다.

제 곁에서 잠든 얼굴.

언제부턴가 준세는 그 얼굴을 하염없이 바라보았다. 아직 어두운 밤, 여자의
이마 위로 희붐한 새벽이 드리울 때까지 바라보았다. 그걸 보려고 스스로 정한
운동시간을 몇 번이고 어겼다. 출근할 때가 다 되었는데도 깨우지 않고 머리맡
에 서 있기도 했다.

그렇게 곤히 잠들어 있을 때면 마음껏 볼 수가 있었다. 감추거나 위장할 필
요 없이. 억지로 웃거나 웃음을 참을 필요도 없이. 눈을 뜨고 있는 동안에는 감

히 그렇게 볼 수 없으니.

너는 알고 있을까. 내가 너 모르게 훔쳐 낸 그 시간들을.

바라보는 것만으로 족했다가도 곧 만져 보고픈 욕심이 돋고.

슬쩍 뺨을 건드려 네가 찡그리면 나는 바보처럼 히죽거리고.

남은 날짜를 가만히 헤아리다가 차라리 헤아리지 말자 고개를 흔들고.

너는 이 모든 것을 몰랐으면 하면서도, 영영 모를 거란 생각에 가슴이 허해지고.

준세는 웅크리고 잠든 여자를 계속해 바라보았다. 제 몸을 덮고 있던 이불을 옮겨 조심스레 어깨까지 덮어 주었다. 뻣뻣한 손가락에 동통이 느껴졌으나 그에겐 아무것도 아니었다. 몸을 움직일 때마다 곳곳이 통증이지만 그는 일어서야만 했다.

지금 움직여야 한다. 여기를 떠나야 한다. 그것만이 여자를 지켜 낼 유일한 길이다.

준세는 입을 굳게 다문 채 몸을 일으켜 세웠다. 캄캄하던 머릿속이 불을 켠 듯 명료해지면서 기운이 솟았다. 문창호지에 밴 어둠의 짙기로 시간을 가늠하고, 이 집을 나가 인력거를 탈 수 있는 가장 빠른 동선을 떠올렸다. 일단 은신처로 가자. 앞으로 어찌 할지 거기서 생각하자. 결정은 신속하게 이루어졌다.

그는 선 채로 방 안을 둘러보았다. 저만치 놓인 트렁크 세 개를 발견하고 그쪽으로 다가섰다. 몸을 낮춰 가방 한 개를 열자 차곡차곡 개켜진 여자 옷이 나왔다. 다시 닫고 다음 가방을 열자 낯익은 제 옷들이 나왔다. 그 틈에 돌돌 말린 지폐 한 뭉치가 있었다. 십 원권 두 장을 뽑아 바지 뒷주머니에 넣고, 나머지는 미나의 가방에 넣은 뒤 트렁크를 닫았다. 손잡이를 들어 보니 그리 무겁지 않았다. 어렵잖게 이동할 수 있을 것 같다고 준세는 확신했다.

여자와 눈이 마주친 것은 막 몸을 돌려 세웠을 때였다.

"어디 가······?"

상체를 반쯤 일으킨 채로 미나가 물었다. 잠 부스러기 묻은 그 얼굴을 준세는 그저 쳐다볼 수밖에 없었다. 대답 없이 선 남자를 향해 여자가 몇 번 눈을 슴벅거렸다. 그리고 뭔가 감지했는지 얼굴을 굳혔다. 부스스 일어나는 몸이 아주 약간 휘청댔다.

"같이 가."

"안 돼."

그는 망설이지 않고 말했다. 낮고 침착한 목소리.

"당신은 여기 있어."

마주 선 여자가 그게 무슨 소리냐는 듯이 바라본다. 그래서 준세는 한 번 더 말해 주었다. 최대한 명확하게. 할 수 있는 한 단호하게.

"따라오지 마."

어둠 속에 마주 선 남녀는 그 상태로 잠시 침묵했다. 서로의 눈을 바라보면서 제각기 생각을 정리하려 애썼다. 선잠에서 막 깨어난 미나는 너무나도 어려 보였다. 아이처럼 무구한 빛이 채 가시지 않은 채였다. 가늘고 연한 몸. 저 몸으로 지옥을 어찌 견딜까. 준세는 상상조차 하기 싫었다. 채 상상하기도 전에 치가 떨렸다.

"따라갈 거야."

짙어지는 어둠 속에서 미나가 말했다.

"같이 갈 거야."

대꾸할 틈도 주지 않고 그녀는 움직이기 시작했다. 흐트러진 머리를 손으로 대강 쓸고서 벽에 걸린 코트를 떼어 냈다. 하. 준세는 그만 한숨을 뱉었다. 심장이 뛰면서 가슴이 갑갑해졌다.

"내가 어디로 갈 줄 알고 따라온다는 거야."

미나는 대꾸하지 않았다. 못 들은 척 코트에 팔을 꿰고 머리를 매만질 뿐이다. 터진 상처가 있던 손. 그 손이 오른쪽이었다는 걸 준세는 상기했다. 다치게 하고 싶지 않았는데. 손끝 하나 상하게 하고 싶지 않았는데. 순간 가슴이 슥 베이는 듯 냉기가 스쳤고, 그는 다시 결심해야 했다.

안 돼. 이대로는 안 돼.

핸드백을 챙기는 여자를 붙잡았다. 최고급 모직 코트의 감촉과 가는 팔의 윤곽이 느껴졌다. 평생을 깃털 이불에 감싸여 살아온 여자. 준세는 앞으로 제가 어떤 길을 가든, 그 명백한 고난을 절대 이 여자에게 지울 수는 없다고 다시 한 번 확신했다.

"그만둬."

"나간다며."

"미나."

"옷 입어. 코트 거기 걸어 뒀어."

"……."

"설마 혼자 갈 생각이었어? 나 몰래 도망이라도 가려고?"

"당신은 여기 있어야 돼."

"싫어. 나도 가."

"내가 널 해칠 거야!"

낮게 일갈한 순간 숨이 턱 막혔다. 설명할 수 없는 무언가가 쏟아지듯 눈앞을 막았다. 왈칵 치미는 울음을 준세는 간신히 삼켜 냈다. 아직도 두려움에 어깨가 떨려 왔다. 소름 돋게 생생한 두려움.

"내가 너까지…… 해칠 거라고."

여자의 팔을 쥔 오른손에 힘을 주었다. 부은 손가락들이 일제히 신음했다. 그럼에도 그는 왼손까지 동원해 여자의 양어깨를 붙잡았다. 망가진 두 손이 모직 코트 위에서 시퍼렇게 보였다.

"알잖아. 난 당신을 속였어. 처음부터 끝까지 거짓말만 했어. 나는 단 한 번도, 진심이었던 적이 없어."

끝까지 거짓이다. 그러나 이제 와 진실을 말한들 달라질 것이 있나. 아니, 감히 진실을 이 입에 담을 수나 있나.

"당신은 나를 몰라. 나에 대해 아무것도 몰라."

그것은 진실이다. 준세 자신조차도 이제는 알 수 없으니까. 자신이 누구인지 그는 정녕 모르겠다. 무엇을 위해 죽지 않고 살아왔는지. 목숨을 걸어 노렸던 목표가 무엇이었는지. 호화로운 자작저와 형무소 지하실 중 어디에 더 어울리는 인간인지.

"나는 당신이 아는 사람이 아니야. 당신이 본 건 다 가짜야. 나한테 어떤 마음을 품었든 그 대상은 다 허상이야."

너는 존재하지 않는 것을 사랑한 거야. 철저히 내게 기만당한 거야. 처음부터 끝까지. 지금 이 순간마저도.

"그러니 여기서 멈춰. 더 후회하기 전에 떠나라고."

준세는 여자의 어깨를 붙든 채 낮게 윽박질렀다. 할 수만 있다면 여기 꽁꽁 묶어 둔 뒤 달아나고 싶었다. 그런 헛된 궁리를 하는 와중에도 그는 숨에 섞여 드는 향기를 인지했다. 손바닥에 닿은 체온을 느꼈다. 한 번만, 마지막으로 한 번만 안아 보고 싶다고 생각했다.

그러나.

"당신은 떠나야 해."

그의 세상은 미친 곳이다. 남편이 아내를 죽이고 아들이 그 꼴을 목도하는 곳이다. 진실이 아무렇지 않게 목 졸리는 곳. 무고한 사람들이 울부짖으며 피 흘리는 곳.

이 미친 세상에서 달아나. 제발. 너만이라도.

준세는 더 이상 말을 이어 갈 수 없었다. 저를 보는 여자의 얼굴만 마주 보았다. 그 눈에서 필사적으로 동요를 찾았으나 조금도 보이지 않았다. 그럼 이제 어떻게 해야 하나. 겁이라도 먹게 해야 하나. 더 지독하고 가혹한 말들을 떠올리려 그는 노력했다. 그러나 가슴은 터질 듯 위태롭고, 머릿속엔 구멍이 뚫린 듯 아무것도 떠오르지 않았다.

그가 동요하고 있다는 것을 미나는 느낄 수 있었다. 붙들린 어깨를 통해 전해지는 악력과 떨림이 그러했다. 그가 한계의 문턱에서 버티고 있다는 것을, 조만간 무너지고 말 것을 그녀는 알 수 있었다. 태연하게 거짓을 말하던 모든 순간에도, 그의 몸은 늘 진실을 알리고 있었다는 걸 미나는 이제 안다.

"상관없어. 당신이 누구라도."

그래서 미나는 울지 않았다. 차가운 말에 휘둘려 당혹하지도 않았다. 거짓은 더 이상 그녀를 속이지 못한다.

"당신 말이 맞아. 난 몰라. 당신이 어떤 사람인지, 아직 다는 몰라."

미나는 진실로 알 수 없었다. 그가 무엇을 더 숨기고 있는지, 감춰 둔 모습 중에 어떠한 것들이 더 있는지 속속들이 알지 못했다.

그것이 과연 제 생을 던지기에 값하는 것인지도.

"그렇지만 상관없어."

그럼에도 미나는 이 남자를 사랑한다. 설명할 수 없는 이유로 그를 원한다. 그가 목숨을 바쳐 구하려는 것이 무엇이든 간에. 존재하지 않는 것을 갈망하는, 미련하도록 지독한 그 열망마저도.

"내가 원하니까."

그러니,

"그걸로 충분해."

그것만으로도 얼마든 괜찮은 것이다.

"당신이 가는 곳이라면 어디든 갈 거야."

"……"

"당신이 조선에 있겠다면 나도 여기 있을 거야."

"……"

"당신이 조선에서 죽겠다면, 나도 여기 묻힐 거야."

미나가 힘주어 말했다.

"우린 같이 있을 거야. 둘 중 하나가 죽을 때까지."

그로부터 다시, 침묵이 시작되었다.

방 안의 어둠이 조금 더 짙어졌다. 미나는 제 어깨를 붙든 남자를 바라보았다. 한시도 눈을 떼지 않고 바라보았다. 최후의 위장이 해체되는 모습을, 완전히 무력해지는 모습을 지켜보았다.

"나는…… 당신을 지킬 수 없어."

희미하게 떨리는 목소리.

"당신까지 다치게 할 거야. 분명히 그렇게 될 거야."

고통스럽게 일그러진 얼굴.

"나는 두려워. 그게 너무 두려워. 두려워서…… 미칠 것 같다고……."

감춰 둔 진실을 토해 내는 모습.

"그러니까 미나, 제발…… 나한테서 달아나……."

언제나 여유로이 웃던 남자는 이제 여기 없었다. 준세는 패배자처럼 고개를 숙였다. 흐느끼는 어깨를 미나는 바라보기만 했다. 달아나, 달아나 줘, 제발. 울음 속에서 되뇌는 말들과 달리, 남자의 두 손은 여전히 여자의 어깨를 꽉 쥐고 있었다.

언어는 교활하다. 가볍고 날래어 아주 쉽게 거짓을 지어낸다. 그러나 몸은 정직하다. 깊숙이 숨어 본인조차 알지 못하는 마음을, 욕망을, 갈등을 몸은 그리 쉽게 감추어 내지 못한다.

미나는 그가 울도록 잠시 내버려 두었다. 마음이 아프면서도 어쩐지 후련한 생각이 들었다. 그가 한 번이라도 이렇게 운 적이 있을지 궁금하기도 했다. 가슴을 맞대어 안아 주고 싶었지만 움직이지 않았다. 그를 이토록 울게 하는 것이 무엇이든, 충분히 씻겨 내려가기를 바랐다.

그리고 한참 만에 입을 열었다.

"미국으로 가자."

고개를 깊이 숙인 남자는 말이 없다. 미동조차 하지 않는다.

"나도 도울게."

"……"

"당신이 왜 그런 일을 하는지, 조금은 알 것 같아."

"……"

"거기서도 조선을 도울 수 있는 방법이 있을 거야."

"……"

"돕게 해 준다면…… 나도 도울게."

말하며 가만히 손을 뻗었다. 젖은 얼굴을 조심스레 감싸 주었다. 뜨겁게 올랐던 열이 어느새 거의 내려 있었다. 똑바로 선 다리와 제 어깨를 붙든 팔이 강고해 보였다. 이만큼 회복해 낸 것이 고마워서 미나는 목이 메었다. 아울러 무엇이라도 해낼 수 있을 것 같은 용기가 솟았다. 이 남자와 함께라면 어떤 삶이라도 살아 낼 수 있을 것 같았다. 그래서 미나는 다시 한번 각오했다.

"같이 가자."

거기가 어디든. 나는 끝까지 함께 갈 거야.

남자는 여전히 말이 없다. 고개를 들어 여자를 마주 보지도 않는다. 그러나 그가 무언가를 결정하고 있음을 미나는 알았다. 느슨해지는 악력을 통해, 차분해지는 숨소리를 통해 알 수 있었다.

그때 바깥에서 발소리가 났다. 준세가 문득 신경을 세우며 고개를 돌렸다. 여러 사람의 신발이 마당에 스치는 소리. 그 소리는 틀림없이 이쪽으로 접근해 오고 있었다. 가까이 선 남자와 여자가 긴장한 시선을 맞추었다.

"미나."

히타로의 목소리였다.

"손님이 오셨다."

불 꺼진 방 안의 남녀는 잠깐 숨을 죽였다.

미나는 약간의 공백을 둔 뒤 방문을 열었다. 다분히 방어적인 태도로 상대의 얼굴부터 확인했다. 히타로의 뒤에 선 찬을 본 뒤에야 그녀는 안심했다. 그와 함께 있는 낯선 이가 노인이라는 것도 마음이 놓였다.

양복 차림의 낯선 사내를 노인이라고 생각한 건 백발 때문이다. 미나와 눈이 마주치자 그는 쓰고 있던 중절모를 벗어 들었는데, 포마드로 잘 다듬은 머리칼이 새하얀 백발이었다. 중키에 약간 호리호리한 노인은 점잖은 일본인처럼 보였다. 옷차림과 행동거지도 그렇거니와 금테 안경이며 손에 쥔 단장이 첫눈에도 고급품이었다.

"불쑥 찾아와 실례합니다."

그의 능숙한 일본어와 희미한 미소에 미나는 더 의아해졌다. 누굴까. 의사 같지는 않은데. 생각하던 찰나, 한발 뒤에 서 있던 준세가 앞으로 나섰다.

"안으로 드십시오."

조선어였다.

손님들을 안내한 히타로가 제 거처로 돌아가고 방 안에 네 사람이 둘러앉았다. 환한 전깃불 아래서 다시 본 뒤에야 미나는 초면의 사내가 노인이 아니라는 것을 알았다.

머리는 명주실처럼 하얗지만 안경 쓴 얼굴은 늙지 않았다. 광대가 불거지고 눈매가 날카로워 만만찮은 인상을 준다. 마흔서너 살쯤 되었을까. 미나는 그의 나이를 추측하며 세 남자 사이의 분위기를 가늠하려 했다.

"예까지 어쩐 일이십니까."

맨바닥에 무릎 꿇고 앉은 채로 준세가 물었다. 대답은 돌아오지 않았다. 준세는 입을 다문 채 얼마 만에 선생을 뵙는 건지 헤아려 보았다. 지난가을, 동척에 월차를 내고 부산에 내려갔을 때가 마지막이니 넉 달쯤 되었단 계산이 나온다. 그때 뵈었을 때는 새치 하나 없는 제 머리였는데. 새하얀 백발이 낯설었으나 건강해 보이니 다행이었다.

백산은 변장에 능하다. 꼬질꼬질한 조선 옷을 입고 열차 삼등칸에 섞이기도 하고, 허리가 완전히 꼬부라진 노인 시늉을 하기도 했다. 평범한 기모노에 게다 소리를 내며 걸으면 영락없이 일인처럼 보였다. 그는 자신을 주시하는 눈이 많다는 것을 잘 알고 있다. 그들을 속이고 피하려면 갈수록 치밀해져야 했다.

"편히 앉게. 몸도 불편한데."

"당분간 거동하지 마시라고…… 말씀드리지 않았습니까."

준세는 앉은 자세를 바꾸지 않았다. 감히 눈을 들고 상대를 똑바로 보지도 못했다. 그저 죄인처럼 무릎 꿇고 앉아서 바닥만 쳐다보았다. 곁에 앉은 미나는 조선어 대화를 알아들으려 신경을 집중했다.

"일부러 온 건 아니니 부담 갖지 말게나. 장례가 있어 상경한 김에 잠시 들른 걸세."

장례. 준세는 그제야 고개를 들어 상대를 보았다. 무언가를 직감한 듯 불안한 눈이었다. 그 눈을 마주 보며 백산이 담담하게 말했다.

"강임이 떠났네."

떠났다. 그 은유를 제대로 알아들은 것이 맞다는 확신이 들자마자 미나는 비명을 삼켰다. 반사적으로 찬의 얼굴부터 살폈다. 모든 감정이 지워진 듯 무표정한 얼굴이었다. 건드리면 낙엽처럼 부서질 것 같은 얼굴.

그녀는 이어 준세를 보았다. 충격받은 눈동자가 허공을 더듬고 있다. 말을 잃은 입술 사이로 숨소리만 새어 나왔다.

"연락받고 급행차로 올라오는 길이네. 자네 소식도 황 군한테 방금 들었고."

준세는 차마 찬의 얼굴을 바라볼 수 없었다. 누구의 얼굴도 감히 마주 볼 수 없었다. 유강임이 죽었다니. 나 때문에 죽었다니. 나로 인해 무고한 사람이 또.

"의로운 동지가 먼저 갔으니 목숨을 걸더라도 배웅은 해야지."

백산의 말투는 무척이나 단조로워 아무렇지 않게 들렸다. 슬프지도 원통하지도 않은 그저 무덤덤한 어조였다. 흡사 위로 같은 그 음성을 들으며 준세는 과거를 상기했다. 그때도 선생은 이리 무덤덤하게 말을 건넸었다.

'모친께서는 의로운 분이셨네.'

백산을 처음 만난 것은 8년 전. 어머니의 장례에서였다.

그는 장례 마지막 날, 문상객들의 발길이 거의 끊긴 야심한 밤에 찾아왔다. 닷새째 밤낮으로 빈소를 지키던 준세는 언제 쓰러져도 이상하지 않을 상태였다. 종일 조문을 받던 아버지와 아우가 먼저 지쳐 돌아가고, 밥 한 술만 뜨시라며 눈물을 찍어 내던 동래댁도 그만 포기하고 물러간 뒤였다.

모친께서는 의로운 분이셨네.

기계처럼 조문객을 맞아 맞절한 준세는 그 말을 들은 순간 정신이 번쩍 들었다.

'자네라도, 부디 잊지 말아 주게.'

고개를 들어 마주 본 남자는 낯선 얼굴이었다. 말쑥한 양장에 경남 말씨를 썼다. 경남은 외가가 있는 곳. 외가 쪽 친척이던가. 없는 기억을 뒤지는 동안 남자는 돌아섰고, 그가 벗어 둔 구두를 신고 마당으로 내려섰을 때야 준세가 물었다.

'누구십니까?'

며칠째 밥도 잠도 거의 끊다시피 해 몹시 황폐한 상태였다. 희뿌연 머릿속에 저 남자를 붙잡아야 한다는 생각만 또렷했다. 준세는 그가 도망이라도 칠 것처럼 서둘러 뒤따랐다.

'제 어머니를 아십니까?'

이쪽을 향해 돌아선 얼굴을 준세는 바라보았다. 대답은 없었으나 확신할 수 있었다. 이 남자는 어머니에 대해, 진실에 대해 알고 있는 게 분명하다고.

'자네 올해 나이가 몇인가.'

'……다음 주면 열일곱이 됩니다.'

'열일곱이라.'

백산은 삼베옷을 입은 망자의 장남을 찬찬히 뜯어보았다. 그때 그는 삼십 대였고, 준세는 이미 그보다 훌쩍 키가 큰 소년이었다.

'스무 살이 되어서도 내가 누군지 궁금하다면 한번 찾아오게나.'

'어디로…… 어디로 가면 뵐 수 있습니까?'

삼월의 밤공기는 차가웠다. 온종일 향냄새를 맡으며 저승의 어귀 같은 빈소에 스스로를 가뒀던 준세는 마침내 현실로 돌아온 기분이었다. 비로소 살길의 실마리를 찾아낸 심정이었다.

'부산 백산상회로 오게.'

그리고 스무 살, 고교 졸업을 앞둔 그는 주식회사로 바뀐 백산무역을 찾아갔고, 취체역 집무실에서 다시 선생을 만났다.

'지피지기라. 자네는 스스로부터 먼저 알게.'

그때 알았다. 어머니가 백산상회로 꾸준히 의연금을 보내고 있었다는 것. 기미년에 독립선언문 등사본 운반하는 일을 도왔다는 것. 남편과 친정 부모, 다니는 교회까지 하나같이 엄금한 일을 몰래 해 왔다는 것도. 돌아가신 막내 외삼촌이 창립 당원이었다는 것은 그로부터 2년이 더 지난 후, 정식으로 입당한 후에야 들을 수 있었다.

짧고도 긴 세월이었다. 세상을 속이며 오직 홀로 감내한 시간들. 상기하자 준세는 다시 숨이 막혔다. 한 번에 하루씩, 그렇게 버텨 온 세월의 결과가 고작 이것이다. 무고한 이들을 죽게 만든 것. 죄 없는 사람들을 고통 속에 밀어 넣은 것. 그 사람들은 정녕 억울하게 죽어 갔다.

동지도 아닌 자 때문에.

"얼굴이 많이 상했네. 고초가 심했겠구만."

"살아서 뵐 낯이 없습니다."

"무슨 소린가. 앞으로 살날이 새털 같은 사람이."

이렇게 죄 많은 몸이 더 살 수 있겠습니까. 목구멍까지 올라온 말을 준세는 삼켰다. 목숨을 구해 준 여자 앞에서 그런 말을 할 수는 없었다.

"선생님."

죄책감과 자괴감으로 몸이 떨렸다. 차분히 말하는 것조차 쉽지 않았다. 준세는 감정을 누르며 한 단어씩 뱉어 냈다.

"저는…… 모르겠습니다."

그는 또렷이 기억한다. 스무 살의 이른 봄, 그가 백산을 찾아갔던 것은 순전히 그 자신을 위해서였다. 이대로는 도저히 견딜 수 없어서. 뭐라도 해야, 벌레처럼 꿈틀거리기라도 해야 제정신을 붙들고 살 수 있을 것 같아서. 그래서 결심했다. 있지도 않은 애국심 따위 조작하지 말자고. 복수심이든 의협심이든 명분이 무엇이든 간에, 마음이 시키는 대로 생을 걸어 보자고.

마음이 시키는 대로.

"지금껏 제가 한 일들이, 다 무엇을 위한 것이었는지 모르겠습니다."

"……"

"이제 어떻게 살아야 할지 모르겠습니다."

"……"

"앞으로 제가…… 무엇을 할 수 있는지도 모르겠습니다."

심장이 딱딱하게 굳는 것 같았다. 오랫동안 감춰 둔 말들이 목구멍을 긁으며 밖으로 나왔다. 준세는 타인 앞에 약해지는 법을 몰랐다. 몸을 숙이는 법도 몰랐다. 가장 솔직한 심정과 가장 나약한 모습을 누구에게도 보일 줄 몰랐다.

"자네는 아직도 스스로를 알지 못하는구만."

말하며 백산이 준세를 바라보았다. 스물넷. 곧 스물다섯이 되는 이 청년은 자기를 잘 모른다. 긍지가 높고 자부심이 강하여 자기 자신마저 업신여긴다. 그래서 제 순수하고 올바른 면을 제대로 보지 못했다.

"옳지 않은 것을 견딜 수 없는 마음. 부당한 일을 모른 척할 수 없는 것. 그게 양심이지. 그 양심을 행하는 게 정의고."

인간은 본디 나약한 존재라서, 편하게 살아남기 위해서라면 무엇이든 외면하고 망각할 수 있다. 자신의 양심을 기억하고 그를 위해 목숨을 거는 것은 아무나 할 수 있는 일이 아니다. 백산이 지금껏 봐 온 세상은 그러했다.

"자네는 정의로운 사람일세."

그래서 그는 말해 주었다. 부드러운 단언이었다.

"그렇지 않습니다."

여전히 고개를 숙인 채 준세가 반박했다.

"어머니가 돌아가셨을 때, 저는 끝까지 숨어 있었습니다."

"……"

"무서워서 숨어 버렸습니다. 두려워서 나가지 못했습니다."

"……"

"그 후에도 저는 나가지 못했습니다. 위장을 핑계로 내도록, 편하게 숨어만 있었습니다."

많은 이들이 다치고 목숨을 잃었습니다. 제가 그들을 죽게 했습니다. 그 가족들을 불행하게 만들었습니다. 준세는 성직자 앞에 죄를 고백하는 것처럼, 수치심과 후련함이 뒤섞인 심정으로 말을 맺었다.

"저는 결국…… 아무도 구하지 못했습니다."

"어째서 자네가 누군가를 구해야 한다고 생각하나? 지금껏 그래 왔다고 여기는 건가?"

백산이 되물었다.

"자네 모친, 자네 부인, 강임과 만주의 동지들을 자네가 구했어야 한다고 생각하나?"

"……"

"그들은 오히려 자넬 구하지 않았나?"

"……"

"함부로 자책하지 말게. 대단한 무언가를 했다고 생각하지도 말게. 그건 오만이야."

어깨가 싸늘해진다. 준세는 틀림없이 그렇게 생각했다. 자신이 누군가를 구하고 있다고 생각했었다. 평범하고 불행한 사람들, 가난하고 배우지 못한 이들, 연약한 여자들. 그런 사람들을 위해 무언가를 하고 있다고.

"누구도 혼자서 세상을 구할 수는 없어. 사람은, 누구나 자기만의 싸움이 있는 거라네."

백산의 말투가 다시 누그러졌다.

"그들은 패배한 게 아닐세. 누구 때문에 희생된 것도 아니야. 그저 각자의 싸움을 끝마친 것뿐이지."

준세는 알고 싶었다. 그들은 무엇을 위해 싸웠나. 나는 또 무엇을 위해, 무엇을 상대로 싸웠던 건가. 증오. 복수심. 자기혐오. 머릿속에 떠오르는 말들은 그런 저열한 것들뿐이다.

"빚을 졌다 생각하면 갚게. 잘못을 했으면 반성하고. 그렇게 하나씩 바로잡아 가게. 나부터 바뀌어야 세상이 바뀌네."

"바뀌겠습니까."

준세가 되물으며 고개를 들었다. 마주 앉은 남자와 처음으로 눈이 마주쳤다. 금테 안경 너머 이쪽을 직시하는 눈길.

"선생께서는, 정말로 세상이 바뀔 거라 믿으십니까."

"벅찬 미래는 본디 꿈과 같아서 믿기 어려운 법이지. 그러나 믿지 않는 미래는 영원히 오지 않는다네."

그러니 믿어야지. 믿어 봐야지. 백산이 혼잣말처럼 덧붙이고는,

"어차피 확률은 절반이 아닌가. 이루어지든, 아니든."

말하며 소리 없이 웃었다. 너무나 낙관적인 계산법에 준세는 바보가 된 기분이었다. 벅찬 미래는 절반의 확률. 이루어지든, 아니든.

"사람마다 각자의 몫이 있네. 모두가 투사가 될 수 있는 것도 아니고, 암살에 나설 수 있는 것도 아니고, 돈을 벌어 댈 수 있는 것도 아니야. 각자가 가장 잘할 수 있는 일을 하는 것. 그것이 우리 당의 목적이자 애국하는 길일세."

내가 가장 잘할 수 있는 일. 그것이 곧 애국하는 길.

"자네의 싸움은 아직 끝날 때가 아니네."

그로써 방 안에는 잠시 침묵이 흐르기 시작했다.

미나는 가지런히 모아 앉은 제 무릎만 내려다보았다. 그들의 대화를 모두 알아들은 건 아니지만 대략의 의미는 파악할 수 있었다. 그래서 가슴이 두근대기 시작했다. 제 곁에 말없이 앉은 남자가 무슨 생각을 하고 있는지, 어떤 결정을 내릴지 불안해졌다.

묵묵히 앉아 있던 준세는 오래지 않아 입을 열었다.

"은신처로 가겠습니다."

모두가 조용히 귀를 기울였다.

"그곳에서 채비하고…… 미국으로 가겠습니다."

미나는 가볍게 눈을 감았다 떴다.

"어떻게든, 다시 싸울 방법을 찾겠습니다."

대답을 들은 백산이 고개를 한번 끄덕였다. 그러고는 용건이 끝났다는 듯 지체 없이 몸을 일으켰다. 세 명의 남녀가 뒤따라 일어섰다. 백발의 사내는 중절모를 다시 머리에 쓰고 손을 내밀었다.

"도착하거든 편지하게나."

준세가 잠깐의 틈을 둔 뒤 악수에 응했다. 둘은 가볍게 손을 맞잡은 채 서로의 눈을 바라보았다. 그 길지 않은 순간, 미나는 그들이 아주 중요한 대화를 나누고 있다고 생각했다. 작별 인사보다 훨씬 더 중요한 무언가를 나누고 있다고.

"몸조심하게."

준세의 손을 놓으며 백산이 시선을 돌렸다. 미나는 저를 보는 그의 눈길을 마주한 뒤, 두 손을 모으고 머리를 숙여 묵례했다. 다시 눈이 마주치자 그는 서양 신사처럼 중절모에 손을 대고 가볍게 화답했다. 그리고 건네는 미소.

인사는 그것으로 끝이었다. 조선어도 일본어도 필요 없었다. 오가는 눈길과 미소. 그것으로 충분했다.

백발의 사내는 그로써 몸을 돌렸다. 찬이 방문을 열고 먼저 나갔다. 두 남자는 각자의 구두에 발을 넣고 왔던 길을 되짚어 걸어간다. 그들의 뒷모습이 보이지 않을 때까지 준세는 마루 끝에 서 있었다. 미나는 그 곁에 서서 멀어지는 중절모를 바라보았다.

두 남자는 서서히, 어둠 속으로 스며들듯 사라졌다.

초가지붕을 인 상갓집이 조용하다. 빈소로 꾸민 옹색한 대청마루에 문상객은 한 명도 없다. 망자와 함께 일하던 기자 몇이 다녀간 이후로 그만이었다. 텅빈 상가는 적막한 가운데 묘한 긴장이 감돌았다.

남편도 자식도 없는 여자의 죽음은 별수 없이 쓸쓸했다. 보통학교 다니는 일곱 살짜리 조카가 상주 노릇을 했다. 아들에 이어 딸까지 잃은 부인은 눈물 한 방울 없이 조문객을 맞았다. 제 뜻을 누구라 막았겠소. 죄인처럼 고개 들지 못하는 찬을 부인은 오히려 위로했다.

강임이 다니던 신문사는 광화문통에 있다. 백산 선생이 발기인으로 참여한 민족지였다. 집과 회사가 멀어서 강임은 신문사 근방의 하숙집에서 지냈는데, 문간방이라 하숙비가 싼 대신 외풍이 심했다. 직접 본 것은 아니지만 본인이 투덜대는 걸 들어 알고 있었다. 조만간 한번 들여다봐야지 맘먹고 있었는데. 찬은 두 눈을 길게 감았다 뜬 뒤, 담배 한 개비를 꺼내 입에 물었다.

문밖에서 기척이 난 것은 막 성냥을 그으려던 찰나였다.

"선생님. 저 훈이 에밉니다."

들어오십시오. 담배를 손안에 감추며 대답하자 강임의 새언니가 들어왔다.

조심히 문을 닫은 뒤 머뭇거리는 모습. 내외하느라 그런 것보다 뭔가 난처한 기색이었다.

"무슨 일이 있습니까?"

"그것이, 방금 웬 남자분이 부조라며 이걸 주고 가셨는데……."

여자가 말끝을 흐리며 손을 내밀었다. 펼친 손바닥 위에 놓인 것은 다이아몬드 반지였다.

"값진 것이 아닙니까? 제가 볼 줄은 몰라도 그런 것 같아 사양하려 했는데, 원 제 말은 듣지도 않고 어찌나 빨리 가 버리던지……."

찬은 그 반지를 한눈에 알아보았다. 이것을 주고 간 남자가 누구고 어떻게 이걸 갖게 되었는지도 금세 알 수 있었다. 그래서 잠깐, 만감이 교차했다.

"……부조라면서요. 받으셔도 됩니다."

장사를 치르고 나면 강임의 세 가족은 부산으로 가기로 했다. 조카는 거기서 학교에 다니고 어머니와 새언니는 백산의 주선으로 일자리를 얻게 될 것이다. 생활 터전을 옮길 때 목돈은 큰 도움이 될 터였다. 고마운 일이었다.

"제게 맡기시면 며칠 내에 돈으로 바꾸어다 드리겠습니다."

이런 물건은 추적당하기 쉬워 함부로 팔면 안 된다는 설명은 굳이 덧붙이지 않았다. 여자는 쉽게 고개를 끄덕이더니, 초면이나 다름없는 찬에게 선뜻 반지를 건네주고는 실례했다며 인사하고 방 밖으로 사라졌다.

혼자 남은 찬은 감추었던 담배를 다시 입에 물었다. 믿을 만한 장물아비를 떠올리며 성냥을 그어 불을 붙였다. 손가락에 들어가는 것이 신기할 정도로 작은 반지였다. 백금에 물린 금강석이 하얗게 반짝였다. 찬은 그것을 들여다보며 천천히 담배를 피웠다.

이것의 원래 주인은 지금 목멱동에 있다.

목멱동은 준세가 남산에 은신처로 마련해 둔 가옥으로, 남산의 옛 이름인 목멱을 따서 그렇게 불렀다. 거기서 사흘간 머물던 윤식은 부산으로 내려가 회사의 그늘로 돌아갔다. 그가 종로서에 붙들려 취조당했었다는 건 백산 선생에게 들었다. 그나마도 무사한 것이 다행이었다.

'경찰이 너무 가까이 온 듯한데. 각별히 조심하게.'

선생의 우려는 정확했다. 검경은 죽은 유강임의 주변과 행적까지 캐고 있었다. 폐업한 리버티로 찾아와 이웃들이며 건물주를 들쑤시기 시작하자 찬은 결국 몸을 숨겨야 했다. 오늘 밤은 이 집에서 신세 지겠으나 내일은 다른 곳으로 옮겨야 한다. 나흘 전만 해도 칠 호실에 마주 앉아 맥주를 마셨었는데. 지금은 모든 것이 사라졌다. 강임도. 리버티도. 수년간 살던 셋집도.

'경찰 쪽은 딱 잡아떼. 실종 신고 들어온 것도 없는데 무슨 소리냐고 되레 큰소리더라.'

'최대한 묻으려 하겠지. 총독부도 지금 무척 예민할 거다. 소식이 알려지면 반향이 클 테니.'

'검사국 쪽을 찔러 볼까?'

'검사국이라니.'

'성전 검사. 어떻게 나올지 궁금하지 않아?'

'글쎄. 별로 좋은 생각은 아닌 것 같구나.'

성전견치. 경성지법 검사이자 준세의 고교 동창. 그가 백산무역에 대한 수사를 맡았을 때부터 찬은 그에 대한 정보를 수집해 왔다. 스물다섯 살. 낯빛이 희고 다소 여윈 편. 오 척 팔 촌으로 일인으로는 큰 키. 서소문정 하숙집에 거주.

'모리타가 지휘한 겁니다. 처음부터 끝까지. 제가 연관돼 있는 한 쉽게 포기하지 않을 겁니다.'

찬은 손가락 사이에서 타는 담배를 잊은 채 허공을 응시했다. 검사가 너무 가까이 와 있었다. 장윤식, 임준세, 유강임까지 잡고 이제 폐업한 카페마저 뒤지고 있다. 뭔가 냄새를 맡은 게 분명했다. 지금 이 집 주변에도 분명 감시를 붙여 뒀을 것이며, 아나키스트 연맹 사람들이 문상을 않는 것도 그래서일 것이다.

젊은 검사는 집요한 자다. 당분간 조선을 떠나 있는 것이 나을까. 생각하며 찬은 재가 길게 매달린 담배를 재떨이에 비벼 껐다. 그리고 무릎 앞에 놓인 신문을 다시 집어 들여다보았다.

백주에 서대문형무소 앞에서 총격전! 죄수 강탈 시도는 실패.

윤전기에서 갓 찍혀 나온 신문에는 내일 날짜가 박혀 있다. 삼월 십사 일 월요일. 강임의 동료 기자가 가져다준 것이었다.

십일 일 오후 다섯 시경, 서대문형무소에서 죄수를 이감하던 중 돌발한 총격전이 있었다 ……범인이 수류탄을 투척하고 총을 쏘았으나 시설이 견고하여 피해는 대단치 않았으며…… 죄수는 안전히 이감되어…… 범인과 죄수의 관계는 현재 조사 중에 있는데……

보도금지에 걸린 사건은 당국의 허가 없이 게재할 수 없다. 수사에 저해된다는 구실로 경찰이 말해 준 내용만 쓸 수 있고, 기자가 취재로 더 알아낸 정보가 있어도 지면에 싣지 못한다. 보도금지는 앞으로 열흘은 더 있어야 해금될 것이다. 어쩌면 영원히 해금되지 않을 수도 있고. 실제로 그런 경우가 적지 않았다.

'툭하면 기사 삭제에 배포 금지에. 그놈의 경무국 검열관, 왜놈 주제에 조선어는 왜 또 그리 잘하는지.'

멍하니 기사를 들여다보던 찬이 눈을 감았다. 그리고 천천히 고개를 떨구었다. 아직도 귓가에 그 목소리가 생생했다. 욕설을 중얼대는 얼굴이 눈에 선했다. 네가 세상에 없다니. 그는 여전히 믿기지 않는다.

'제길, 나도 그냥 여기 여급으로나 취직할까 봐.'

손안에서 종이가 우그러졌다. 미래의 신문이 진한 잉크 냄새를 풍겼다. 쓸쓸한 상갓집은 고요하고, 외로운 밤이 차츰차츰 세상을 집어삼켰다.

목멱동은 남산의 가장 남쪽 기슭, 울창한 숲이 끝나고 주택가가 시작되는 비탈길에 위치해 있다. 왜성대에서 삼판통으로 이어지는 중간에 위치한 이곳은 번듯한 문화주택이 속속 들어서는 일본인 거주 지역이다. 그 사이에 태평스레 끼인 단층집이 준세가 차명으로 소유한 마지막 재산이었다.

더없이 평범한 외관만큼이나 집 내부도 소박했다. 다다미 여섯 장짜리 방 하나와 작은 욕실, 주방, 아담한 마루가 전부였다. 마루 한가운데를 네모나게 파서 재를 깐 이로리까지. 너무나도 평범한 일본식이라 조선인 도망자들의 은신처로는 절대 보이지 않는다고 미나는 생각했다.

두 사람이 중학동을 떠난 건 삼십 분쯤 전. 일요일 저녁 특유의 차분한 어둠이 거리를 뒤덮은 무렵이었다.

"아. 오랜만이네, 이로리."

방에서 나온 미나가 감탄했다. 화덕에 막 불을 붙인 준세가 걸쇠에 무쇠 주전자를 걸고 있었다. 숯불이 괄해지고 주전자의 물이 끓으면 싸늘한 실내가 한결 훈훈해질 것이다. 미나는 그의 곁에 다가가 앉아서 조금씩 번지는 불꽃을 바라보았다. 동경 본가에도 이로리가 있지만 직접 불을 쬐는 건 오랜만이었다.

"이쪽으로 앉아."

준세가 그러며 자리에서 일어섰다. 어깨가 거의 닿도록 가까웠던 거리가 훌쩍 멀어졌다. 방금처럼 붙어 앉는 게 더 좋은데. 생각한 순간 그는 더 멀어져서, 저만치 떨어진 방으로 성큼성큼 걸어가 버렸다.

방 안을 뒤지는 기척이 나더니 준세가 다시 나왔다. 어디서 찾아냈는지 방석 하나와 담요를 들고 있었다. 여자 곁에 방석을 놓아둔 뒤 저는 그 옆 마룻바닥에 다시 앉는다. 미나는 일렁이는 마음을 감추려 입술을 안으로 말았다.

"……고마워."

웅얼대듯 그러면서 방석 위에 올라앉았다. 말없이 건네진 담요도 받아 무릎 위에 놓아두었다. 남자는 묵묵히 불을 살피고, 여자는 조용히 그 모습을 바라보았다.

이곳은 늘 비어 있는 집이라 전깃불이 들어오지 않았다. 그러나 주위를 식별하기에 화롯불은 충분히 밝았다. 나란히 앉은 두 사람은 입을 다문 채 조금씩 커지는 불꽃만 바라보았다. 고요한 집 안에 숯 타는 소리만 탁탁거렸다.

준세가 입을 연 것은, 이글이글 자라난 불꽃이 주전자 바닥을 핥기 시작한 무렵이었다.

"이틀 후면 움직일 수 있을 것 같아."

이틀. 너무 이른 것 아닐까. 미나는 생각하며 그들이 가야 할 여정을 떠올렸다. 미국행 화륜선을 타려면 요코하마로 가야 한다. 경성에서 부산을 거쳐 요코하마까지는 이틀이 넘게 걸리는 데다 짐까지 있었다. 세 개였던 트렁크를 두 개로 줄이긴 했지만 감당할 수 있을까. 몸도 성치 않은 사람이. 준세가 이틀 만에 그 정도로 회복될지 미나는 걱정스러웠다.

"이 집에 돈을 좀 숨겨 뒀어. 빠듯하나마 여비는 될 거야."

"……"

"우리가 떠난 뒤에 집을 처분해서 돈을 보내 달라고 할 수 있어. 많진 않겠

251

지만 당분간 쓸 만큼은 될 거고."

"……"

"문제는 내가 부산에서 일본으로 건너갈 때인데."

준세는 잠깐 입을 다물었다가,

"아마, 검문 통과하기 쉽지 않을 것 같은데."

약간 망설이는 기색으로 말을 맺었다.

부산에서 관부연락선을 타려면 신원증명을 해야 한다. 총독부는 문제 있는 조선인들의 국경 통과를 엄격히 통제하며, 준세도 그 명단에 포함됐을 가능성이 높았다.

그러니 그가 무사히 일본으로 건너갈 방법은 두 가지다. 밀선을 구해 해협을 몰래 건너거나, 가짜 서류를 만들어 검문을 속이거나. 전자는 비용이 많이 들고 후자는 시간이 더 걸린다. 결정적으로 양쪽 모두 위험부담이 컸다.

"그건 아버지가 도와주시기로 했어."

잠자코 있던 미나가 말했다. 그리고 둘 사이에 잠시간 침묵이 흘렀다. 충실히 타오르는 불꽃을 바라보던 여자가 고개를 돌려 남자와 눈을 맞췄다. 그리고 얼굴을 마주한 채 다시 한번 말해 주었다.

"아버지가 도와주실 거야."

준세는 아무 말도 하지 않았다. 그러나 눈에 서린 뜻은 명확했다. 네 아버지를, 나를 죽이려 했던 사람을, 천황의 충신이자 총독부 핵심 관료를 어떻게 믿느냐는 표정.

"내가…… 임신했다고 말씀드렸거든."

순간 준세가 미묘하게 눈살을 찌푸렸다. 방금 들은 말이 무슨 뜻인지 가늠하는 것 같았다. 거짓말을 했다는 건지 정말 임신을 했다는 건지 혼란스러운 눈치였지만 그는 금세 정답을 골라냈다. 미나는 제 눈을 번갈아 보는 남자의 눈동자가, 의심에서 놀라움으로 빠르게 기우는 것을 보았다.

"그걸…… 왜 나한테."

"말하려고 했어. 말하려고 했는데……."

저도 모르게 말을 막고 보니 어째 변명조가 되어 버렸다. 임신은 두 사람의 일인데 혼자만 알고 있었다는 게 무작정 미안해졌다. 그걸 혼자만 알고 있게 한 장본인이 바로 이 남자였으며, 그래서 새까맣게 속을 태운 사실 같은 건 이미 다 잊어버린 것처럼. 미안하다고 말해야 하나. 왠지 그래야 할 것 같은 기분이라, 미나는 준세의 시선을 피해 눈을 내리깔았다.

그러나 사과는 남자 쪽이 더 빨랐다.

"……미안해."

준세가 한숨처럼 말했다. 그리고 손끝으로 제 눈썹 위를 매만졌다. 눈을 가리거나 얼굴을 쓸고 싶은 걸 참는 눈치였다. 미나는 좀처럼 말을 잇지 못하는 남자를 바라만 보았다.

"정말 미안해. 내가…… 내가 뭐라 할 말이 없어."

미나는 대꾸 없이 계속하여 그를 바라보았다. 비스듬히 내리깐 눈꺼풀 끝에 속눈썹이 길었다. 머뭇거리는 입술의 불그스름한 윤곽이 선명했다. 당혹과 자책이 뒤섞인 눈동자는 밤처럼 검었다. 틀림없는 그 남자였다.

내가 사랑하는 남자.

그런 순간들이 있다. 사진처럼 정지한 순간들. 유난히 환하게 빛나는 순간들. 아주 먼 훗날, 지금과 완전히 다른 세상을 살아갈 때에도, 문득 다시 떠올리게 되리라 확신하는 순간들.

뜨겁게 타오르는 불꽃. 주홍빛 열기와 냄새. 그리고 곁에 앉은 남자.

그 순간에 꿈처럼 갇힌 채로 미나는 생각했다. 나는 아주 오래도록 기억할 거라고. 지금 이 순간의 당신을, 나는 영원히 기억할 거라고.

"몸은, 괜찮아?"

준세가 조심스럽게 물었다. 혹여 괜찮지 않을까 봐 가슴이 뛰었다. 돌이킬수 없게 되었을까 봐 두려웠다. 여자가 물끄러미 저를 바라보는 그 짧은 동안그는 몹시도 불안해졌다.

"응. 괜찮아."

작게 웃어 주는 여자를 마주 보며 그는 안도한다. 그 위로 우는 얼굴을 겹쳐떠올리지 않으려 노력한다. 그러나 너무나 또렷한 그 장면들을 아니 보기란 쉽지 않았다. 거기 들어 있는 제 냉담한 얼굴과 언어를 떠올리는 것은 더욱 괴로웠다.

대체 무슨 짓을 한 건가. 소용없는 줄 알면서 준세는 또다시 후회했다. 까맣게 모르고 지은 죄가 그로써 하나 더 늘어났다. 어째서 죄는 늘 이렇게, 저지르는 줄 모르고 저지르게 되나.

"임신인 건 언제 알았어."

"지난달에."

"……."

"확실해진 건 얼마 안 됐어."

간신히 한마디 물은 준세가 다시 입을 다물었다. 임신이 어떻게 확실해지는지, 아이를 가진 여자가 어떤 일을 겪게 되는지 그는 알지 못하며 공감할 수도없었다. 자식이 생겼다는 사실을 안 남자가 으레 느끼리라고 기대되는, 흐뭇함이나 기쁨 같은 것도 전혀 느낄 수 없었다. 그는 그저 미안하고, 미안하고, 미안할 뿐이다.

"다행이야."

미나가 웃으며 말했다. 남자의 얼굴을 부드럽게 살피는 눈길.

"우리, 다 무사하니까."

우리. 준세는 입 속으로 따라 해 보았다. 우리.

"검문에 필요한 서류는 히타로 오빠가 전해 줄 거야. 수요일 정오에 내가 학교로 가기로 했으니까, 서두르면 그날 오후엔 부산으로 떠날 수 있을 것 같아."

그래도 난 당신이 여기서 며칠 더 쉴 수 있으면 좋겠는데. 시무룩하게 덧붙이는 말을 준세는 잠자코 들었다. 하루하라를 믿어도 될까. 백작이 뚫어 준 길 끝에 함정이 없을까. 못내 의심스러웠으나 다른 방법이 없었다. 미나가 제 아버지를 믿고 있으니 그도 믿는 수밖에.

"그래. 그럼 수요일에 떠나자."

말하며 그는 결정을 내렸다. 그리고 여자의 무릎에 놓인 담요를 펼쳐서 어깨에 둘러 주었다. 코앞에서 숯불이 활활 타고 있지만 준세가 느끼기엔 공기가 아직 서늘한 것 같았다.

"춥지."

"아냐, 이제 불 따뜻한데……."

대답은 하거나 말거나 그는 큼직한 담요로 여자의 몸을 꼼꼼히 감쌌다. 그러는 동안에도 머릿속에 수많은 생각이 쏟아진다. 찬이 앞서 이곳에 들러 필요한 것들을 두고 갔다. 쌀이며 두부 같은 식료품은 수요일까지 충분할 것이다. 좋은 음식을 먹고 싶지만 조선을 떠나기 전까지 그는 은신해야 했다.

무사히 일본으로 건너가더라도 미국까지는 먼 길이었다. 그 먼 길을 무사히 건너가더라도 낯선 땅에서의 삶은 녹록지 않을 것이다. 준세는 제 앞에 놓인, 아득하게 멀어 도저히 끝이 보이지 않는 길을 바라보았다. 불안하지 않다면 거짓말이다. 예측할 수 없는 미래는 분명히 막막했다. 그러나 그의 목표는 그 어느 때보다도 명징했다.

반드시 지켜 낼 것이다. 이번만큼은 반드시.

불 위에 걸린 무쇠 주전자가 끓기 시작했다. 주둥이에서 하얀 김이 피어올랐다. 준세가 그리로 팔을 뻗자 미나가 만류했다.

"내가 할게."

무슨 소리냐는 듯 그가 이쪽을 돌아본다. 미나는 허공에 정지한 그의 손을 힐끔 쳐다보고는,

"손, 아프잖아."

"괜찮아."

아무렇지 않게 대답하며 준세가 주전자를 기울였다. 투박한 사기 컵에 물을 반쯤 채워 여자에게 건넸다. 찻잎 한 장 띄우지 않았지만 뜨겁게 데운 물은 온기로 넘쳤다. 미나는 잠자코 컵을 받아서 두 손으로 감싸 쥐었다. 안도 같은 숨이 아아, 절로 흘러나왔다. 따뜻하다. 손안의 컵도. 몸을 감싼 담요도. 무릎 앞에서 타오르는 불꽃도.

배는 고프지 않았다. 오야케의 사랑에서 저녁 식사를 하고 왔으니까. 고모부는 기특하고도 심란한 얼굴로 처조카 부부를 대했고, 히타로는 아무 일도 없던 것처럼 예사로이 굴었다. 편지할게요. 미나는 예쁘게 웃는 얼굴로 대문을 나섰다. 지난여름 그 집에 처음 갔을 때처럼. 언제라도 다시 놀러 올 수 있을 것처럼.

불가에 나란히 앉아서 그들은 더운물을 마셨다. 대화가 사라진 공간은 고요해지고, 주변에는 숯 갈라지는 소리만 타닥거렸다. 적막했으나 불편한 침묵은 아니었다. 아무 말 하지 않아도, 입을 다물고 앉아 타오르는 불꽃만 쳐다보고 있어도, 남자의 곁에서 미나는 편안하고 안전한 기분이었다.

"내 걱정 하지 마."

한참 후에야 준세가 다시 말했다. 낮고 담담한 음성. 미나가 기억하는 그대로의 목소리.

"아프지 않아."

"……"

"보기엔 이래도 움직일 만해."

"……"

"어쨌거나, 제일 중요한 곳은 멀쩡하니까."

제일 중요한 곳. 거기가 어디인지 미나는 순간적으로 떠올린 뒤 안도했다. 멀쩡하다니 정말 다행이라고. 그야말로 번개 같은 연상이라 미처 멈출 틈이 없었다. 그리고 저도 모르게 마른침을 삼켰을 때,

"왜 얼굴이 빨개지지."

남자의 말에 화들짝 고개를 돌렸다. 준세는 아무렇지 않은 얼굴로 그녀의 눈을 들여다보면서,

"난 여기 말한 건데."

손가락으로 제 얼굴을 가리킨다. 아, 거기.

"내, 내 얼굴이 왜 빨개져?"

미나는 순간 허둥댔다. 뭔가 이상하다는 생각이 든 건 그 직후다. 불이 주황색인데 얼굴 빨개진 게 보이나. 그제야 걸려들었다는 걸 깨달았지만 돌이키기엔 늦었다. 미나는 눈을 꾹 감았다 뜨면서 얼버무리려 노력했다.

"그러게, 거긴…… 거긴 안 건드렸네……."

그러지 않아도 다행이라 생각했었다. 얼굴이 흉 지거나 불구가 되지 않아 다행이라고. 이어 그녀는 또한 자조했었다. 살아만 있어 주면 된다고, 어떤 모습이든 상관없다고 그렇게 빌어 놓고는, 막상 살아 주니 또 더한 것을 욕심내니까. 사람의 마음이란 그토록 염치없다.

"그자들도 나름대로 안목이라는 게 있을 테니까. 본인들 눈에도 여긴 도저히 망가뜨리기 아까웠나 보지."

"……정말 괜찮아졌구나. 농담도 하고."

"진담이야."

미나는 결국 피식 웃고 말았다. 그가 희미하게 따라 웃는 것이 느껴졌다. 보지 않아도 그녀는 느낄 수 있었다. 그리고 그렇게 함께 웃는 것만으로 세상이 바뀌었다. 홀로 울던 시간은 이미 저 먼 곳으로 사라져 버린 것 같았다.

"괜찮아."

준세가 불꽃을 향해 나직이 말한다. 미나는 그 옆얼굴을 말없이 바라본다. 독백 같은 목소리.

"상처는 아물어."

"……"

"멍도 빠질 거고."

"……"

"살아 있으니까."

"……"

"당신이, 살려 줬으니까."

그러니까 괜찮아. 남자의 침착한 목소리를 들으며 미나는 생각했다.

그래, 정말로 괜찮다. 어둡고 막막해서 발치조차 보이지 않는 세상이지만. 당장 내일 어떤 일이 벌어질지도 알 수 없지만. 그래도 정말 다 괜찮다. 살아 있으니까. 이렇게 살아 있으니까.

"응. 괜찮아."

대답하며 미나는 다짐하듯 고개를 끄덕였다. 아직 따뜻한 컵을 오른손에 옮겨 쥐고 왼손으로 그의 손을 잡았다. 커다란 손. 상처투성이지만 여전히 따스한 손. 그 손이 여자의 손가락들을 조심스레 모아 쥐었다.

"반지 어디 갔어."

"……버렸어."

"……"

"미워서."

응석을 부리고 보니 새삼 서러워져 입술을 삐죽거렸다. 준세는 그 얼굴을 바라볼 뿐 아무 말도 하지 않았다. 버렸단 말을 믿는 눈치는 아니었지만 반지의 행방을 캐묻지도 않았다.

"다시 사 줄게."

그저 그렇게 약속하면서 여자의 손등을 감싸 쥐었다.

"당장은 못 사 주겠지만, 나중이라도 꼭 사 줄게."

"……"

"나 지금은 거지라서."

더없이 당당한 말투에 미나는 픕 웃어 버리고,

"나도."

똑같은 말투로 남자를 웃게 만들었다.

웃음의 위력은 놀라웠다. 반쯤은 일부러, 서로를 위해 키득키득 웃었을 뿐인데 마음이 밝아졌다. 작은 초를 켠 것처럼 주위가 환해졌다. 세상을 뒤덮은 어둠이 아무것도 아닌 것처럼 느껴졌다.

"나, 뻔뻔하게 살아 보려고."

준세가 말했다. 웃음기 없는 얼굴. 그러나 한결 편안해진 얼굴.

"그렇게 다시, 살아 보려고."

미나는 그의 손을 맞잡은 채 고개를 끄덕였다.

"잘할 거야."

말하며 예쁘게 미소 지었다.

"당신 원래 뻔뻔하잖아. 충분히 잘할 수 있어."

"……"

"난 임준세처럼 뻔뻔한 남자를 본 적이 없거든."

"무슨 농담을 그렇게."

"나야말로 진담이야."

다시 눈이 마주친다. 조금 더 짙은 미소가 번진다. 대화가 없어도 서로를 보는 눈에 이미 충분한 것들이 담겨 있다. 화로의 불꽃은 계속하여 춤추듯 타올랐다. 숯 타는 소리가 타닥타닥, 온화한 소리를 냈다.

살아 보자. 뻔뻔하게.

빚진 것들을 갚아 가면서. 잊지 말고 살아가자.

잊지 말고 살자.

준세는 촛불의 약한 빛에 기대어 시간을 확인했다. 밤 아홉 시가 훌쩍 넘어 있었다. 이 오래된 회중시계를 간직할 수 있게 된 것은 미나가 집에서 챙겨 와준 덕분이다. 늘 차고 다니던 손목시계는 체포 직후 다른 소지품과 함께 압수당했다. 결혼 예물을 잃어버린 건 여자뿐만이 아니었다.

"옷을 하나 더 걸치고 잘까?"

미나가 그러며 걱정스레 남자를 살폈다. 불도 때지 않은 바닥에 화로 하나 없는 다다미방이 좀 싸늘하긴 하지만 그 정도는 아닌데. 여전히 환자 취급하는 여자를 준세는 거꾸로 살폈다. 둘 중 추위를 타는 사람은 오히려 미나 쪽이다.

"옷보다 체온을 합치는 게 나아."

"……"

"어차피 이불도 한 채뿐이고."

말하며 그가 벽장문을 열어 요와 이불을 꺼냈다. 솜을 넉넉히 둔 광목 이불은 따뜻할 것 같았고 좀이 슬거나 나쁜 냄새가 나지도 않았다. 어렵지 않게 바닥에 펼친 뒤 그는 몸을 일으켰다. 걸칠 만한 옷가지를 찾던 미나가 트렁크를 다시 닫고 있었다.

"미나."

"응?"

"먼저 누워 있어. 불 좀 살피고 올게."

준세는 미닫이를 열고 마루로 나갔다. 적막 속에 선 채 어둠을 주시했으나 아무것도 감지되지 않았다. 의심스러운 소리도 작은 불씨도 없었다. 한참 동안 신중하게 귀를 기울인 후에야 준세는 다시 방으로 들어갔다.

양초 하나 달랑 켠 방 안은 어두웠다. 노란 촛불의 흐릿한 범위 아래 여자는 누워 있었다. 목까지 이불을 덮고 착하게 누운 모습이 귀여워서 웃음이 났다. 심지를 눌러 촛불을 끄자 방 안은 순식간에 암흑. 손으로 더듬어 이불을 들추니 여자의 체온과 향기가 훅 끼친다. 한 채의 이불은 넉넉지 않았지만 둘이 눕기에 부족하지도 않았다.

나란히 팔을 대고 누운 채로 아무 말 하지 않았다. 이 집에 함께 있다는 것이 준세는 새삼 실감 나지 않았다. 연속되던 시간의 흐름이 뚝 단절된 기분이랄까. 끔찍한 경험을 아주 많이 한 것 같은데 그게 다 꿈속의 일처럼 느껴졌다. 지금 그에게 유의미한 것은 왼쪽에 누운 여자. 몸으로 느껴지는 온기와 냄새, 그리고 소리. 준세는 두 눈을 감은 채 오직 그것들에 집중한다. 그로써 세상은 다시 호수처럼 평온해진다.

"준세."

천장을 향해 누운 채로 미나가 말을 걸어왔다. 역시 천장을 향해 누운 채로 준세가 대답했다.

"음."

"또 불러 봐."

"뭘."

"내 이름. 또 불러 줘."

그는 감고 있던 눈을 천천히 떴다. 캄캄한 천장을 향해 입술을 뗐다. 불러 달라면 그렇게 해 주지 않을 이유가 없다.

"미나."

남자의 낮은 목소리가 어둠을 울렸다. 여자는 그 소리를 음미하듯 잠깐 조용하더니,

"당신이 내 이름 부르면 꼭 조선어처럼 들려."

"……"

"민아, 하고 부르는 것 같아."

"……"

"그냥, 그렇게 들려."

왜 그렇게 들리는지 준세는 안다. 내가 그렇게 불렀으니까. 내가 항상 너를 민아, 하고 불렀으니까. 그러나 속엣말을 꺼내는 대신 그는 천장을 향해 되물었다.

"민들레나, 미나리처럼?"

"응. 기억하는구나."

미나가 재밌다는 듯 키득거렸다.

"근데 왜 그때 말 안 해 줬어?"

"뭘."

"미나리는 그 민이 아니라며."

"……어떻게 알았어."

"말희가 가르쳐 줬어. 미나리는 받침이 없다고."

민들레는 받침이 있고. 여자가 중얼대며 검지를 뻗어 허공에 글자를 써 보이더니,

"말희랑 동래댁, 작별 인사도 못 하고 가네."

조금 시무룩하게 그러며 이불을 다시 목까지 끌어 덮었다.

그로써 공간은 다시금 침묵에 잠겼다. 준세는 아무 말도 하지 않았다. 작별 없이 헤어져야 하는 이들이 어디 그들뿐일까. 미나는 자신이 알고 있는 모든 사람을 아주 오랫동안 볼 수 없을 것이다. 그중 대부분은 아마 두 번 다시 볼 수 없을 것이다. 새삼스레 현실을 깨닫자 거센 불안감이 밀려왔다. 고마움이나 미안함이 아니라, 불안감이었다.

그 불안감의 다른 이름이 이기심이라는 것을 준세는 안다. 혹여나 여자가 마음을 바꿀까 봐. 충동적인 결정이었다고 후회할까 봐. 그래서 어느 순간 갑자기, 미안하지만 역시 안 되겠어, 하고 등을 돌려 가 버릴까 봐 그는 불안한 것이다.

저를 위해 어떤 대가를 치렀고 또 치러야 할지 뻔히 알면서 못 이긴 척 여기까지 데려왔다. 임신했다는 말을 들었을 때는 어찌할 수 없는 안도감에 가슴이 주저앉았다. 이기심은 염치 따위 가볍게 삼켜 버렸다. 고마움과 미안함보다도 이기심이 더 컸다. 비교할 수 없을 만큼 컸다.

놓치고 싶지 않으니까. 놓칠 수 없어서. 놓아줄 수 없어.

놓아줄 수 없다.

가장 정직한 심정이 불꽃처럼 탁 피었다. 그와 동시에 준세는 여자의 손을 더듬어 쥐었다. 이불 아래서 소리 없이 손이 닿았다. 가늘고 부드러운 미나의 손가락은 싸늘했다.

"추워? 손이 찬데."

"괜찮아."

"이리 와."

망설이는 여자에게 팔을 뻗어 부드럽게 당겼다. 연한 몸이 맞춘 듯이 품에 들어왔다. 그는 제 체온 안으로 그녀를 깊이 보듬어 안았다. 보호를 가장했으나 실은 속박이다. 어디라도 가두고 싶어서. 아무 데도 못 가게 하고 싶어서.

"……따뜻하다."

그 상태로 미나는 곧 잠들었고, 깊어진 숨소리를 들으며 준세는 눈을 떴다.

어둠에 익은 시야에 트렁크 두 개가 보였다. 윤곽이 흐려진 그것들을 보며 그는 여자의 모습을 떠올렸다. 혼자서 집 안을 뒤져 가며 짐을 챙기는 모습. 무엇을 챙기고 무엇을 버려야 할지 고민하는 모습. 그 모습들은 마치 직접 본 것처럼 눈앞에 생생했고, 그는 가슴 한복판의 무언가가 부드럽게 찢기는 것 같았다.

준세는 제 안의 단단하던 모든 것들이 온통 찢어진 기분이었다. 놓아줄 수 없다던 이기심마저 가닥가닥 찢어져 힘을 잃었다. 이제 그를 지배하는 감정은 간절함이다. 무엇이든 해 주고 싶어서 애타는 마음. 무엇도 해 줄 수 없어서 쓰라린 심정. 그럴 때면 저도 모르게 한탄하는 말.

당신은 왜 하필 나를 만나서.

준세는 손끝으로 미나의 긴 머리칼을 가만히 쓸어 넘겼다. 세상모르고 잠든 모습이 사랑스러워 눈이 시큰거렸다. 또한 가여워서 가슴이 뭉클해졌다. 이것은 연민인가. 죄책감, 혹은 책임감인가. 고요히 잠든 여자를 품에 안은 채 그는 생각했다.

함께했던, 혹은 함께할 수 없었던 시간들을 떠올렸다. 지옥의 밑바닥에서도 환하게 빛나던 여자를 상기했다. 곁에 없으면 마음이 아픈 사람. 함께 있어도 가슴이 저린 사람. 사랑스러워서 가엾고, 가여워서 사랑스러운 사람.

어쩌면 사랑이란 그처럼 사무치는 그리움인지도. 누군가를 이처럼 가엾이 가여워하는 일인지도.

그러니 이것은 다른 게 아니라, 그저 사랑일 뿐인지도.

삼월 십사 일 월요일에 준세는 스물다섯 살이 되었다.

미나가 느지막이 일어나 아침밥을 지었다. 팔을 걷어붙이고 주방에 들어갈 때부터 준세는 곁을 맴돌기 시작했는데, 임신한 아내가 무거운 물건이라도 들까 봐 걱정하는 것 같았다. 쌀을 씻고 밥을 안치는 내도록 그는 곁에 서서 지켜보았다. 가뜩이나 비좁은 공간에 커다란 남자가 버티고 서 있으니 이만저만 걸리적거리는 게 아니었다.

"방에 들어가 있으라니까. 도와줄 것 없어."

"그래도 하나보단 둘이 낫지 않을까."

"당신 밥할 줄 알아?"

"……."

"할 줄도 모르면서."

대답 못 하는 남자를 향해 미나는 우쭐한 얼굴로 잘난 체도 했다. 아침나절 내내 종종대며 최선을 다했지만 생일상은 밥과 국, 달걀부침이 전부였다. 미역국을 만들 줄 몰라서 된장국에 미역을 잔뜩 넣어 끓였다. 그 희한한 국을 보고 준세는 웃었으나 남김없이 다 먹었다. 듣도 보도 못한 음식이지만 의외로 맛이 괜찮았다.

식사를 마친 뒤에는 마주 앉아 이야기를 했다. 갖고 있는 돈을 어떻게 하면 아낄 수 있을지, 미국 입국허가를 받으려면 동경에 얼마나 머물러야 할지, 미국에선 어떤 일을 하며 살 수 있을지. 그들은 거의 온종일, 하루 해가 질 때까지 온통 미래에 대한 이야기만 했다.

과거는 화제에 오르지 않았다. 준세는 지난 일에 대해 언급하지 않았다. 의식적으로 피하는 것 같았지만 미나는 모른 척했다. 너무 생생한 상처는 얼마간 덮어 두는 게 좋으니까.

이른 저녁을 간단히 먹고 나니 해가 졌다. 두 사람은 이로리 불가에 앉아서 빨갛게 타는 숯덩이를 바라보았다. 정확히는 그 숯덩이 아래 묻어 둔 고구마와 밤을 보고 있었다. 달콤하고 고소하게 익어 가는 냄새가 이미 주위에 가득했다.

"생일 케이크 만들어 주려고 했는데."

불꽃을 들여다보며 미나가 아쉬운 얼굴을 했다. 몸을 칭칭 감은 담요는 그 남편의 솜씨.

"케이크도 만들 줄 알아?"

"부인회 강습에서 배웠어. 나 정말 열심히 했거든."

"아. 쿠키 구워 온 그 강습."

"응. 그때 쿠키 맛있었잖아?"

그가 저항 없이 고개를 끄덕였다. 미나가 만든 쿠키며 빵은 실제로 맛이 있었다. 오늘 지어 준 밥도 괜찮았고. 의외로 요리에 소질이 있는지도 모른다. 준세는 썩 관대한 평가를 내리며 부지깽이로 고구마 하나를 굴려서 불 밖으로 꺼냈다.

행주로 덮어 반으로 가르자 물큰한 고구마가 노란 속살을 드러냈다. 뜨거운 김과 함께 단내가 모락모락. 곁에 앉아서 지켜보던 미나가 감탄한다.

"와, 잘 익었다."

고구마들을 다 꺼낸 후에는 군밤 차례였다. 밤은 훨씬 빨리 익어서 넣은 지 얼마 되지 않았는데 이미 달콤한 냄새를 풍기고 있었다. 준세는 벌어진 밤껍질을 하나하나 까서 알맹이만 건네주었다. 손가락 아플 텐데. 미나가 만류했지만 들은 척도 하지 않았다.

"너무 맛있어."

"맛있지."

"응. 이런 건 언제 배웠어?"

"어릴 때."

연신 감탄하며 고구마를 베어 먹던 미나가 입을 다물었다. 준세는 붉게 단 숯덩이를 물끄러미 바라보다가,

"집에서, 아궁이에 몰래 구워 먹었어. 준태랑."

군밤 반쪽을 입에 넣고 천천히 씹었다. 그리고 약간의 틈을 둔 뒤 다시 말을 시작했다.

"처음엔 그냥 불에 집어넣었다가 까맣게 타서 하나도 못 먹었어. 껍질을 자르지 않고 넣어서 밤이 밖으로 튀기도 했고. 그래서 준태가 이마를 다쳤어. 심한 건 아니었지만 눈에라도 맞았으면 큰일 날 뻔했지."

미나는 잠자코 듣기만 했다. 다시 잠깐의 공백이 지나고,

"준태가…… 알고 있었어."

남자가 말하기 시작했다.

"어머니 일…… 다 알고 있었어."

미나는 대꾸할 수 없었다. 반쯤 남은 고구마를 손에 든 채로 천천히 고개를 돌렸다. 준세는 허공 어딘가를 응시하고 있었다. 불에 비친 얼굴의 음영이 짙었다.

"이야기 듣고 너무 놀랐어. 그걸 알면서 여태 아무렇지 않게 살았구나, 순간적으로 배신감이 들었어. 우습지. 그 애가 아무렇지 않았을 리가 없는데. 아무렇지 않아 보여도 속은 그렇지 않다는 걸 누구보다 내가 잘 아는데. 그런데도

그 순간엔 그런 생각이 들더라."

말은 점점 더 깊은 곳에서 흘러나오기 시작했다.

"순간적으로 그런 마음이 들었어. 그래도 나는 뭔가를 했는데 너는 아무것도 하지 않았구나. 너는 나보다 더 비겁하구나. 그래도 내가 너보단 나았구나. 고결한 척, 우쭐했지."

"……"

"그런데 면회 끝나고, 다시 독방에 갇힌 뒤에는 비참해졌어. 준태는 최소한 아무도 다치게 하지 않았으니까. 아무것도 하지 않았지만 죄도 짓지 않았으니까. 그래서 내가 정말 잘못 산 것 같았어. 정말로 현명한 건 내가 아니라 준태였던 것 같고."

준세는 제가 무슨 말을 하고 있는지 잘 모른다. 복잡한 감정과 생각, 번민을 몇 마디의 말로 압축하기란 쉽지 않았다. 그래서 조각조각 흩어진 심정들을 입 밖으로 하나씩 꺼내 놓았다. 두서없이, 원하는 만큼, 천천히 밖으로 꺼내 놓았다.

"우리 처음 만났을 땐 당신이 무척 못마땅했어."

알지. 그렇게 티를 냈는데. 미나는 속으로 대답하며 희미하게 웃는다.

"나는 당신이 일본인이라 그렇다고 우겼지만 실은 그게 아니었지."

"……"

"내 눈에 못마땅한 내 모습을, 당신한테 비춰 보고 있던 거야."

사실 준세는 알고 있었다. 인정하기 싫었을 뿐이다. 풍요한 요람 속에 들어앉아 정의를 논하는 인간. 남들은 목숨 걸고 투쟁하는 신념을 장신구쯤 취급하는 사람. 그가 비웃던 하루하라 미나는 임준세 자신이었다.

"나는, 우월감과 열등감이 한 몸이라는 걸 자주 잊어."

준세에게는 태어나는 순간부터 우월감이 주입됐다. 황제를 알현하는 황국

대신의 장손이자 명문가의 후손으로, 아버지가 작위를 승계했을 때는 그것을 세습할 후계자로, 세상으로부터 우러름 받는 것은 그에게 숨 쉬는 일과 별다르지 않았다.

준세에게는 열등감 또한 강요됐다. 조선인이지만 부유한. 조선인이지만 명석한. 조선인이지만 뛰어난. 그를 향한 찬사에는 언제나 조선인이라는 단서가 함께 붙었다.

그럴 때면 마치 이마 한복판에 검은 먹물로 휘갈긴 글씨가 새겨져 있는 것 같았다. 피지배자. 열등한 자. 가련한 자. 그는 열등하지도 가련하지도 않았으나 조선인은 그러했다. 침략당하고 지배당한 백성은 응당 불행하고 처연해야 했다. 타인에 의해 규정된 정체는 근본적인 부자유다. 나라 잃은 백성으로 살게 하실 겁니까. 준세는 비로소 어머니의 말을 이해할 수 있었다.

"나도 알아. 그런 기분."

잠자코 있던 미나가 입을 열었다.

"나는 내가 혼혈이라는 게 부끄러웠어."

"……"

"그래서 더 거만하게 굴었던 것 같아. 당당한 척, 자신감 넘치는 척, 부끄러운 곳을 감추려고 더 그렇게 했어."

"……"

"내 일부를 부정하고 싶었어. 창피해서 숨기고 싶었고. 엄연히 나를 이룬 부분인데도 인정하기 싫었어."

왜 그랬을까. 그야 모두가 그렇다고 하니까. 조선인의 피는 창피한 거라고 하니까. 왜 그렇게 남들의 말을 귀담아들었을까.

"가쿠슈인에 다닐 때, 나더러 사생아라고 놀리던 애들이 있었거든?"

미나는 말투를 바꾸며 몸을 감싼 담요를 추슬렀다. 화로의 불꽃이 화르륵 흔들리면서 두 사람의 그림자가 크게 일렁였다.

"날 쳐다보면서 저들끼리 수군대고. 같이 놀아 주지도 않고. 그래서 어떻게 했게?"

"어떻게 했는데."

"때려 줬어."

"때렸다고?"

"응. 호되게 때려서 코피를 내 줬어."

황족과 화족의 딸들을 교육시키는 가쿠슈인 여자부는 신입생의 비행으로 발칵 뒤집어졌다. 하루하라 백작이 직접 학교로 불려 와 교장과 면담까지 했다. 미나는 한쪽 콧구멍에 헝겊을 끼우고 잔뜩 겁먹은 남작 영애에게 구십 도로 허리를 굽혀 사죄해야 했지만, 딸을 데리고 하교한 아버지는 맞기 전에 때리는 게 낫다며 되레 웃었다.

"그때 배웠지. 아, 가만히 있으면 당하는 거구나."

"……"

"본때를 보여 줘야 건드리지 않는구나."

"……"

"이제 못된 것들은 확실히 혼을 내 줘야겠다."

"……아주 중요한 걸 배웠네."

준세가 피식 웃었다. 그 웃음이 좋아서 미나는 한 번 더 너스레를 떨어 본다.

"뭐, 덕분에 망나니 백작 영애가 돼 버렸지만, 다시는 그런 소리 안 나오게 만들었으니까."

미소 끝에 대화는 잠시 멎었다. 준세가 화로 위 주전자를 기울여 뜨거운 물을 컵에 따랐다. 나란히 더운물을 마시며 두 사람은 조금씩 잦아드는 불꽃을 바라보았다.

한참 만에 미나가 조심스레 물었다.

"동생, 걱정돼?"

다시 약간의 시간을 두고 준세가 대답했다.

"가여워."

"……"

"남들 눈에 어떻게 보이든, 나한텐 그 애가 너무 가여워."

"……"

"너무, 가여워."

진심을 의심할 수 없는 목소리였다. 미나의 귀에는 그 자신에게 하는 말처럼 도 들렸다. 어떻게 살아야 좋을지 모르던 어린 시절의 준세. 가여운 아이. 너무 가여워.

"힘들었지."

미나가 부드럽게 물었다.

"응."

준세가 담담히 대답했다.

"막막한 바다에, 혼자 떠 있는 기분이었지."

"붙잡을 건 아무것도 없고, 혼자만 바다에 떠 있는 기분."

"……그래."

그가 고개를 끄덕였다.

"그런 기분."

천천히, 시선이 마주쳤다. 남자의 손이 여자의 얼굴을 쓰다듬었다. 그 손길 속에서 미나는 다가올 입맞춤을 기다렸다. 순진한 소녀처럼 가슴을 떨며 기다 렸다. 더없이 솔직해진 눈으로. 수없는 말들을 눈빛으로 나누며.

마침내 그의 입술이 제 입술에 닿을 때까지.

천천히, 미나는 눈을 감았다.

아이들에게 불행은 어느 날 갑자기 밀어닥쳤다. 아무것도 잘못하지 않았지만 상처는 아이들의 몫이었다. 예고 없이 무너진 세상에서 모든 것이 뒤바뀌었다. 삶도, 미래도, 주어진 이름마저도.

'하루하라 미나예요.'

그리하여 우리는 길을 잃고 허우적대다

손끝에 처음으로 닿은 것을 움켜쥐고서

손에 쥔 것이 무언지도 모른 채 표류하고 또 표류하다

어딘가에 이르러 마침내 서로에게 닿았다.

'준세. 예쁜 이름이네요.'

미나는 이제 알 것 같았다. 나는 항상 그걸 원하고 있었다고. 순수하고 올바름. 도리를 따라 올바름. 가슴속에 감췄던 응어리와 의문을 부수는 것. 마음이 가리키는 대로 진실을 바라보는 것. 나조차도 알지 못한, 내 안의 크고 아름다운 힘과 마주하는 것.

'오래 기다렸습니다. 하루하라 양.'

그러니 나는 당신 곁에 있겠다.

언제까지나 당신과 함께 있겠다.

그곳이 설령 세상에서 가장 위험한 곳이라 해도.

나의 거울. 나의 진실. 나의 순정.

무슨 일이 있더라도 우리는, 끝까지 함께할 거야.

모리타 겐지는 월요일인 오늘도 느지막이 퇴근했다. 주말을 반납하고 근무

했으므로 실은 월요일 같지도 않은 날이었다. 문제에 부딪히면 반드시 풀어야 직성이 풀리는 게 그의 천성이다. 머릿속이 온통 그 문제로 꽉 차 있는데 집에서 끙끙대느니 차라리 출근을 하는 게 나은 건 두말할 것도 없었다.

"리버티……."

서류 가방을 들고 거리를 걸으며 모리타는 중얼거렸다. 이틀째 그는 틈만 나면 입버릇처럼 중얼대고 있었다. 리버티, 리버티, 리버티. 마치 그게 실마리를 끌어낼 주문이라도 되는 것처럼. 리버티. 자유. 무엇으로부터의 자유? 이름부터 수상쩍은 가게다.

리버티는 아주 구린 냄새를 풍기는 곳이었다. 개업한 지 3년 하고도 3개월. 한참 장사 잘되는 중에 갑자기 폐업. 일본인 거주지인 남촌, 그것도 중심가인 본정에 조선인이 가게를 열었다는 것도 수상했다.

느닷없이 사라진 업주는 행방이 묘연했으나, 사업자 등록 명부 덕분으로 신원확인은 어렵지 않았다.

황찬. 개성 출신. 세브란스 의전 졸업.

모리타의 눈에 가장 수상한 건 바로 그 조선인이다.

놈은 약삭빠르게 도주했다. 임준세가 체포된 지 사흘 만에 가게를 닫고 집기까지 싹 팔아 치웠다. 쥐 새끼처럼 빠져나갈 심산이지. 이대로 달아나게 놔둘 순 없는데.

내일은 꼭 경무국에 협조공문을 보내기로 모리타는 마음먹었다. 승인도 받지 않은 사건이 검사정 귀에 들어가면 또 한바탕 욕을 먹겠지만, 법무국장이 물러나면 검사정도 교체될 테니 불편도 그리 오래가진 않을 것이다.

임준세를 태운 수송차가 털렸단 소리를 김 경부에게 들었을 때, 모리타는 그야말로 피가 역류하는 기분이었다. 두 차례의 폭발로 인해 도주한 자동차를 제대로 본 이조차 없었고, 대신 패거리 하나를 잡았다지만 시체를 깨워 죄수의 행방을 물을 수도 없는 노릇이었다. 그때부터 뭐에 썬 사람처럼 그는 죽은 여자의 뒤를 캐기 시작했다. 자주 갔던 곳이라면 카페든 요릿집이든 샅샅이 찾아 뒤졌다. 그중 가장 수상한 곳으로 추려진 곳이 바로 그 폐업한 카페였다.

거기가 놈들의 소굴이야.

다시 한번 확신하며 모리타는 골목으로 접어들었다. 그가 사는 하숙집은 법원에서 도보로 십오 분쯤 떨어져 있었다. 일본에서 온 관리들은 깨끗하고 안전한 관사에 들어갈 수 있지만 그건 아내가 있는 사람들 얘기고, 모리타 같은 독신 남자들은 식사와 빨래를 해결해 주는 하숙집을 선호했다.

그의 등 뒤로 웬 자전거가 다가와 멈춘 것은 골목 안쪽으로 웬만큼 들어갔을 때였다.

"모리타 검사님."

난데없이 부르는 소리에 모리타는 걸음을 멈췄다. 누가 여기서 나를. 의아하게 여기며 몸을 돌려 상대를 확인했다. 자전거를 세워 두고 내린 남자가 굽실대며 이쪽으로 다가왔다.

"누군가."

"예, 방금 검사국에서, 급히 찾아 계신단 말씀을 듣고 왔습니다."

내가 널 찾았다고? 알 수 없는 말에 눈살을 찌푸렸다. 영락없이 심부름꾼 말투였지만 목소리가 귀에 설었다. 검사국 소사 중에 이렇게 키 큰 남자가 있던가. 순간 선뜩한 직감이 등줄기를 훑으며 모리타는 얼어붙고 말았다. 제기랄. 꼼짝없이 당하게 생겼구나 생각했을 때,

이마 한중간에 싸늘한 총구가 닿았다.

"네가 그렇게 우리를 찾고 있다면서."

속삭이듯 낮은 음성. 자비 없이 총구를 꾹 누르는 남자에게서 담배 냄새가 났다. 양손을 허공에 펼친 채로 모리타는 그걸 한 대 피우고 싶다고 생각했다.

한 대만 피우고 죽으면 좋겠다고. 그렇게 어이없는 생각을 하고 보니 헛웃음이
났다. 픽 웃고 나자 얼어붙은 몸이 조금 풀렸다.

"……황찬."

남자는 대답하지 않았다. 챙 모자 아래 그림자 진 얼굴이 식별되지 않았다.
밤중의 골목은 어둡고 고요했다. 소리를 지르면 누군가 듣겠지만 동시에 이마
에 총구멍이 뚫릴 것이다. 모리타는 어리석은 사람이 아니므로 계속해 낮은 목
소리로 말했다. 마치 가까운 동무와 대화하는 것처럼. 양손은 귀 높이로 펼쳐
들고서.

"너. 임준세랑 한패지."

"……."

"장윤식. 유강임. 너희 다 한패지."

"……."

"그래. 날 죽이기로 한 건 훌륭한 선택이다."

"……."

"아니면 내가 너흴 곧 찾아냈을 테니까."

썩 오만한 말을 들으면서도 남자는 대꾸하지 않았다. 제게 계속 말을 거는
상대를 매몰차게 죽이지 못하는 건지, 무슨 소릴 지껄이나 좀 더 들어 보자는
건지 모를 일이었다. 그는 동조하지도 비웃지도 않은 채 그저 모리타의 얼굴만
내려다보았다. 딱딱한 총구로 여전히 이마 한복판을 꾹 누르고서.

"너희, 정체가 뭐야. 의열단? 임시정부? 독립군?"

"……."

"내가 그게 너무 궁금하거든. 임준세가 속한 조직이 대체 어딘지, 너무 궁금
해."

"……."

"여기서 날 죽일 거잖아. 그렇지? 그러니 그 정도 자비는 베풀어 줄 수 있지 않나?"

모리타는 계속해 말을 걸며 위기를 극복할 방법을 궁리했다. 어쩌면 이 남자가 저를 죽이지 않을지도 모른다는 희망이 생겨났다. 협상의 여지가 있을지 모른다. 나를 떠보려고 이러는 걸 수도 있다. 어쩌면 처음부터 날 죽일 생각은 없었는지도 몰라.

"하지만 나를 죽인다고 수사가 끝나진 않을 거다."

"……."

"언제까지 두더지처럼 숨어 다니며 살 건가? 의전까지 졸업했던데, 그 좋은 머리를 왜 이런 일에 낭비하지?"

"……."

"세상에 완벽한 범죄는 없다. 내가 아니라도 누군가가 반드시 너흴 찾아낼 거야. 그러니 무모한 짓 말고 내게 협조해. 그럼 자네의 신변은 보호해 주지. 인생이 아깝지 않나? 자네는 아직 젊잖아."

남자가 언뜻 코웃음 친 것 같았다. 모리타는 그가 저보다 여덟 살쯤 더 많다는 사실을 상기한다. 그러나 그따위가 무슨 상관인가. 모리타에게는 선택의 여지가 없다. 이 남자를 포섭하지 않으면 그 손에 죽을 것이다. 다만 희망적인 사실은 상대가 아직 방아쇠를 당기지 않고 있다는 것. 역시 협상을 원하는 건가. 모리타가 눈을 번뜩였을 때,

"대동청년당."

묵묵히 듣고만 있던 남자가 비로소 입을 뗐다.

"그게 우리 이름이다."

대동청년당. 낯선 이름을 모리타는 입 속으로 따라 했다. 어디서도 들어 본 적 없는 이름이었다. 내 예상이 맞았어. 아무도 모르는 지하조직. 뿌리가 어디

까지 닿아 있는지 누구도 모르는 조직. 젠장, 내가 여기서 죽으면 누가 이놈들을 추적할까. 모리타 겐지가 진심으로 안타까워한 순간,

탕!

담벼락에 피가 튀었다. 이마를 꿰뚫린 남자가 물건처럼 쓰러졌다. 어둠 속에 우뚝 선 사내는 아직 뜨거운 상대의 심장을 다시 한번 겨누었다.

탕!

어디선가 까악, 높은 비명 소리가 난다. 자전거에 올라탄 인영이 바람처럼 골목을 빠져나간다. 주변 집들의 전깃불이 하나둘 켜지고 순사의 호각이 삑삑거렸다. 월요일 밤 서소문정 주택가 골목은 어둡고 고요했다. 거기에는 이미 아무도 남아 있지 않았다.

가회동 저택에서는 지금 막 저녁 준비가 끝났다. 찬모들이 차린 상을 남자 하인이 능숙하게 들어 날랐다. 이 댁 상전들은 생전 겸상하는 법이 없거니와 한 방에 마주 앉아 밥 먹는 일도 드물었다. 그래서 매 끼니 밥상은 사랑채와 별채로 따로 들어갔다.

자작저 사람들은 긴장하고 있다. 마치 흉포한 야수 한 마리가 앞마당에 잠들어 있는 것 같았다. 밖으로 쫓아낼 수도 건드려 깨울 수도 없어 모두가 발꿈치를 들고 걸었다. 답답한 마음에 속닥거리기도 했으나 아주 작은 소리일 뿐이었다.

분가한 장남이 데려간 동래댁이 별안간 돌아왔을 때도 놀랐지만, 경찰서에서 나온 길이라는 소릴 듣고는 각자 제 귀를 의심했었다. 어디라고? 종로서? 이름만 들어도 오싹한 그곳에 연이틀을 갇혀 있었다고?

그게 벌써 일주일 전의 일이다.

일주일이 지날 동안 준세는 돌아오지 않았다. 동래댁더러 남산정 집으로 돌아가란 명도 없었다. 주인나리는 장남이 말썽을 일으켜 잠시 일본에 보냈다고 했지만 이 집안 내에 그걸 믿는 사람은 아무도 없었다.

"나리마님. 저녁상 올리겠십니더."

밖에서 고하는 소리에 영환이 눈길을 돌렸다. 동래댁의 목소리다. 늘 오는 사람 대신 그네가 온 까닭이 직감돼 슬쩍 눈살을 찌푸렸다.

"들게."

대답하며 그가 무릎 앞의 서안을 옆으로 밀었다. 방문이 드르륵 열리고 남자 하인이 들어와 조심스레 독상을 내려 두었다. 무심코 상을 내려다본 영환은 코웃음을 칠 뻔했다.

미역국.

당자도 없는 생일을 기념하라고? 이것들이 지금 나 보라고 시위하는 건가. 그는 기가 찼다.

"저어, 나리마님."

하인이 나간 뒤에도 동래댁은 물러가지 않았다. 조심히 방문을 닫은 뒤 조금 머뭇대며 말을 꺼냈다. 상차림을 내려다보던 영환이 싸늘한 눈을 들어 올렸다.

"서방님은, 우예 되신 거라예?"

그러면 그렇지. 그는 속으로 한숨을 쉬면서 근엄하게 입가를 굳혔다.

"일본으로 보냈다지 않았는가."

"……."

"젊은 혈기에 잠깐 엇나간 걸세. 별일 아니야. 타지에서 몇 년 고생하면 그놈도 정신 차리겠지."

"……."

278

"그러니 자네도 입조심하게. 쓸데없이 말 나오는 일 없도록 해."

"허면 남산정 마님은예? 같이 가셨어예?"

작정을 하고 온 모양이었다. 찬모는 평생 드난꾼으로 살아 순종하는 태도가 몸에 밴 사람이었다. 유순하고 소심한 그 성격을 생각하면 딴엔 대단한 용기를 낸 것이다. 상전이 그렇다면 그런 줄 알지 뭘 이리 꼬치꼬치 캐물어. 인내심을 포기한 영환이 역정을 내려는 찰나,

"마님이 홀몸도 아이신데……."

찬모가 뜻밖의 소리를 했다.

"그게 무슨 말인가. 홀몸이 아니라니. 며늘애가 아이를 가졌단 말인가?"

"예에, 지가 알기로는……."

동래댁이 수그렸던 고개를 들고 그를 쳐다보았다. 어떻게 힘을 좀 써 보라는 듯 간절한 얼굴이었다. 아들의 생일날, 배 속에 든 손주 얘기까지 하면 이 냉정한 주인나리가 마음을 바꿀 거라 생각한 모양이다. 영환은 기가 막힌 가운데 재빨리 머리를 굴렸다.

임신. 그 애가 임신을 했단 말이지.

"준세도 아나?"

"예?"

"며늘애가 그런 걸 그놈도 아느냐 말이야."

"그, 글쎄올시다. 그거까지는 지가 잘……."

춘원의 딸은 이제 준세의 집에 없었다. 토요일에 제 아비를 만나고 나간 후 다시 돌아오지 않았다고 했다. 백작저로 간 것도 아니었다. 그럼 어디에 있을까. 애까지 밴 계집이 지금 어디에 있을까.

"알았으니 물러가게."

우물쭈물하고 선 찬모를 향해 영환은 기어이 인상을 썼다. 물러가라니까. 짜

증스러운 얼굴로 다그치자 여자는 화들짝 고개를 숙이며 밖으로 물러갔다. 장지문이 조심스레 닫히고 마루에 발 딛는 소리마저 곧 사라졌다. 홀로 남은 남자는 무릎 앞의 밥상을 다시 내려다보았다.

쇠고기를 넣고 끓인 미역국은 먹음직스러웠다. 둘째가라면 서러울 찬모들의 솜씨야 말할 것 없지만, 구수한 냄새를 풍기는 국그릇을 영환은 못마땅한 얼굴로 쳐다보았다. 뭐 대단한 날이라고 이런 걸 먹어. 태어난 놈이나 낳은 어미나 하나같이 괘씸한 것들인데 뭐 예쁘다고 고깃국까지 끓여.

나더러 이딴 걸 먹으라고 들이민 의도가 뭐야.

생각하자 입맛이 싹 달아났다. 가뜩이나 요사이 신경이 날카로워 잠도 안 오는데. 영환은 눈살을 찌푸리면서 탁, 들으란 듯이 놋수저를 상 위에 내팽개쳤다.

은신처에서 지낸 지 사흘째. 두 사람은 모든 것이 부족하고 불편한 생활에 제법 익숙해졌다.

얌전히 숨어 있어야 하는 처지라 대문은커녕 현관문조차 나서지 않았다. 당분간 그들의 세계는 이 집 벽 안쪽으로 제한되어야 했다. 실내를 구성한 몇 개의 공간들. 이로리가 있는 마루와 다다미방, 최소한의 집기만 있는 주방, 좁은 욕실을 번갈아 드나들며 시간을 보냈다.

온수가 나오지 않아서 몸을 씻으려면 물을 끓여야 했다. 제 손으로 목욕물을 만들어야 했던 적이 한 번도 없을 테지만 미나는 불평 없이 적응해 주었다. 시중들 사람이 늘 곁에 있던 것은 준세도 마찬가지였다. 더군다나 지금은 몸이 저래서 씻으려면 도움이 필요할 텐데. 미나가 욕실로 따라 들어가려 했지만 그는 질색하며 쫓아냈다. 너무 정색해서 제안한 쪽이 좀 머쓱해질 정도였다.

그리고 그가 젖은 머리를 수건으로 털면서 방에 돌아왔을 때, 기다리던 아내는 기어이 잔소리를 하기 시작했다.

"이것 봐. 다 젖었잖아."

준세는 그제야 제 벗은 상체를 내려다본다. 상처들을 감싼 붕대에 과연 물기가 스며 있었다. 그러나 당장 어떻게 될 것처럼 보이진 않는데. 그는 대수롭지 않게 시선을 거두었다.

"놔두면 마르겠지."

"안 돼. 젖은 채로 두면 상처 덧난단 말이야. 붕대 갈아야겠다. 구급함 있다고 했지? 어디 있어?"

다그치는 말투에 준세가 떠밀리듯 벽장을 가리켰다. 벽장문을 열고 구급함을 찾아내는 동안에도 잔소리는 계속되었다. 그러게, 내가 뭐랬어. 혼자서는 무리라니까. 덧나면 어쩔 거야, 정말. 투덜대는 소리를 듣고 있자니 정말로 잘못한 기분이라서, 준세는 아내의 등 뒤에 묵묵히 선 채 머리의 물기만 털어 댔다.

그는 싫지 않았다. 여자가 재잘재잘 잔소리하는 것도, 큰일 난 것처럼 호들갑 떠는 것도, 제 손목을 끌어다 이불 위에 누르듯 앉히는 것도.

구급함을 연 미나가 그에게 바짝 다가왔다. 붕대가 싸인 모양과 방향을 눈으로 기억한 다음 하나씩 천천히 풀어냈다. 딱지가 앉은 상처들을 조심스레 눌러 닦고, 가위로 사각사각 거즈를 잘라 알맞게 접어 대고, 반창고로 고정시킨 뒤 다시 붕대로 감쌌다. 제법 야무진 손놀림이었다.

미나는 상아색 블라우스에 무릎을 덮는 스커트 차림이다. 집 밖에 나갈 일이 없는데도 아침 식사를 하고 나면 늘 단정한 옷으로 갈아입었다. 제 앞에서 흐트러진 모습을 보이기 싫어하는 것도, 여전히 긴장하며 예쁘게 보이고 싶어 하는 것도 준세는 싫지 않았다.

아니, 싫지 않다는 건 너무 점잖 빼는 표현이다.

그는 좋았다. 다 좋았다. 실없는 웃음이 비죽거릴 만큼.

아직 이른 오후 한낮이었다. 날씨가 화창해서 유리창에 하얀 햇살이 맺혀 있었다. 창호지를 댄 미닫이도 훤하게 밝아 문살이 도드라졌다. 밝고 조용한 방 안에는 대화가 없었다. 사각사각 가위 소리, 지이익 반창고 뜯는 소리, 그리고 다시 가위 소리. 그 고요한 속에서 준세는 잔뜩 집중한 여자를 내려다보았다.

시선이 흘러내린다. 정수리에서 이마로, 이마에서 콧날로, 콧날에서 뺨으로 눈길이 흘러내린다. 크림 냄새가 날 것 같은 뺨. 거기에 입을 맞추고 싶다. 그 정도 생각했을 뿐인데 몸이 반응하기 시작한다. 준세는 마른침을 삼켰다.

툭 불거진 목울대가 잠겼다가 다시 솟았다.

감옥에 갇혀 있는 동안에도 간절한 때가 있었다. 맨살이 맞닿을 때의 감각이, 그 체온과 촉감이 너무 그리워서 눈을 감고 그려 본 적이 있었다. 차가운 바닥에 널브러진 채 그런 것들을 상상하면서 스스로 질리기도 했다. 나는 지금 제정신인가. 죽을 때가 목전이라 미쳐 버렸나. 이건 대체 금수가 아니고서야.

그리고 이제 준세는 다시 고민한다. 나는 지금 제정신인가. 답은 그리 어렵지 않았다.

역시 아닌 것 같다.

자포자기식 결론과 함께 손을 뻗었다. 무릎 꿇고 앉은 여자의 다리에 손을 댔다. 옷감 아래로 허벅지의 윤곽이 둥글게 만져졌다. 스커트를 위로 당기자 무릎이 하얗게 드러났다. 당혹하는 기색이 느껴졌지만 그는 모른 척했다.

치맛자락 아래로 손을 넣었다. 매끈하고 따뜻한 허벅지를 손바닥으로 쓸어 올렸다. 스커트 안에서 움직이는 제 손을 보자 입 안이 말랐다. 그는 혀로 입술을 축이며 여자와 눈을 맞췄다.

"해도 돼?"

대뜸 묻자 미나가 난감한 표정을 지었다. 그러나 그건 안 된다는 뜻이 아니라, 너야말로 그래도 되겠느냐는 걱정에 가까웠다. 그래서 준세는 안쪽으로 더 깊이 손을 집어넣었다. 모아 붙인 여자의 허벅지에 움찔 힘이 들어갔다.

순간 그는 더 참지 못할 지경이 된다.

손으로 얼굴을 감싸며 입을 맞췄다. 입술을 헤집고 혀를 밀어 넣었다. 본인 생각에도 조금 허겁지겁했던 것 같지만 어쩔 수 없었다. 조급한 꼴을 들킨 김에 그는 솔직해지기로 한다. 갈급하게 입을 맞추면서 블라우스를 벗기려 시도했다. 그러나 무뎌진 손에 단추가 너무 작아 뜻대로 되지 않았다.

"내가 할게."

첫 단추 앞에서 맴도는 손을 미나가 제지했다. 준세는 기다리는 수밖에 없었다. 푸는 건 어려워도 찢어 버릴 수는 있을 것 같은데 그러면 안 되니까. 그는 별수 없이 두 손을 거두고, 제 손으로 단추를 하나씩 풀어 가는 여자를 지켜보았다.

급작스러운 정욕으로 피가 말랐다.

미나는 얼마간 머뭇대며 블라우스를 벗었다. 브래지어와 스커트만 걸친 모습을 준세는 바라보았다. 하얗게 부푼 젖가슴이 터질 것 같았다. 그는 제가 지금 반쯤 미쳐 있어서 그렇게 보이는 거라고 생각했다. 그리고 그 속옷마저 벗어 냈을 때는, 완전히 드러난 여자의 몸 앞에서 잠깐 숨을 멈췄다.

이불 위에 마주 앉은 남녀는 이제 공평한 차림새다. 준세는 반라의 여자와 눈을 맞춘 뒤 천천히 시선을 미끄러뜨린다. 숨 막히는 광경에 한쪽 손을 댄다. 양쪽 손을 댄다. 입술을 댄다. 이제 그는 아무것도 생각할 수 없게 된다.

준세는 여자를 당장 눕히지 않았다. 달려들지 않으려고 애를 써 가며 최대한 조심스럽게 어루만졌다. 향긋한 살갗에 코를 박았다. 눈을 감기고 하고 뜨기도 했다. 눈앞에는 온통 흰빛과 분홍빛만 보였다. 그 연한 색들을 입술로 빨고 혀로 핥았다.

"아,"

미나는 몹시 예민했다. 전보다 더 예민해진 것 같았다. 여자가 아이를 가지면 이렇게 변한다는 것과 저로 인해 그렇게 되었다는 사실이 준세는 황홀했다. 논리의 범주 밖에 있는, 지극히 본능적인 만족감이었다.

그는 벗은 여자가 춥지 않도록 그만 자리에 눕혔다. 눕혀 놓고 다시 길게 입을 맞췄다. 미나의 손이 축축한 머리칼을 파고들었다. 남자의 입술이 여자의 뺨을 지나 귀를 스치고 목덜미를 훑었다. 가장 짙은 체취를 들이마시고 또 들이마셨다. 몇 번을 반복하고 또 반복해도 성에 차지 않았다.

준세는 실로 몹시 미진한 기분이다. 한없이 부족해서 애가 탄다. 거칠어진 숨소리를 씩씩대며 여자를 만진다. 쓰다듬고 핥을수록 교성이 점점 받아진다. 완전히 녹은 것을 확인하자 그는 폭발할 것 같다.

속옷은 쉽게 벗겨 냈지만 스커트의 여밈을 풀기는 어려웠다. 그래서 치맛자락을 위로 젖히고 다리를 벌렸다. 납작한 아랫배에 입을 맞추자 미나가 숨을 들이켰다. 여기에 아기가 있다는 사실이 준세는 믿기지 않았다.

"살살 할게."

부탁하지도 않은 약속을 지레 하면서 그는 속으로 다짐했다. 혹시라도 해가 갈까 조금 불안하기도 했다. 이 와중에도 터질 것처럼 치솟는 욕정이 그는 기막혔다. 단추 하나 풀어내기 버거운 손을 하고서. 온몸에 칭칭 붕대를 감고서. 정말 끔찍하구나. 짐승 같다는 생각이 절로 들었다.

그러나 더 끔찍한 건 그럼에도 그만둘 수 없다는 것이다.

여자의 안에 들어간 순간 입술이 벌어졌다. 따뜻한 온도와 압박감에 헉하고 탄식이 샜다. 바로 이 느낌이었다. 시체처럼 널브러진 채로도 그리워한 것. 죽음을 목전에 두고도 상상한 것. 준세는 저도 모르게 이를 악물었다.

그 상태로 최대한 천천히 움직였다. 오직 상대의 소리에 신경을 집중했다. 가슴 아래 누운 여자가 조그맣게 헐떡였다.

"괜찮아?"

움직임을 멈추고 얼굴을 들여다본다. 미나가 감고 있던 눈을 뜨고 이쪽을 마주 본다. 상기된 뺨과 벌어진 입술.

"……괜찮아."

준세는 그 입술에 다시 입 맞췄다.

괜찮지 않게 만들고 싶었지만 자제했다. 스스로 정한 안전한 지점을 넘지 않았다. 대신에 그는 여자의 목덜미에 이를 세웠다. 작고 둥근 어깨를 깨물었다. 터질 듯 부푼 가슴에도 붉은 자국들을 남겼다. 그러는 동안에도 착실하게, 조금씩은 빠르게, 최대한 부드럽게 절정을 향해 내달렸다.

"하아,"

몸을 지탱한 양손이 뻐근했다. 몸통 어딘가에 긋는 듯한 통증이 느껴졌다. 두꺼운 피딱지가 갈라져서 진물이 밸지도 모르겠다. 그러나 그는 멈출 마음이 없었다.

점점 더 조여드는 몸. 좁고 뜨거운 몸. 짙은 체온과 높은 숨소리.

나는 지금 제정신인가. 아닌지도 모르지. 나는 정말 금수인지도 모르지. 하지만 그렇다 한들 무슨 상관인가.

"아,"

준세는 이제 아무것도 상관없었다.

임영환은 기다란 성냥으로 여송연에 불을 붙였다. 맞은편에 방석을 깔고 앉은 사내에겐 빈말로라도 권하지 않았다. 지위로 보나 나이로 보나 감히 주인과 마주 담배를 태울 객이 아니다. 그래서 그는 혼자서 느긋이 첫 연기를 내뱉었다.

오늘로 닷새째였다. 형무소에서 사고가 난 지 닷새가 될 동안 준세에 대한 소식을 듣지 못했다. 아들이 죽었다면 여태 그에게 아무 연통이 없을 리 없었다. 총독과 그 수하들이 시신을 내어 주지 않았을 리 없었다. 반역자를 장사 지낼 기회를 주면서 문명한 척 건방을 떨었어야 했다.

그러니 준세는 도망친 것이다. 그래서 지금 총독부가 이러지도 저러지도 못하는 거다. 밀정 짓도 모자라 탈옥까지 당했다면 이만저만 망신이 아니니. 총독과 그 수하들은 이 사태를 조용히 무마할 방책을 고심하고 있을 것이다.

그러므로 아들놈은 아직 살아 있는 것이다.

임신했단 소리를 듣고 나자 그림이 더욱 확실해졌다. 백작의 딸이 조선에 남아 있는 이유. 그 부녀가 남의 눈을 피해 은밀히 만난 이유. 춘원 그 물러 터진 작자가 딸의 읍소에 못 이긴 것이 분명했다. 아니, 처음부터 함께 일을 꾸몄을지 또 알 게 뭔가.

'집안을 다스리지 못해 제국에 해를 끼쳤습니다. 작지 않은 죄입니다.'

오만방자하게 지껄일 땐 언제고.

화가 치밀었지만 백작을 걸고넘어져 봐야 영환에게 득 될 것은 없었다. 그는 이미 일생 최악의 수모를 당했고, 재산 한 귀퉁이를 헐어 바치기로 했으며, 그로써 귀족 작위와 차기 중추원 부의장 자리, 집안의 명예와 안녕을 보장받기로 거래를 끝냈으니까. 아들이 죄를 지은 것은 사실이니 이제 와 따지고 든들 돌이킬 수 있는 건 없었다.

하지만 가장으로서, 가문의 배반자를 벌할 수는 있었다.

영환은 서안의 서랍을 열어 뻣뻣한 종이 한 장을 꺼냈다. 비쩍 마른 남자가 무릎걸음으로 다가가 삭정이 같은 손을 뻗어 받았다. 한 쌍의 남녀가 정면을 향해 팔짱을 끼고 선 모습.

결혼사진이었다.

"여자를 찾아."

영환이 그러며 여송연을 한 모금 빤다. 사진 속 타깃의 얼굴을 유심히 보던 윤가가 여자 얼굴로 시선을 옮긴다. 고운 계집이로군.

"백작저 하녀들을 찔러 보든 그 집 앞에 사람을 세우든 무조건 찾아내. 오야케, 대택 교수라고 경성제대에 사촌이 있어. 그 아비가 중학동에 살고. 그쪽에도 다 사람을 붙여. 조선에 연고가 없는 애니 갈 만한 데가 몇 곳 안 돼."

영환은 미리 생각해 둔 최대한의 정보를 청부업자에게 일러 주었다. 진즉 이리 생각을 했어야 하는데. 총독을 믿고 기다린 시간이 후회스러웠으나 아직 늦은 건 아니길 바라야지.

"여자 뒤를 밟으면 찾을 수 있을 거야. 분명히 같이 있을 테니."

준세는 아직 경성에 숨어 있을 가능성이 컸다. 감옥에서 몸이 망가졌을 테니 벌써 움직이진 못했을 것이다. 놓치지 않으려면 지금부터라도 빨리 움직여야 한다. 동원할 수 있는 사람이라면 외눈박이 거지새끼라도 모조리 동원해 찾아야 한다.

"찾을 수 있겠지."

"도망간 연놈들 찾는 것이 즈이들 밥줄 아닙니까."

이 백정만도 못한 놈이 누구더러 연놈이래. 영환은 못마땅했지만 내색하지 않았다. 백정이 아니라 백정 새끼 옷자락이라도 지금은 붙들어야 할 형편이었다. 실로 이 무뢰배 말고는 기댈 데가 없었다. 준세를 살려 둔다면 그는 남은 평생 화병과 불안으로 밤잠을 설칠 것 같았다.

"필시 조선을 떠나려 할 거야."

미나는 귀히 자란 화족의 여식이다. 아무리 준세라도 그런 여자를, 제 새끼까지 밴 여자를 추운 북방으로 당장 끌고 가지는 못할 것이다. 몸을 풀 때까지만이라도 좀 편안한 곳에 머무르려 하겠지. 춘원도 딸을 만주로 보내려고 하지는 않았겠지. 그러니,

"일본으로 가려 하겠지."

"부산 쪽에 준비하도록 이르겠습니다."

"중국으로 갈 수도 있고."

"그럼 그쪽 길목에도 눈을 두지요."

윤가가 입 안의 혀처럼 날래게 대답했다. 그 민첩함과 자신감에 영환은 조금 안심이 된다.

"조선 땅을 벗어나지 못하게 해. 절대로."

이 땅에서 태어났으니 이 땅에서 죽게 해야지.

"얼마가 들건 관계없어. 놓치지만 마."

내가 준 목숨이니 내가 거둬야지.

"반드시…… 죽여."

영환이 생각하기에 사람들이 그에 대해 오해하는 것이 있다. 배알 없는 매국노, 왜놈 발바닥도 핥을 친일배라는 건 지나쳐도 한참 지나친 소리였다. 임영환 같은 최상류 계층은 일본인과 대등한 조선의 지배자다. 해서 겉으로나마 서로를 깍듯이 대하지만, 왜놈들의 비위를 맞춰 주는 일이 그리고 달가울 리 없었다.

불과 백여 년 전까지만 해도 통신사를 보내 가르친 미개한 족속. 미개해서 서양 문물을 빨리 받아들였고 그 덕에 저희가 잘난 줄 아는 것들. 섬나라에 문명이랄 게 있나? 다 우리에게서 배워 간 것이지. 우리가 전해 주지 않았다면 저희들이 무슨 수로 학문을 알고 정원을 지어. 그 근본 없는 것들의 발 앞에 오체

투지 했던 것을 떠올리면 영환은 지금도 모멸감에 치가 떨렸다.

'제가 입이 열 개라도⋯⋯ 드릴 말씀이 없습니다, 각하⋯⋯.'

그것은 결코 씻기지 않을 치욕이었다. 죽는 날까지도 몸서리치게 할 기억이었다. 목놓아 통곡이라도 하고 싶도록 화가 치밀었다. 유서 깊은 양반가의 수장이 왜놈 앞에 이마를 찧다니. 이런 치욕을 당했으니 조상들을 어찌 뵙나.

감히 나를 그 꼴로 만들어?

그는 입을 꾹 다문 채 두툼한 봉투 하나를 툭 던졌다. 윤가는 굳이 내용물의 액수를 확인하지 않았다. 그저 빼빼 마른 손가락으로 착수금을 집어 사진과 함께 품에 넣었다.

"분부대로 하겠습니다."

영환은 못 들은 척 담배만 입으로 가져갔다. 아들을 죽이라는 분부를 내린 아비답게 심란하고도 단호한 표정이었다. 모질어도 별수 없지. 늑대는 절대 개가 될 수 없지. 이런 일을 또 당할 수야 없는 노릇이지.

내가 준 목숨이니, 내가 거둬야지.

"짐 챙길 것도 없네."

미나가 사뭇 경쾌하게 그러며 트렁크를 닫았다. 짐을 푼 적이 없으니 챙길 것도 없는 게 당연했다. 자리옷으로 입었던 네글리제와 수건 정도만 다시 넣는 것으로 정리는 끝났다.

"몇 시야?"

"열한 시 십 분."

회중시계를 들여다보며 대답한 준세가 시계를 닫아 바지 주머니에 넣었다.

새하얀 셔츠에 재색 바지. 말쑥하게 차린 그는 얇은 은테 안경을 쓰고 있었다. 중절모까지 눌러쓰면 그런대로 인상이 가려질 것 같았다. 안경과 모자는 이 집에 있던 것들이다.

"멋지신데요, 선생님."

"저도 알고 있습니다."

"뭐야. 도대체 겸양을 모른다니까."

미나가 곱게 눈을 흘기며 웃었다. 그렇게 웃으면 좀 지나치게 예쁜데. 준세는 생각했지만 입 밖에 내지는 않았다. 가짜로 시늉할 때는 어느 여자에게나 술술 해 대던 말들이, 진심이 되자 기이할 정도로 목에 걸려 잘 나오지 않았다. 그러니까, 쑥스럽고 겸연쩍고, 뭐 그래서.

그럴 때면 이렇게 딴소리를 하는 것이다.

"이제 나가 봐야 하지 않나?"

"안 그래도 지금 막 코트 입을 참이야."

미나는 오늘 정오에 히타로의 연구실을 찾아가기로 했다. 거기서 약속된 것들을 건네받은 뒤 곧장 부산으로 출발할 것이다. 부산항에서 시모노세키로 가는 연락선은 밤 아홉 시 반에 출항했다. 별문제가 없다면 도착해서 바로 그 배를 탈 수 있었다.

오늘 밤 그들은 조선을 떠날 것이다.

"학교 앞으로 곧장 올 거지?"

다짐받듯 바라보는 미나의 얼굴에 긴장감이 어렸다. 아무렇지 않은 척 발랄하게 굴지만 실은 불안해하고 있다는 것을, 그 불안감을 감추려고 부러 밝은 척한다는 것을 준세도 알고 있었다. 그래서 그는 고개를 끄덕이며 가볍게 웃어 보인다.

"그래. 바로 데리러 갈 거야."

미나가 히타로를 보는 동안 준세는 찬과 만나기로 되어 있었다. 찬은 부산항까지 두 사람과 함께 이동해 백산이 보낸 사람과 접선한 후, 곧장 만주로 가는 배를 타기로 했다. 나도 당분간 조선을 떠나 있는 게 좋겠네. 그가 말했을 때 준세는 아무런 대답도 하지 못했다. 어쩔 수 없이 강임이 떠올라 아무 말도 할 수 없었다.

"그럼 이따 봐."

코트를 여민 미나가 웃으며 말했다. 막 고개를 끄덕이려던 준세가 문득 바깥쪽을 경계했다. 조용한 주택가 골목에 자동차 다가오는 소리. 그 소리는 아주 가까운 곳에서 멈췄고, 이어 남자들의 발소리가 들렸다.

그리고 누군가 이 집 대문을 열려 하기 시작했다.

"누구지?"

미나가 놀란 눈으로 물었다. 준세는 대답할 수 없었다. 확실한 것은 하나. 동지 중에는 지금 여기 올 만한 사람이 없다는 것.

그러니 저들은 적이다.

이 돌발적이고도 위급한 상황을 그는 재빨리 받아들였다. 이어 머릿속에 두 가지 경우를 떠올렸다. 뒷문을 통해 전속력으로 달려 숲속에 숨으면 따돌릴 수도 있다. 그러나 미나와 함께라면 가능성은 현저히 떨어진다. 어설프게 달아나려 시도했다간 붙잡히고 말 것이다. 정체 모를 적들이 너무 가까이 다가왔으며 곧 대문을 열고 들이닥칠 것이다. 그렇다면 어떻게.

판단은 순식간에 내려졌다.

준세는 방문을 열고 나가 현관에 놓인 구두 두 켤레를 가져왔다. 미나가 신발을 신는 동안 옷장을 열어 숨겨 둔 권총을 꺼냈다. 탄환 여섯 개가 꽉 찬 것을 확인한 뒤 탄창을 닫기까지 삼 초도 채 걸리지 않았다. 총을 보고 놀라는 여자에게 그가 말했다.

"이쪽으로."

미나는 그가 바닥에 깔린 다다미 가장자리를 들추는 것을 본다. 다다미 두 장이 뚜껑처럼 열리더니 창고 같은 지하공간이 드러났다. 빨리. 준세가 재촉하자 미나는 더 생각할 것도 없이 그리로 기어들어 갔다. 나무 계단으로 연결된 그곳은 좁았지만 미나가 똑바로 설 수 있을 만큼 깊었다.

준세가 입구를 닫자 공간은 완전히 어두워졌다. 빛 한 점 비집을 틈새 없이 완벽한 암흑이었다. 그 안에서 남자는 여자의 뒤로 가 자세를 잡았다. 오른손에 권총을 쥔 채 왼팔로 여자를 감싸 안았다. 오른쪽 귓가에 그의 숨이 닿았다.

"이 문이 열리면,"

낮고 빠르게 속삭이는 목소리.

"내가 당신을 인질로 잡은 거야."

정확하고 단호한 목소리.

"뭐?"

"저들이 나오라면 밖으로 나가."

"준세,"

"나가서 적당한 때 풀어 줄게. 나한테 납치됐었다고 해. 강제로 여기 붙들려 있었다고."

"무슨 소리야? 그럼 당신은?"

"신경 쓰지 말고 가."

"안 돼. 말도 안 돼, 싫어."

"당신은 다치면 안 돼!"

준세가 낮게 윽박질렀다. 거의 속삭이는 목소리는 그래서 더 절박하게 들린다.

"미나."

귓가에 다시 숨이 닿았다. 동시에 커다란 손바닥이 입을 막았다. 밀착된 등을 통해 남자의 체온과 심장박동이 느껴졌다. 미나는 제 입을 막은 남자의 손을 힘껏 붙들었다.

"내 말대로 해 줘."

그것을 끝으로 준세는 더 말하지 않았다. 바깥에서 덜컹덜컹 현관문 흔드는 소리가 들렸다. 여자의 몸을 끌어안은 남자의 팔에 힘이 들어갔다. 그 품에 갇힌 미나는 이제 아무 소리도 낼 수 없다.

뚜벅뚜벅. 낯선 이의 발소리가 들리기 시작했다.

김기철은 대문을 통과할 때부터 권총을 뽑아 들고 있었다. 집에 사람이 들었던 흔적이 역력했고, 그는 제대로 짚었음을 확신했다.

이 은신처로 경찰을 안내한 것은 물론 장윤식이다. 그날 밤 체포 작전에 경찰견을 동원한 것이 주효했다. 범인의 옷과 신발에 배어 있던 피 냄새를 개들은 한밤중에도 거뜬히 찾아냈다. 윤식이 이 집에 숨어 있다는 걸 확인한 후에도 기철은 움직이지 않았다. 일부러 풀어 준 미끼는 끝까지 놓아두어야 하니까.

'다친 쥐새끼가 어디로 가겠어. 제 소굴로 기어들지 않겠어?'

영특한 사람이었는데 아깝게 됐지. 기철이 새삼 입맛을 다셨다.

구두를 신은 채로 마루 위에 올라섰다. 텅 빈 집 안을 눈으로 훑었다. 언제라도 발사할 수 있도록 권총을 양손으로 쥔 채였다. 그는 날카로운 눈길로 주변을 살피면서 방 쪽으로 다가갔다. 격자무늬 미닫이가 완전히 닫혀 있었다.

장윤식이 떠난 뒤 그는 빈집을 한번 뒤졌었다. 기대했던 단서는 없었지만 집의 구조를 파악했으니 소득이 없던 건 아니었다. 이 집에 방이 하나뿐이라는 것, 대문 외에 뒷문이 하나 있다는 것, 집에서 밖으로 나가는 통로는 현관과 창문뿐이라는 것을 그는 알고 있었다.

다다미 깔린 방 아래에 감쪽같은 지하공간이 하나 있다는 것도.

기철이 미닫이를 벌컥 열고 방 안쪽으로 총을 겨눈다. 아무도 없는 것을 확인한 뒤 문지방을 넘는다. 텅 빈 방에 트렁크 두 개만 덜렁 놓여 있었다. 그리고 벽에 걸린 코트 한 벌. 천연덕스러운 다다미 바닥을 기철은 눈으로 훑었다.

이 아래 숨어 귀를 기울이는 남자의 모습을 상상했다. 눈으로 보는 것처럼 아주 선명하게 상상했다. 독 안에 든 쥐가 따로 없군. 산뜻하게 비웃어 주려 했으나 놀랍게도 웃음이 나오지 않았다. 막상 다 잡았다고 생각하자 이상하게 꺼려지는 기분이 들었다.

실은, 여기로 오는 내내 그런 기분이 들었다.

'종로서에 있는 김기철이올시다.'

왜놈보다 지독한 왜놈의 앞잡이. 악명 높은 김 경부라고 처음부터 죄의식을 느끼지 않은 건 아니었다. 고통으로 울부짖는 인간 앞에서 아무렇지 않은 사람이 얼마나 될까. 그러나 이 세상 모든 예민한 것은 다 조금씩 닳다가 결국 무뎌지기 마련이다. 남의 고통보다 나의 출세가, 남의 불행보다 나의 행복이, 남의 생명보다 나의 안락이 우선하는 한 죄의식은 오래가지 않는다.

기철은 영리한 사람이어서 실리 이외에 다른 것은 무의미했다. 남들보다 편안히 살아갈 수 있게 해 준다면 동족이든 이민족이든 상관없었다. 그게 대체 무슨 상관인가. 조센징이든 쪽발이든 결국엔 다 남일 뿐인데.

'동족끼리 통하는 데가 있을 줄 알았더니.'

기철은 이틀 전 죽은 검사를 떠올렸다. 그 앞에서 덜덜 떨면서도 끝내 입을 다문 청년을 떠올렸다. 맨몸으로 묶인 주제에 무모하도록 당당하던 남자를 떠

294

올렸다. 스스로 제 목숨을 끊으며 웃던 여자를 떠올렸다.

'오래 사시오.'

그 웃음이 아직도 뇌리에서 사라지지 않는다. 그래서 그는 며칠째 기분이 더러웠다. 인정하기 싫은 그 감정은 뭐랄까, 몹시도 찜찜한 부채감과 흡사했다. 누구에게 무엇을 빚졌는지는 도대체 모르겠지만.

'보았소? 벽 부서진 것 보았느냐고.'

그는 이해할 수 없다. 뭐가 그리 좋아서. 뭐가 그리 자랑스러워서. 감옥 귀퉁이 조금 망가뜨린 게 뭐가 그리 뿌듯해서 웃으며 갔나.

'청사 내에서는 국어를 사용해야 할 것 같아서.'

대체 왜 이런 꼴을 위해 목숨을 거나. 황금 더미에서 태어난 귀공자가.

'그런 놈들은 매사에 남 탓만 하고 저들 미련한 건 생각도 안 하니까요.'

기철이 아는 한 인간은 결국 다 비슷비슷했다. 조선 독립이든 혁명 세상이든, 거룩한 신념에 목숨 건다 하여 특별히 두려움을 모르거나 완벽히 치밀하거나 완전히 초월적인 것은 아니었다. 그러니 그렇게 당하고도 계속 밀정에 넘어가고 함정에 빠지는 것이다.

놈들도 인간이니까. 그것도 아주 절박한 인간. 세상 어딘가에 자기편이 있다고 믿는, 그들과 힘을 합치면 꿈이 이뤄질 거라 믿는, 어리석기 짝이 없는 인간들.

'발음이나 좀 똑바로 해, 쪽발이 새끼야.'

모리타 검사는 죽었다. 정체 모를 조직이 있다며 고집하던 수사도 그와 함께 종결되었다. 서대문형무소에서 탈출한 죄수는 없고 종로서에 내려진 지시도 없다. 그러니 이 문을 굳이 열어 보지 않아도 김 경부에게 손해될 일은 전혀 없는 것이다. 또 이 문을 굳이 연다 한들, 공식적으로 존재하지도 않는 탈옥수를 붙잡았다고 총독이 무공훈장 줄 것도 아니고.

그러니 오래 고민할 것은 없었다.

"놈들이 도망쳤다!"

기철이 허공을 향해 소리쳤다. 방 밖을 뒤지던 순사 둘이 우뚝 동작을 멈췄다.

"멀리 못 갔을 거야. 어서 근방을 뒤져 봐!"

예, 하는 대답과 함께 수하들이 부리나케 집 밖으로 달려 나갔다. 방 안에선 기철은 손에 쥔 권총을 허리춤에 꽂아 넣었다. 대문이 덜컹 열리고 남자들이 뛰쳐나가는 소리가 들렸다. 기철은 방 한쪽에 얌전히 놓인 트렁크 두 개에 시선을 두었다가, 벽에 걸린 한 벌의 코트를 다시 눈으로 훑었다. 키 크고 어깨넓은 남자의 옷. 한눈에 보아도 고급스러운 모직 코트를 잠시 바라보다, 휙 하고 몸을 돌려 방을 빠져나왔다.

현관을 지나는 동안에도 기철은 생각했다. 활짝 열린 대문을 통과할 때까지도 계속 생각했다. 어차피 거기엔 아무것도 없었을 것이다. 열어 봐야 분명히 텅 비어 있었을 것이다.

놈들은 이미, 도망쳤다.

미나는 백동전 두 개를 삯으로 건네고 인력거에서 내렸다. 화창한 수요일 오후 대학 교정은 교복 차림의 청년들로 활기찼다. 지은 지 얼마 되지 않은 새 학교라 모든 곳이 반짝거렸다. 여자는 주변을 살피며 저만치 법문학부 건물을 향해 걸었다. 남색 코트에 검은색 클로슈. 팔에 건 핸드백은 자주색.

"왔구나."

연구실에 노크를 하고 들어가자 히타로가 반색했다. 약속한 시간이 지나도

록 나타나지 않아 불안하게 기다리던 참이었다. 그는 여자의 창백한 얼굴을 살 피고는,

"무슨 일이 있는 거냐? 얼굴이 안 좋다."

"아녜요, 오빠. 괜찮아요."

억지웃음 짓는 사촌을 탁자 앞으로 데려와 앉혔다.

"차부터 한잔하자. 그 정도 시간은 있겠지."

거절하는 말이 없자 그는 연구실을 나섰다. 탕비실에서 더운물을 가지고 돌 아와 문을 달칵 잠갔다. 찻주전자에 녹차를 우리는 동안 두 사람은 아무 말도 하지 않았다. 남자가 조심스러운 손길로 찻잔에 차를 따르고, 여자는 그 모습을 묵묵히 바라보았다.

"자."

"오래 있을 시간은 없어요."

쫓기듯 말한 미나가 찻잔을 감싸 쥐면서 고맙습니다, 뒤늦게 덧붙였다. 그 녀는 서두르는 기색을 숨기려 하지 않았다. 아니, 숨길 수가 없는 거라고 히타 로는 생각했다. 찻잔을 쥔 두 손이 가늘게 떨리고 있었다. 그래서 그는 제 몫의 잔에 차를 따르는 대신, 책상으로 되돌아가 서랍 깊숙이 넣어 둔 것들을 꺼내 왔다.

그가 내민 것은 빳빳한 황국신민증 두 개였다. 미나는 반으로 접힌 신분증을 하나씩 펼쳐 확인했다. 오야케 하루코. 오야케 다쿠미. 두 사람의 본적은 교토. 오야케 가문의 본가가 있는 곳이다.

"혹 누가 묻거든 아버지의 조카 부부라고 하면 된다."

"네."

"동경에 도착하면 이분을 찾아라. 아버지가 추천서를 부탁해 놓으셨어. 미 국대사관에 제출하면 사증을 받을 수 있을 거다."

미나는 히타로가 내민 쪽지를 받아 눈으로 읽었다. 동경제대 사학과 교수 이토 류노스케. 미국은 최근 일본인 이민을 제한해 입국이 어려워졌지만 유학생 문호는 열려 있었다.

"그리고 외숙께서, 부산까지 자동차로 이동하라 하셨다. 경성역에 경찰이 깔려 위험하다고."

미나는 고개를 끄덕이며 눈을 내리깔았다. 기차역을 이용하지 않기로 한 것은 준세의 생각이기도 했다. 준세는 찬과 함께 수리 맡겨 둔 차를 찾아 학교 정문에서 그녀를 기다릴 것이다. 지금쯤 도착했을까. 미나는 다시 마음이 초조해진다.

"그리고 이것도."

히타로가 발치에 놓인 가죽 가방을 탁자 위에 올렸다. 입구를 열자 누렇게 반짝이는 것이 보였다. 1킬로그램짜리 금궤 열 개. 미나는 눈으로 수효를 센 뒤 입술을 깨물었다. 금덩어리들이 바위처럼 가슴을 누르는 것 같았다.

이것들을 받아도 될까. 염치없으나 결정은 쉬웠다. 지금은 사치스러운 염치 따위를 차릴 계제가 아니다. 그녀는 가방으로 손을 뻗어서 금궤 하나를 꺼내 핸드백에 넣었다.

"나머지는 오빠가 보관해 주세요. 미국에 도착해서 자리 잡으면, 그때 돈으로 바꿔서 보내 주세요."

그리고 금궤 하나를 다시 꺼내 조심스레 내밀었다. 너무도 많은 위험과 수고를 감당해 준 사람들. 어떻게든 보답하고 싶지만 이밖에 다른 방법을 미나는 생각해 낼 수 없었다.

"고모부랑 오빠한테 너무 폐를 끼쳐서……."

히타로는 아무 말도 하지 않고, 여자가 내민 금궤를 받아서 다시 가방에 넣은 뒤 입구를 닫았다.

"도착하면 편지해라. 송금해 줄 테니."

"……네."

"지금 바로 출발하는 거냐?"

"네."

대답하며 미나가 급히 일어섰다. 의자 밀리는 소리마저 드르륵 떨렸다. 히타로는 불안감이 역력한 여자를 지켜보다가 조금 뒤늦게 자리에서 일어섰다. 긴장은 자연스레 전염되었지만 그는 내색하지 않으려 했다. 끝까지 침착한 태도를 지키려 노력했다.

"미나."

그러나 이제 정말로 보내야 하는 순간이 되자, 그는 애틋한 감정을 걷잡을 수 없다.

"조심히 가거라."

힘껏 담담히 말하며 눈앞에 선 여자를 보았다. 복잡한 눈으로 마주 보던 미나가 그에게 다가왔다. 품에 안겨 온 여자의 어깨를 도닥이면서 히타로는 눈을 감았다. 이제 너를 다시 볼 수 있을까. 총명하고 어여쁜 아이. 사랑스럽고 냉소적인, 그래서 때때로 안쓰럽던 외사촌 누이.

"건강하세요, 오빠."

히타로는 하나뿐인 외종매가 진정 행복하길 바란다.

경성에서 부산까지는 먼 길이었다. 찬은 자동차를 다룰 줄 모르므로 운전은 준세의 몫이었다. 미나가 번갈아 하자고 우겼지만 그는 끝내 운전대를 넘기지 않았다. 여러 번 오갔던 길이라 익숙했고, 최대한의 속력을 거의 내도록 유지했다.

목적지에 도착했을 때는 하늘이 온통 석양으로 붉어진 무렵이었다. 차창이 모두 닫혀 있는데도 바다 냄새가 풍겨 왔다.

부산항과 길 하나를 사이에 둔 일본식 끽다점 앞에 그는 차를 세웠다. 노르 스름한 가로등 빛이 운전석 위로 쏟아졌다. 준세는 시동을 끄고 열쇠를 맵 포 켓 안에 넣었다. 이 차는 잠시 후 백산무역 사람이 와서 가져갈 것이다.

긴 여정이 끝났지만 차 안에 앉은 세 사람은 아무 말도 하지 않았다. 준세는 조수석 트렁크 위에 둔 가죽 장갑을 집어 양손에 꼈다. 찬의 것이라 그에겐 좀 작다 싶지만 울긋불긋한 손을 드러낼 수는 없는 노릇이었다. 삼월 중순의 부산 은 제법 쌀쌀하니 그리 수상해 보이진 않을 것이다.

"준세."

장갑 낀 손으로 막 가방을 들려는 찰나, 뒷좌석에 앉은 찬이 입을 열었다.

"아무래도, 대합실까지 따로 움직이는 게 좋을 듯한데."

그가 일본어로 말했다. 차내에 흐르던 긴장감이 일순 멈춘다.

"내가 부인과 함께 갈 테니 자네는 뒤에 오는 게 어때."

준세는 말없이 후사경으로 눈길을 돌렸다. 이쪽을 바라보는 찬과 시선을 맞 댔다. 그가 무엇을 걱정하고 있는지 모르지 않았다. 백작이 뚫어 준 길 끝에 함 정이 없을까. 누군가 젊은 오야케 부부를 노리고 있지 않을까. 그렇다면 약간의 혼선을 주어 나쁠 것이 없다. 적어도 최악의 사태에서 미나를 배제시킬 수 있 다.

그러므로 길게 고민할 까닭이 없었다. 준세는 고개를 끄덕인 뒤, 불안한 얼 굴의 여자에게 눈길을 돌렸다.

"먼저 가."

거울 속에서 미나의 눈이 흔들렸다.

"각자 개찰구 지나서 대합실에서 만나."

여자는 대답하지 않았다. 거울에 비친 남자의 눈만 바라보았다. 색이 연한 눈동자가 유별나게 반짝거렸다. 그 눈이 금방이라도 울 것 같아서 준세는 마른침을 삼켰다. 뒷좌석에 앉은 여자에겐 보이지 않았을 것이나.

"혹시 나한테 무슨 일이 생기더라도 뒤돌아보지 마."

"⋯⋯"

"뒤돌아보지 말고 가."

"⋯⋯"

"약속할 수 있지."

미나는 약속할 수 없었다. 왜 그런 소릴 하는 거야. 그런 약속 같은 건 하기 싫어. 생각하자 심장이 무섭게 뛰기 시작했다. 불안감에 목구멍이 부풀었다. 불길한 예감이 몸을 옥죄었다. 미나는 거울 속 남자의 눈을 한참 쳐다본 후에야, 간신히 맘에 없는 소리를 낼 수 있었다.

"⋯⋯응."

우리는 이미 부산에 도착했다. 잠시만 따로 가는 것이다. 아주 잠시만. 눈앞에 보이는 저 항만 건물까지만.

"이따 봐."

힘껏 아무렇지 않은 척 말한 뒤, 미나는 머리에 쓴 클로슈를 한번 누르고 차문을 열었다.

해수의 물비린내가 기다렸다는 듯 훅 밀려들었다. 그녀는 제 몫의 트렁크를 들고 차 밖으로 내려섰다. 오랜만에 맡아 보는 바다 냄새에 마음이 심하게 요동쳤다. 범퍼를 돌아온 찬이 말없이 팔을 내밀었다. 미나는 그와 짧게 눈을 맞추고 자연스레 팔짱을 꼈다. 체고는 준세와 비슷하지만 팔의 감촉은 완전히 다르다. 생각하며 미나는 트렁크 손잡이를 쥔 손에 힘을 주었다. 차 안에 있는 준세를 보고 싶지만 고개 돌리지 않았다. 잠시 후에, 잠시만 지나면 다시 볼 수 있을 테니까.

저물녘의 부산항은 분주하고 활기찼다. 경성 못지않게 자동차가 흔했고 바지런한 인력거들이 바삐 오가고 있었다. 그 경쾌한 혼잡 속으로 두 사람은 나란히 걸어 들어갔다. 각자의 짐을 든 채 팔짱을 낀 남녀. 양장에 중산모를 쓴 사내. 여자는 남색 코트에 검은색 클로슈. 팔에 건 핸드백은 자주색.

목적지를 향해 또각또각 걸으면서 미나는 불현듯 떠올렸다. 제 몸 곳곳에 남아 있는 그의 흔적들을. 아직도 생생한 체온과 숨소리를. 평온하고도 난잡했던 한낮의 정사를. 하필이면 지금 왜 그런 것들이 생각날까.

어쩌면 두 번 다시 가질 수 없을지 모르니까.

불안의 압력은 이미 감당키 어려울 만큼 커져 있었다. 저만치 커다란 항만 건물이 보인다. 목적지까지는 그리 멀지 않으나 아직 가깝지도 않다. 미나는 이 모든 것이 어서 끝나기만을 바랐다. 어서 저곳에 다다라 다시 그를 안고 싶은 마음뿐이었다. 머릿속이 온통 그 생각만으로 타들어 가는 것 같았다.

그때,

"미나!"

등 뒤에서 고함 소리가 귀청을 찢었다. 다급한 남자의 목소리. 미친 듯이 뛰던 심장이 일순 얼어붙는다.

준세.

그것은 거의 본능이었다. 생각에 앞서 몸이 먼저 반응했다. 미나는 즉각 걸음을 멈추고 고개를 돌렸다. 붉은 피, 검은 총, 몰려오는 경찰들. 머릿속에 온갖 끔찍한 장면이 휘몰아치는 가운데,

낯선 남자와 정면으로 눈이 마주쳤다.

키도 몸집도 아주 작은, 검은 옷을 입고 모자를 쓴 남자. 시선이 마주친 순간

그 눈에서 번쩍인 빛. 품에서 자그마한 권총을 꺼내는 광경. 미나는 분명 모든 것을 보았지만 그 모든 것은 너무도 순식간에 이루어졌다.

비명조차 지를 틈이 없었을 만큼.

탕! 탕! 탕!

세 번의 총성이 끝나기 전 찬은 공격을 감지했다. 그러나 등 뒤에서 격발된 총탄을 피할 만큼 날랜 인간은 있을 수 없었다. 곁에 선 남자가 바닥에 쓰러지던 순간 미나는 그의 팔을 놓고 물러섰다. 매정하게도 그 또한 본능이었다.

까악, 비명 소리와 함께 사람들이 흩어지기 시작했다. 각자 자기 일행의 어깨를 감싸거나 서로의 손을 잡아끌었다. 검은 옷에 모자 쓴 그 남자는 어느새 인파 속으로 사라져 보이지 않았다. 놀란 짐승 떼처럼 달아나는 사람들로부터 뚝 떨어진 채, 쓰러진 남자를 바라보고 서 있는 건 미나 하나뿐이었다.

머릿속이 텅 비어 버린다. 두렵다는 감상조차 들지 않는다. 이게 무슨 상황인지, 이제 어떻게 해야 하는지, 앞으로 어떻게 될지 하나도 모르겠다. 완전히 멈춰 버린 머릿속에는 오직 요란한 소리, 소리들. 사람들의 비명 소리. 서로의 이름을 고함쳐 부르는 소리. 삑삑대며 다가오는 호각 소리.

그때 누군가 그녀의 팔을 낚아채 인파 속으로 끌어당겼다.

깜짝 놀라 고개를 돌리며 미나는 눈을 크게 떴다. 중절모와 은테 안경으로 인상을 가린 남자가 그녀를 바라보고 있었다. 굳은 얼굴과 긴장한 눈동자.

준세.

"가자."

준세는 여자의 팔을 붙든 채 선착장 쪽으로 이끌었다. 미나는 밭은 숨을 쉬면서 계속 찬 쪽을 돌아보았다. 경찰인지 경비원인지 제복 입은 남자들이 그 주변을 에워싸고 있었다. 안 되는데. 우리가 이렇게 가 버리면 안 되는데. 저 사람이 아직 바닥에 쓰러져 있는데.

"저 사람…… 저 사람은…….”

준세는 들은 척도 하지 않았다. 주춤대는 여자를 강한 힘으로 잡아끌었다. 선착장 근처 기둥 뒤에 다다라서야 그는 걸음을 멈췄다. 하얗게 질린 여자를 돌려 세우고 몸을 숙여 눈을 맞췄다. 창백한 뺨에 튄 핏방울을 엄지로 문질러 닦았다. 가죽 장갑은 검은색이라 뭉개진 핏자국이 보이지 않았다.

"미나.”

미나는 눈앞의 남자를 올려다본다. 준세는 털끝 하나 다치지 않은 채였다. 순간 그녀를 압도한 것은 안도감이었다. 다행이라고. 당신이 아니라서, 당신은 무사해서, 당신이 아니라 그래서 정말 다행이라고.

아아, 이 얼마나 끔찍한 이기심인가.

"나…… 나 때문이야…….”

자책과 후회는 그 뒤에 밀려들었다.

"나 때문에…… 내가 멈추는 바람에…….”

아직도 귓가에 총소리가 들렸다. 몸부터 피한 제 모습이 반복됐다. 미나는 공포와 자괴로 어깨를 떨었다. 내가 멈추지 않았다면. 당신이 당부한 대로 뒤돌아보지 않았다면. 멈추지 않고 계속 걸어갔다면 그는 죽지 않았을 텐데.

"생각하지 마.”

준세가 말했다. 은테 안경을 쓴 남자는 흔들림 없이 여자를 보고 있다.

"아무것도 생각하지 마. 이미 늦었어.”

우리는 이미 그를 구할 수 없다.

"지금 가야 돼.”

그러니 우리라도 구해야 한다.

미나는 후들대는 무릎에 힘을 주었다. 호각 소리와 웅성대는 사람들로 소란스러운 뒤쪽은 돌아보지 않았다. 손을 뻗어 남자의 팔을 잡았다. 이 상황에서도 짐 가방을 꽉 쥔 채 놓치지 않은 제가 우습고 가엾게 느껴졌다.

"표를 보여 주십시오."

"이등 선실에 탈 겁니다."

개찰구에 선 직원이 곤란한 표정을 짓는다. 준세는 아랑곳없이 품에서 지갑을 꺼내 백 원권 지폐 한 장을 뽑아 내밀었다. 이어 두 사람의 신분증을 포개어 군복 차림의 검문관에게 건넸다.

"아내가 놀라서 혼자 둘 수 없어요. 부탁합니다."

항만 직원은 고액권 지폐와 젊은 남녀의 고급스러운 차림새, 정중하면서도 묘하게 고압적인 남자의 태도에 설득되었다. 무엇보다 상황이 상황이니만큼 이 정도 편의를 제공하지 않을 까닭도 없었다.

"이게 대체 무슨 일입니까? 사람들이 한창 다닐 시간에 이런 소동이라니."

"대단히 죄송합니다. 저희도 지금 몹시 경황이 없어서……."

직원은 곁에 선 군인들이 신분 확인을 마칠 때까지 잠시 기다리며, 못마땅한 얼굴의 남자 손님에게 쩔쩔매는 시늉을 했다. 아닌 게 아니라 여자의 낯이 창백한 것이 어지간히 놀란 기색이었다. 왜 안 그렇겠나. 여기까지도 총성이 또렷해 소름이 다 끼치던데.

확인을 마친 검문관이 두 사람의 신분증을 다시 포개어 돌려주었다. 준세가 그것들을 받아 들었고 이어 직원이 길을 터 주었다. 그 짧은 순간이 미나에게는 너무나도 길게 느껴졌다.

"이등 선객 대합실은 오른쪽입니다. 저희 직원이 곧 선표와 거스름돈을 그리로 가져다드리겠습니다."

준세는 성의 없이 고개를 까딱해 보인 뒤, 다정하게 아내를 에스코트했다.

"갑시다. 하루코."

나란히 팔짱 낀 남녀가 개찰구를 통과했다.

미나는 오직 앞으로, 앞으로만 걸었다. 어깨를 펴고 앞을 향해 한 걸음 한 걸음 내디뎠다. 그러는 동안 내도록 남자의 팔을 꽉 움켜쥐었다. 모직 코트 아래로 느껴지는 단단한 감촉. 그 팔이 마치 생명 줄이라도 되는 것처럼.

대합실로 가는 길은 뜻밖에도 한산했다. 정신을 차리고 보니 어느 순간 눈앞에 선착장이 펼쳐졌다. 하얗고 거대한 증기선이 검푸른 바다에 떠 있고, 그 위로 흐드러진 노을이 조금씩 사위어 가고 있었다. 머지않아 날이 완전히 저물 것이다. 그러나 항해를 마치고 나면 아침은 다시 밝아 올 것이다.

미나는 숨을 크게 들이마셨다. 그러다 문득 여기가 제 고향이라는 사실을 상기했다. 부산. 내가 태어난 땅. 내 어머니가 나를 낳은 땅. 내 아버지가 나를 사랑한 땅.

심장이 뛴다. 몹시 거세게 뛴다. 차마 다 해독해 낼 수 없는 감정들. 미나는 다시 한번 크게, 깊은 숨을 들이마셨다.

바다 냄새가 짙었다.

9.
종
장

1995년 8월

　피디는 어둡고 비좁은 편집실에 혼자 앉아 있다. 전자시계에 찍힌 시간이 밤
아홉 시를 넘어 있었다. 이 시간까지 방송국에 몸이 묶인 것은 당연하게도 야
근할 거리가 많기 때문이다. 막판에 갑자기 촬영분이 늘어나면서 구성 전체를
뜯어고쳤으니까. 팀원들이 고생해 준 덕분으로 가편집본은 만족스럽게 나왔다.
종편실 가기 전에 후반부만 한 번 더 확인해 볼 작정이었다.
　편집실 콘솔 위에는 각종 자료가 흩어져 있다. 손에 걸리는 것들만 대강 한
쪽으로 치워 놓고 피디는 헤드폰을 쓴 채 모니터를 들여다보았다. 수염이 허연
역사학자가 화면 속에서 웃는 듯 마는 듯한 얼굴을 했다.
　「일단은 기록이 전무하다시피 하니까요. 사료라고 해 봐야 메모 몇 장, 후손
들 증언 약간, 뭐 이 정도뿐이니까 연구에 제약이 많죠.」

대동청년당은 대한제국 말기에 결성되어 해방 때까지 그 존재가 알려지지 않았다. 주로 신식 교육을 받은 젊은이들, 십 대 후반에서 이십 대 초중반의 청년들이 결성한 비밀단체였는데 기밀유지에 철저해 관련 내용을 전혀 기록으로 남기지 않았다. 사료가 없으니 연구가 어려울 수밖에 없다. 명칭조차도 증언이 엇갈려 '당' 과 '단' 이 혼용되는 형편이니까.

　「조직적으로 활동한 단체가 아니었던 걸로 보입니다. 구국과 광복 의지만 공유한, 일종의 혈맹 같아요. 조직의 체제나 명령체계가 확인되지 않고, 구성원들도 다양한 곳에서 개별적으로 활동했습니다. 대표적인 게 임시정부와 의열단인데, 당시 독립운동 진영에서 민족주의와 사회주의 노선 대립이 심했거든요. 그런 의미에서 이 단체는 상당히 특이하다고 할 수 있겠죠.」

　이념이나 노선에 구애받지 않은 단체. 한민족의 자립과 독립만을 공동 목표로 삼은 사람들. 취재팀이 방송 날짜를 불과 한 달 앞두고 미국까지 날아간 이유도 그것이었다. 광복 50년을 맞은 분단국가에 특별한 이야기가 될 것 같아서.

　「대동청년당을 이야기할 때 빠뜨릴 수 없는 곳이 바로 백산상회입니다.」

　1914년 부산에 설립된 백산상회는 상해 임시정부에 자금을 조달한 창구로 전해진다. 오랜 경영난을 겪다가 1928년 폐업했고, 설립자인 안희제는 이후에도 언론사업 등을 벌였으나 여의치 않았다. 결국 만주로 망명해 독립운동을 계속하다 일제에 체포되어 순국했다. 향년 59세였다.

　「선생께서 돌아가셨다는 건 나중에 알았어요. 남편은, 대단히 슬퍼했습니다. 아버지처럼 생각한 분이니까요.」

　화면 속 노파의 주름진 손이 흑백사진들을 매만졌다. 왼손 약지의 다이아몬드가 하얗게 반짝거렸다. 오래된 사진 속에는 지나간 세월이 한 장면씩 담겨 있었다. 만주에서 찍은 백산의 생전 모습. 기와집 앞에 나란히 선 젊은 부부의 모습. 사진 밖을 똑바로 바라보는 남자의 증명사진.

감탄이 절로 나오는, 그 시절 사람이라고 믿기지 않도록 세련된 모습.

오야케 다쿠미. 일본계 미국인으로 산 그의 진짜 이름은 임준세. 샌프란시스코에서 무역회사를 운영한 사업가였고, 대동청년당원이었으며, 광복 직전까지 고국을 위해 독립 자금을 지원했다.

「오야케 씨요? 당연히 일본인인 줄 알았죠. 세상에, 누가 그걸 의심했겠어요?」

재작년 세상을 떠날 때까지 그는 가족을 제외한 누구에게도 자신의 본명을 알리지 않았다. 미국에서 60년 넘게 살면서 한인 사회와도 거의 교류하지 않았다. 이웃의 모두가 그를 일본인으로 알고 있었다. 한국에 오래 살아 한국어를 아주 잘하는 일본인이라고.

「할아버지는 밝히고 싶어 하지 않으셨어요. 자랑할 만한 일이 아니라고 하셨죠. 하지만 할머니 생각은 달랐어요. 잘못한 일이든 잘한 일이든, 있는 그대로 증언하는 게 모두에 대한 도리라고 하시더군요.」

윌리엄은 화면 속에서도 위화감이 전혀 없어 마치 영화배우 같았다. 조모의 말처럼 젊은 시절의 조부와 많이 닮은 얼굴이었다. 이거 방송 나가고 엉뚱한 데로 관심 쏠리는 건 아니겠지. 피디가 그런 실없는 생각을 해 보는 차에 화면이 바뀌었다.

「몰랐죠. 전혀 몰랐어요. 그때 제가 열다섯, 제이미 오빠는 스물두 살이었거든요. 부모님의 진짜 이름이 뭔지, 우리 남매의 미들네임이 어디서 온 건지 그때 처음 안 거예요. 충격적이었지만 납득이 되더군요. 어렴풋이 품고 있던 의문들이 한꺼번에 풀렸달까요. 내 아버지는 정말, 속임수의 대가예요.」

엄마 표현을 빌자면 참 뻔뻔한 남자였죠. 화면 속에서 반백의 여자가 웃었다. 부모 양쪽을 절묘하게 섞어 놓은 얼굴이라고 피디는 생각한다.

「역사 연구는 제 정체성에 대한 탐구이기도 해요. 제 이름이 에밀리 강 오야 케입니다. 미국, 한국, 일본 이름이 모두 들어 있는데 저마다 사연이 있어요. 제 존재 자체가 역사의 산물인 거죠. 오빠도 저도 한국어를 잘 못 해요. 일본어만 좀 할 줄 알고요. 그래서 우리 아이들한테는 어릴 때부터 한국어를 가르쳤어 요.」

또렷한 인상의 여자는 캘리포니아주립대학 동아시아 연구소 역사학자. 임준 세 부부의 딸 에밀리는 한국계 남자와 결혼해 올해 첫 손녀를 보았다.

「전쟁은 분명 비극이지만 모두에게 그런 건 아닙니다. 누군가는 이득을 보 기 마련이거든요. 피해자가 있다는 건 가해자도 있다는 뜻이고, 우리는 반드시 그 둘을 구분하고 평가해야 합니다. 역사는 되풀이되기 마련이니까요.」

역사는 놀랍도록 비슷한 패턴을 보입니다. 우리가 똑같은 잘못을 반복하는 것처럼요. 피디가 자막 파일을 거기까지 확인했을 때 똑똑, 노크 소리가 났다. 고개를 돌리며 헤드폰을 벗자 편집실 문이 달칵 열렸다. 안경 쓰고 머리를 하 나로 질끈 묶은 막내 작가였다.

"피디님, 지금 미국에서 연락 왔는데요."

그때 피디는 그녀의 표정으로 미루어, 무슨 말이 나올지 직감했던 것 같다.

"하루코 상 돌아가셨대요."

"……언제, 언제?"

"거기 시간으로 그저께 밤에요."

막내 작가는 안타깝단 기색으로 후루룩 말을 전하고는,

"자막 바꿔야 된다고 최 피디님한테 전달할까요?"

"아니, 괜찮아. 내가 할게."

"네."

가볍게 고개를 끄덕인 뒤 다시 달칵 문을 닫았다. 편집실에 덩그러니 남은 피디는 잠깐 눈앞이 멍해졌다. 별안간 날아온 배구공에 머리를 팅 얻어맞은 기분이었다.

돌아가셨다니. 이렇게 갑자기. 하긴 연세가 있으니까. 그는 돌연 입에 씁쓸한 맛을 느끼며, 편집본이 재생 중인 모니터에 다시 집중하려 애썼다.

하루코 상. 오야케 하루코. 거의 평생을 남의 이름으로 사신 거네. 생각하며 피디는 다시 궁금해졌다. 종신의 행운을 타고난 사람들. 부와 지위가 보장된 삶. 그 안온한 세계를 포기하고 완전히 다른 생을 일구어 낸 사람들. 내가 그들이었다면 과연 그런 결정을 내릴 수 있었을까.

같은 시대, 다른 선택을 한 이들. 그들은 왜 그렇게 용감할 수 있던 걸까.

무엇이 그들을 행동하게 했던 걸까.

「그야 사랑이지요.」

차분한 일본어로 말하며 늙은 여자가 화면 속에서 웃는다. 다른 모든 사람들과 마찬가지로 그녀 또한 자신의 모국어를 말할 때 가장 편안해 보인다.

「사랑했으니 서로를 지키려 한 거지요. 나는 그를, 그는 나를. 우리를 지켜 준 사람들 모두.」

누구나 사랑하는 것을 지키려 하지 않나요? 화면 밖의 피디에게 되묻는 여자. 이제 장면이 바뀌어 노파는 카메라를 정면으로 바라본다.

「가족, 고향, 신념. 누구에게나 목숨처럼 아끼는 것이 있습니다. 어떠한 명분이나 대의도 그것을 파괴할 수는 없습니다. 불행히도 나는 이 생을 살며 그런 광경을 너무나 많이 보아야 했습니다.」

여자의 등 뒤로 가족사진이 보였다. 오십 대 부부와 장성한 남매, 그 배우자와 자녀들까지 열 명이 함께 찍은 사진은 온통 웃는 얼굴들. 아기 윌리엄은 할머니 무릎 위에 앉아 있다.

「사랑하는 것을 빼앗는 행위야말로 결코 해서는 안 될, 인간이 인간에게 할 수 있는 가장 극악한 죄악입니다.」

피디는 사진 속 남자의 얼굴을 보았다. 활짝 웃는 가족들과 달리 그는 희미하게 미소 짓고 있었다. 자랑할 만한 인생을 살지 않았다고 생각한 남자. 평생을 다른 모습으로 위장한 남자. 죽는 날까지 세상에 그 정체를 밝히지 않은 남자.

「일본인의 딸로서, 내 아버지 나라가 행했던 모든 죄를 사죄합니다. 나 또한 그 열매를 먹고 자랐기 때문입니다. 한국인의 아내로서, 남편을 지켜 준 모든 분께 감사합니다. 그분들이 아니었다면 지금의 나는 없었을 것입니다.」

여자는 모든 단어를 또박또박 발음했다. 나이가 무색하도록 낭랑한 음성이었다.

「내 이름은 하루하라 미나입니다. 내 이름은 또한 임미나입니다. 누구에게 어떻게 불리든 나는 그 모두입니다.」

반짝이는 회갈색 눈동자. 주름진 입가에 잔잔한 미소.

「나는 어쩌면 그것을 배우기 위해, 이렇게 오래 살아야 했는지도 모르겠습니다.」

임미나. 향년 90세. 광복 50주년을 열흘 앞두고 버클리 자택에서 별세.

피디는 모니터에 갓 적어 넣은 글자를 잠깐 바라보다가, 맨 앞부분의 이름을 지우고 다시 고쳐 써넣었다.

하루하라 미나.

그렇게 이름을 써넣고 보니 그는 몹시 아쉬워진다. 방송 나가는 걸 보셨다면 좋았을 텐데. 부탁하신 내용도 넣어 드렸는데. 그는 편집본을 빠르게 배속재생하며 여자와의 대화를 떠올렸다. 부고가 믿기지 않도록 기억은 몹시 생생했다.

'의미 있는 내용이면 넣어 드리는 건 문제가 아니죠. 그런데 이걸 왜⋯⋯.'

'그이와 내가 가장 좋아한 구절이라서.'

'이 서문을요?'

그때 피디는 의아함을 감추지 못했었다.

'이유를 여쭤봐도 될까요?'

'진실이니까.'

'⋯⋯.'

'지금은 별것 아닌 사실이지만, 그땐 그렇지가 않았거든.'

고개를 살짝 기울이며 웃던 얼굴. 농담처럼 가벼운 파문을 그리던 얼굴.

'우리는, 그런 가엾은 시대를 살아온 사람들이랍니다.'

엔딩에 다다른 편집본이 검은 바탕으로 바뀌었다. 하얀색 글자가 화면 위에 떠올랐다. 〈레미제라블〉의 서문. 피디는 이번에 처음 알게 된, 얼마든 알 수 있었으나 다만 관심이 없어서 몰랐던 고전의 머리말에 굳이 다시 주목하진 않았다.

대신에 그는 흩어진 인쇄용지와 서적 따위를 정리하는 데 신경을 쏟았다. 퇴근을 앞두고 홀가분한 기분으로, 이 갑갑한 편집실에서 빨리 나갈 수 있도록 가지고 들어온 자료들을 한데 모았다. 그 분주한 모습 너머 모니터 위로 간명한 화면이 지나갔다.

법률과 관습의 이름 아래, 문명의 한복판에 지옥을 만들고 신성한 운명을 불행으로 뒤얽히게 하는 사회적 형벌이 존재하는 한.

착취당한 남자의 추락, 굶주린 여자의 파멸, 어둠에 위축된 아이. 이 시대의

이 세 가지 문제가 해결되지 않는 한.

이 세상 그 어느 곳에서라도 사회적 질식이 이루어지는 한. 나아가 이 지구 상 무지와 고통이 남아 있는 한.

이런 책도 쓸모없지는 않을 것이다.

完

외전 1

조
국
에
대
하
여

1945년 8월

그러니까 말하자면, 모든 것은 진주만에서 시작된 셈이다.

일본의 기습을 받은 미국이 전쟁을 선언한 건 당연한 수순이었다. 미국인들의 분노가 일본인에 대한 반감으로 이어진 것도 어찌 보면 자연스러웠다. 그러나 미국에 사는 일본인과 그 후손들이 잠정적 배신자로 몰리고 있을 때, 연방 정부는 그들을 보호하는 대신 조금 색다른 결정을 내렸다.

일본계 주민을 격리수용 하라는 대통령 행정명령이었다.

프랭클린 루즈벨트가 거기 서명한 것은 진주만 공습 두 달 만이었다. 행정명령이 발동되면서 서부 연안에 사는 일본인 모두가 집단수용소로 옮겨야 했다. 모든 일본계 주민은 반드시 옮길 것. 권고가 아니라 명령이었다.

샌프란시스코 근교의 오야케 가족도 예외는 아니었다.

'이건 말도 안 돼.'

정부에서 날아온 통지서를 받고 준세는 헛웃음을 뱉었다. 일본이 미국과 전쟁을 시작했을 때부터 줄곧 촉각을 곤두세우던 차였다. 준세뿐만 아니라 이곳에 사는 모든 일본인이 자신과 가족의 안전을 걱정했었다. 그래도 설마하니. 우리도 미국에 살며 세금을 냈고 우리 아이들은 미국인인데. 정부가 우리를 보호해 주겠지.

그래도 설마하니.

'제이미랑 에밀리는 여기서 태어났잖아. 그 애들은 미국인인데…….'

설마 했던 일이 벌어지자 미나는 무슨 말을 해야 할지 몰랐다. 하도 어이가 없어서 해 본 말이었지만 혹 시민권자인 아이들과 떨어질까 불안했다. 그녀는 연방정부를 믿을 수 없었다. 일본식 성을 가진 사람은 죄다 가두겠다는 정부가 또 무슨 미친 명령을 내릴지 알게 뭔가.

불안에 떠는 건 미나뿐만이 아니었다. 정부가 그들을 모아 가스실로 보낼 거라는 소리까지 나왔다. 독일인들이 유럽에서 유대인을 몰살하고 있는 것처럼 미국의 백인들이 일본인을 청소할 거라고. 소름 돋도록 현실감 있는 괴담이었다.

평범하게 살던 사람들이 하루아침에 제집을 버리고 수용소로 가야 했다. 평범한 남녀노소가 양손에 짐을 들고, 가슴에는 정부가 요구한 표찰을 달고, 좁은 공간에 바글바글 모여서 불안하게 서로를 바라보았다.

미나는 아직도 그 날짜를 기억한다. 사월 칠 일. 제이미가 열네 살. 에밀리는 일곱 살.

지금으로부터 3년 전이었다.

"하루코! 하루코!"

막 퇴근해 돌아온 미나가 고개를 돌렸다. 같은 숙사를 쓰는 유키코의 얼굴이

잔뜩 상기돼 있었다. 묻는 눈으로 바라보자 유키코가 숨을 한번 들이켜고는,

"소식 들었어요?"

흥분한 말투로 물었다.

"무슨 소식이요? 지금 막 퇴근한 참이라."

미나는 이번엔 또 어쩐 일로 호들갑일까, 속으로 중얼거리며 겉옷의 단추를 풀기 시작했다.

일본인 수용소는 규모가 어마어마해 마치 하나의 마을 같다. 아이들이 학교에 가 있는 동안 어른들은 농장이나 군수품 공장에서 일을 했다. 미나도 수용소 내 고아원에서 아이들을 돌보았다. 임금은 터무니없이 적지만 그나마라도 한 푼씩 모아야 했다. 무엇보다 그녀는 할 일이 필요했다. 감시탑과 철조망이 둘러진 이곳에서 일도 없이 시간을 보내다간 미쳐 버릴지도 몰랐다.

"미군이 원자탄을 투하했대요! 일본 본토에요!"

스웨터 카디건을 벗던 미나가 우뚝 멈췄다. 원자탄. 그 놀라운 단어에 순간적으로 떠오른 건 가족들의 얼굴이었다. 아버지는 세상을 떴지만 유미코와 두 이복 오빠, 그 가솔들이 아직 동경에 살고 있었다. 그들과 연락이 끊어진 지 오래이니 '아직 살고 있을 것이다'가 정확하겠으나, 여하튼 하루하라 백작저는 그곳에 있었다.

어찌할 겨를도 없이 가슴이 얼어붙었다.

"어디…… 동경에요?"

"히로시마래요."

히로시마는 동경에서 꽤 멀다. 오히려 부산에 가까운 곳이다. 미나는 저도 모르게 속으로 안도하고는, 안도한 것에 잠깐 죄의식을 느낀 뒤 조선에서도 이 소식을 알까 궁금해했다. 그곳의 사람들은 어떻게 지내고 있을까. 동래댁은 아직 살아 있을까. 말희는 무사할까. 전쟁 때문에 고생이 심할 텐데.

"우리가 이겼어요."

유키코가 격앙된 어조로 말했다.

"이제 집에 갈 수 있다고요."

미나는 대꾸하지 않았다. 그저 제 침대와 딸의 침대 사이에 놓인, 보기 좋게 줄에 매어 늘어놓은 사진들만 바라보았다. 금문교를 배경으로 네 식구가 찍은 사진. 그 즐거운 장면을 지나 군복 차림의 청년에게 시선을 주었다. 육군 야전복을 입은 아들의 사진은 석 달 전 편지와 함께 보내온 것이다.

제이미는 열일곱 살. 부모가 동의하면 입대할 수 있는 나이였다. 제 아빠를 닮아 일찌감치 키가 큰 데다 군복까지 입혀 놓으니 누가 봐도 어엿했지만 미나의 눈에는 아직 어린애에 불과했다. 열일곱 살. 총을 들고 전쟁터에 나가기에는 너무나 어린 애였다.

'일본 황제를 죽이려고.'

열일곱 번째 생일날, 기다렸다는 듯 입대 동의서를 내밀며 제이미가 한 말이었다.

'내가 그 사람을 죽이면 우리도 집에 갈 수 있을 거 아냐.'

'……'

'그 사람이 대체 누구야? 왜 다들 내가 그 사람한테 충성할 거라고 생각하는 건데?'

'……'

'왜 그 사람 때문에 우리가 이런 일을 겪어야 해?'

미나는 아들에게 무슨 말을 해 주어야 할지 몰랐다. 미국에서 태어나 영어를 모국어로 쓰는 아이. 일본 혈통은 사분의 일에 불과한 아이. 그럼 이 아이의 조국은 어디인가. 피를 준 조선? 이름을 준 일본? 국적을 준 미국? 그때 미나는 아주 오래전에 들었던, 그럼에도 아직 선명히 기억하는 여자의 목소리를 떠올렸다.

'국가는 허상이야.'

허상이 이토록 엄청난 위력을 지닐 수 있을까. 한낱 허상에 휘둘리고 있는 건 우리의 잘못일까. 대체 무엇이 허상이고 무엇이 실체일까. 미나는 아직도 정답을 알 수 없다.

"곧 애들 아빠를 만날 수 있을 거예요."

유키코가 그러며 한숨을 쉬었다. 미나는 조용히 한숨을 삼켰다. 그리고 다시 고개를 돌려 가족사진을 보았다. 아내와 두 아이를 보호하듯 양팔로 감싸 안은 남자. 사진 속에서 준세는 이쪽을 바라보며 웃고 있다.

"이렇게 보니까 제이미가 아빠를 많이 닮았네요."

"네. 커 갈수록 더 그러네요."

"군복까지 입혀 놓으니 이제 정말 대장부예요. 오야케 씨가 얼마나 보고 싶어 할까. 애들이 아직 어린데."

이곳에 들어온 지 얼마 지나지 않아 준세는 남성 전용 수용소로 옮겨졌다. 백악관 명령이 위헌이라며 헌법소원을 요구하다 불순인물로 분류된 탓이었다. 그와 함께 강제 이동된 남자들은 모두 열일곱 명. 변호사, 법학자, 사업가 등이었고 절반이 미국 태생이었다. 유키코의 남편도 그중 하나였다.

"우리 그이 얼마나 날씬해졌는지 곧 확인할 수 있겠어요. 저번 편지에선 체중이 더 줄었다고 어찌나 자랑이던지."

껄껄 소리 내 웃는 유키코는 무척 긍정적인 여자다. 그녀의 외아들은 직업군인이라 일찌감치 전선에 배치됐다고 했다.

"그러게요. 어서 만날 수 있어야 할 텐데."

대답하며 미나는 사진 속 남편을 바라보았다.

준세와 헤어진 지도 3년이 넘었다. 아빠와 강제로 떨어진 남매는 고맙게도 별 탈 없이 자라 주었지만 수용소라는 환경이 결코 괜찮을 리 없었다. 한창 클 나이에 음식조차 부실했다. 군대에서는 최소한 여기보단 잘 먹고 있겠지. 생각하자 미나는 새삼 가슴이 미어진다.

제이미는 지난겨울 입대해 수용소를 떠났다. 그 또래 남자아이들이 많이들 하는 선택이었다. 조국에 대한 내 애국심을 증명해 주려고. 냉소하는 아들의 얼굴에서 미나는 남편을 보았다.

"우리 프레디야 언제 복귀할지 몰라도 제이미는 곧 돌아오겠네요."

"전쟁이 끝나면 그렇겠죠."

"이제 끝났다니까요. 원자탄까지 터뜨린 마당에 항복은 시간문제예요."

유키코는 남의 일 이야기하듯 아무렇지 않은 말투였지만 미나는 그녀처럼 흥분할 수만은 없었다.

원자폭탄의 파괴력이 엄청나다는 건 누구나 안다. 그래서 지금껏 어떤 나라도 그 무기를 사용한 적이 없으며 아마 영원히 사용되지 않을 거라고 사람들은 생각해 왔다. 수많은 사람이 집을 짓고 사는 도시에 원자탄을 떨어뜨렸다니. 히로시마가 고향인 사람들은 가족 걱정에 숨죽여 울고 있을 터였다.

"어머나, 벌써 저녁 시간이 다 됐네. 지금 식당으로 갈 거예요, 하루코?"

"도서관에 들렀다가요."

"참, 책벌레 아가씨를 모시고 가야지. 나도 같이 가요."

그렇게 네 식구는 뿔뿔이 흩어지고 이제 미나와 함께 있는 건 딸 에밀리뿐이다. 열한 살짜리 딸은 늘 그렇듯 학교 수업 마치자마자 도서관에 갔을 것이다. 미나는 유키코와 함께 숙사를 나서 공동 식당으로 향했다. 곁에서 걷던 유키코가 손사래를 치며 얼굴을 찌푸렸다.

"아이, 이 지긋지긋한 흙먼지. 이것도 이제 얼마 남지 않았네."

팔월에 접어든 한여름이지만 늦은 오후라 덥지 않았다. 고지대에 위치한 수용소는 일교차가 크고 건조하며 거의 매일 바람이 불었다.

이 낯선 땅에 갇힌 1만여 명의 수용자들은 하나의 작은 도시를 이루어 놓았다. 도서관과 운동장, 일본식 정원까지 꾸며 놓고 영어와 일어를 함께 쓰는 신문도 발간했다. 수용자들에게 최대한의 자율을 허락한다는 것이 수용소의 입장이었다. 탈출을 시도하면 발포한다는 것 또한 변함없는 입장이지만.

"참, 하루코. 스파이 소식은 들었어요?"

"우치다 가족이요?"

"아니, 그 사람들 말고. 엊그제 오 번 구역에서 또 소동이 있었다던데."

"또요?"

참 지치지도 않네, 사람들. 미나가 씁쓸하게 웃으며 카디건을 여몄다.

이곳에서 스파이 사건은 끊이지 않았다. 스파이들은 연방정부에 불만을 품고 있는 사람, 다른 이를 은근히 선동하는 사람, 고국 일본에 충성심을 간직한 사람을 몰래 감시해 관리소에 정보를 넘겼다. 그런 일들이 반복될수록 사람들은 점점 더 서로를 의심했다. 스파이로 지목된 사람을 붙잡아 자기들끼리 응징하기도 했다.

성향과 생각이 다른 사람들은 서로 파벌을 나누어 대립했다. 미국 태생과 일본 태생, 영어파와 일어파, 젊은 청년과 나이 든 사람들이 서로 패를 갈라 반목했다. 부당한 대접에 분노한 수용자들이 폭동을 일으켜 경비병의 총에 맞아 죽기도 했다.

그 모든 광경이 미나에게 조선을 떠올리게 했다. 그곳에서 보고 듣고 겪은 일들을 생각하게 했다. 억압하고 억압받는 사람들. 가두고 갇힌 사람들. 끔찍한 고문과 가혹한 전시 동원은 다행히 이곳에 없지만, 지구 반대편에서도 사람들은 비슷한 일을 벌이고 있었다.

"여하튼간에, 이 지긋지긋한 노릇도 곧 끝날 거예요."

유키코가 '지긋지긋'에 강세를 두며 부르르 몸을 떠는 시늉을 했다.

"두고 보라니까요. 내 말이 맞나 틀리나."

미나는 호언장담하는 여자에게 웃음으로 응답했다.

서쪽에서 또 한 차례 세찬 모래바람이 불어왔다. 두 여자는 고개를 숙여 바람을 피하면서 걸음을 재촉했다.

유키코가 옳았다. 미군은 사흘 간격으로 일본에 다시 원자폭탄을 투하했고, 최악의 공격을 두 번이나 당한 일본은 무조건항복을 선언했다. 천황 히로히토가 항복문을 낭독한 라디오방송을 수용소의 모두가 함께 들었다. 박수 치며 환호하는 사람들, 집에 갈 수 있게 되었다고 눈물 흘리는 사람들, 팔짱 끼고 묵묵히 듣기만 하는 사람들. 반응은 가지각색이었다.

그중에는 일본의 전승을 은근히 바란 이도 있었을 것이다. 야마토 민족의 우수성과 불굴의 정신, 세계 제패, 그런 환상을 버리지 못하는 사람들이 있다는 것을 미나도 알고 있었다. 그런 사람들 때문에 우리가 이런 대접을 받는다고 원망하는 사람도 많다는 걸, 그래서 일본과 일본인을 싸잡아 적대시하는 사람도 많다는 걸 미나는 또한 알고 있었다. 이 수용소의 모두가 일본식 성을 갖고 있다. 그러나 그들은 결코 한 부류가 아니었다.

아무리 그래도 민간인 머리 위에 원자탄을 떨어뜨린 건 너무했다. 그렇게라도 하지 않으면 지독한 일본인은 끝까지 전쟁을 계속했을 것이다. 수용소 내에서도 의견이 분분했지만 어쨌거나 전쟁은 끝나고, 수용소에도 즉각 퇴소령이 내려졌다. 그러나 이미 돌아갈 곳이 없어진 수용자들에겐 새로운 걱정의 시작이었다.

미나와 에밀리는 같은 구역에 살던 사람들 중 가장 먼저 짐을 챙겼다. 3년 전 가지고 온 짐 가방을 고스란히 들고 수용소를 걸어 나왔다. 녹슨 철조망과 활짝 열린 문을 통과하면서, 미나는 훌쩍 커 버린 딸의 손을 꽉 붙들었다.

"엄마."

"응."

"아빠는 언제 올까?"

"글쎄. 아마 며칠 내로 도착하지 않을까."

"아빠가 우리보다 집에서 더 멀어?"

"아니, 집에선 더 가깝지. 거긴 북쪽이니까."

수용소에서 샌프란시스코 시내까지는 자동차로 여덟 시간 거리였다. 새벽같이 출발했는데도 도착하자 이미 저물녘이었다. 3년 만에 돌아온 도시는 변한 것이 없어 보였다. 여전히 상점과 사람들로 바쁘고 활기에 넘쳤다. 그 익숙한 광경이 마음을 세게 건드려, 미나는 잠깐 뜨거운 감정을 억눌러야 했다.

"자. 집에 가자."

모녀는 전차와 버스를 번갈아 타고 살던 동네로 향했다. 에밀리가 태어나기 전해 장만한 집은 샌프란시스코만 건너 버클리에 있다. 집집마다 지붕과 앞마당이 잘 손질된, 쾌적하고 안전한 중산층 거주 지역이었다.

아시아 출신 이민자는 자기 이름으로 부동산을 소유할 수 없다. 그래서 준세는 여섯 살짜리 아들 명의로 집을 사야 했다. 미국에서 동양인에 대한 차별은 법률로 명시돼 있다. 오야케 가족을 배척하지 않는 건 오히려 준세의 회사 거래처들, 미나와 친분을 쌓은 이웃들이었고, 그래서 수용소에 있는 동안 그들의 재산이 안전할 수 있었다. 모든 기반을 잃고 빈털터리가 된 다른 사람들에 비하면 대단히 운이 좋은 셈이었다.

그러나 이런 식의 갑작스러운 공격은 아무래도 피할 수 없는 일이다.

"잽스!"

돌멩이처럼 날아든 욕설에 미나가 고개를 돌렸다. 좁은 길 건너편에서 웬 남자아이가 사나운 얼굴로 이쪽을 보고 있었다. 아이나 그 엄마나 하나같이 낯선 얼굴. 그러므로 최근에 이사 왔거나 혹은 이 동네에 살지 않는 사람이다.

"일본 놈들은 당장 꺼져! 너희 나라로 돌아가!"

금발의 소년이 들으란 듯 악을 썼다. 에밀리 또래의 아이였다.

"너희 때문에 우리 삼촌이 죽었어! 전쟁에서 죽었다고!"

엄마, 그렇지? 쟤들 때문이지? 일본 놈은 다 지독한 것들이지? 백인 여자는 줄기차게 동의를 구하는 아들을 한번 내려다본 뒤 미나 쪽을 힐끗 쳐다봤다. 난처한 시늉조차 해 주지 않는 차가운 시선이었다.

순간 미나는 뚜렷한 기시감에 사로잡혔다.

낡은 기억이 꼭 눈앞에 벌어지는 것처럼 생생했다. 전차에서 소란을 피우던 소년. 새빨개진 얼굴로 등에 업은 아기를 어르던 여자. 그 아기도 이제 제이미 또래로 자랐을 것이다. 두 사람은 지금 어떤 모습일까. 조선에서 해방의 기쁨에 환호하고 있을까. 무사히, 살아는 있을까.

"입 닥쳐!"

그때 에밀리가 빽 소리를 질렀다. 반격을 예상 못 했는지 남자아이가 흠칫 놀랐다.

"무슨 개소리야? 우리 오빠도 미군이야! 나도 너처럼 여기서 태어났다고! 알지도 못하면 입이나 좀 닥치고 있지 그래!"

으르렁대는 에밀리는 당장 달려가 얼굴이라도 할퀼 기세였다. 미나가 놀라서 얼른 팔을 붙잡아야 할 정도였다. 백인 여자는 당황한 기색으로 아들을 데리고 걸음을 재촉했고, 에밀리는 모자의 뒷모습을 노려보며 씩씩대다가,

"겁쟁이 주제에 입만 살아서는!"

기어이 뒤통수에다 대고 한마디 더 해 준다. 미나는 왠지 웃음이 나려는 걸 꾹 참고 애써 엄한 표정을 지었다.

"에밀리 강. 너 그런 말 어디서 배웠어?"

"나도 열한 살이야, 엄마. 욕 몇 개 정돈 할 줄 안다고."

"그런 말은 함부로 하면 안 되는 거야."

"쟤가 먼저 시작했잖아."

에밀리는 당당하게 어깨를 폈다.

"아빠가 그랬어. 못된 것들은 확실히 혼을 내 줘야 한다고."

"……."

"본때를 보여 줘야 건드리지 않는다고."

그거 어디서 많이 듣던 소리네. 생각하며 미나는 웃고 말았다. 죄 없이 욕을 얻어먹고도 씩씩한 딸이 안쓰럽고 기특했다. 그리고 참을 수 없이 준세가 보고 싶었다. 이제 집에 다 왔다고 생각하니, 집에 다 왔는데 그가 없다고 생각하니 더 간절하게 보고 싶었다.

"그래. 잘했어."

모녀는 마주 웃으며 다시 손을 맞잡고, 반대쪽 손에는 각자의 짐 가방을 들고 걷기 시작한다.

익숙한 길과 낯익은 집들을 걸어서 지났다. 제집 앞마당에서 개를 데리고 놀던 소년이 에밀리의 이름을 부르며 달려오기도 했다. 그 집 엄마까지 소리를 듣고 나와서 미나 모녀는 뜨거운 환영의 포옹을 받아야 했다. 하루코, 무사해서 정말 다행이에요. 인정 많은 이웃은 푸근한 가슴에 에밀리를 끌어안고 파란 눈에 눈물을 글썽였다.

"참 이상해."

다시 집을 향해 걷다가 문득 에밀리가 중얼거렸다.

"뭐가."

"사람들 말이야. 어떤 사람들은 우리를 나쁘게 보고, 어떤 사람들은 우리를 좋은 사람이라고 생각하잖아."

"케빈이랑 매지 아줌마처럼?"

"응."

"그 사람들은 우리를 아니까 그렇지."

"그러니까 이상하다는 거야."

에밀리가 말했다.

"어째서 사람들은, 잘 알지도 못하는 사람을 무조건 나쁘다고 생각할까?"

미나는 대답할 수 없었다.

하늘은 이제 노을이 물러나 서서히 보랏빛이다. 저녁때가 다 됐다는 생각이 들자 문득 배가 고팠다. 그러고 보니 집에 먹을 게 없을 텐데. 집 안에 둔 옷이며 살림살이들은 어떻게 됐을까. 미나가 현실의 걱정을 하기 시작했을 때,

"엄마, 저거 봐. 우리 집에 불이 켜져 있어."

에밀리가 흥분하며 목소리를 높였다.

미나는 생각을 멈추고 고개를 들었다. 저만치 지붕이 뾰족한 벽돌집을 눈으로 찾았다. 과연 창문 틈으로 빛이 새어 나오고 있었다.

"아빠가 먼저 왔나 봐!"

미나는 제 손을 놓고 달리기 시작하는 딸을 바라보았다. 큼직한 가방을 들고 달리면서 에밀리는 목청껏 아빠를 불렀다. 아빠, 아빠, 아빠. 세 번을 채 부르기 전에 현관문이 벌컥 열렸다.

미나는 그 문을 통해 밖으로 나온 남자를 본다. 키가 크고 어깨가 넓고 체격이 든든한 남자를 본다. 그 남자가 딸을 향해 팔을 벌리는 모습을 보고, 그 품에 달려든 에밀리가 엉엉 우는 소리를 듣는다. 엄마 앞에서 씩씩하게 굴던 딸

은 아빠 품에서 다시 아이가 된다.

그들의 집은 마치 한 번도 비었던 적이 없는 것 같았다. 창문마다 흰 커튼이 드리워졌고 푸른 잔디가 깔린 뜰도 말끔히 손질돼 있었다. 모든 것이 떠나기 전 그대로 고스란했다. 포석에 무릎을 대고 앉아 딸을 다독이는 남자의 모습도. 그리고 그와 눈이 마주쳤을 때, 미나는 손에 든 짐 가방의 무게를 전혀 느낄 수 없었다.

남자와 여자는 그렇게 서로를 바라보았다.

3년 만이었다.

준세는 미나보다 엿새 앞서 집에 돌아왔다. 그가 있던 곳은 전국의 수용소 열 군데 중 가장 말을 안 듣는 남자들을 위한 곳이라서 전세가 기울 때부터 일찌감치 석방 요구가 쇄도했었다. 수용소 문이 열리자마자 준세는 가장 먼저 그곳을 나왔다. 대부분의 남자들이 앞날을 걱정하며 갈 곳을 궁리하고 있을 때였다.

그들의 집이 멀쩡한 것은 회사 직원 하나가 들어와 살며 관리해 준 덕이다. 세금과 주택대출 분납금은 경리 직원이 맡아 납부했다. 관리를 부탁한 직원에게는 3년 넘게 집세를 받지 않았으니 본인에게도 이득이었다. 그렇게 조처해 두지 않았더라면 준세도 다른 사람들처럼 전 재산을 잃었을 것이다. 무엇보다 그를 믿고 도와준 사람들의 덕이 컸다. 무역회사 직원 대부분은 중국계로, 일본인 사장인 오야케 다쿠미를 신뢰하고 있었다.

"초우가 수고를 많이 했지. 그 친구가 회사를 잘 맡아 줬어."

세 식구는 아주 오랜만에 저녁 식탁에 둘러앉았다. 라디오 채널에서 평화로운 피아노 연주곡이 흘러나오고, 반쯤 열린 창문을 통해 늦여름 밤의 서늘한 공기가 들어왔다. 샌프란시스코는 사계절 내내 쾌적한 기후라서 언제나 공기가 상쾌하다.

"잘 먹겠습니다!"

활기차게 외친 에밀리가 서둘러 포크와 나이프를 집었다. 식탁 위 그득한 음식들에 잔뜩 흥분한 기색이었다. 왜 안 그렇겠는가. 미나는 뿌듯하고도 안쓰러웠다.

걱정했던 것과 달리 집에는 없는 게 없었다. 냉장고에 신선한 달걀과 채소, 질 좋은 고기와 생선이 있었고 캐비닛에는 설탕과 초콜릿, 커피가 그득했다. 저녁 식사를 준비하면서 준세는 프랑스산 고급 와인까지 한 병 땄다. 전쟁이 막 끝났는데 어떻게 이런 것까지. 미나가 놀라자 그는 중요한 사실 하나를 상기시켰다.

"그새 잊었나 본데 나 무역상이야."

볼이 터져라 스테이크를 우물대던 에밀리가 키득거렸다.

천천히, 예의 바르게 먹으라고 몇 번이나 딸에게 주의를 주었지만, 사나운 식욕을 억제하기 어려운 건 미나도 마찬가지였다. 육즙이 지글대는 신선한 고기는 구울 때부터 그녀를 미치게 만들었다. 밀가루를 잔뜩 섞은 소시지와 조미료 냄새 나는 햄조차도 수용소에서 자주 내주지 않았다. 제대로 된 고기를 먹어 본 게 얼마 만인지 기억도 나지 않았다. 혀에서 녹아내리는 이런 안심스테이크 같은 건 꿈에서나 구경했을 뿐이다. 모녀가 말도 없이 열심히 먹을 동안 준세는 한번 비운 제 잔을 다시 채웠다.

"식품 배급제는 진즉 끝났다더군. 지금은 설탕 정도만 조금 구하기 어렵고."

"그렇구나. 그동안 다들 곤란했겠네."

"다른 사람들에 비하면 그 정도는 곤란이라고 할 수 없지."

준세가 싸늘하게 그러며 와인병을 내려 둔다. 그는 음식에서 한시도 눈을 떼지 못하는 딸을 바라보고 있었다. 미나는 그런 남편을 바라보았다. 가슴이 쓰라린 것은 둘 다 마찬가지다.

"아빠. 나 초콜릿 더 먹어도 돼?"

"안 돼. 두 개나 먹었잖아."

"얼마든지."

준세는 아내의 눈치에도 아랑곳 않고 일어서더니 캐비닛에 든 초콜릿을 상자째로 딸에게 안겼다. 이럴 줄 알고 아빠한테 물어본 거지. 미나는 씩 웃어 보이는 에밀리에게 곱게 눈을 흘겼지만, 오늘 같은 날은 군것질을 좀 과하게 해도 괜찮을 것이다.

내도록 아빠 곁에 붙어 있던 에밀리는 곧 곯아떨어졌다. 온종일 먼 길을 온 데다 오랜만에 배불리 먹었으니 그럴 만도 했다. 준세는 잠든 딸을 안아 제 방에 데려다 놓았다. 많이 컸구나. 침대 끝에 발이 닿도록 자란 아이를 보며 그는 한동안 머리맡에 서 있었다. 미나는 그의 손을 가만히, 말없이 잡아 줄 수밖에 없었다.

준세가 주방을 정리할 동안 미나는 욕실로 갔다. 공동 샤워실이 아닌 내 집 욕실에서 욕조 가득 뜨거운 물을 받아 놓고, 온수가 끊어지는 시간이나 뒤에서 기다리는 사람들 걱정 없이 느긋하게 목욕했다. 한때는 일상이던 것들이 너무나 사치스럽게 느껴져 황홀하기마저 했다. 미나는 몸에 남은 수용소의 흙먼지를 천천히, 남김없이 씻어 냈다.

그리고 상쾌하고 나른한 기분이 되어 침실로 돌아갔을 때, 준세가 기다렸다는 듯 다가와 그녀를 끌어안았다.

"민아."

낮게 부르는 목소리는 차라리 한숨이다. 그 품속에 갇힌 채로 미나는 눈을 감았다. 여자의 목덜미에 입술을 댄 남자가 다시 한번 불렀다. 민아. 그녀는 북받치는 감정을 누르려 두 눈을 떴다. 그리고 아무렇지 않은 척, 부러 엉뚱한 소리를 했다.

"애들은 내가 조선어 이름 부르면 무섭다던데."

왼쪽 목덜미에서 준세가 힘없이 웃는다. 남매의 미들네임은 미나의 생각이었다. 미나는 아이들이 의젓하게 굴기를 바랄 때 그 이름을 쓰는데, 아이들 입장에서는 혼나기 직전 불리는 이름이니 무서울 법도 했다.

준세는 다시 말이 없었다. 여자를 안은 팔에 힘을 실어 좀 더 세게 끌어안을 뿐이다. 미나는 그의 허리에 양팔을 감았다. 빈틈없이 밀착된 몸. 남자의 체온과 체취, 감촉이 온몸으로 느껴지자 그만 눈물이 솟구쳤다. 부러 엉뚱한 소리를 하면서 회피한 보람도 없이.

"미안해."

"……"

"미안해, 민아."

"……당신이 왜 미안해."

조그맣게 대답하면서 남편의 가슴에 얼굴을 묻었다. 속눈썹에 밴 눈물을 그의 셔츠에 슬쩍 닦아 냈다. 미안해. 준세에게 그 말을 듣는 건 처음이 아니다. 미국에 도착해 낯선 생활에 적응할 때도, 바쁘게 일하느라 많은 시간을 함께하지 못했을 때도, 한 푼이라도 더 만주로 보내려 빠듯한 살림을 살아야 했던 내도록 그는 늘 미안해했으니까.

"고마워, 준세."

"……"

"무사해 줘서. 건강하게 있어 줘서 정말 고마워."

미나는 그가 진 감정들의 정체와 무게를 알았다. 그녀 또한 비슷한 것을 짊

어지고 있으므로 잘 알았다. 어떤 기억은 시간이 흘러도 지워지지 않는다. 상흔처럼 깊이 새겨진 것들.

"나, 많이 보고 싶었어?"

미나가 분위기를 환기하듯 조선어로 물었다.

"당연하지."

준세는 그녀를 안은 채 순순히 대답했다.

"나도."

대꾸하자 탄식처럼 웃는 남자.

"아주 많이, 보고 싶었어."

속삭이며 미나가 고개를 들어 시선을 맞췄다. 가만히 내려다보던 남자가 흐리게 웃는가 싶었다. 그 순간 미나는 그에게서 눈을 뗄 수 없었다. 무언가 마음을 툭 건드린 느낌. 날카로운 무언가에 슥 베인 것도 같은 느낌. 그 짧고도 선연한 감정이 무엇인지 그녀는 알고 있다.

매혹당하는 것. 반하는 것. 이 남자를 처음 보았을 때 느꼈던 그것.

미나는 마치 그날로 되돌아간 것 같다. 경성의 귀족회관 연회장에 선 착각이 든다. 악단이 연주하던 재즈 음악의 선율, 사람들의 대화와 웃음소리, 혀를 적시던 백포도주의 상큼한 맛마저 돌이킬 수 있을 것 같다.

스물한 살. 어리고 혼란했던 여자.

그 선명한 착각 속에서 미나는 남자의 눈을 바라보았다. 저를 응시하는 검은 눈동자를 보자 가슴이 벅찼다. 이토록 많은 시간이 흘렀는데도, 그 시절의 모든 것이 사라졌는데도 이 남자는 아직 여기 존재한다는 사실이 경이로웠다.

세월에 떠밀리지 않은 사람. 기억 속에 묻히지 않은 사람. 추억과 현실 모두에 존재하는 단 한 사람. 그 한 사람을 갖기 위해 치러 낸 대가들이 미나는 자랑스러웠다. 후회하지 않았다. 단 한 번도 후회한 적 없었다. 스스로 택한 그녀의 남자는 곧 그녀의 생 자체였다.

"하나도 안 변했네."

낮은 음성과 함께 남자의 손이 얼굴에 닿았다. 부드럽게 뺨을 어루만지는 손길. 미나는 미소 지으며 어리광을 부려 본다.

"아직도 너무 예쁘지?"

그 말에 준세가 코끝으로 웃더니,

"너무 예뻐서 어쩔 줄 모르겠는데."

여자의 얼굴을 한 손으로 붙든 채 고개를 숙였다.

미나는 눈을 감았다. 입술이 맞닿는 순간 찌릿한 긴장감이 전해졌다. 3년 만의 입맞춤은 아주 잠깐 낯설었으나 또한 놀랄 만큼 빠르게 익숙해졌다. 두 사람 사이 약간의 어색함은 금세 능숙한 흥분으로 대체되었다. 몸에 익은 몸이란 그런 것이었다.

미나는 크고 푹신한 부부 침대 위로 부드럽게 쓰러졌다. 사각거리는 침구에서 준세가 쓰는 향수 냄새가 났다. 아니, 그 냄새는 침구가 아니라 몸 위를 덮은 남자에게서 나는 것일 테다. 커다란 손이 나이트가운 옷섶을 헤치고 들어왔다. 그 손이 맨가슴을 쥐었을 때 미나가 눈을 떴다.

"잠깐만,"

"그냥 해."

준세가 자르듯 대꾸하며 여자의 가운을 헤쳤다. 맨몸을 눈을 훑어 내린 다음 시선을 맞췄다. 그리고 당연하다는 듯 덧붙이는 소리.

"이제 아이 더 낳아도 되잖아."

미쳤어. 지금 낳아서 언제 키우려고. 기가 차서 웃는 여자의 입술에 남자가 허겁지겁 입 맞춘다.

준세는 기어코 피임을 하지 않았다. 임신 가능성이 낮은 날이었으므로 미나는 적극적으로 만류하지 않았다. 석 달 후면 그녀도 마흔한 살이다. 뒤늦게 셋째를 갖기보다 있는 아이들과 더 많은 시간을 보내고 싶었다. 아이들. 생각하며 멀리 떨어져 있는 큰아이를 떠올렸다. 입대하지 않았다면 그 애도 지금 여기 함께 있었을 텐데.

"제이미는 언제쯤 올까."

남편의 맨가슴에 얼굴을 댄 채, 미나가 조그맣게 한숨 쉬었다.

"당분간은 돌아오기 어려울 거야."

"왜?"

준세는 잠깐 틈을 뒀다가,

"조선으로 간다더군."

"뭐?"

깜짝 놀라 고개를 든 아내의 시선을 회피했다.

"그게 무슨 소리야? 나한텐 말도 안 하고?"

"걱정할까 봐 그랬겠지. 괜찮아. 위험하지 않아."

"조선이라니? 제이미가 거기서 뭘 하는데?"

"미군이 군정을 세울 모양이야."

"……그래서, 차출된 거야?"

"자원했대. 일본어랑 조선어 할 줄 안다고."

맙소사. 미나가 입을 벌렸다.

"그 애가 일어를 얼마나 할 줄 안다고? 집에서 말이나 몇 마디 하지 문서 같은 건 읽지도 못하잖아. 그리고 조선어는, 나보다 더 못하는데!"

"둘이 비슷해."

준세가 놀리듯 그러며 웃는다. 이 사람이 진짜. 지금 웃음이 나와? 미나가 누워 있던 몸을 기어이 반쯤 일으켰다.

"그 녀석은 그렇게 금방 들통날 거짓말을 해서 어쩌려고 그래?"

"그게 왜 거짓말이지. 조선어든 일본어든 제 상관보다는 잘할 텐데."

그것도 틀린 말은 아니다. 말문이 막힌 미나는 준세의 얼굴만 쳐다본다. 걱정 마. 별일 없을 테니. 준세가 안심시키듯 그러며 아내의 머리칼을 매만졌다. 그의 말대로 제이미는 괜찮을 것이다. 미나를 정말로 불안하게 하는 건 그게 아니었다.

미국이 군정을 세운다. 갓 해방된 조선에 또다시 외국 군대가 들어간다. 그것이 좋은 소식일까.

그로부터 잠시 대화가 멎었다. 준세는 천장을 향해 똑바로 누운 채, 미나는 그를 향해 엎드린 채 잠시간 묵묵했다. 부부의 침실은 늘 그랬듯 쾌적했다. 이따금씩 멀찍이 자동차 지나는 소리도, 창문의 모슬린 커튼 너머 번진 가로등 빛도 그대로였다. 이 집을 떠나 있었던 3년여의 시간이 존재하지 않았던 것 같은 착각이 일 정도였다.

준세는 한동안 말없이, 천천히 미나의 머리칼과 얼굴만 매만졌다. 그러다 팔을 뻗어 사이드 테이블 서랍을 열더니 안에서 무언가를 꺼내 내밀었다. 미나는 준세의 손에 들린 작은 벨벳 상자와, 그 상자를 쥔 왼손 약지의 반지에 잇따라 눈길을 주었다. 단순한 밴드 형태의 백금 반지는 그녀가 낀 것과 같은 디자인이다.

전쟁을 계기로 미국에서는 남자들도 결혼반지를 착용하기 시작했다. 멀리 떨어진 전장에서 아내와 집을 생각하겠다는, 그 낭만적이고 안쓰러운 유행에 준세도 동참했다. 이제는 손가락의 일부 같아서 빼 놓으면 오히려 허전하더군.

언젠가 준세는 편지에 그렇게 적었었다.

그 커다란 손이 앙증맞은 상자를 열었다.

"늦어서 미안해."

미나는 대꾸 없이 상자 속 반지를 바라본다. 새하얀 다이아몬드가 빛을 되쏘고 있다. 오래전 그녀가 지녔던 것과 무척 비슷한 반지였다. 형태도 크기도 거의 흡사했다.

평소의 그녀라면 남편을 나무랐을 것이다. 이런 것 필요 없는데, 괜한 데 돈을 썼다며 타박했을 것이다. 미나는 반드시 필요한 물건이 아니면 사지 않았다. 절약하고 또 절약해 최소한으로 살림을 꾸려 왔다. 친한 이웃 여자들이 가끔씩, 남편이 사업해 버는 돈 다 어디 쓰냐며 핀잔을 주면 웃으며 대꾸했다. 갚아야 할 빚이 많아서요. 그러면 여자들은 농담인지 진담인지 헷갈린다는 얼굴로 어색하게 마주 웃곤 했다.

하지만 오늘만큼 미나는 기꺼이 손을 내민다. 생의 시련이나 도전 같은 건 전혀 모르던 여자처럼. 온 세상에 조금도 두려울 것 없던 철부지 아가씨처럼.

"응. 많이 늦었네."

새침하게 대꾸하자 준세가 웃었다. 그리고 상자에서 반지를 꺼내 여자의 손에 끼워 주었다. 오래되어 잔 흠집이 빼곡한 백금 반지와 다이아몬드는 제법 잘 어울렸다. 약지에 나란히 자리한 두 개의 반지를 들여다보며 미나는 아이처럼 웃었다.

"예쁘다."

그것은, 무어라 간단히 표현할 수 없는 감정이었다. 기쁨이라기엔 마음 한 구석이 못내 불안하고, 홀가분하다기엔 아직 다 끝나지 않은 것 같은 기분이었다. 조선이 해방되었으니 만주의 사람들도 고향으로 돌아갈 것이다. 그들은 더 이상 준세의 도움을 필요로 하지 않을 것이다. 하지만 그로써 우리가 빚을 다

갚은 걸까. 더 이상 죄책감과 부채감을 느끼지 않아도 되는 걸까.

그 빚을 다 갚는 것이, 애초에 가능한 일이었을까.

"너무…… 예쁘다."

감탄하며 미나는 남자의 가슴에 얼굴을 묻었다. 말없이 안아 주는 남자의 품 속으로 숨듯이 안겼다. 좋은 날인데, 좋은 날임이 분명한데 어쩐지 서러운 기분이 들었다. 미나는 한동안 아무 말도 하지 않았다. 참으려 해도 자꾸만, 눈물이 터질 것 같았다.

외전 2
귀
국

1945년 12월

기어이 겨울이다. 바람결에 첫눈의 기미가 실려 왔다. 오야케 히타로의 한옥은 실로 오랜만에 손님을 맞이했다.

아버지가 살아 계실 적에는 사랑방이 늘 사람들로 북적였었다. 근방에 사는 이웃들, 수집가를 찾아온 골동품상들, 일본에서 방문한 그의 옛 학우며 동료들. 하지만 아버지가 돌아가시고 히타로가 사랑채를 차지한 후부터 집은 썰렁해졌다. 오랫동안 함께 살던 영암댁은 나이를 핑계로 아들네로 가 버렸고, 새로 들인 일본인 하녀는 아침에 출근해 저녁 식사까지 차려 주고 퇴근했다. 히타로는 본래 혼자 연구하는 쪽을 선호하는 학자인 데다 사적으로 친하게 지내는 사람도 드물어서 집에 손님을 들이는 일이 거의 없다시피 했다.

그러므로 이 사랑방에 남자들이, 그것도 여섯 명이나 되는 청년이 꽉 차게 앉은 것은 수년 이래 처음 있는 일이었다.

"어째서 제가 내지로 돌아가야 합니까? 조선은 저의 고향이기도 합니다."

히타로는 청년의 미성을 들으며 차 한 모금을 마셨다. 이 손님들에겐 녹차가 아니라 독한 술을 내줬어야 할 것 같지만.

"경성에서 태어나 평생을 살았습니다. 본토엔 가 본 적도 없어요. 제게 그곳은 아는 사람 하나 없는 생판 타지란 말입니다."

청년들은 경성제대에 재학 중인 일본인 학생들이다. 히타로가 학교를 그만둔 지 두 달도 넘어 처음 찾아왔는데, 말로는 인사차 왔다고 하지만 울분을 터뜨리고 싶어서 왔다는 걸 그도 모르지 않았다.

"정말이지 불공평합니다. 아무리 패전했기로서니 이렇게 무조건 나가라니요. 교수님 같은 분마저 하루아침에……."

주인의 얼굴을 살피며 청년이 말을 흐렸다.

경성제대 국어학 교수였던 오야케 히타로는 두 달여 전 학교에서 쫓겨났다. 패전 후 대학을 접수한 조선인들이 교수언어를 조선어로 바꿔 버렸기 때문이다. 조선어로 수업을 할 수 없는 교수, 더 이상 국어도 아니게 된 일본어를 가르치는 히타로 같은 교원은 알아서 나가라는 소리였다. 패전 한 달 만에 그는 실직자가 되었다.

"교수님께서도 본국으로 돌아가실 겁니까?"

"그게 선택 가능한 문제였던가?"

일본인에 대한 제재는 나날이 강화되고 있다. 혹시나 하고 눈치를 살피던 사람들의 희망도 완전히 꺾이고 말았다. 지난주에는 급기야 일본인의 모든 재산을 귀속 조치한다는 발표가 났다. 그 전까지 체결한 매매계약 역시 무효 처리되며, 본국으로 귀환할 때 소지할 수 있는 현금은 1천 엔을 초과할 수 없었다. 청천벽력 같은 소리였다.

"제 부모님의 집과 가게 모두 여기에 있습니다. 그것들은 본국 정부나 총독부가 준 것이 아닙니다. 제 부모와 조부모가 오랫동안 땀 흘려 일군 것입니다."

제대 교복 차림의 청년 하나가 격앙된 감정을 누르며 말을 이었다. 히타로는 다탁에 찻잔을 내려놓고 그를 바라본다.

"이것은 정치가 아닙니까? 전쟁도 결국은 과격한 외교가 아닙니까? 국가끼리의 정치 싸움에 개인이 희생되는 것이 온당합니까? 엄연한 개인의 사유재산을 외국의 정부가 힘부로 몰수할 수 있습니까?"

청년이 기어이 울분을 터뜨리자 다른 이들도 침묵으로 동조했다. 히타로는 스무 살 안팎의 대학생들, 아주 어릴 적에 조선에 왔거나 조선에서 태어나 평생을 살아온 청년들을 천천히 둘러보았다. 그리고 잠깐의 침묵 끝에 입을 열었다.

"자네 심정은 이해 못 하는 바 아니네. 그러나 남의 집에 오래 살아 정이 들었다고 해서 그 집에 대한 소유권을 주장할 수 있겠나?"

"......."

"남의 집에 태어나 자랐다고 해서 그 집에 대한 상속권을 주장할 수 있겠나?"

"......."

"집주인이 이만 나가라는데 되레 그 주인을 원망하는 게 온당하겠나?"

일본인들은 조선 내 모든 권리를 잃었다. 히타로 또한 아버지에게서 물려받은 중학동 집에서 쫓겨 나가야 한다. 대한제국 시절 아버지가 제값을 치르고 산, 말년의 부모가 애정과 추억을 듬뿍 쏟은, 이 한옥에 대한 소유권과 상속권을 빼앗긴 것이 못내 억울하게 느껴질 때면 그는 그저 이렇게 자위할 수밖에 없었다.

"이 문제를 생각할 때는, 우리 나라가 이웃 나라를 침략했다는 사실부터 유념하길 바라네."

서운한 감정을 누르고 이성적으로 사고하려 노력했다.

"식민지를 만든 것은 국가였지. 식민지로의 이주를 장려한 것도 국가였고. 그러나 조선에 와 살기로 결정한 건 개인들이었네. 자네들의 부모와 조부모, 그리고…… 나 같은 사람들."

아무도 그들을 강제로 떠밀지 않았다. 여기에 와 살기로 한 것은 그들의 선택이었다. 본토보다 나은 삶을 위해서. 새로 일굴 농토와 무개척의 시장, 식민지의 값싼 노동력을 찾아서.

지배자 일족으로 누리는 우월감과 특권에 혹해서.

"국가는 개인의 집합이지. 개인들의 참여와 지지 없이 정치는 이뤄지지 않아. 우리가 조선에서 얻은 것과 잃은 것은 근본적으로 침략의 결과라는 걸 잊어선 안 되네."

말은 그렇게 했지만 히타로는 또한 알고 있다. 평범한 일본인 모두가 본인의 영달만을 위해 바다를 건넌 건 아니었다. 사랑하는 가족을 위해, 조금이라도 더 잘 살아 보고자 고향을 등졌다. 자랑스러운 조국의 발전을 위해, 아세아 전체의 번영을 위한다는 순수한 사명감으로 본토를 떠난 사람도 분명히 있었다. 그렇다면 그들의 순진함을 탓해야 할까. 히타로는 동족의 비극에 대해 자신이 취해야 할 태도로, 연민과 냉소 중 어느 쪽을 택해야 할지 알 수 없었다.

"본국 정부가 좀 더 적극적으로 나서야 하는 것 아닙니까? 미군정과 교섭을 벌이면 재조일본인들의 잔류를 일정 부분 허할 수도 있지 않을까요?"

"글쎄. 조선인들은 더 이상 우리와 함께 살고 싶지 않을 거라고 생각하네만."

"……"

"빼앗은 것을 다시 빼앗기는 것도 이토록 억울한데, 본래 제 것을 빼앗긴 심정은 어땠겠나. 우리는 그것부터 반성해야 하겠지."

그러나 인간은 본디 이기적이다. 남의 가슴에 꽂힌 칼보다 내 손끝의 가시가 더 아프다. 남에게 준 상처는 다음 날 잊어버리고 내가 받은 상처는 평생 간직하며 이를 간다.

조선의 일본인들은 모든 것을 잃었다. 본토는 핵 공격으로 초토화되었고 식민지에선 알몸으로 쫓겨나게 생겼다. 당장의 생계가 막막해진 사람들이 과연 차분히 반성부터 할 수 있을까.

"아마, 쉬울 거라고 생각하진 않네만."

학생들은 더 이상 발언하지 않았다. 대학생의 지성과 자존심 덕에 더 이상 반박할 수 없음을 알았을 것이다. 그러나 얼굴에 서린 불만까지 완전히 떨쳐 낸 건 아니었다.

그들을 보면서 히타로는 자신의 처지를 상기해 본다. 경성제대 교수 경력 18년. 본토로 돌아가면 중학교 교사 자리는 구할 수 있으려나. 거기까지 생각이 닿자 그는 자조할 수밖에 없었다. 별수 없이 허탈한, 너무나도 쓸쓸한 웃음이었다.

경성 주민 네 명 중 한 명은 일본인이다. 그들 모두가 한꺼번에 귀환하는 것은 불가능했다. 일단 배가 턱없이 부족했다. 정식 귀환선이 아닌 밀선을 타려면 돈과 담력이 있어야 하는데 대부분의 사람들은 둘 다 갖지 못했다.

총독부 관료들과 부유한 사업가들은 재산과 가족을 가장 먼저 일본으로 빼돌렸다. 약삭빠르고 이재에 밝은 사람들도 집과 땅을 서둘러 팔아 치웠다. 패전의 고통을 고스란히 겪는 건 평범한 사람들, 정부와 천황만 철석같이 믿고 있던 순진한 사람들이었다.

그러나 가장 비참한 사람은 역시 북에서 내려온 이들이다. 소련군에 쫓겨 모든 것을 잃고 목숨만 간신히 건져 내려온 사람들. 거지꼴로 혼마치를 헤매는 일본인과 그들의 아내, 아이들. 그 살풍경을 볼 때마다 설명할 수 없는 회한이 밀려와, 히타로는 남촌에 걸음하지 않은 지 이미 오래였다.

그러나 북촌에 머문다 해서 험한 꼴을 보지 않는 건 아니었다.

신문에는 하루가 멀다 하고 폭행 사건 기사가 실렸다. 주로 조선인들에게 원한을 산 사람들, 경찰이나 학교 교원, 지주의 대리인 같은 사람들이 대상이었는데, 흥미로운 점은 피해자의 절대다수가 조선인이라는 점이었다. 민중의 분노는 동족을 괴롭힌 동족에게 훨씬 더 컸던 모양이다.

김 경부 부자의 집이 습격을 받았다는 것도 히타로는 신문에서 읽었다.

종로서 고등경찰로 정년 퇴임 한 김 경부와, 부친의 뒤를 이어 역시 같은 보직에 오른 아들 김 경부는 히타로도 알 정도로 유명한 집안이었다. 조선인 사상범을 가혹하게 다루기로 유명했는데 아들은 그 아비보다도 한 수 위라는 평가였다.

바로 그 부자가 사는 집이 습격을 당한 것이다. 몽둥이와 낫 따위로 무장한 청년들이 세간을 때려 부수고 부자를 두들겨 패 중상을 입혔다고 했다. 환갑이 넘은 아비와 중년의 아들이 평화로운 일요일 오전, 제 집 안방에서 그야말로 개 맞듯이 얻어맞았다더라, 하는 뒷얘기가 어느 잡지에 조롱조로 실리기도 했다.

그러나 총독부를 위해 봉사한 모든 조선인이 보복을 당한 건 아니었다. 그보다 훨씬 높은 곳에서, 보이지 않는 방식으로 동족을 괴롭힌 사람들은 대부분 화를 피해 갔다.

경성 제일 갑부 임영환이 그랬다. 그는 패전 직후 사설경비대까지 고용해 집

을 지키게 했지만 그 집을 기웃대거나 습격한 사람은 없었다. 원혼 서린 집이
란 소문이 파다하니 어쩌면 그 덕인지도 모른다. 총 맞아 죽은 귀신이 우글대
는 집을 건드렸다가 괜한 화를 입을 수도 있으니까.

차남이 죽었을 때도, 사람들은 그 부인의 혼이 아들을 데려간 거라고 수군거
렸었다.

그때 임준태는 경성제대 법문학부에 다니고 있었기 때문에 히타로도 소식을
곧장 전해 들었다. 제집에서 권총 자살한 재학생이 준세의 동생이라는 걸 알게
된 후에는 너무 놀라 말을 잃었었다. 미나와 준세가 미국으로 떠난 이듬해. 새
학기를 앞둔 삼월이었다.

후계자 둘을 연달아 잃은 임영환은 오촌 조카를 양자로 들였다. 그 양자가
총독부 재무국에 근무했다는 것, 기생이며 여학생을 첩으로 들였다가 내치길
밥 먹듯 한다는 것, 제 양부 죽기만을 간절히 바라고 있을 거라는 것 등은 경성
사람들이 즐겨 안줏거리로 삼는 이야기였다. 그러나 헛소문이든 뜬소문이든 히
타로가 신경 쓸 일은 아니었다.

사람들이 뭐라고 찧고 까불든 간에 임영환과 그 양아들은 앞으로도 잘 살 것
이다. 그들은 조선인이니 조선에서 쫓겨날 일 없이 모든 재산과 권리를 유지할
것이다. 유학을 다녀오고 영어를 알아듣고 지식과 교양을 갖춘 그들은 새로 들
어설 정부에서도 요직을 맡을 것이다.

식민지배의 가장 큰 수혜자는 아마 저들이 아닐까. 히타로는 생각에 생각을
거듭하다가 저도 모르게 긴 한숨을 내쉬었다.

누군가 밖에서 쾅쾅, 대문을 두들긴 건 그때였다.

부엌에 있던 하녀가 종종걸음으로 나가는 소리를 들으며 히타로는 앉은 자
리에서 일어섰다. 올 사람이 없는데. 의아해하며 사랑방 문을 열고 밖으로 나갔
다. 손님을 맞기에 과히 초라하지 않은 차림새라 다행이었다.

"저어, 교수님. 손님이 오셨는데……."

하녀가 긴장한 기색으로 그를 돌아보았다. 주인이 나와 주어 안심하는 눈치였다. 그도 그럴 것이 대문 안에 들어와 선 남자는 웬 군인이다. 녹갈색 군복. 미군의 복장. 그것을 본 순간 히타로도 반사적인 경계심을 품을 수밖에 없었다.

그는 사랑채 누마루에 선 채로 마당의 군인을 본다. 그 군인이 모자를 벗고 얼굴을 드러내는 모습을 본다. 스무 살이 채 되어 보이지 않는, 준수하지만 아직 앳된 얼굴을 본다.

"오야케 히타로 씨를 찾아왔습니다."

그가 입을 떼기 전부터 히타로는 알고 있었다.

"제 아버지가 오야케 다쿠미입니다. 사촌 되시는."

그가 외사촌의 아들이라는 걸.

제이미 오야케. 그는 조카의 이름을 알고 있다. 그 아이가 첫돌을 맞았을 때 미나가 편지를 보내왔으니까. 자신과 같은 성을 지닌 외사촌의 아들을 히타로는 그때 처음 보았다. 내 눈엔 영 하루히라를 닮은 것 같은데. 사진 속 아기 얼굴을 들여다보던 아버지가 묘하게 웃던 것도 기억한다.

그 깊은 세월에 휩쓸려 히타로는 그만 아득한 기분이 되었다. 토실토실하던 사진 속 돌잡이가 이렇듯 단단한 청년으로 자랐다니. 이 사랑방에 마주 앉아 함께 차를 마시고 있다니.

점령군의 일원으로 조선에 왔다니.

"귀환선에 자리가 있습니다."

제이미는 여기 찾아온 목적부터 곧바로 꺼내 놓았다. 다완을 감싼 손가락이 길고 매끈했다. 히타로는 그 손에 시선을 둔 채 묵묵히 입을 다물었다.

패전 이후 열도 밖 곳곳에서는 일본인의 대이동이 시작되었다. 조선뿐만 아니라 다른 식민지들에서도 귀국하려는 사람들로 아우성이었다. 가뜩이나 황폐화된 본국에서는 그들의 귀국을 최대한 미루고 싶어 했고, 그래서 열도로 향하는 귀환선은 턱없이 모자랐다. 머물 곳과 일자리를 찾으려면 하루라도 빨리 돌아가는 것이 유리하지만 배편 구하기가 하늘에 별 따기였다.

"원하시는 날짜에 탈 수 있도록 도와드리겠습니다."

히타로는 청년의 머리 위에 구세주 같은 후광을 그려 본다. 조카의 일본어는 외국인의 억양이 뚜렷하지만 유창한 편이다. 고맙게도.

"소지품 검사 없이, 탑승하게 되실 겁니다."

제이미의 말에 히타로는 씁쓸히 웃었다.

그에게 남은 재산은 거의 없었다. 아버지가 평생 수집한 예술품과 유물들은 유언에 따라 박물관에 기증했고, 막내아들에게 남긴 것은 이 집 한 채뿐이지만 더는 그의 것이 아니게 되었으니. 이럴 줄 알았다면 고학생들 등록금을 보태주는 일 같은 건 좀 더 신중하게 생각했을 텐데. 히타로는 자조했으나 그런 사정까지 이 아이가 알 필요는 없었다.

"고맙네. 정말로 고마운 일이야."

"다른 가족은 없습니까?"

"나 혼자뿐이네."

가족이 없단 소리에 제이미가 입을 다물었다. 히타로는 대꾸 없이 차를 한 모금 더 마시고는 손목시계를 들여다봤다. 오후 네 시 반. 애매한 시간이다.

"저녁때까지 있을 수 있나? 식사라도 대접하고 싶은데."

"아니요. 그 전에 복귀해야 합니다."

서운할 정도로 딱 잘라 대답한 조카는 당장이라도 일어나 돌아갈 기세였다. 쌀쌀맞기는.

"그럼 집이라도 구경하고 가지."

권하자 제이미가 물끄러미 그를 바라보았다. 집 구경이라니 무슨 뜬금없는 소리냐는 얼굴.

"이런 전통 기와집은 이제 조선에서도 드물거든. 이게 얼마나 귀한 구경이라는 걸 알면 자네도 나한테 고마워할걸."

히타로는 안 어울리는 넉살까지 부리며 먼저 자리에서 일어섰다.

사랑채에서 나온 두 사람은 두 걸음쯤 간격을 두고 걸었다. 나란히 집 안을 걸으면서 히타로는 제 아버지가 그랬듯 한옥 이곳저곳을 자랑스레 설명했다. 여기가 주인이 쓰는 사랑채, 부인이 쓰는 안채, 저기는 옛날 하인들이 머물던 행랑채. 제이미는 별 흥미는 없어 보였고 예의상 고개만 끄덕이는 것 같았다. 아무래도 시큰둥한 눈치였지만 히타로는 못 본 척 그를 더 안쪽으로 안내했다.

"여기가 별채라네. 외따로 떨어진 건물이라 손님용으로 쓰지."

너도 어릴 때, 아주아주 어렸을 때 와 본 적이 있는 곳이라고 그는 속으로 말해 주었다. 모든 것이 이제 너무나 아득한 옛일이었다. 몇 년이 지난 건가. 가물가물한 기억을 헤아리려다 히타로는 간단한 방법을 생각해 냈다.

"자네 나이가 어떻게 되나?"

"지난달에 열여덟이 됐습니다."

그렇다면 18년이 지난 셈. 그는 생각하며 사촌의 아름답고 창백한 얼굴을 떠올렸다. 그때는 임신 중이었단 사실을 몰랐지만 아기가 태어난 후에 알았다. 그 가여운 녀석도 어느새 마흔이 넘었군. 미나는 히타로보다 정확히 열 살 아래다.

"자네 부모님도 여기서 며칠 지낸 적이 있었지."

부모 이야기가 나오자 제이미가 비로소 관심을 보였다.

"안에 들어가 보겠나?"

권하자 청년은 거절하지 않고 성큼성큼 건물 쪽으로 걸어갔다. 댓돌에 올라 반들반들한 툇마루를 내려다보더니 군화를 벗는 대신 무릎을 꿇고 방문을 열었다. 창호지 바른 미닫이가 드르륵 열리면서 안쪽의 풍경이 드러났다. 그때도 지금도 별채의 방은 쓰는 사람이 없어 텅 비어 있다.

"아무것도 없네요."

"비어 있는 방이라."

"가구 같은 것도 없군요. 침대라든가."

"잘 때는 바닥에 이불을 펴지. 한옥은 온돌이 무척 따뜻해서, 겨울에 방바닥에 요를 깔고 누우면 아주 기분이 좋아."

조카가 알아듣도록 차근차근 말하면서 히타로는 뿌듯해졌다. 아주 가깝진 않아도 이 아이는 그의 혈육이었다. 같은 핏줄을 공유한 사람. 아버지가 세상을 뜬 후로 그는 일가붙이를 대한 적이 없다. 아이에게 이토록 마음이 끌리는 건 그래서인지도 몰랐다.

"외박이 가능하다면 여기서 하룻밤 묵는 것도 좋을 텐데."

지나가는 것처럼 중얼댔으나 제이미는 대꾸하지 않았다. 무슨 생각을 하는지 텅 빈 방 안만 한참 들여다보다가 열었던 문을 다시 닫고 일어섰다. 굳게 다문 입이 열린 것은 마당에 내려선 후였다.

"수용소는, 아주 추웠습니다."

제이미가 무척 따뜻하다는 별채 건물을 향해 말했다. 히타로는 입가에 매단 미소를 거두었다.

미국의 일본인 수용소에 대해 히타로도 알고 있다. 이곳 언론도 한바탕 떠들어 댔으니까. 그들은 적국에 갇힌 동포들을 구하자며 필승을 외쳤지만 그 동포들이 갇히게 된 이유에 대해서는 모른 척했다.

"어머니와 동생은 밤마다 한 침대에서 잤어요. 그렇게 하면 덜 추우니까."

"……."

"동생은 몸이 약해서 자주 감기에 걸렸고."

"……."

"그 애가 아파서 학교에 못 가면 내가 도서관에서 책을 빌려다 줬죠. 책 읽는 걸 무척 좋아하거든요."

히타로는 대꾸하는 대신, 상념에 빠진 듯 허공을 보는 청년을 바라보았다.

제이미는 준세의 모습을 많이 지니고 있다. 눈에 띄게 큰 키며 넓은 어깨며, 그 아들이라는 걸 첫눈에 알아챌 수밖에 없을 만큼 닮았다. 그러나 히타로는 조카에게서 또한 하루하라를 볼 수 있었다. 싸늘한 눈매와 콧대가 그 외조부를 연상시켰다. 그는 10년 전 동경에서 치러진 신이치의 장례를 떠올려 본다. 백작위를 승계한 장남과 차남, 그 자식들을 모두 통틀어도 이 아이만큼 외숙을 닮은 이는 없었다. 그리고 보면 핏줄이란 참 신기하고도 재미있지 않은가.

"오야케 씨."

제이미가 문득 부르며 시선을 맞춰 왔다. 아저씨가 아니라 오야케 씨. 그 아버지에 그 아들이로군. 히타로가 유쾌하게 생각하며 상대를 마주 보았다. 뭔가 하고 싶은 말이 있는데 망설이는 눈치다. 히타로는 무엇이 조카를 망설이게 하는지 알아채고는,

"불편하면 영어로 말해도 되네. 나도 듣는 건 웬만큼 할 수 있으니까."

사려 깊게 말하며 미소 지었다. 그러나 그 온화한 미소는 오래가지 못했다.

"당신은 일본 황제에게 충성합니까?"

제 모국어를 발음하자 청년은 목소리부터 달라졌다. 어수룩한 일본어 말

할 때보다 훨씬 낮고, 자신감 넘치며, 공격적인 목소리였다. 일본 황제에게 충성합니까. 미군복 차림의 청년이 그렇게 물었을 때 히타로는 순간적인 위협을 느꼈다. 그리고 곧 자괴하며 웃고 말았다. 이런 것에 다 긴장하다니, 패전 국민으로서의 자각이 몸에 배어 버린 모양이라고.

열여덟 살 난 조카 앞에서.

"수용소의 관리자들이 내게 물었죠. 일본 황제에 대한 충성을 포기하고 미국에 충성하겠느냐고."

"……."

"어떻게 답해도 거짓인 질문이에요. 나는 미국인이고, 일본 황제가 누군지도 모르니까."

"……."

"그래서 진짜 일본인을 만나면 묻고 싶었습니다. 미스터 오야케. 당신은 일본 황제에게 충성합니까?"

미국인. 청년은 스스로를 그렇게 규정한다. 제 부모가 태어난 땅에서, 저와 피를 나눈 당숙 앞에서 이국의 군복을 차려입고 스스럼없이 그렇게 말한다. 이 아이에게도 애국심이라는 게 있을까. 있다면 그것은 어떤 모양일까. 문득 궁금해하며 히타로가 입을 열었다. 질문을 받았으니 답은 주어야 했다.

"마땅히, 그래야 한다고 배웠지."

히타로는 자신의 모국어로 대답했다. 긍정도 부정도 아닌 그 말을 제이미는 묵묵히 곱씹는 것 같았다. 그러더니 짧게 고개를 끄덕이면서 다시 시선을 맞춰 왔다. 무슨 생각을 하는지 당최 읽을 수 없는 얼굴. 그것도 영락없이 제 아버지로군. 역시 핏줄이란 참 재미있다고 생각하며, 히타로는 다시 조금 웃을 수 있었다.

미 육군 이병 제이미 오야케가 인천에 상륙한 건 지금으로부터 석 달 전이다.

　일본군 기마대의 호위를 받아 서울에 입성했을 때, 제이미는 다른 부대원들과 마찬가지로 이 낯선 나라에 호기심과 경계심을 모두 품고 있었다. 구월 초의 날씨는 후텁지근했고 거리에는 흙먼지가 날렸다. 양복과 한복, 기모노 차림의 사람들이 뒤섞인 도시. 제이미는 분주히 움직이는 그 사람들 틈에 부모의 얼굴을 그려 보았다. 별로 어울리지 않는 풍경이었다.

　미국은 중국에 있는 임시정부를 인정하지 않았다. 조선인들이 민주적으로 선출한 대표가 아니라는 논리였다. 무엇보다 조선의 해방은 조선인이 쟁취한 게 아니라 연합국 승전의 결과이므로, 일단은 미군이 행정권을 차지하는 게 옳았다.

　그리하여 일장기가 내려간 자리에 성조기가 올라갔다. 총독부는 캐피톨 홀, 중앙청이라는 새 이름을 얻었다.

　재조선 미육군사령부 군정청.

　그러나 군정은 말이 정부지 행정 지식이나 정치 감각이 매우 부족한 집단이었다. 그들은 기본적으로 군인이었고, 조선어를 할 줄 몰랐으며, 조선의 상황이나 문화에 대한 이해도 거의 없었다. 총독부 관리를 전원 유임한다고 발표했다가 조선인들의 반발에 허둥지둥 내보낸 것은 다 그런 무지 때문이었다. 제이미의 눈에조차 우왕좌왕, 몹시 못 미더운 정부였다.

　어쨌거나 그 군정이 들어선 중앙청 삼층에서 제이미는 오늘도 근무 중이다.

　"나의 이름은 휴고 패터슨입니다. 당신의 이름은 무엇입니까?"

　"이름. 이름은."

"이름."

아, 이게 발음이 어렵네. 구시렁댄 후 이름, 이름, 연거푸 연습하는 동료를 향해 제이미가 피식 웃었다. 집에서는 조선어 랭킹 최하위를 놓고 엄마와 막상 막하인 수준이지만 여기서는 이렇게 비웃음도 날려 줄 수 있는 실력자가 됐다. 덕분에 꽤나 편안한 보직을 꿰찰 수도 있게 됐고.

"너는 대체 어쩌다 여기 배정된 거냐. 조선어는 한마디도 못 하면서."

"삼개국어에 능통한 전우를 둔 덕이지, 오야케 이병."

"능통 아니라니까."

"내 귀엔 충분히 능통이야. 그리고 나 조선어 한마디는 할 줄 알거든? 봐 봐. 당신의 이름은 무엇입니까?"

"오. 지금 발음 좋았어."

칭찬해 주자 스무 살짜리 이병 휴고 패터슨이 뽐내는 표정을 지었다.

사령관 집무실과 대회의실이 있는 삼층은 요인들이 자주 드나드는 곳이다. 제이미는 통역병으로 쓰이기엔 현지어 실력이 부족했지만 그나마 의사소통이라도 가능한 병사가 워낙 귀했다. 그에게 주어진 보직은 사령관 집무실 앞에서 출입 보안을 유지하는 일. 군정의 총책임자인 사령관은 조선어도 일본어도 전혀 하지 못한다.

"와우. 단체 손님이 오시네."

휴고가 어깨의 소총을 고쳐 메며 작게 휘파람 불었다. 함께 문 앞을 지키고 선 제이미는 그가 턱짓하는 쪽으로 고개를 돌렸다. 검은 머리 남자 여럿이 저들끼리 대화하며 이쪽으로 걸어오고 있었다. 지난달 초빙된 조선인 자문단. 그러니까, 일본인 자문단의 자리를 대신 차지하게 된 사람들이었다.

"근데 저러면 똑같은 거 아냐?"

"뭐가."

"저들도 다 여기서 일하던 사람이라며. 그럼 원래 자문단이랑 동료였단 소린데, 그 일본인들이랑 저 조선인들이랑 뭐가 달라?"

휴고가 물으며 어깨를 으쓱한다.

"글쎄."

제이미는 성의 없는 말투로 중얼대고는,

"민족은 다르니까."

전우와 비슷한 모양으로 어깨를 으쓱했다.

"그게 구분이 돼? 야, 나 정말 순수하게 궁금해서 묻는 건데, 넌 조선인이랑 일본인 구분할 수 있어?"

난 도저히 모르겠는데. 휴고가 파란 눈으로 제이미의 얼굴을 진지하게 뜯어보고는,

"내 눈엔 너도 꼭 조선인처럼 생겼거든."

장난스럽게 고개를 갸웃거렸다.

"나는 미국인이고."

시큰둥하게 대꾸한 제이미가 다가오는 남자들로부터 시선을 거뒀다.

캘리포니아주 면적의 절반에 불과한, 그나마도 반쪽은 소련에 넘겨주고 남은 반쪽만 통치하게 되었지만 국가 하나를 관리한다는 것은 보통 일이 아니었다. 생판 남의 땅을 다스리려니 막막해진 군정이 조언자를 필요로 한 것도 당연했다. 문제는 그 조언을 일본인들에게 구할 생각을 한 것.

군정 사령관이 전임 총독을 비롯한 국장급 관료들을, 총독부에서 쫓아낸 그 일본인들을 다시 고문으로 초빙했다는 소식이 알려지자 조선인들은 들끓었다. 그들이 청사 앞에 모여들어 소리를 치고 시위를 해 대는 통에 군정에서 여간 당황한 게 아니었다. 그 결과로 여기 오게 된 것이 바로 이 사람들.

조선인 자문위원회다.

"춘부장께서는 병환에 차도가 있으십니까?"

"백방으로 노력하고 있습니다만 연세가 있으시니."

"저런. 세월 앞에 장사 없지요."

"임 사장님이 아직 칠순이 아니 되셨지요?"

"칠순이 다 뭡니까. 회갑연 치른 게 삼 년 전인데."

양복과 넥타이 차림에 콧수염을 기른 남자가 무리를 이끌고 있었다. 젊은 미군 병사 둘이 지키고 선 사령관실 앞에 다다라 그들은 걸음을 멈췄다. 파란 눈의 휴고를 슬쩍 쳐다본 남자가 제이미의 가슴에 붙은 명찰을 눈으로 훑었다. 그리고 안심한 기색으로 눈을 맞추며 말했다.

"들어가도록 해 주게."

정중한 일본어였다. 조선인이 너무나 자연스럽게 일어를 쓴다. 제이미는 그것이 까닭 없이 거슬렸고, 그래서 얼마간 충동적으로 턱을 치켜들었다.

"신분을 밝히십시오."

딱딱한 영어로 대답하자 상대가 움찔하며 당혹했다. 제이미는 저보다 키가 반 뼘쯤 작은, 제 부모 또래의 남자를 지그시 내려다보며 말을 이었다.

"군정청의 공식 언어는 영어와 조선어입니다."

"……."

"영어를 하지 못합니까?"

"……."

"저기, 우리는 사령관을 만나러 왔네. 이미 약속이 되어 있는데……."

뒤에 서 있던 누군가 영어로 대답하자 그제야 남자가 품에서 신분증을 꺼내 건넸다. 제이미는 대꾸 없이 그것을 넘겨받아 눈으로 읽었다. 임준령. 옆구리에 끼고 있던 차트의 방문객 명단과 대조한 뒤, 아무렇지 않은 얼굴로 신분증을 돌려주며 조선어로 말했다.

"들어가도 좋습니다."

순간 사람들 위로 아주 차가운 침묵이 쏟아졌다.

제게 온통 집중된 시선 속에서도 제이미는 눈 하나 깜짝하지 않았다. 비싸 보이는 양복을 입고 멋들어지게 콧수염을 기른, 임준령이라는 남자만 말없이 마주 보았다. 새파랗게 어린 놈에게 놀림당한 그는 몹시 불쾌한 기색이었지만 그 불쾌함을 표출하지 않는 것으로 그나마 체면을 유지할 모양이었다.

제이미는 보란 듯이 몸을 돌려 사령관실 문을 열어 주었다. 남자들을 들여보낸 뒤에는 소리 나지 않게 문을 닫았다. 두꺼운 문 안쪽으로 그들을 맞이하는 사령관의 목소리가 들렸다.

"오우, 콧수염 표정 봤어? 너 한 대 치고 싶은 얼굴이던데."

휴고가 곁에서 킥킥거린다. 한 대 치고 싶으면 어쩔 건데. 제이미는 생각하며 소리 없이 미소 지었다.

어깨에 멘 소총의 무게가 거의 느껴지지 않았다. 단단한 군화 아래 점령군의 우월감이 푹신하게 밟혔다. 아직 덜 자란 열여덟 살 남자에게, 그 작은 권력은 별수 없이 달콤했다.

사랑하는 엄마.

내가 서울에 있다는 게 하루코에게 너무 큰 걱정거리가 아니면 좋겠는데. 엄마 아들은 여기서 아주 잘 지내고 있거든.

서울은 날씨가 많이 추워졌어. 지난달까지만 해도 단풍이 아주 멋졌는데 이제 잎들이 다 떨어졌고. 이 나라는 겨울이 아주 춥고 눈도 많이 온다며? 나는 눈 내리는 걸 몇 번 본 적이 없어서 그건 좀 기대가 돼. 샌프란시스코에 아주 가끔 흩날리는 눈이랑은 비교도 안 된다고 엄마가 늘 그랬잖아.

같이 보내는 잡지들은 내가 직접 고른 거야. 조선어라 무슨 내용인지 잘 모르겠지만 아빠는 보면 알겠지. 좋아할 것 같아서 선물로 보내.

여기 서울엔 엄마랑 아빠 같은 일본인이 굉장히 많아. 그런데 대부분 조선어를 전혀 할 줄 몰라서 놀랐어. 아마 배울 필요가 없던 거겠지. 히타로 아저씨만 해도 나보다 썩 잘하는 것 같진 않더라고. 그럼 아빠는 왜 그렇게 조선어를 잘하는 거야? 그러고 보니 좀 이상하네.

아저씨는 무사히 일본으로 돌아가셨어. 짐이 너무 없어서 놀랐는데, 지금 여기 일본인들은 숟가락 하나라도 더 가져가려고 온갖 방법을 쓰고 있거든. 조선인 검문관이 수상한 짐들을 샅샅이 뒤져서 허가된 액수를 초과하면 무조건 압수야. 아기 기저귀까지 뜯어서 금붙이나 현금을 숨기지만 검문관들도 귀신같이 찾아내지. 마치 쥐와 고양이를 보는 기분이랄까. 구경하고 있으면 꽤 재미있어.

히타로 아저씨는 트렁크 하나만 들고 있었는데 거기 금이 가득 차 있던 것 같지는 않았어. 아저씨가 무척 가뿐하게 들고 있었거든. 검문을 거치지 않도록 내가 배 안까지 모셔다드렸지만 짐이 아주 적어서 어차피 검문관도 관심 없었을 거야. 근데 아저씨는 아빠랑 사촌이라면서 하나도 닮지 않았더라? 몸집이 나보다 작아서 처음엔 좀 놀랐어. 오야케 가족들은 다 아빠처럼 클 줄 알았는데.

아저씨는 25년 만에 완전히 귀국하는 거라고 하셨어. 25년 만에 자기 나라로 돌아가는 건 어떤 기분일까? 오히려 고향이 더 낯설게 느껴지지 않을까? 귀환선 타는 일본인 중에 웃는 사람을 난 한 명도 못 봤어. 패전민으로 쫓겨나는 귀국길이니 웃음이 나올 리 없겠지만.

아빠한테는 분부대로 했다고 전해 줘. 최대한 서두르라고 하셔서 편지 받자마자 송환 담당 부서부터 찾아갔었다고. 이등병 말을 들어줄까 싶었는데 생각보다 쉽게 해 주더라. 나야 좋았지만 그만큼 관리가 허술하단 거겠지.

엄마. 난 서울에 오래 있고 싶지는 않아. 다음번 귀국 신청이 시작되는 대로 접수할 생각이야. 군 생활은 재미있는데 서울에 주둔하는 건 싫어. 여긴 너무 혼란하고, 시끄럽고, 어쩐지 마음이 불편해서.

아, 나도 얼른 집에 가고 싶다. 엄마가 해 준 카레라이스 먹고 싶어. 여기도 그런 걸 파는 식당이 있지만 엄마가 만들어 준 거랑은 도저히 비교할 수 없지. 지난 주말엔 시내에 나갔다가 거리에서 파는 군고구마를 사 먹었어. 벽난로에 고구마랑 밤 구워 먹던 게 생각나서 어찌나 집에 가고 싶던지.

아빠랑 에밀리한테도 사랑한다고, 내가 무척 보고 싶어 한다고 전해 줘. 다음번 편지는 두 사람 앞으로 보낼 테니 기대하고 있으라고도 말해 주고.

귀국일이 정해지면 바로 알릴게. 이번엔 엄마한테 가장 먼저 말할 테니까 나 너무 미워하지 마. 내가 세상에서 엄마를 제일 사랑하는 거 알지? 아빠는 여자 친구가 생기면 생각이 달라질 거라고 하지만, 그때까진 하루코가 늘 나의 첫 번째야.

보고 싶어.

키스와 포옹을 보내며,

제이미가.

외전 3

그

날

1927년 3월

유강임은 멀쩡한 총각한테 시집갈 가망은 거의 없는 것으로 여겨지는 스물
여덟 과년이지만, 시집갈 생각 같은 건 애당초 본인이 더 없어 보였다. 종로서
에서 그리 확신하는 이는 비단 김기철뿐만이 아니었다.

"우리 참 이러지 맙시다, 경부님."

기철은 오늘도 귀찮게 들러붙는 여자를 떼어 낼 생각에 더럭 짜증이 났다.
어쩌면 하루 이틀도 아니고 날마다, 이리 지치지도 않고 사람을 볶아 댈까. 거
머리 중에도 찰거머리로 소문이 자자한 여자였다. 신문기자란 정말이지 어지간
한 근성으론 가당찮은 노릇이지. 그는 목구멍에 걸린 욕설을 삼키며 점잔을 뺐
다.

"글쎄, 어디서 무슨 흰소리를 듣고 왔는지 모르겠소만 나는 아는 바가 없대

도 그러네."

"어제 오늘 출근을 안 했던데요."

"출근을 하든 퇴근을 하든 남의 부서 사정을 내가 아나."

"같은 경무국 소속 아닙니까."

"나는 경기도 경찰 소속이고."

"경찰이 경무국 휘하지요."

"본청 근무하는 사람들은 잘 모른단 소리요."

"보안과에 종종 출입하시는 걸로 아는데요?"

이 여자가 진짜. 기철이 드디어 미간을 구겼다. 그는 본래 인내심이 깊은 편이 아니다.

"선비님."

긴 한숨을 섞어 부르자 강임이 입을 다물었다. 대체 언제 적 선비님이람. 기자를 대접해 부르는 그 호칭은 진즉에 한물간 말이었다. 여기자를 그렇게 부른 건 더더욱 조롱조고.

"여기서 나한테 이래 봐야 선비님한테 득 될 것 하나 없소. 거 배울 만큼 배운 분이 이리 생떼를 쓰면 쓰나."

타이르듯 그러며 기철이 호주머니에서 담배를 꺼냈다. 두 사람은 종로서 서편 화단 앞에 나란히 서 있었다. 곤경을 피하려 밖으로 나왔더니 웬걸, 코앞까지 따라와 버티고 있다. 찰거머리 같은 계집. 이러니 여태 시집을 못 갔지.

"알다시피 이 경찰서란 데가 보통 분주한 게 아니지 않아요? 나도 오늘 할 일이 많고, 선비님도 내일 신문에 나갈 기사 쓰셔야 할 거고. 거 피차 분주한 사람들끼리 공연히 힘 빼지 맙시다. 난 전연 모르는 일이니까."

거기까지 말한 뒤 그는 담배를 입에 물었다. 느긋이 성냥을 그어 불을 붙인 다음 첫 모금을 깊이 빨았다. 연기를 다 뱉어 내기를 기다려 여자가 다시 물었다.

"귀족가 자제가 행방이 묘연한데, 경찰에서 아는 게 전연 없단 말씀이셔요?"

"아, 이보시오. 그러면 가족들이 신고를 하지 않았겠소? 아까도 보여 줬지만 실종 신고 접수된 게 없다니까. 아아, 그이 본가가 가회동이고 지금은 남산정 살던가? 그럼 본정서 관할이니 거기 가서 물어보시든가."

"임준세, 지금 서대문에 있지요?"

기철은 하마터면 입에 문 담배를 떨어뜨릴 뻔했다.

그걸 어찌 알았지. 그는 놀란 기색을 감추며 여자를 바라보았다. 수년째 경성 바닥을 구석구석 누비고 다닌 여자다. 사회부 기자들은 여기저기 취재원이 많으니 형무관 한둘쯤 알고 지내지 말란 법도 없다. 거기서 말이 샜겠지. 그랬겠지. 기철은 빠르게 생각을 정리했다.

"혐의가 뭡니까?"

"……."

"기소합니까? 재판은 언젠데요?"

"……."

"역시 제가 경성지법으로 가 보아야겠지요? 담당 검사 이름이나 좀 알려 주시겠어요?"

그는 최대한 아무렇지 않은 얼굴로 여자를 마주 보았다. 비웃듯 약간 삐딱한 미소. 다 알고 있으니 어서 실토하라는 그 표정은 기철에게도 익숙한 것이었다. 꾹 다문 입에서 정보를 빼내야 하는 건 기자나 고등경찰이나 매한가지니까. 거기까지 생각이 닿았을 때 기철은 문득 깨달았다. 그가 이 여자에게 느끼는 약간의 동질감, 혹은 어떤 종류의 물렁한 호감이 있다면 바로 이것 때문인지도 모른다. 직업상의 공통점.

"유 기자."

그러나 이 여자만큼이나 김기철 또한 충실한 직업인이다. 그는 여자를 보내는 즉시 자리로 돌아가 보안과장 요시다에게 전화를 걸 것이다. 기자가 냄새를 맡은 것 같다고, 큰 문제는 아니나 다소 번거로워질 수 있다고 보고할 것이다. 조선에서 발행되는 신문은 날마다 총독부의 검열을 받는다. 허가받지 않은 내용은 어차피 한 글자도 실을 수 없었다.

"몸 아껴 가며 일하시오."

그러니 실종이니 뭐니 기웃거려 봐야 헛수고인 것이다. 싣지도 못할 기사 때문에 시간만 내버리겠지. 미련하게 계속 파고들다 다칠 수도 있고.

"사람이 없어졌는데 가족들이 가만히 있다면 무슨 사정이 있는 거겠지. 공연히 그런 가문 건드렸다가 곤란한 일 겪을 수 있소. 임 자작이 어떤 사람인지 잘 알지 않아? 내 조카 같아서 하는 말이니 허투루 듣지 마시오."

"이거 대일본제국의 경부 나리께서 제 안위를 다 염려해 주시다니요."

"쯧. 비꼬지 좀 말고."

"진심인데요."

"......"

"저도 경부님을 숙부처럼 생각하는 거 아시지요?"

여자가 한쪽 눈을 찡긋하며 웃는다. 기철은 기가 차서 헛 하고 웃었다.

"경부님이 여기 오래 계셔 주어야 저도 계속 수월히 취재하지요. 사회부 기자한테야 경찰 취재원이 밥줄 아닙니까. 부디 오래오래 사십시오, 숙부님."

하여간에 뺀질대기는. 기철이 한 번 더 피식거렸다.

"그러면 저는 이만 가 보겠습니다. 그 궐련 다 태우실 때까지 있어 드리고 싶지만 아시다시피 기자 노릇이 보통 분주한 게 아니라서요."

씩 웃으며 고개를 꾸벅 숙여 보인 여자가 몸을 돌렸다. 보릿대처럼 깡마른 몸으로 경쾌하고도 빠르게 걷기 시작했다. 성가신 찰거머리가 분명한데 또 무작정 밉보이진 않는다는 게 저 여자의 재주라면 재주일 것이다.

유강임은 갓 기자로 왔을 때, 그러니까 3년 전 기철이 경부보였던 시절부터 여길 드나들면서 거의 날마다 그를 알은체했다. 서의 간부급인 자신에게 겁도 없이 치대는 여자. 하여간에 웃기는 계집이지. 기철은 반쯤 탄 담배를 입에 문 채로, 씩씩하게 멀어지는 여자의 뒷모습을 향해 절레절레 고개를 흔들었다.

강임은 매일 오전 여덟 시 반에 하숙집을 나선다.

그녀가 다니는 신문사는 지난해 광화문통에다 사옥을 지어 옮겨 왔다. 삼 층으로 올린 석조건물은 몹시 번듯해 출퇴근하는 맛이 날 것 같지만, 외근이 팔자인 취재기자에겐 마감 직전에나 허겁지겁 간신히 들어가는 곳이었다.

4년 차 기자 유강임의 하루는 종로서에서 시작된다. 떠름한 얼굴의 경찰관들을 쫓아다니며 간밤의 일을 캐묻는 것으로 아침을 연다. 외국의 신문과 달리 조선 신문은 정치 기사가 거의 없다. 의회도 선거도 없는 나라에 정치부 일거리가 있을 리 만무하니, 신문 지면을 채우는 건 자연히 사회부의 몫이었다.

어쨌거나 그렇게 종로서에 들러붙어 살인, 강도, 방화 사건 따위의 기삿거리를 건지고 나면 다음 행선지는 체신국이다. 체신국에 들러 새로 들어온 소식이 없는지 확인한 뒤에는 경성부청으로 간다. 경성부청은 덕수궁 맞은편에 위치해 있는데, 동남쪽으로 고개를 돌리면 조선호텔 후원이 보였다. 황궁우의 검푸른 팔각 기와지붕. 강임은 부청을 드나들 때마다 이따금 그 지붕을 바라보곤

했다.

부청까지 한 바퀴 돌고 나면 그때부터는 날마다 행선지가 달라진다. 준비 중인 특집기사 취재를 이어 하기도 하고 약속된 취재원과 만나기도 한다. 음악가나 소설가, 사업가 등의 집을 방문해 허영을 교양으로 착각한 자기 자랑을 줄기차게 듣기도 한다. 최신 유행의 의상 경향이라든가 멋내기법, 요리 비결 같은 기사 꼭지를 끙끙대며 써내기도 한다. 그런 건 살인사건 기사보다 열 배는 족히 어렵지만, 유강임은 편집국의 유일한 여기자이므로 별수 없이 도맡아야 했다.

점심을 해결하는 것도 대략 그때쯤이다. 강임은 그날 만나는 사람이 누구냐에 따라, 볼일이 있는 동네가 어디냐에 따라 멸치 국물에 만 국수를 먹기도 하고 가쓰오부시 육수를 부은 우동을 먹기도 했다. 둘 다 그녀가 즐겨 먹는 점심거리였다.

점심 후에는 오전에 거쳤던 종로서와 체신국, 경성부청을 역순으로 한 번 더 돈다. 그런 뒤 신문사에 돌아가면 거의 네 시 반. 책상으로 뛰어가 오늘 치 기사를 종이에 써내면 하루의 업무는 일단 끝이다.

"강임. 와서 이거나 좀 들지."

부장에게 원고를 넘기고 편집실을 나오자 경제부 기자 하나가 그녀에게 손짓했다. 강임이 다가가자 몰려 있던 남자들이 조금씩 움직여 자리를 만들어 주었다. 책상 위에서 고소한 냄새를 풍기는 것은 찬합에 넉넉히 담긴 만두였다.

"웬 거예요?"

"웬 거긴. 김 형이 또 마나님 솜씨 자랑하고 싶어 그러지."

같은 경제부 기자 이훈구가 그러자 강임이 피식 웃었다. 당사자인 김상택은 멋쩍은 표정을 지을 뿐 굳이 부정하지 않았다. 강임은 검정 잉크 묻은 손을 옷자락에 슥슥 문지르고는 맨손으로 만두 하나를 집었다. 찌자마자 가져왔는지 아직 따끈했다.

"댁에서 왔다 가신 거예요?"

"음. 오늘 내가 당직이잖아."

정성스러워라. 감탄하며 강임이 만두를 한입에 넣었다. 채 삼키기도 전에 이훈구가 다그친다.

"어때? 매우 맛나지? 장사 나서도 되겠지?"

강임은 만두를 우물대며 고개를 끄덕였다. 입에 든 것을 삼킨 뒤에는 주인이 권하는 대로 한 개 더 집으면서,

"김 선배는 부인 모시고 일찌감치 만두가게나 차리지 그래요? 여기서 백날 경제 기사 쓰는 것보담 그편이 더 경제적이겠는데."

"암, 그편이 훨씬 경제적이지."

이훈구와 장단 맞춰 당사자를 놀려 주었다. 둘러선 기자들이 킥킥 웃는다.

"바야흐로 첨단 과학의 이십 세기 아녜요? 사람들이 신문은 안 읽어도 만두는 계속 먹을 거거든. 김 선배 가게 자리 잡으면 나도 거기 취직 좀 시켜 주시구려. 암만 봐도 난 기자 노릇 오래 못 할 것 같아요."

청산유수인 여자에게 김상택이 못 당하겠다는 식으로 웃었다. 강임은 그를 향해 씩 마주 웃어 주고는 손에 든 만두를 한입에 밀어 넣었다.

지난달부터 경성에도 라디오 방송이 시작되었다. 일어와 조선어로 날마다 뉴스가 나온다. 그러니 신문의 종말이 머지않았다는 푸념도 엄살이 아니었다. 조선어 신문은 구독률이 낮고 광고료도 높지 않아 운영이 쉽지 않았다. 구독자가 많고 시장도 튼튼한 일본 신문사들의 형편과는 달랐다.

저마다 한두 개씩 만두를 집어 먹은 기자들은 곧 하나둘 흩어졌다. 조판과 강판까지 마친 간부들이 편집실에서 나오자 사무실에 묘한 긴장감이 흐르기 시

작했다. 윤전기가 돌아가고 신문이 나오면 편집국은 조용해진다. 갓 나온 신문을 가져간 사환이 지금쯤 경무국에 도착했을 터였다. 신문사에서 총독부까지는 자전거로 삼 분 거리다.

인쇄가 시작되었어도 기자들은 편집국을 떠나지 않는다. 책상 앞에 앉아 책이나 잡지를 읽는 사람, 갓 나온 내일 자 신문을 읽어 보는 사람, 동료와 마주앉아 바둑을 두는 사람, 창가에 서서 광화문통을 내려다보며 담배를 피우는 사람.

그러다 전화기가 따르릉 울리면 모두가 깜짝 놀라 고개를 든다.

"편집국입니다."

강임은 수화기를 귀에 댄 국장의 피로한 얼굴을 본다. 이제 겨우 화요일인데 벌써부터 지친 얼굴. 그녀뿐만 아니라 사무실의 모든 이가 그 얼굴에 집중하고 있을 것이다. 국장은 건너편의 말을 잠시 듣더니 기자들을 향해 고개를 저었다. 휴우. 누군가 안도의 한숨을 길게 내쉬었다.

"내일 다시 연락드리지요. 지금은 기다리는 전화가 있어서 이만 끊습니다."

이 시간에 편집국에 전화라니. 모르긴 몰라도 신문사 사정을 아는 이는 아닐 것이다. 신문 다시 찍으란 전화가 언제 올지 모르는 이때에 괜히 사람 놀래킬 작정이 아니었다면.

강임은 벽에 붙은 시계를 보았다. 여섯 시에 가까워지고 있었다. 경무국 검열관이 내일 자 신문을 두 번은 읽어 보고도 남았을 시간이었다. 그런즉슨 오늘은 무사통과.

"고생들 했네. 내일 보세."

국장이 담배를 끄고 일어나 외투를 입으면 기자들도 드디어 퇴근이다.

"강임. 탁주 한잔 해?"

"구미 당기는 말씀이지만 선약이 있어서요."

"또 혼마치에 가는군."

"탁주보다 좋은 것 내주는 사람이 있어서."

"적당히 마시고 일찍 쉬라구. 뭘 날마다 술인가."

"당직 서는 날은 안 마십니다."

"달에 나흘? 아서라, 아서."

"나흘이면 충분하지요."

강임은 쯧쯧 혀를 차며 웃는 선배들과 헤어져 신문사를 나섰다. 한쪽 어깨에 낡은 배낭을 걸쳐 메고 전차 정류장을 향해 걷기 시작했다. 종일 내리던 비는 그쳤지만 날씨가 꽤 쌀쌀했다. 숨을 내쉬자 축축한 공기 사이로 흐릿한 입김이 흩어졌다.

그때 저만치 전차가 들어오는 것이 보였다. 강임은 즉시 달리기 시작했다. 무릎을 덮는 모직 치마는 품이 낙낙해서 뛰기도 편했다. 굽이 낮은 가죽 단화는 밑창이 제법 닳았으나 그래도 가을까진 버틸 것이다. 추석쯤엔 아마 새 구두를 장만해야 하겠지만.

"광화문통이올시다!"

강임은 막 도착한 전차에 아슬아슬 올라 사람들 사이를 비집었다. 이 시각의 전차는 항시 만원이라 뜀박질을 해서라도 올라탄 건 운이 좋은 편이었다. 강임은 흰 저고리에 검정 통치마를 입은 여학생 곁에 자리를 잡고 섰다. 습기 차 눅눅한 전차에서 퀴퀴한 냄새가 났다. 물기 묻은 차창 밖으로 경성 시가 풍경이 흐르기 시작했다.

'가게를 닫을 거다.'

그 이야기를 들은 것이 바로 어제다.

내색하지 않으려 애썼으나 찬은 몹시 긴장한 눈치였다. 일요일에 오기로 한 사람이 나타나지 않았다며 필경 변고가 생긴 거라고 했다. 급히 확인해 보니

윤식과도 연락이 닿지 않는다고 했다.

'아무래도, 둘 다 잡힌 것 같다.'

사실이라면 보통 일이 아니었다.

강임은 웃음기 없는 얼굴로 차창 밖을 응시한다. 본정행 노선을 따라 전차는 남쪽으로 움직이고 있었다. 무슨 일이 어찌 되어 가는 건지 오리무중이다. 그 둘이 대체 어디서 어떻게 잡혔단 말인가. 가슴이 갑갑해져 그녀는 깊은 숨을 내쉬었다.

'임준세, 지금 서대문에 있지요?'

경성에서 지하운동 하던 사람이 돌연 사라졌다면 갈 곳은 둘 중 하나였다. 종로서 아니면 서대문형무소. 경부의 반응으로 보건대 임준세의 소재는 후자였다.

'사람이 없어졌는데 가족들이 가만히 있다면 무슨 사정이 있는 거겠지. 공연히 그런 가문 건드렸다가 곤란한 일 겪을 수 있소. 임 자작이 어떤 사람인지 잘 알지 않아?'

김기철은 내막을 알고 있다. 자작까지 들먹이는 걸 보니 그 아들이 무슨 일로 잡혔는지도 아는 게 분명했다. 귀족이 영식을 서대문으로 끌고 갔다니. 가택연금도 아니고 형무소라니. 서대문형무소는 주로 미결수를 위한 곳이지만 재판에 서기도 전에 시체로 나오는 일이 허다했다. 강임의 오빠도 그랬고, 가까운 동지 몇도 그랬다.

그리로 데려갔다면 죽일 작정을 한 것이다. 임준세는 살아 나오지 못할 것이다.

"빌어먹을……."

저도 모르게 욕설이 샜다. 옆에 선 여학생이 힐끗 곁눈질하는 것이 느껴진다. 강임은 시선을 밖으로 돌렸다가 여학생이 펼쳐 든 잡지에 눈을 주었다. '꿈을 현실로! 하얗고 매끄러운 피부 만드는 비결.' 흔들리는 전차 안에서도 열심히 탐독하는 그 잡지는 강임도 알았다. 경성의 모던 걸이라면 누구나 구독한다는 여성 잡지였다.

댕댕댕. 전차가 종을 울리며 왼쪽으로 회전했다. 남촌으로 들어서면서 차창 밖 건물들의 키가 훌쩍 높아졌다. 상점의 간판과 제등에 현란한 불이 들어오고 가두를 걷는 사람들의 차림새도 한결 말쑥해졌다. 한껏 멋을 부린 채 환하게 웃는 얼굴들. 만원 전차 안에 선 강임은 멍하니 그 얼굴들을 바라보았다.

황금만능의 시대.

경성 사람들은 그 어느 때보다도 신문물의 축복을 누리고 있다. 서양의 최신 유행 음악을 듣고 할리우드에서 갓 개봉한 활동사진을 본다. 위스키를 마시며 톨스토이를 논하고 정월대보름엔 초콜릿을 주고받는다. 양장과 향수. 야구와 정구. 바다 건너 온 이국의 문명에 그들은 서서히 길들여지고 있었다.

어떤 이들은 그들을 가리켜 천박하다 한다. 민족을 내팽개치고 제 안위만 도모하니 비겁하다 한다. 인민이 도무지 각성하지 않으니 해방이 되겠느냐며 탄식하기도 한다. 강임도 한때는 그렇게 생각한 적이 있었다.

그러나 그들이라고 꿈이 없겠는가.

좋은 짝을 찾아 가정을 이루고. 알뜰히 돈을 모아 박래품 세간을 사고. 그래, 하얗고 매끄러운 피부도 만들고. 이 넓은 세상에는 그런 꿈을 꾸는 사람도 있기 마련 아니겠는가. 그런 꿈이 손가락질받아야 한다면 그것은 사람이 아니라 세상의 문제가 아니겠는가.

강임은 그런 세상을 꿈꾼다. 모두가 자유로이 꿈꿀 수 있는 세상. 국가와 민족, 강자와 약자, 남자와 여자를 구별치 않는 세상. 누구도 해하지 않고 아무도 당하지 않으며 모두가 서로를 포용하는 세상. 그런 세상은 얼마나 아름다울 것인가.

강임은 그러한 꿈을 지녔다. 살아 있는 사람은 누구나 꿈을 꾸며 유강임은 아직 죽지 않았으므로 마땅히 꿈을 꾸었다. 꿈꾸지 않는 생은 아무런 의미가 없다.

'지나치게 낭만적인 발상이다.'

그녀는 꿈꾸며 살고 싶었다. 설령 그것이 지나치게 어리석은 낭만주의라 할지라도.

"……낭만주의자."

강임은 입술을 달싹여 읊어 본다. 그리고 씁쓸하게 웃는다. 낭만주의자. 어쩐지 슬프게 들리는 이름이다.

전차는 계속해 앞으로 나아갔다. 저만치 본정 입구가 보였다. 하얀 가스 등불이 어스름녘에 달맞이꽃처럼 피어 있었다.

찬은 매일 정오가 다 되어서야 느지막이 출근한다.

출근이래 봐야 삼층에서 일층으로 내려가는 것이 고작이다. 삼층은 살림집 두 개로 나뉘어 있는데 찬이 살고 있는 집과 마주 보고 있는 곳이 여급들의 숙사였다. 경성의 카페 대부분은 여급들에게 숙식을 제공하는 것으로 월급을 대신했다. 그럼에도 팁 수입이 넉넉하니 썩 괜찮은 벌이였다.

본정의 여느 업소가 그렇듯 리버티도 손님 대다수가 일인이다. 주문을 받는 급사들이야 필요한 말만 할 줄 알면 그만이지만 손님을 직접 상대하는 오후반 여급들은 사정이 달랐다. 일어를 유창하게 할 줄 아는 조선인, 그것도 젊은 여자는 몹시 드물다. 리버티도 그래서 일본인 여급을 일곱 명 두고 있었다.

그들 전원이 삼층에서 숙사 생활을 했다. 타지에서 젊음과 웃음을 파는 그들 대부분은 번 돈의 일부를 꼬박 고향의 가족에게 부쳤다. 저마다 각자의 사정과 사연이 있을 것이었다. 그러니 돌연 숙사로 찾아가 휴업을 통보했을 때, 찬은 당장의 생계를 잃게 된 그들 앞에 마음이 무거울 수밖에 없었다.

"정말 미안하게 됐습니다."

여자들이 눈을 동그랗게 뜨고 그를 쳐다본다. 늦은 오전이라 화장기 없는 맨 얼굴이 하나같이 앳되었다. 찬이 내민 봉투를 하나씩 받아 들고서도 어안이 벙벙한 표정들. 어젯밤까지만 해도 영업 잘 하던 가게가 돌연 무기한 휴업이라니. 생각지도 못한 사태에 여자들은 서로의 얼굴만 쳐다봤다.

무어라 더 해 줄 말이 없어 찬은 그만 발길을 돌리려 했다. 그때 누군가 사장님, 하고 그를 불렀다. 리버티가 문을 열었을 때부터 여급으로 있던 미도리였다.

"사정은 잘 모르겠지만, 분명 무슨 일이 있으신 거겠죠. 언제든 영업 재개하시면 다시 불러 주세요."

찬은 제 가슴에 닿을까 말까 하도록 자그마한 여자와 눈을 맞췄다. 남자들을 상대하는 여급답지 않게 미도리가 얼굴을 붉혔다. 그러면서도 끝까지 시선은 피하지 않는 여자를 가만히 보다가, 찬이 작게 미소 지으며 고개를 끄덕였다.

"그럴게요. 이해해 줘서 고맙습니다."

그리고 여자들에게 한 번 더 고개 숙여 인사한 뒤 숙사를 나왔다.

가게는 곧장 정리를 시작했다. 테이블이며 의자, 식기 따위 집기들을 넘겨받을 중간 업자가 즉시 인부들을 보내왔다. 시세보다 싼값에 넘긴다는 말에 얼씨구나 싹 쓸어 갈 태세였다. 느지막이 나타난 업자는 가게 규모가 커서 창고를 더 수배해야겠다며, 사흘간의 말미를 청하고 두둑한 선금을 주고 갔다. 만족한 얼굴로 떠나는 업자를 배웅하고 나니 어느덧 저녁때가 다 되어 있었다.

아침부터 한 끼도 먹지 않았다는 사실을 찬은 그제야 깨닫는다. 그러나 신경이 날카로운 탓에 입맛이 없었다. 먹을 것을 찾는 대신 그는 뒷문으로 향했다. 곤두선 신경을 달래는 데는 담배만 한 게 없다.

문을 열자 끼이익, 몹시 거슬리는 소리가 났다. 결국은 기름칠하는 걸 잊고 가는군. 생각하며 찬은 철문을 닫고 그 앞을 가로막듯 섰다. 습관처럼 귀를 기울여 잠시 주위를 경계했다. 별다른 기척은 감지되지 않았다.

리버티는 분명 포기하기 아까운 자원이나, 그는 결정을 내려야 했다.

임준세와 장윤식의 소재가 파악되지 않고 있다. 두 사람 모두 리버티와 관련돼 있고 둘 다 경찰에 체포됐을 확률이 높다. 그럼에도 그 둘이 비밀을 지켜 줄 거라 믿고 이곳을 유지해야 할까.

이 카페에 연결된 사람은 황찬뿐만이 아니었다. 직원들 가운데 부산의 회사와 연계된 사람들이 섞여 있었다. 상해와 만주에 있는 단체의 연락책들도 여길 드나들었다. 자칫 그들 모두를 위험에 빠지게 할 수도 있었다.

찬이 준세를 마지막으로 본 것은 일주일 전이다. 남산정 집으로 불려 가 자상을 봉합해 준 날. 그날 이후 언제 붙잡힌 건지 찬으로선 알 수 없지만 아직 여기로 경찰이 들이닥치지 않았다는 것은 그가 버티고 있다는 뜻이었다. 그러나 언제까지 버틸 수 있을까. 고문실이 사람을 굴복시키는 방법들에 대해 찬은 익히 들어 왔다. 강철로 만든 인간이 아닌 이상 언제까지고 견뎌 낼 수는 없을 것이다.

"후……."

긴 숨을 내쉬며 호주머니를 뒤졌다. 담배 한 개비를 꺼내 물고 성냥을 그었다. 연거푸 세 번 그었으나 불이 붙지 않았다. 힘주어 한 번 더 긋자 기어이 뚝 부러졌다. 허리가 꺾인 성냥을 찬은 멍하니 들여다보았다.

임준세.

조선귀족 중에도 일본에 대한 태도를 바꾼 사람이 없지는 않다. 스스로 작위를 반납한 사람도 있고 항일활동을 하다 발각돼 작위를 빼앗긴 경우도 있다. 찬은 준세도 그러한 부류려니 짐작했을 뿐이었다. 무슨 생각과 심정으로 위험을 무릅쓰는지, 시간이 더 지나고 신뢰가 쌓이면 말해 주겠거니 기다릴 뿐이었다.

이제는 영영 들을 수 없게 되었구나.

찬은 부러진 성냥을 발치에 버렸다. 새로운 성냥을 꺼내는 대신 숙였던 고개를 들어 올렸다. 하늘에는 온통 잿빛 구름뿐이다. 며칠째 노을을 보지 못했군. 흐리고 어두운 하늘을 올려다보던 찬이 문득 신경을 세우며 고개를 돌렸다. 누군가 이쪽으로 다가오고 있었다.

그러나 그는 곧 긴장을 푼다. 발소리만 들어도 누군지 안다. 낡은 단화의 낮은 굽 소리. 깡마른 몸으로 가볍게 걷는 소리. 찬은 한숨을 내쉬었다.

"말 참 안 듣는구나."

그리고 입에 물고 있던, 불도 붙이지 않은 담배를 도로 손에 쥐었다.

"다시 오지 말라니까."

멀쩡한 담배를 뚝 부러뜨리며 그는 짐짓 싫은 얼굴을 한다. 그러나 상대는 조금도 개의치 않는 눈치였다.

"맥주 남은 것 있지?"

강임이 고개를 들이밀며 생글거렸다.

칠 호실은 적막하다. 이곳에는 이제 아무도 없다. 총을 겨누었던 여자도 표적이 되었던 여자도 없다. 서로를 죽일 것처럼 굴던 그 여자들은 너무도 쉽게 손을 잡았다. 공통점이라고는 참새 발톱만큼도 없는 여자들이, 무모하고 위험한 걸로는 또 용케 죽이 맞았다.

찬이 어떻게 멈출 수 있는 형편이 아니었다.

갑작스레 밀어닥친 상황들로 그는 골이 지끈거린다. 소파에 앉아 팔짱을 낀 채 두 눈을 감았다. 종일 끼니를 걸렀기 때문인가. 이제는 어질어질 현기증마저 올라오는 것 같다.

그때 문이 벌컥 열리는 소리가 났다. 굳이 눈을 떠 확인하지 않아도 누군지 알고 있다. 다시 문이 닫히고 탁자 위에 맥주병 내려놓는 소리. 이제는 아예 스스로 꺼내 먹는군. 애써 가벼운 생각을 하며 찬은 실없이 웃어 본다.

"거 생각할수록 재미난 여자야."

춘원 딸 말이야. 덧붙이며 강임이 가볍게 코웃음 쳤다. 소파에 털썩 주저앉는 소리에 찬은 감았던 눈을 떴다.

"여간내기 아냐. 배짱도 두둑하고. 일본 여자 같지 않달까."

기막히다는 듯 웃는 소리를 들으며 찬은 떠올렸다. 지난여름 이곳에 나타났던 여자의 모습. 춘원 백작의 딸입니다. 옆의 사내는 조카고요. 급사가 귀띔해 준 덕에 그는 그날 여자를 처음 보았다. 춘원미나. 임준세의 혼담 상대. 미국에 있던 여자가 경성에 들어왔다면 결혼이 머지않았단 뜻인가. 그런 생각들을 하던 차에 여자와 눈이 마주쳤다. 왜 자꾸 쳐다보느냐고 따지기라도 하듯, 여자는 꽤 도전적인 눈으로 낯선 사내를 빤히 보았다. 일본 여자 같지 않군. 그때 찬도 그렇게 생각했었다.

"완전히 일본 여자는 아니니까."

무심코 대꾸한 말에 강임이 눈썹을 치켜올렸다.

"설마 지금, 그 여자가 절반은 조선인이라고 주장하고 싶은 거야?"

"그런 배경이 어느 정도 영향은 주었을 거라는 소리다."

"아아, 조선인의 핏줄이라 용감히 나선 거다? 만약 얌전히 있었으면? 그럼 일본인이라 그렇다고 했겠지?"

웃음기 어린 소리에 찬은 대꾸하지 않았다. 강임이 재미있다는 듯 팔짱을 척 끼면서 말을 이었다.

"참 이상하지. 민족이나 조국이라는 건 그저 우연의 산물이잖아. 선택할 수도 없는, 우연히 벌어진 사건의 결과일 뿐인데 다들 평생을 휘둘려. 내가 속한 민족이 나를 설명할 수 있다고 생각해? 어째서 그리 쉽게 동일시하지? 한낱 우연에 그런 의미를 부여하는 이유가 대체 뭐란 말이야?"

찬은 잠깐 틈을 두었다가 침착한 어조로 말을 받았다.

"민족의 힘이란 건 무시할 수 없는 거니까. 정신, 얼, 이런 것들은 분명히 존재해."

"사람들이 그렇게 생각할 뿐이야."

"아일랜드를 봐라. 팔백 년 만에 기어이 독립했지. 자기들이 영국인이 아니라는 걸 대대손손 잊지 않고 있던 거다. 팔백 년 동안 말이야. 그 힘이 어디서 나온 거라 생각하니."

"아일랜드인이 맞서 싸운 건 영국인이 아니야. 자기들을 억압한 사람들이었지."

아일랜드는 긴 투쟁 끝에 5년 전 영국으로부터 독립했다. 조선인들이 독립을 논할 때 즐겨 인용하는 예시였다.

"민족은 구실일 뿐이야. 단순히 민족이 달라서가 아니라고. 일인들이 우리를 대등하게 대했더라면 어땠을까? 저들과 똑같은 사람으로 대접해 줬더라도 우리가 이렇게 목숨 걸고 독립하려 했을까?"

"침략의 목적은 상대를 굴종시키는 거다. 동반자로 삼을 생각이면 정복이란

수단을 쓰지 않아."

"그러니 더더욱 실체를 보아야지. 우리의 적은 일본인이 아니라 제국주의자야. 다른 사람 피 빨아서 배 불리는 인간들은 조선인 중에도 널렸다고. 독립운동은 자유를 위한 투쟁이지 민족 간의 대결이 아니야."

"견강부회로구나. 독립 문제에서 민족을 배제할 순 없어."

"감정을 배제할 수 없는 거겠지."

후우. 찬은 기다란 한숨을, 그러나 괴롭지 않게 내쉬었다. 또 시작이로군. 탄식하는 남자의 입가에 희미한 미소.

"네 말이 맞다. 나는 너처럼 냉정하지 못해. 감정에 이끌리는 인간이지. 아마 그렇기 때문에 이리 살고 있는 거겠고."

거기서 잠시 말을 멈춘 뒤, 그는 쓰지 않게 자조했다.

황찬을 아는 이들은 가끔 이렇게 묻곤 한다. 조선민족이 너에게 무엇을 해주었느냐고. 무엇을 해 주었기에 편한 삶을 버리고 험한 길을 가느냐고. 찬이 생각하기에 그것은 잘못된 질문이다. 그는 편한 삶을 포기한 게 아니라, 가장 편한 길을 찾아낸 거니까.

"나는 내가 느끼는 것을 다른 사람들도 똑같이 느낄 거라 생각할 뿐이다. 인지상정이라고 하지. 생판 남이라도 외국에서 조선 사람을 만나면 반갑고. 경성에서 고향 사람을 만나면 또 반갑고. 그런 것."

황찬의 마음은 불의에 무릎 꿇지 말라고 한다. 가여운 이들을 있는 힘껏 도우라 한다. 그는 자신의 마음을 거슬러 살아갈 자신이 없었다. 찬이 생각하기에 가장 험한 길은 스스로 떳떳할 수 없는 길이다. 자기를 속이지 않는 삶이야말로 가장 편한 삶이다.

"내가 조선인이고 개성 사람인 것은 네 말대로 우연의 산물이지. 하지만 나는 감정을 지닌 인간이라 어쩔 수가 없구나. 조선 사람이 장한 일을 해내면 괜히 으쓱해지고, 똑같이 원통한 일이라도 내 동포가 겪으면 마음이 더 아픈 것을 나도 어쩔 수가 없어."

그러므로 그는 지금의 삶에 만족했다. 맘 놓고 머물 곳 하나 갖지 못해도. 위험하고 급박한 일이 수시로 벌어져도. 걸핏하면 이렇게 싸우자고 덤비는 여자가 있어도. 겉보기에는 꽤 사납지만, 자세히 보면 몹시도 반짝거리는 여자.

"황 사장. 인지상정이라는 건 합리적인 사유가 될 수 없어. 같은 민족이고 같은 고향 사람이라 특별히 여기는 건 좋게 말해 온정이지, 실은 이기주의의 연장에 불과하거든."

"흉년에는 마땅히 제 식구부터 먹여야 않겠니. 나중에 조선민족이 좋은 날을 맞게 되면 너처럼 생각하는 사람도 많아질 거다."

"그런 날이 오더라도 오빠 변함없을걸."

"나를 과소평가하는군."

"내가 오빨 몰라?"

"너는 네가 날 안다고 생각하니."

"어라? 나만큼 황 사장을 잘 아는 사람이 조선 천지에 또 있수?"

강임이 눈을 동그랗게 뜨고 익살을 부렸다. 아무것도 모르면서. 찬은 그저 웃고 말았다.

"나 이것 쓰는 법이나 알려 줘. 대강은 알지만."

강임이 그쯤 화제를 돌리며 상자를 열었다. 사과만 한 크기의 수류탄 두 개가 나란히 들어 있다. 이걸 뽑고 던지면 되는 거지? 동그란 안전핀을 가리키며 문자 찬이 고개를 끄덕였다.

"그래. 핀을 뽑고 힘껏 던져. 그리고 최대한 뒤로 물러나 몸을 낮추고. 폭발탄에서 이십 보는 떨어져야 해."

"셋을 세고 던져야 땅에 닿기 전에 터진다던데?"

"이르게 터질 수도 있으니 위험하다. 모험 말고 곧장 던져."

기다리지 말고 즉시 던져. 알겠니? 찬은 엄한 얼굴로 거푸 다짐받고 나서야 여자의 시선을 놓아주었다.

"여기 혹시 사진기 없어?"

"그런 게 있을 리가."

"에이, 거사 전에 사진이라도 한 장 박아야 하는데. 이렇게, 의열단원처럼."

강임이 수류탄 두 개를 양손에 들고 포즈를 취했다. 넉살 부리는 모습에 찬이 웃었다.

"혁명가답구나."

"혁명이야말로 궁극의 예술이지."

강임이 뽐내듯 턱을 치켜들더니,

"난 예술가야."

고른 이를 드러내며 예쁘게 웃었다.

그 모습을 찬은 어처구니없다는 얼굴로 바라보았다. 그리고 속으로 생각했다. 말해 주어야지. 이번 일이 끝나면.

나는 너와 늘 함께하고 싶다고. 서로 조금 다른 것을 믿을지라도. 그러니 우리는 아주 오랫동안, 함께할 수 있을 거라고.

"무얼 그리 뚫어져라 봐? 내가 그리도 곱소?"

강임이 눈을 가늘게 뜨고서 익살맞게 따졌다.

"하숙방에 면경도 없는가 보다."

찬이 심상히 대꾸하며 맥주병을 땄다.

피이, 소리 내며 웃는 여자의 입술. 강임은 수류탄 두 개를 상자에 잘 넣어 둔 뒤 맥주잔을 쥐었다. 투명한 유리잔 안에 탐스러운 거품이 하얗게 부풀어 올랐다.

칠 호실의 남녀는 마주 앉아 서로의 잔을 채워 주었다.

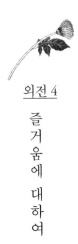

<u>외전 4</u>

즐
거
움
에

대
하
여

1933년 10월

연방의회, 제21차 헌법수정안 연내 통과 가시화.

〈샌프란시스코 크로니클〉지의 머리기사는 오늘도 비슷했다. 요즘 사람들의 최대 관심사니 그럴 만도 했다. 헌법수정안의 핵심은 금주법 해제다. 이르면 올해 안에 미국 주류시장이 열린다는 뜻이었다.

준세는 신문을 한 장씩 천천히 넘긴다. 신임 대통령의 뉴딜정책 진행 상황과 후속 조치들에 대한 기사들도 꼼꼼히 읽는다. 금주법 시대가 막을 내리면 주류 수입도 재개될 것이다. 13년간 밀주를 마시던 미국인들은 외국의 색다른 술에도 관심을 보일 것이다. 준세는 조만간 고문변호사를 만나 봐야겠다고 생각한다. 무엇을 팔든 장사는 선점이 중요하다.

내일은 변호사와 점심을 먹어야겠군. 결정한 순간 똑똑, 밖에서 누군가 문을 두드렸다.

"들어와요."

대답하면서도 준세는 신문에서 눈을 떼지 않았다. 문이 달칵 열리는 소리와 함께 뚜벅뚜벅 구둣발 소리가 들렸다. 이어 조심스레 문을 닫고 다가오는 소리. 그 기척이 충분히 가까워진 후에야 준세는 고개를 들었다.

"사장님."

회사의 총괄 매니저, 앤드류 초우가 웃는 얼굴로 인사를 건넸다.

사십 대 중반의 초우는 중국인 이민자의 아들로 샌프란시스코 토박이다. 대공황이 닥치기 직전 지인의 소개로 이곳에서 일하기 시작했는데, 아무리 생각해도 초우에게 그것은 너무나 다행한 일이었다.

미국을 뿌리째 흔든 대공황이 4년째로 접어들었다. 그럼에도 이 회사에서는 여태 단 한 명도 해고되지 않았다. 임금 삭감조차 없었다. 이미 최소한의 인원만 두었으므로 줄일 사람이 없다는 게 사장의 설명이지만, 멀쩡한 미국인 사분의 일이 직장을 잃고 가족을 굶기는 시대였다. 초우를 포함한 직원들에게 오야케 다쿠미는 은인이었다.

"오늘 도착한 물품 내역입니다."

초우가 옆구리에 끼고 온 서류를 정중히 건넸다. 사장이 읽고 있던 신문을 내려 두고 서류를 받아 펼친다. 새하얀 셔츠 소매 끝에서 은빛 버튼이 반짝거렸다. 초우는 그 길고 매끈한 손가락에 시선을 주었다.

이 회사는 일본과 거래하는 여느 무역상과 비슷한 품목을 취급한다. 실크와 양모, 차 등이 주력 품목이었다. 다만 몇 가지 특이한 수법이 있는데, 이를테면 실크는 조선에서 생산된 것을 곧장 사들여 다른 곳보다 마진이 높았다. 일본이 수출하는 실크의 상당 부분이 식민지에서 만든 것이라고 했다. 동양의 실크는

20세기인 지금도 서양에서 인기가 좋다.

그 외에 조선에서 들어오는 물건으로는 또 자수정이 있다. 원석째로 수입해서 이곳 거래처에 맡겨 나석으로 세공해 되팔았다. 조선 자수정은 품질이 최상급이고 가격은 저렴해 가공만 잘하면 아주 좋은 차익을 남길 수 있었다. 물건이 들어올 때마다 골동품도 몇 점씩 딸려 오곤 하는데, 그것들은 사장이 직접 처분하므로 초우는 잘 알지 못했다.

일본과 조선의 물건만 들어오는 건 아니다. 미국의 상품도 그리로 가져가 팔았다. 면직물과 콩, 밀 같은 곡류는 수요가 늘 있어 안정적인 소득원이었다. 지금은 일본으로 향하는 배에 짐을 실어 보내지만 내년부터는 상선 한 척을 통째로 빌려 띄울 예정이다. 철광석 광산 한 곳과 수출중개 계약도 협상 중이다. 사상 초유의 대공황에도 이 회사는 꾸준히 규모를 늘려 가고 있다. 그러니 얼마나 다행인가 말이다. 초우는 이곳을 소개해 준 지인에게 아직까지도 밥을 산다.

"내가 다시 볼 필요는 없을 것 같은데요."

"그래도 사장님이 확인하셔야죠. 제가 꼼꼼히 체크하긴 했습니다."

"어련히 알아서 했겠습니까. 일단은 두고 가세요."

마호가니 책상 앞에 앉아 서류철을 흔들며, 젊은 사장이 가볍게 웃었다.

초우를 비롯한 회사 직원들은 그가 일본의 대단한 부호 가문 출신이라 믿고 있다. 왜 그렇게 생각하느냐 하면, 일단 딱 보기에 그래 보이지 않는가. 누더기를 입혀 놔도 몸의 부티는 채 감춰지지 않을 것 같은 느낌이랄까. 고생 끝에 재산을 일군 사람들도 그 나름의 카리스마가 있지만, 타고나길 귀족 출신인 사람들은 역시 그들만의 분위기가 있다고 초우는 생각한다.

오야케 다쿠미에게도 그런 것이 있었다.

그는 열등감이 무엇인지 전혀 모르는 사람 같다. 부유한 고객이나 거래처의 대리인을 대할 때도 주눅 들지 않았다. 돈 많고 똑똑한 미국인들, 초우 같은 중국계가 아니라 금발에 파란 눈을 지닌 '진짜' 미국인 앞에 당당히 구는 것은 부러운 일이다. 차별과 더불어 사는 이민자가 그러기란 쉽지 않았다. 같은 동양인으로서 초우는 그게 자랑스러웠다.

"그리고 여기, 거래처에서 보낸 발주서입니다."

"네. 고마워요."

목례로 답한 초우가 재바른 동작으로 사장실을 나갔다. 그리고 문이 완전히 닫힌 뒤에야, 준세는 단단히 봉해진 서류 봉투 겉면을 눈으로 읽었다.

경성부 욱정 이정목 십이 번지 조선상회

페이퍼 나이프를 집어 봉투를 열었다. 세 장짜리 서류 한 벌을 꺼낸 준세는 '발주서'라고 적힌 표지부터 뜯어냈다. 일어와 영어로 쓰인 문서는 책상 위에 놓아두고 서랍에서 라이터를 꺼냈다. 손에 쥔 표지를 불꽃으로 그을리자 뒷면에 소금물로 쓴 글자가 누렇게 나타났다.

두루 평안하십니까. 이곳도 다들 원만합니다.

장윤식은 이런 식으로 준세에게 소식을 전해 온다. 안전에 안전을 기하는 데다 확인 후에는 즉시 파기하니, 어떤 내용도 문자로 기록하지 말라는 당규에 크게 어긋나는 건 아니라고 생각한다. 준세가 규율을 어긴 것은 딱 한 번. 부산을 떠나 무사히 동경에 도착한 직후였다. 황찬의 상태를 묻는 전보에 백산은 그가 현장에서 절명했다고 답을 보내왔다. 예상했던 내용임에도 준세는 며칠간 잠을 이루지 못했다.

선생께서 무탈히 잘 계신다는 연락을 받았습니다. 수로 공사는 잘 진행되고 있고 학교도 명년에 개교 예정이니 모든 것이 계획대로라며 흡족해하셨습니다. 이번에 보내 주신 돈은 잘 정리해 전달했습니다. 그곳의 경제 사정은 좀 나아지고 있는지요. 액수를 또 늘리셨던데 혹 무리하시는 것은 아닌지 걱정이 됩니다.

백산무역은 결국 파산했다. 준세가 떠나온 후 1년도 채 버티지 못했다. 백산은 이것저것 시도하다 만주로 건너가 농장을 만들었다. 농업 이민이라는 구실이지만 실상 독립운동 기지를 마련하기 위함이었고, 준세가 자금을 보내는 곳도 그로써 이제 만주가 되었다. 윤식의 짧은 편지는 그것으로 끝이었다. 계획대로 이루어지고 있다니 좋은 소식이었다.

준세는 편지를 한 번 더 읽고 난 뒤 다시 라이터를 켰다. 종이 끝에 불을 붙이자 금세 연기를 피우며 활활 타오르기 시작했다. 반쯤 탔을 때 주석 접시 위에 종이를 던져두고 자리에서 일어섰다. 환기를 위해 창문을 활짝 연 뒤 창틀을 짚고 섰다. 저만치 푸른 바다와 항구가 보인다. 분주한 항만은 선적하고 하선하는 일꾼과 차량들로 북적이고 있다. 샌프란시스코는 사시사철 하늘이 파랗고 공기가 서늘해 활동하기 좋은 도시였다.

준세가 처음으로 밟은 미국 땅도 저 항구였다. 요코하마에서 출항한 지 이십일 만에 도달한 대륙이었다. 그는 아내와 함께 시내 호텔에 방을 잡고 집부터 구했다. 1년치 월세를 한꺼번에 치르고서야 방 한 개짜리 아파트를 구할 수 있었다.

살 곳을 마련한 뒤 준세는 일본인이 운영하는 무역상에 취직했다. 히타로가 금궤 아홉 개를 처분해 보내 준 돈은 모두 월가의 주식거래소에 넣어 두었다. 거의 모든 주식 가격이 날마다 쑥쑥 오르던 시절이었다. 고기도 먹어 본 놈이 먹는다고. 경성에서 주권과 미두로 돈을 번 경험이 큰 도움이 되었다.

그렇게 2년간 남의 밑에서 일을 익힌 뒤 준세는 회사를 차렸다. 그는 외국인이고 신용이 전무했으므로 은행에서 돈을 빌릴 수가 없었다. 회사설립에 필요한 자본금과 예비금 모두를 현찰로 준비해야 했고, 그래서 보유한 주식 전부를 처분해야만 했다. 1929년 봄. 뉴욕증시가 대폭락하기 4개월 전이었다. 하늘이 도운 셈이었다.

그로부터 4년 반이 지나 회사는 안정궤도에 올랐다. 미국에서의 생활도 완전히 익숙해졌다. 타지에서 고향이 그립지 않냐고 묻는다면 글쎄. 이곳에서 그는 무엇을 그리워할 틈도 없이 바쁘게 살았다. 무엇보다 이제 그곳에, 그가 그리워할 만한 것은 남아 있지 않았다.

준세는 창틀을 쥔 왼손에 지그시 힘을 준다. 왼쪽 약지가 보일 듯 말 듯 경련한다. 그 손가락은 이제 마디 하나가 끝까지 굽혀지지 않는다. 아마도 그때 신경이 손상된 모양이라고 그는 생각한다. 오른손이 아니라서 남들 눈에 잘 띄지 않으니 그나마 다행이라고도.

바다는 이렇게 감상을 자극해 탈이라니까. 준세가 가볍게 한숨 쉬면서 몸을 돌려 창을 등지고 섰다. 사무책상에 놓인 신문에 눈길을 주었다. 초우가 들어오기 전 읽고 있던 국제면 기사가 펼쳐져 있었다.

독일, 결국 국제연맹 탈퇴.

대공황으로 형편이 어려워지자 사람들도 갈수록 사나워졌다. 이탈리아와 독일 같은 나라에서는 파시즘이 득세하고 있다. 일본은 이미 국제연맹을 탈퇴했다. 만주를 침공한 것을 국제사회가 규탄하자 아예 손을 끊어 버린 것이다. 일본 내 정권을 군부가 장악한 결과였다.

'이대로 가면 일본 내부에 큰 변화가 생길 겁니다. 지금보다 훨씬 더 강제적이고, 맹목적으로.'

일본은 드디어 대륙으로 밀고 올라갈 작정이다. 조선반도를 수중에 넣었으니 북진하는 것은 당연한 수순이었다. 전쟁이 본격화되면 철광석 수요도 크게 늘 것이다. 광산 쪽 협상을 서둘러야겠는데. 거기까지 생각한 준세는 그만 자조하고 말았다. 이제 장사꾼이 다 되었군.

씁쓸히 웃으며 손목시계를 들여다본다. 정오 십 분 전. 약속 시간이 가까워지고 있었다.

점심 약속이 있는 호텔까지는 사무실에서 도보로 십 분 거리다. 사업상의 만남을 위해 종종 드나드는 곳이라 익숙한 동선이었다. 준세는 빅토리아 양식의 높고 화려한 건물들 사이를 걸었다. 선선하고 상쾌한 공기가 경성의 가을을 연상시켰다. 이제 시월이니 경성도 이런 날씨일 것이다. 거리와 산천의 수목은 단풍으로 물들었을 테고. 생각하며 무심코 시선을 돌렸을 때, 저만치 낯익은 교회 건물이 눈에 들어왔다.

교회에 들어가려는 사람들이 길게 줄을 서 있었다. 무료로 한 끼를 해결하기 위해 몇 시간씩 기다리는 모습은 이제 일상의 풍경이 되어 버렸다. 허름한 옷차림과 지친 얼굴들. 인종을 가리지 않고 뒤섞인 그들은 하나같이 무표정했다.

준세는 그 살풍경에서 시선을 거두었다. 그와 거의 동시에 무언가 발치에 걸렸다. 걸음을 멈추고 내려다보니 구둣발 아래 구겨진 신문지 한 장이 눌려 있다. 웬 쓰레기인가 하고 지나치려던 그가 눈을 가늘게 떴다.

신한민보. 샌프란시스코에서 발행되는 조선어 주간지였다.

몸을 굽혀 신문을 집어 들었다. 구겨진 곳을 펼치며 지면의 내용을 훑었다. 미주 동포들이 새로 의연금을 모아 고국으로 보냈다는 소식이 머리기사였다. 쭉 아래로 훑어 내려가자 기고문의 제목이 눈에 들어왔다.

만주국은 왜놈이 세운 괴뢰 국가일진대, 그 땅에서 우리 동포가 부역하니 어찌 된 일인가?

신한민보는 조선 내 신문들에 비해 어조가 강하고 여과가 없었다. 미국에는 조선총독부의 검열이 닿지 않으니 언론의 자유가 확실했다. 준세는 거리 한복판에 우뚝 선 채로 구깃한 신문을 읽었다. 한글로 된 인쇄물을 본 것이 얼마 만인지 몰랐다.

"그 신문, 내 것인데⋯⋯."

조선어. 가까이서 들려온 소리에 그가 고개를 돌렸다. 소박한 양장 차림의 중년 부인이 그의 눈치를 살피고 있다. 눈이 마주친 순간 부인의 얼굴에 반색이 비치는 것을 준세는 보았다.

"조선 사람이오?"

그는 묵묵히 부인의 얼굴을 내려다보다,

"아닙니다."

아무렇지 않게 조선어로 대답했다.

부인은 이게 대체 무슨 소린가 헷갈리는 표정이었다. 준세는 손에 든 신문을 툭툭 턴 뒤 반으로 접어 혼란한 부인에게 내밀었다. 구구절절 설명해야 할 일이 생기지 않도록 자리를 뜨려는데, 때마침 그들이 선 보도 쪽으로 자동차 한 대가 다가와 섰다.

"다쿠미!"

준세는 소리가 난 쪽으로 고개를 돌렸다. 그를 성이 아닌 이름으로 부르는 사람은 몇 명 되지 않으므로 어렵지 않게 누군지 예상했다. 밤색 머리칼에 녹색 눈동자. 캘리포니아 사람답게 과장된 친화력을 지닌 그는 오늘의 약속 상대였다.

"로버트."

"이야, 여기서 마주치니까 더 반갑네요. 타요. 일 분이라도 빨리 가야 얼른 점심 먹죠. 배고파 죽겠네."

운전석에 앉은 로버트가 수다를 쏟아 내며 빈 조수석을 턱짓으로 가리켰다. 준세는 적당히 반기는 표정을 지은 뒤 다시 고개를 돌려 손에 든 신문을 주인에게 돌려주었다. 중년 부인은 재차 그의 얼굴을 살펴보고, 도로변에 차를 대고 기다리는 백인 남자를 힐끗 본 뒤, 준세를 향해 어정쩡하게 인사한 다음 신문을 들고 돌아섰다.

"뉴욕이요? 거기나 여기나 대공황인데 비슷하죠. 곧 겨울이라 큰일이에요. 여긴 적어도 노숙하다 얼어 죽는 사람은 없잖아요. 내년 봄까지 다시 갈 일은 없으면 좋겠어요. 한겨울에 동부 출장은 정말 내키지 않거든요."

호텔 내 레스토랑의 예약석에 앉자마자 로버트는 늘 먹던 음식을 주문했다. 바싹 구운 안심스테이크와 로브스터 꼬리. 한결같은 취향대로 으깬 감자를 듬뿍 곁들여서. 그는 몸매 유지를 위해 저녁 식단을 조절하는 대신 점심은 양껏 먹는다고 했다.

"날씨도 날씨지만 난 거기 사람들이 더 별로예요. 뉴욕 사람들 잘 모르죠? 세상에서 자기들이 제일 잘난 줄 아는 족속이에요. 내가 평생 만나 본 사람 중에 제일 무례해. 딱딱한 건 말할 것도 없고."

준세가 평생 만나 본 남자들 중 제일 수다스러운 로버트는 저래 봬도 변호사다. 해변의 대저택에 사는 부유한 고객을 위해 각종 잔일을 처리해 주는 것이 그의 직업이었다. 사적인 일을 다루는 사용인들이 늘 그렇듯 그 또한 업무에 비해 넉넉한 보수를 받고 있다.

"다쿠미, 뉴욕에도 거래처가 있죠?"

"네. 몇 군데."

"그럼 거기도 가끔 가요?"

"아뇨. 그쪽에서 대리인을 보내오니까."

"아. 이제 동부 거래망도 제법 자리가 잡히셨군."

"덕분에요."

모른 척 추켜세워 주자 로버트가 씩 웃었다. 준세는 오늘의 만남이 무슨 목적인지 짐작하고 있었다. 최근에 새로 들여온 고려청자 한 점을 뉴욕에 판 일 때문일 것이다.

어느 나라나 상류사회는 좁은 법이다. 그곳의 구성원들이 끊임없이 서로 뽐내고 경쟁한다는 것을 준세는 잘 알고 있다. 대륙 반대편에 사는 부자들이 맥켄지의 새로운 컬렉션에 주목했을 때 그래서 그는 놀라지 않았다. 수많은 사람이 일자리를 잃고 무료 급식소 앞에 줄을 서도 부자들은 여전히 돈 쓸 곳이 필요했다. 사치품에 대한 수요는 대공황과 관련이 없었다.

"잘됐어요. 사업이 잘되는 건 여러 사람에게 좋은 일이죠."

"여러 사람의 덕이 필요한 일이기도 하고요."

"그러니까, 다른 건 몰라도 도자기는 나한테 제일 먼저 알려 줘요. 다쿠미도 알다시피 맥켄지 씨가 좀, 예민하잖아요."

"맥켄지 부인께서는 공예품에도 관심이 많으시던데."

"맞아요. 저번에 그 부채, 무척 좋아하시더라고요."

"단오부채 말이죠."

"네, 왕이 줬다던 그거요."

수백 년간 물려 온 항아리. 왕이 하사한 부채. 대를 이어 간직한 가보들에는 저마다의 사연이 있다. 골동품의 몸값은 그런 스토리에 좌우된다.

"여하튼 딴 건 몰라도 도자기는 다른 데 넘기지 말아요. 맥켄지 씨 기분 상하신다고. 알았죠?"

"수집품이 이미 많은 걸로 아는데요."

"그건 다 중국이랑 일본 물건이잖아요. 조선 도자기는 몇 점 없어요. 그러니까 더 예민하신 거예요. 컬렉터들은 희소성에 목숨 거는 거거든."

준세가 가치 높은 진품을 들여올 수 있는 데는 오야케 노리다카의 도움이 컸다. 그가 믿을 만한 중개상을 연결해 주면 윤식이 차명으로 세운 조선상회가 물건을 사들여 준세에게 전했다. 일본의 수집가에게 넘기느니 더 좋은 값을 받고 미국에 파는 쪽을 주인들도 선호했다. 조선상회는 오래된 예술품 외에도 비단과 자수정을 대량 구매해 샌프란시스코에 공급한다. 윤식은 습득이 빠르고 성격이 대담해 제 역할을 잘해 주고 있다. 두 무역상 사이 거래는 물론 이중장부를 쓴다. 다년간 몸에 익힌 수법이라 어려울 것도 없었다.

"그건 그렇고, 다음 주말에 선상파티가 있어요."

오늘의 용건을 충분히 전달한 로버트가 화제를 바꿨다.

"맥켄지 부인이 다쿠미를 초대하고 싶어 하는데. 미세스 오야케도요. 와 줄 수 있죠?"

"나야 기꺼이 가겠지만 하루코는 어떨지 모르겠군요."

"왜요? 부인이 어디 안 좋아요?"

"그런 건 아니고, 임신 초기라서."

"세상에, 축하해요! 둘째가요, 그럼?"

로버트가 두 눈을 둥그렇게 뜨며 이마에 주름을 잡았다. 준세가 고개를 끄덕이며 웃자 다시 와르르 수다가 쏟아진다.

"정말 잘됐어요. 첫째가 아들이니까 이번엔 딸이어도 좋겠네요. 물론 형제도 나쁘지 않고요. 나도 남자 형제만 둘이거든요. 어려서는 많이도 싸웠는데 크니까 든든해요. 왜 그런 거 있잖아요, 부모님 문제라든가. 그런 건 형제가 있으면 아무래도 서로 의지가 되죠."

준세는 묵묵히 들으며 냅킨으로 입가를 눌렀다. 달갑지 않은 질문을 예상하면서.

"다쿠미는 형제가 어떻게 돼요?"

그는 입가를 가린 냅킨을 조금 늦게 내리고,

"없습니다. 아무도."

아무렇지 않게 웃으며 대답했다.

아우는 시를 좋아하던 청년이었다.

미국에 도착한 이듬해 봄, 준세는 그에게 편지를 썼다. 상황이 이러하여 너에게 알리지 못했다, 나는 이제 제법 적응하며 지내고 있다, 언젠가 다시 볼 날이 올 터이니 몸 건강히 지내라 썼다. 그 편지를 전할 방법을 궁리하고 있을 때 윤식으로부터 소식이 왔다. 갑작스러운 편지를 받았을 때부터 준세는 나쁜 소식임을 직감했다.

그것은 과연, 그가 상상할 수 있는 가장 나쁜 소식이었다.

준세는 몹시 고통스러웠다. 모든 것이 제 탓인 것 같아 견딜 수 없었다. 면회구 너머로 보았던 마지막 얼굴이 떠오를 때마다 미치도록 후회스러웠다. 그때 말해 줄 것을. 괜찮다고. 이해한다고. 얼마나 힘들었는지 다 안다고.

그리고 조금이나마 웃어 줄 것을. 내가 없더라도 잘 견뎌 내야 한다. 두려워

말고 네가 원하는 길을 가라. 너는 잘 해낼 수 있을 것이다.

그때 내가 그리 말해 주었다면 너는 죽지 않았을까.

준세는 이 세상이 수많은 젊은이를 절망으로 몰아가고 있음을, 그리하여 그들 스스로 몸을 내던지게 만들고 있음을 알고 있었다. 아우를 죽인 것은 아우가 아니라는 생각이 준세를 더욱 괴롭게 했다. 그가 무언가로부터 죽임당했다는 것이. 그럼에도 미처 구해 내지 못했다는 것이.

'인정해 줘야 하지 않을까.'

그날 밤, 미나는 침대에 누워 그를 안은 채 말했다.

'더 버텨 보기로 할 수도 있겠지. 하지만 그러기 싫은 사람도 있을 거야. 그만두기로 한 것도 그가 택한 방식이니까, 슬퍼도 우리가 인정해 줘야 하지 않을까.'

준세는 그날 아내의 품에 안겨 한참을 울었다. 이를 물고 소리 죽여 울다가 결국은 섧게 흐느꼈다. 누구를 탓하든 이미 아무 의미 없는 일이었다. 어찌 되었건 그런 선택은, 감히 인정해 주지 않을 도리도 없었다.

준세 또한 한때는 그만두고 싶던 적이 있었다. 그래서 그는 삶과 죽음이 등을 맞대고 있다는 것을, 고개를 살짝만 돌려도 죽음의 달콤한 냄새를 맡을 수 있다는 것을 알았다. 그러니 생이란 얼마든 깨어질 수 있는 것이다. 생이란 그토록 깨어지기 쉬운 것이다.

214A

준세는 미색으로 도색된 철문 앞에 섰다. 습관적으로 초인종을 누르려다 손을 멈췄다. 어제 미나가 잠결에 문을 열어 준 것을 떠올렸다. 깜빡 잠들었지 뭐야. 초기에는 원래 이렇게 잠이 쏟아진다며 웃던 얼굴을 생각하면서, 그는 품에서 열쇠를 꺼내 잠긴 문을 열었다.

아파트 안은 조용했다. 소리 나지 않도록 문을 닫아 잠근 뒤 현관에서 구두를 벗었다. 나무 패널을 깐 바닥은 늘 깨끗하게 소제되어 있다. 하얗게 회칠한 벽에 아이가 그린 그림 몇 장이 붙어 있었다.

방 한 개짜리 이 아파트에 그들은 7년째 살고 있다. 소파와 텔레비전이 놓인 거실, 다이닝룸을 겸한 주방이 과히 비좁지 않으나 침실은 한 개뿐이었다. 부부 침대 옆에 놓은 아동용 침대는 점점 작아져 조만간 바꿔야 했다.

준세는 반쯤 닫힌 침실 문을 소리 없이 밀었다. 부부 침대 위에 제이미가 활개를 펴고 잠들어 있고, 그 곁에 놓인 안락의자에 미나가 이쪽을 등지고 앉아 있었다. 가까이 다가가 보니 역시나 조용히 잠든 여자. 준세는 미나의 무릎 위에 놓인 동화책을 집어 사이드 테이블 위에 올려 둔 뒤, 세상모르고 잠든 여자의 얼굴을 잠시 바라보았다.

입가에 보일 듯 말 듯, 미소가 번졌다.

미나는 임신 3개월째다. 첫째를 낳은 후 오랫동안 둘째를 갖지 않은 것은 여러 가지 이유가 있지만 결정적으로는 대공황 때문이었다. 다행히 회사가 별문제 없이 운영되고, 제이미가 동생 타령을 줄기차게 해 준 덕분에 마음을 바꿀 수 있었다. 제이미가 태어나기 전부터 미나는 아이를 더 갖지 않을 거라고 했었다. 준세는 찬성하지 않았지만 미나가 왜 그러는지 알고 있었으므로 굳이 반대를 표하지도 않았다.

그는 옷장을 열고 재킷을 벗어 옷걸이에 걸었다. 타이를 풀어 넣고 셔츠의 단추를 끌렀다. 소리 나지 않도록 신경 써 가며 옷을 갈아입은 뒤 침실 문을 다시 반쯤 닫아 두었다. 그리고 주방으로 성큼성큼 걸어갔다.

냉장고를 열어 감자와 당근, 양파를 찾아냈다. 이걸로 오늘의 저녁 메뉴는 카레라이스. 일본산 카레가루는 그의 회사가 취급하는 수입품 중 하나로, 조미

료와 더불어 일인과 한인 상점에서 무척 인기 있는 품목이었다.

준세도 이제 스토브 다루는 법을 안다. 카레 정도야 어렵지 않게 만들 수 있다. 아내가 한 것보다 맛도 결코 나쁘지 않은 것 같다고 그는 생각한다. 미나는 물론 인정하지 않고, 제이미도 엄마가 해 준 게 훨씬 더 맛있다고 하지만. 그러나 그 녀석은 늘 엄마 편만 들기 때문에 그리 신빙성 있는 평가는 아니다.

"언제 왔어?"

미나가 방에서 나온 것은 재료 손질이 막 끝났을 때였다. 준세는 거실의 벽시계 쪽으로 고개를 돌리고는,

"이십 분 전쯤."

"깨우지 그랬어. 또 깜짝 잠들어 버렸네."

"더 자."

"안 돼. 지금 자면 언제 일어나라고."

어휴, 벌써 여섯 시가 넘었잖아. 미나가 탄식하면서 벽에 걸어 둔 에이프런을 떼어 걸쳤다. 그걸 본 준세가 정색하며 만류했다.

"앉아 있어. 피로한데."

"내 참. 종일 일하고 온 사람이 무슨 소리야."

"거의 다 했어. 내가 할게."

그는 거의 강압적으로 여자를 끌어다 식탁 의자에 앉혔다. 헛웃음을 짓던 미나가 그래 뭐, 하고 한 손을 턱에 괴었다. 어디 얼마나 잘하나 봅시다. 딱 그런 눈빛이라 준세는 픽 웃어 주었다.

"아버지, 안녕히 다녀오셨습니까."

방에서 쪼르르 나온 제이미가 유창한 조선어로 인사를 올렸다. 준세는 자다 깬 아이와 눈을 맞추고는,

"오냐."

대답한 뒤 조리대로 돌아가 하던 일에 집중했다.

제이미가 옆의 의자에 훌쩍 올라가 앉자 미나는 아이의 헝클어진 머리를 쓸어 주었다. 아이가 재잘거리기 시작하자 적당히 상대도 해 주었다. 녀석은 지치지도 않고 내도록 종알댄다. 한창 떠들고 질문하기 바쁠 나이였다.

유치원에 다니기 시작하면서 아이는 영어가 부쩍 늘었다. 부모가 일본어로 대화하므로 아직은 일어를 잘하지만 커 갈수록 영어에 더 익숙해질 것이다. 영어식 이름을 지어 준 것도 그래서였다. 미국에서 태어난 이 아이는 미국인들과 함께 살아갈 테니.

조부도 그래서 장손에게 준세라는 이름을 주었겠지. 일본인들 사이에 잘 섞여 살라고.

"잘 먹겠습니다."

저녁 식탁은 단출했다. 각자의 앞에 카레라이스. 가운데 놓인 접시에 깍두기 김치. 세 식구 모두 좋아하는 메뉴다.

"제이미. 당근이 조선어로 뭐지?"

여자가 물으면 아이는 그쯤 당연히 안다는 듯 정답을 외친다.

"옳지."

그러면 여자는 몹시 기특하단 얼굴로 고개를 끄덕인다.

"오늘 유치원에서 배운 노래 아빠한테도 해 줄래?"

여자의 주선으로 남자는 뜻밖의 재롱을 선물받는다.

여느 때와 비슷한, 보통날의 저녁이었다.

"천구백 년도에 지어진 집입니다. 튜더 스타일이 아주 고풍스럽죠? 보시다시피 관리가 무척 잘되어 있어요. 안에 들어가 보시면 더 마음에 드실 겁니다. 작년에 새로 보수해서 지붕까지 싹 교체했거든요."

부동산 중개인은 자신감 넘치는 태도로 현관문을 연 후 손님들을 안쪽으로 안내하며 말을 이었다.

"버클리가 가족들 살기엔 정말 좋은 동네죠. 시내까지 가려면 페리를 타야 하지만, 베이 브릿지가 삼 년이면 완공된다니까 그것도 당분간만이고요. 어린 자녀가 있으면 역시 뒤뜰이 넓은 집이 좋아요. 보세요. 아드님은 벌써 마음에 들어 하는 것 같네요."

준세는 중개인이 가리킨 쪽으로 시선을 보냈다. 어느 틈에 거기까지 갔는지, 제이미가 뒤뜰로 통하는 문 앞에서 발돋움을 하고 있었다.

"지금 대공황 때문에 가격도 좋지만 무엇보다 이자율이 낮아서요, 집 장만하시기엔 아주 적깁니다. 시내에 임대료도 만만치 않잖아요. 방 세 개짜리 아파트 임대료나 대출 분납금이나 큰 차이 없죠. 어쨌거나 대출금은 다 갚으면 내집이니까요."

"이 집 연간 재산세는 얼마죠?"

"잠시만요."

준세는 미나와 중개인의 대화를 흘려들으며 집 안을 둘러보았다. 목재 패널이 깔린 바닥을 따라 뚜벅뚜벅 구둣발 소리가 흩어졌다. 다락방을 포함한 이층집은 아담하지만 빛이 잘 들어 무척 밝았다. 중개인의 말대로 뒤뜰이 꽤 넓게 딸린 집이었다.

"아빠, 나 나가도 돼?"

"근처에서만 놀아."

준세가 문을 열어 주자 아이가 신나서 뛰쳐나간다. 어차피 뒤뜰은 울타리가 쳐져 있어 밖으로 나갈 수도 없었다. 준세는 풀려난 강아지처럼 이곳저곳 기웃거리는 아이를 잠시 지켜보다가, 정원으로 통하는 포치 위를 뚜벅뚜벅 가로질렀다.

제이미는 다음 달에 여섯 살이 된다. 내년 가을이면 학교에 들어갈 테니 이제는 자기 방을 가져야 할 나이였다. 둘째가 태어나면 또 방이 필요할 테고. 30년 분납으로 집을 사면 큰 아파트로 옮기는 것과 매달 지출은 비슷할 것이다. 준세가 아내를 설득하는 데는 대략 그 정도의 근거가 필요했다. 그러나 그의 아내는 상당히 까다로운 여자라서, 중개인이 고르고 골라 보여 준 집이 이걸로 벌써 아홉 번째였다. 준세는 저 가엾은 남자가 이번만큼 반드시 거래를 성사시킬 투지에 불타고 있음을 안다. 이번만큼 꼭 성사되길 바라는 것은 그 역시 동감이었다.

준세는 포치 끝에 홀로 서서 뒤뜰을 조망했다. 잔디가 고르게 깔린 정원 한쪽에 나무 한 그루가 우뚝 서 있었다. 든든한 둥치 위로 풍성히 뻗은 가지. 무성한 잎새 사이로 드문드문 노란빛.

레몬나무였다.

준세는 저도 모르게 포치에서 내려섰다. 크기를 보니 경성 집에 있던 매화나무와 비슷한 것 같았다. 남산정 신혼집 앞뜰에 서 있던 나무. 꽃 피운 모습을 끝내 못 본 그 나무는 청매였다고 했다. 꽃잎이 희고 꽃술이 파르스름한 청매화.

준세는 나무를 향해 걷기 시작한다. 가까이 다가가자 향긋한 레몬 냄새가 난다. 더 가까이 다가가자 은은한 꽃 내음이 난다. 자세히 보니 잎새 사이에 하얀 꽃들이 피어 있었다. 꽃과 열매가 한 나무에 달려 있다니. 처음 보는 광경이었다.

'준세. 매화 중에 어떤 걸 가장 좋아해?'

언젠가 미나가 그에게 물었다. 미국으로 향하던 배 안에서. 해 질 녘의 갑판 위에 나란히 선 채, 핏빛으로 아득한 바다를 바라보며 물었다. 그리고 대답을 고르던 그에게 먼저 말해 주었다.

'나는 청매가 좋아. 깨끗하고, 날카롭고, 무척 사랑스럽거든.'

매화는 백작가의 문장이다. 하루하라. 봄의 들판. 여자의 아버지는 끝내 딸에게 가문의 이름을 물려주었다. 하루코. 봄의 여자.

'꼭, 당신 같아.'

준세는 가만히 웃던 얼굴을 떠올린다. 눈앞에 있는 것처럼 생생하게 떠올린다. 시간이 흘러도 빛바래지 않는 장면들이 있다. 수평선 위 붉은 태양. 끝없이 뻗은 바다. 망망대해 한복판에서 그의 손을 잡은 여자.

상처투성이 손을 힘껏 잡아 준 여자.

"다쿠미."

부르는 소리에 고개를 돌리자 눈이 마주쳤다. 상상 속의 여자가 어느덧 현실에 서 있었다. 미심쩍은 눈길로 그를 살피는 얼굴. 준세는 말없이 그 얼굴을 마주 보았다. 그리고 습관처럼 입 속으로 불러 본다.

민아.

그녀는 그의 화려한 양장 아래 무수한 상흔을 아는 사람이다. 포장으로 감싼 결함, 성공 너머 감춘 실패, 당당한 육신 안의 나약한 영혼을 낱낱이 아는 사람이다. 그의 진짜 이름을 알고 있는 유일한 사람이다.

그가 필요로 하는 사람. 또한 그를 필요로 하는 사람.

사람의 생을 이어 갈 수 있도록 하는 것은, 어쩌면 그토록 단순한 까닭인지 모른다.

"무슨 생각을 그렇게 해? 내가 저기서 몇 번이나 불렀는지 알아?"

곱게 눈을 흘기며 웃는 얼굴. 더없이 익숙한 여자가 순간 낯설게 보였다. 준세는 때때로 그런 순간을 맞이하곤 했다.

"준세."

미나가 작게 속삭이며 웃었다. 둘만의 비밀처럼. 두 사람 외에 그 누구도 듣지 못하게.

"무슨 생각 해?"

준세는 참 좋다고 생각했다. 너와 함께 있어서. 네 품에서 울 수 있고 또한 너를 품에 안을 수 있어서. 우리는 앞으로도 이렇게 살아갈 거라고, 언제까지나 함께 있을 거라고 굳게 믿을 수 있어서.

"좋다는 생각."

준세는 그러나 늘 그렇듯, 필요 이상으로 압축된 대답을 돌려주었다.

"그렇지? 나도 이 집이 좋은 것 같아."

그리고 여자의 대답에 미소로 답했다.

"그래. ……좋다."

미나가 만족스러운 표정으로 고개를 끄덕였다. 그러고는 눈앞의 나무를 올려다보았다. 와, 열매 맺힌 것 좀 봐. 여기 살면 레몬 사러 갈 일은 없겠어. 밝게 재잘대며 웃는 여자를, 희망에 찬 그 환한 얼굴을 준세는 계속하여 홀린 듯이 바라보았다.

그렇게 낭만적인 순간을 깨뜨리는 건 언제나 제이미다.

"엄마! 저기 다람쥐도 있어! 엄청 많아!"

"세상에, 제이미 찬. 옷이 흙투성이잖아."

미나가 기겁하며 아이를 붙들어 세웠다. 대체 어디서 뒹군 거야? 여기 모래밭이라도 있는 거야? 호들갑스럽게 쏟아 내는 잔소리.

"엄마, 다람쥐는 조선어로 뭐야?"

무릎을 굽히고 앉아 부지런히 아이 옷을 털어 주던 미나가 손을 멈칫했다. 다람쥐. 모르는 눈치다. 그 잠깐의 침묵이 귀여워서 준세는 웃음을 참았다.

"으음, 글쎄. 아빠한테 물어볼까?"

바닥에 쪼그리고 앉은 채로 여자가 그를 올려다본다. 엄마한테 붙들려 선 아이도 턱을 들어 그를 올려다본다. 두 개의 자그마한 얼굴을 준세는 선 채로 내려다보았다. 순간 무슨 까닭인지 모르게 가슴이 벅차올랐다. 그래서 그는 무언가에 떠밀리듯, 고요하고 환한 웃음을 터뜨리고 말았다.

사람의 생은 연약하여 깨어지기 쉽다. 그러나 계속해 살다 보면 문득 또 이런 순간이 온다. 노란 빛을 띠고 나타나는 뜻밖의 순간.

즐거움은 다시 온다.

반드시 온다.

하
루
하
라

미
나
와

순
정

1판 2쇄 찍음 2021년 10월 6일
1판 2쇄 펴냄 2021년 10월 14일

지은이 | 이유월
펴낸이 | 정 필
펴낸곳 | (주)뿔미디어

기획·편집 | 박경희 권자영 김산혜
표지 디자인 | 우 물

출판등록 | 2002년 9월 11일 (제1081-1-132호)
주소 | 경기도 부천시 소향로 17, 303(두성프라자)
전화 | 032)651-6513 팩스 | 032)651-6094
E-mail | scarlets2012@hanmail.net
블로그 | http://blog.naver.com/dahyangs
비북스 | http://b-books.co.kr

값 11,000원

ISBN 979-11-6713-539-1 04810
ISBN 979-11-6713-537-7 04810(세트)